邊荒傳說

卷02

黃易

異俠大系

新編完整版

邊荒傳說

卷02

目錄

第一章　送君千里

若要在南北武林各找一個代表人物，又或胡漢兩族具有代表性的頂尖高手，入選者必爲慕容垂和謝玄無疑。

慕容垂外號「北霸」，他不單是佔北方諸胡人數最多的鮮卑族中的第一人，且是諸胡公認完全沒有爭議的首席高手。不論武功兵法，均無人敢與其抗衡。

謝玄人稱「九品名劍」，自二十三歲躍登「九品高手」上上品的寶座，十多年來未逢敵手。亂世出英雄，這一代南北漢人武林雖是高手輩出，可是北方武林翹楚如安世清、任遙、江凌虛之輩，夾雜胡人武技心法，而南方的孫恩，則被視爲邪魔外道，所以能承先啓後，繼承漢族博大精深的武技者，捨謝玄外尚有誰能擁有這個資格。

兩人年紀相若，均是武林和戰場上縱橫不敗的蓋世豪雄，他們忽然相逢，進行事前沒有人預料得到的決戰，將直接影響到南北的盛衰。

縱使江左政權在淝水之役大獲全勝，可是若謝玄於此役落敗身亡，東晉仍是得不償失，主宰東晉軍政大權的謝家亦要因而衰落；而慕容垂則成爲最大的得益者，更將一躍成爲最有資格領導北方諸胡的霸主。

劉裕頭皮發麻的瞧著對峙的兩大頂尖高手，毫無插手之力，只能苦待結局的出現。

慕容垂不愧北方第一明帥的稱譽，隨他來攔截謝玄追殺苻堅的人數相當，這更教謝玄欲退不能。假如慕容垂盡率三萬精騎來截擊，謝玄可以立即掉頭退走，事後沒有人敢笑他沒有膽量。偏是慕容垂擺出勢均力敵的格局，營造出公平決戰的形勢，令謝玄不得不挺身應戰，只從這點，已可推知慕容垂的處心積慮和高明的地方。

謝玄如輸掉此仗，他謝家於淝水之戰贏回來的籌碼，將由此輸掉。東晉雖仍可暫保偏安之局，但以後只能坐看慕容垂取代苻堅，統一北方，再發動另一次南侵。

龍吟聲起。

九韶定音劍在謝玄手上顫動起來，起始時嘯吟似有若無，轉眼化作如龍行天際、低潛淵海，飄忽虛渺至極點的劍嘯。

九韶定音劍主動出擊，最令對手和旁觀者難測的是劍嘯聲與劍勢不但絲毫沒有任何配合之處，且是截然相反，其中的矛盾不但令人難以接受，更是無法相信。

當從劍緣九孔發出的劍韻變成重重疊疊的龍吟虎嘯，籠罩著整個決戰的草原方圓十多丈的空間，彷彿布下韶音的羅網，嘯音反覆如波推浪湧，不斷包裹、纏繞，令人欲離難去，有如永遠走不出嘯音的迷宮；他的九韶定音劍，卻化作青芒，在慕容垂的氣牆外硬生生鑿開一道暢通無阻的康莊大道，化作耀人眼目的青芒，劍體以驚人和肉眼難察的高速振動衝刺，直搗慕容垂胸口。

謝玄的動作瀟灑飄逸，縱是在那麼劍槍鋒刃相拚，生死決於一瞬的時刻，仍然從容寫意，又把一切矛盾統一起來，合成他獨一無二的大家風範。

以慕容垂的本領和自負，也不得不分出部分心神，以應付謝玄的奇功絕藝。

要知高手對敵，所有感官無不投入發揮，聽覺更是其中重要的一環，往往不用目視，只從其兵刃破風或衣袂飄動的響音，可有如目睹的判定對方的招式、速度，乃至位置的微妙變化。

可是這一套聽覺用在謝玄身上卻完全派不上用場，且必須把這心法完全甩開，否則必敗無疑。如此充滿音樂美感的可怕劍法，慕容垂還是首次遇上。

慕容垂大喝一聲，把九韶定音劍的嘯吟完全壓下去，似若陽光破開層雲，光照大地。手上北霸槍化爲滾滾槍浪，一波一波緩慢而穩定地向敵劍迎去。如有實質，卻又是實中藏虛；似是千變萬化，又如只是樸樸實實的一槍之勢。其中精微奧妙處，盡顯北方第一宗師大家的驕人本領。

劉裕看得目眩神迷，兩人這場決戰，他早知道必會有一番龍爭虎鬥，可是兩人劍術槍法的高明神奇，仍大大出乎他意料之外，嘆爲觀止之餘，更是大開眼界。

「噹！」

劍槍交擊，震懾全場的激響往四周擴散，彷如在平靜的大湖投下萬斤巨石，震撼激盪，直教人人耳鼓生痛。

謝玄衣袂飄飛，借勢腳不沾地地御劍飛退，英俊無比的臉上猶掛著一絲滿足的笑意，定音劍遙指對手，直退回原位，仰天大笑道：「果然是北方第一槍，謝玄領教！」

劉裕忽然心中一動，吩咐左右道：「派人往四周放哨，然後向我報告情況。」

左右雖不願意錯過眼福，然軍令如山，不得不領命去了。

慕容垂雙目一瞬不眨的凝注謝玄，忽然啞然失笑，搖頭嘆道：「天下間竟有這麼以音惑敵克敵的劍術？謝兄是怎麼創出來的？慕容垂佩服！看槍！」

說到最後一句，手上北霸槍彈上半空，虛晃幾下，就像書法大家提筆在紙上龍飛鳳舞的疾抒胸臆，他卻借槍畫出心意。

人人看得大惑不解，可是均能感到慕容垂的虛招隱含無比深刻的後著，本身已有一種玄之又玄的霸氣。

謝玄仍是那副瀟灑從容的神態，而不論場內場外，也只有他到達能看破慕容垂心意的級數。當下不敢怠慢，劍吟再起。

慕容垂虛灑的幾槍，實是他接踵而來的攻勢的起手式，不但把速度提升至極限，還把全身功力聚集在一擊之內，整個人的精氣神昇華至槍道巔峰的境界，殺氣全收束在槍鋒之上，充滿冰雪般冷凝迫人的氣勢，其威勢直可在一槍之內與敵分出勝負。

如此功法，天下間像慕容垂般輕輕鬆鬆便能施展出來者，眞是屈指可數。

「颼！」

北霸槍橫過虛空，循著似早已安置在空間中彎彎的弧曲線路，擊向謝玄，不理天下間千般萬樣的諸般武術，他這一槍已盡顯臻達巔峰又是最本源的精粹，本身充滿莫之能禦的威力。

劍嘯聲同一時間充盈場上，一改先前的氣象萬千、惑人心魄；此刻卻是滿逸跳脫的清音，合形而成一種如詩似畫既濃郁又灑脫的意象，高低韻致的音符一個接一個地被冷靜精準的安置在空間內，本身亦似有種防禦性的作用和魔力。

九韶定音劍在謝玄身前數尺之地不斷改變位置，忽然謝玄往側移開，定音劍勁劈來槍。

「錚！」

兩人同時劇震，旋身錯開，竟然交換了位置。

慕容垂把槍收到背後，猛然立定，另一手豎掌胸前，哈哈笑道：「痛快痛快！近十年來，謝兄還是唯一能擋慕容某此招的人，謝兄可知此招有個很好聽、又很傷感的名字？」

謝玄站到敵軍所在的一方，仍是那麼瀟灑閒逸，轉身立定，九韶定音劍斜垂身側，欣然道：「請慕容兄賜示！」

慕容垂唇角飄出一絲笑意，淡淡道：「送君千里！」

謝玄微一錯愕，竟還劍鞘內，接下去道：「終須一別！慕容兄下一個站頭，該不會是洛陽或是長安吧？」

剛才兩大宗師級高手仍作生死決戰，此刻兩人卻忽然一派惺惺相惜的神態，教人完全摸不著頭腦。但不論如何，雙方人馬都為之暗鬆一口氣。

謝玄舉步往慕容垂走過去，全無戒備似的從腰際掏出那盛有燕璽的羊皮囊，慕容垂把北霸槍移到身側，微一用力，槍柄插入泥土內，騰空左手，兩手向前恭敬接過謝玄雙手奉還的舊燕瑰寶。

慕容垂再沒有半分敵意，微笑道：「你心知我心，一切盡在不言中。」接著哈哈一笑，取回長槍，一手捧璽，與謝玄錯身而過，各自往己方陣地走回去。

劉裕心頭一陣激動，想到當玉璽回到慕容垂手上的一刻，被苻堅亡國的大燕，就在那一刻復活過來。不論北方從此分裂為多少國，慕容垂的大燕國肯定是最舉足輕重的一國，是最有資格問鼎北方霸權的一股力量。而拓跋珪的代國，在現時形勢下，根本尚未沾得上邊。

手下回報，除前方敵人外，再無敵蹤。劉裕終放下心來，對慕容垂捨單打獨鬥而改採群戰伏擊的恐懼，一掃而空。

當謝玄瀟瀟灑灑的登上丘坡，慕容垂飛身上馬，與手下呼嘯而去，一陣旋風般捲入北面的疏林區，放蹄馳去。

劉裕慌忙迎上謝玄，眾兵齊聲歡呼，歡迎沒有辱沒威名的主帥安然歸來。

慕容垂的北霸槍天下誰不畏懼，謝玄能與他平分秋色，足使人人振奮騰躍。

劉裕伴在謝玄身旁，道：「沒有伏兵！我們是否該趕往邊荒集？」

謝玄壓低聲音道：「我們立即回壽陽，若非此乃非常時期，慕容垂不願付出慘痛代價，我肯定要命喪邊荒。」

劉裕心頭劇震，曉得謝玄已負了內傷，而慕容垂因要趕返北方爭雄鬥勝，雖明知力足以搏殺謝玄，可是自己亦難免同樣受創，故懸崖勒馬，放棄此念，「一切盡在不言中」，正是指此。

謝玄接著微笑嘆道：「好一把北霸槍。」

翻身跳上手下牽過來的戰馬，領頭朝南馳去。

劉裕追在他馬後，耳中還聽到慕容垂部隊不斷遠去的馬蹄聲，馳想著終有一天胡馬會再次南下，而不論謝玄發生甚麼事，只要他劉裕還在，他一定會盡一切力量與之爭鋒到底，永不言退。

陰寒徹底消失，火熱卻像陰魂不散般復活過來，初期在氣海積聚醞釀，然後逐漸擴散到全身大小經脈竅穴。

燕飛雖沒法動彈，神志卻是前所未有的清明，準確地掌握到自己此際的處境——他正步向死亡，且是練武修道者最懼怕的一種死亡方式。

走火入魔的諸般情況林林總總，千門萬類，輕重不一，但大致上仍可分爲陰陽兩大類，而屬陽剛性的走火入魔，最可怕和終極的便是「焚經」。

可怕的「陽火」會焚燒每一條經脈，讓遇大禍者嘗遍椎心裂脈的極度苦楚，且因腦內諸脈亦不能免禍，被焚者會經歷逐漸變成發狂瘋子的可怕感受，那種對心靈和肉體的摧殘，實不足爲外人道。

焚經之禍多發生在修天道丹法的高人身上，且是極爲少有，百年不得一見。燕飛雖曾在道家寶典看過有關記載，卻從沒有放在心上，更從沒有想過會發生在自己身上，他終於明白「丹劫」兩字的涵義。

本來只要他服下「丹劫」，此禍立即臨身，幸而他正遭受融合任遙和青媞兩人施諸體內的冰脈陰劫，陰陽排斥下，鬥個不亦樂乎，驅動他疾奔百里。

到這一刻，陽劫大獲全勝，陰劫消退，他也失去陰陽相激產生的驚人動力，只能等待焚經而亡的悽慘結局。

驀地任遙的聲音傳入耳鼓，長笑道：「我的好燕飛，在我看來你只是豬狗不如的蠢物！」

一股力量把他從地上扯得像牽線傀儡般站起來，接著兩耳貫滿勁氣破空的呼嘯聲，任遙竭盡全力的以雙掌重重擊中他背心。

焚經的陽火像遇上缺口的暴虐洪水般朝任遙擊背的手掌迎上去，而任遙的雙掌卻送入千川百河般的冷流眞氣，投入他有如火爐似的大小經脈去。

那種驚心動魄的感覺，怎樣也沒法描述出來。

任遙一聲驚呼，往後拋跌；燕飛也應掌前飛，「蓬」一聲跌伏草原上，眼前一黑，昏死過去。在失去知覺前，大地像敲響戰鼓，且是數以千計的鼓槌以地為鼓的狂敲。

謝玄和劉裕首先策馬馳上一座小丘之頂，眼前出現的景象，看得兩人大為錯愕。

在平原上有兩個人，於月照下一人生死未卜的俯伏地上，另一人則盤坐其後方五丈許處，一身王侯裝束打扮。

劉裕定神一看，失聲叫道：「是燕飛！」

謝玄聞言立即騰空而起，往距離他們過千步外的兩人凌空掠去。

盤坐地上的任遙也驀然一震朝他們望過來，見到出現山頭的北府騎兵，大喝一聲，從地上彈起來，掣出御龍劍，往前飛躍，務要在謝玄抵達前，予燕飛致命的一劍。

今趟他學乖了，只敢借助寶刃的鋒利，置燕飛於死地。

「錚！」

謝玄拔出九韶定音劍，在半空中奇異地加速，劍鳴大作，剎那間變成充天塞地的呼嘯，像平野忽然颳起暴烈的狂風，以驚天泣地的威勢，直擊往燕飛撲去的任遙。

任遙自信可在謝玄殺至前取燕飛的小命，可是接踵而來的局面卻不是他所能應付。此時謝玄的劍氣已遙遙將他籠罩鎖緊，一旦被謝玄纏上，必陷身千軍萬馬重圍內，再多幾個任遙也無法脫身。

當機立斷下，任遙猛提一口氣，使個千斤墜，在離燕飛半丈許處落到地上，御龍劍化作漫天芒光，朝謝玄激射而去。

劉裕亦躍離馬背，往燕飛伏處奔去，卻比謝玄落後近兩丈，看著謝玄的九韶定音劍有如一條青龍般，破入任遙的劍網裡，發出一聲響如霹靂的激爆巨音。

任遙往後飛退，長笑道：「不愧上上品的高手，任遙領教了。」眨眼間消失在南面丘坡之外。

謝玄落到燕飛身旁，凝立不動，英俊的臉上紅霞一閃而沒，這才還劍鞘內。

劉裕看不見謝玄異樣的情況，撲到燕飛俯伏處，伸手搭上他腕脈，好半晌後臉上現出極為古怪的神情。

謝玄往他望來，訝道：「他究竟是生是死？」

眾手下紛紛奔至，不用吩咐，各自在四方布防。

劉裕小心翼翼把燕飛翻身變成仰臥，後者臉色如常，只像熟睡過去的樣子。劉裕搖頭道：「真古怪！我從未見過這種情況。」

謝玄半蹲下來，搭上燕飛的腕脈，閉目凝神，在劉裕和諸兵將的期待下，雄軀一震道：「真的非常古怪。」

劉裕道：「他的經脈完全沒有真氣往來的跡象，口鼻呼吸之氣斷絕，若不是他的心脈仍有似有若無的動靜，我會認為他生機盡絕。」

謝玄雙目睜開，射出懾人的異采，沉聲道：「有些超乎我們想像之外的怪事已發生在你的好朋友身上，他現在的情況類似道家修真之士難能罕見的胎息狀況，所以千萬不可以硬生生將他弄醒過來，不過怕也沒有人可以辦到。我們目前可以做的，是把他運返壽陽，再讓他自然回醒過來。」

劉裕心中一陣難過，垂首道：「他的內功勁氣？」

謝玄木然道：「他可以不變成廢人，已是非常幸運。我們只好待他醒過來後，再為他想辦法吧！」

第二章　劫後餘生

燕飛的意識像在最深黑的海洋底下逐漸往上浮升，飄飄蕩蕩，有如無根的浮萍，思想逐漸凝聚，身體由冰冷漸轉暖和，到最後終於發出一聲呻吟，睜開雙眼。

入目的情景，彷如夢境般不眞實。

那是一個寬敞的房間，布置高雅簡潔，他由床上擁被坐起來，陽光從一邊的窗子溫柔地灑進來，外面的世界銀白色一片，顯是剛下過一場大雪。

他此刻的感覺奇怪詭異到極點，因眼前置身處，與之前的世界沒有半點可供連繫的地方，雖然那也只是殘破的零碎記憶，模糊而不清。

陽光並不強烈，可是他卻生出忍受不了的感覺，忙闔上眼睛，急速地呼吸著。

自己爲甚麼會身在這裡呢？

他自然而然內察身體的狀況，手足正在恢復氣力，可是一向充盈著的眞氣卻似有若無般完全沒有辦法凝聚。

燕飛心頭劇震，曉得已失去內功修爲，變成一個平常人。

足音自遠而近。

燕飛目光投往房門處，門外應是一個小廳，來人已步入廳堂，正往房間走過來。

會是何人呢？

一位小婢跨過門檻，現身眼前，雖算不上美麗，但五官端正，一對眼睛大大的，很惹人好感。她似乎沒有想過睡在帳內的燕飛會醒過來似的，輕鬆的走進來，逕自把一個裝滿熱水的木盆放在床頭几上，熱氣騰升中，又取下搭在肩頭的毛巾，放進水裡去。

燕飛想叫一聲「姑娘」，可是說話忽然變得無比艱難，聲音到達咽喉處變成一聲呻吟。

小婢全身劇震，臉上現出古怪的神情，朝帳內望進去，看到坐起來的燕飛，像見到鬼般猛退兩步，捧著胸口，雙目射出難以相信眼睛所見的神情。

燕飛也呆看著她，對她劇烈的反應大惑不解。

小婢嘴唇輕顫，似要說話，下邊一對腳卻不由自主的退開去，抵門旁時尖叫一聲，掉頭狂奔，穿過廳堂，不知走到哪裡去了。

燕飛感到一陣軟弱，躺回臥榻去，望著帳頂。

天啊！究竟是怎麼一回事？難道地府竟是這個樣子，與死前的世界沒有任何分別。假設進房來的不是別的人而是他過世的娘親，那該有多好呢？

失去知覺前的記憶一點一點的回到記憶的汪洋裡，背心還隱約有被任遙雙掌全力重擊的冰寒感受。蝶戀花呢？燕飛再坐起來，目光四處搜索，待見到蝶戀花安然無恙地掛在房間一邊牆壁上，伴著它的還有龐義的斬菜刀，心底升起暖意，旋即心內苦笑。對此刻的他來說，蝶戀花已失去應有的作用。

難道任遙的雙掌竟震散自己自幼修行的內功？細想又覺不是那樣，也可能是丹劫的遺害？

足音再起，三至六個人正朝他所在處急步趕來，換成以前，他肯定可從足音掌握來者的準確人數。

燕飛暗嘆一口氣，閉上眼睛，心忖來的可千萬別是任遙或妖女青媞，否則老子便有難了。

一把男聲在門外道：「你們留在這裡。」

燕飛稍鬆一口氣，因爲並非任遙的聲音。

「燕兄醒來了嗎？」

燕飛大吃一驚，因他沒有聽到有人走近床頭的聲音，緩緩張開眼睛，一名四十歲許身穿青衣武士服的中年男子挺立床旁，一對眼睛射出歡喜懇切的神色，正仔細打量自己。

燕飛坐起身來，兩手擱到曲起的膝頭上，搖頭揮掉腦海裡的胡思亂想，沉聲問道：「這裡是甚麼地方？」

男子揭開睡帳，掛上帳鉤，坐到床沿，親切的道：「是建康城烏衣巷謝府。」

男子露出同情而又可惜的表情，輕輕道：「燕兄在邊荒集爲任遙所傷，一直昏迷不醒，玄少爺把燕兄送往壽陽，然後再轉送到這裡來。幸好老天有眼，燕兄終於甦醒過來。」

又猶豫的道：「燕兄現在情況如何？」

燕飛心忖那麼自己至少昏迷了十多天，不理他的問題，道：「我昏迷了多久？」

那人答道：「剛好是百天之數！」

燕飛難以置信的道：「甚麼？」

那人肯定的道：「眞的剛好是一百日，大少爺擊退任遙，救起燕兄，燕兄便處於類似修道之士的胎息狀態中，生機幾絕，只有心脈緩緩跳動。百天內燕兄沒有喝過半滴水，連精通醫道和內丹的支遁大師，亦對燕兄的情況百思不得其解。」

燕飛挪開錦被，舒展筋骨，出奇地心頭一片平和，並沒有因失掉內功而感到頹唐失意，往入門處瞥去，幾個人正探頭探腦的在看他，是府內護院婢僕一類人物，包括大眼睛的小婢在內。

那人又關心的問道：「燕兄感覺如何？」

燕飛停止動作，道：「兄台高姓大名？」

那人答道：「本人宋悲風，是安爺的隨從。」

燕飛微笑道：「原來是宋兄，在邊荒集我早聽過宋兄大名。」

宋悲風謙虛道：「我並沒有值得人提起的地方。」

燕飛道：「宋兄過謙了。我現在情況很好，百天沒有吃喝任何東西，仍沒有任何飢渴的感覺，自己也不敢相信。今天豈非已過春節？」

宋悲風試探道：「燕兄可以運氣行血嗎？」

燕飛淡淡道：「這方面卻完蛋了，以後再與武功劍術無緣！」

宋悲風劇震一下，露出心痛惋惜的神情，卻欲言又止，最後道：「眞奇怪！若燕兄因受傷過重，眞氣亂行，致生散功之禍，那麼輕則走火入魔，癱瘓瘋狂；重則歷盡劫難而亡！怎會像燕兄弟這般沒事人似的？而且眼中神采聚而不散，藏而不露，其中肯定有我們所無法理解的微妙處。」

燕飛從容道：「想不通的事不用費神去想，我雖失去武功，精神卻非常好，有點死而復生的快慰感覺。很想到處逛逛，看看建康比之五年前有甚麼變化。」

宋悲風對燕飛不把武功的存廢放在心上，心底由衷佩服，且他一字不提曾爲東晉立下的大功，令他更增敬重，欣然道：「燕兄弟遊興大發，宋某樂於盡地主之誼。不過還請稍待片刻，我須立即通知安爺和高公子。」

燕飛訝道：「高公子？」

宋悲風道：「是高彥公子，自知你來到這裡，兩個多月來他每天都來探望一次，風雪不改。也只有燕兄弟如此英雄好漢，才交得上高公子這種朋友。」

燕飛失聲道：「竟是高彥那小子！他在這裡幹甚麼？」

宋悲風像怕給站在門檻外的婢僕們聽到般，壓低聲音道：「高公子是個風流人物，兼且邊荒集已被燒成廢墟，所以在這裡樂而忘返。不過他對你確是關心的，小琦還看到他數次坐在你床旁偷偷哭起來呢。」

燕飛愕然道：「這小子竟會爲我哭？」又啞然失笑道：「或許是怕沒有人去保護他吧？」

宋悲風怎弄得清楚兩人間的糊塗賬，拍拍燕飛肩頭，起立道：「小琦會伺候燕兄弟梳洗更衣，她是我的小婢，非常乖巧伶俐，不過剛才卻差點給燕兄嚇壞了。」

哈哈一笑，離房而去。

燕飛移到床沿，雙腳觸地，湧起大難不死的感觸！雖不知是否必有後福，但已難作計較。更奇怪地發覺自己並沒有怨恨任何人，包括把自己害成這樣子的青媞和任遙在內。

過去的就讓它過去吧！既然死不了，只好設法適應失去武功後的平淡生活。

「公子！」

燕飛抬起頭來，把目光從雙足移往小琦那對射出戰戰兢兢神色的大眼睛，其他人仍不敢進來，留在門外候命。不禁報以微笑道：「還怕我嗎？」

小琦俏臉立告通紅，拚命搖頭，又拍拍胸口，一副嬌憨少女的動人神態，垂首道：「婢子失禮，唉！這些天來公子一直躺著不動，口鼻又沒有呼吸，幸好身子還是軟軟暖暖的，噢！婢子眞不懂怎麼說呢！」

燕飛啞然笑道：「你是把我當作殭屍啦？」

小琦不好意思地拿大眼睛偷看他，赧然道：「婢子膽小嘛！公子勿要見怪。公子眞是平易隨和，現在恢復健康，謝天謝地啦！」

接著輕扠著小蠻腰，別頭嬌喝道：「還不過來伺候公子！」

一名府衛武士和兩個健僕慌忙撲進來，便要攙扶燕飛。

燕飛打手勢阻止，試著從床上站起來，就在他站直身體的一刻，一股難以形容的感覺蔓延全身，暖洋洋地有說不出來的受用。

府衛吃驚道：「公子是否不舒服？」

片刻後燕飛又打回原形，一陣虛弱，伸手搭上府衛的肩頭，以支撐身體，道：「這位大哥高姓大名？」

年輕的武士受寵若驚，道：「小子叫梁定都，是宋爺的徒弟。」

另一府僕見燕飛性格隨和可親，膽子也大起來，哂笑道：「甚麼徒弟？宋爺從不肯正式收徒。」

梁定都顯是和他們吵鬧慣了，反唇相稽道：「怎麼不算？至少是半個徒弟，宋爺不當我是徒弟，怎肯傳我上乘劍法？」

小琦卻歡天喜地的笑著道：「不要吵啦！還不快服侍公子梳洗更衣，否則宋爺回來請公子去見安公爺，便有你們的好看。」

燕飛仍在沉吟回味剛才站起來時那種古怪奇異的暖意。聽他們閒話家常式的笑鬧，湧起難以言喻的感受，那是他兒時方有的感覺。

昏迷前的回憶正不住回流到他的腦海裡，重整他似屬前世輪迴般的回憶版圖，忍不住衝口問道：「謝玄是否打贏了仗？」

這句話登時惹得眾人你一句我一句的向他大讚謝玄的英明神武，如何打得苻堅大敗而去，好像人人都成了評論戰爭的專家，說得天花亂墜。不過總教燕飛明白晉軍於淝水之戰大獲全勝，同時記起宋悲風說的邊荒集已被燒成廢墟。

另一個令他驚怵的念頭湧起，問道：「劉裕有沒有出事？」

梁定都三人愕然以對，顯然從未聽過劉裕之名。

反是小琦道：「燕公子說的該是劉副將吧？是他親自送燕公子來烏衣巷的！然後又匆匆離開。他是高公子的好朋友，還是他把高公子找來的呢。」

燕飛心忖那定是劉裕無疑，還升官爲副將，但這可至少是兩個月前的事，目前情況如何仍是疑問。唉！還有那生死未卜的龐義。而自己也幫不上忙，只能盡通知警告之責。忽然間，那對神秘美麗的眼睛，浮現心湖。今次的距離更遙遠了！但那並不是實質的距離，而是心理上的距離。因爲燕飛再不屬於那刀頭舔血的世界。

謝安負手站在東院的望淮閣，憑欄俯視下方永不言倦、緩緩流動的河水，可是他本人卻頗有力盡心疲的感覺！

淝水之戰帶來的喜悅，已被朝廷於今尤烈的劇鬥取代。司馬曜變得很厲害，自兩個月前他把司馬道子獻上的美女納爲貴人，兼之北方胡族再不成威脅，不但荒廢朝政，晚晚在內殿與此女飲宴狂歡，沉溺酒色。權柄遂逐漸落入司馬道子手上，開始傾軋他謝安。

而最令他痛心的是女婿王國寶夥同司馬道子不斷向司馬曜說他的壞話，敗壞他的名聲，令司馬曜對他的信任大不如前，形勢急轉直下。

足音傳來，宋悲風的聲音在身後響起道：「燕公子到！」

謝安拋開心事，欣然轉身，雙目倏地亮起來，打量著眼前布衣儒服仍沒法掩蓋其飛揚神采的年輕小子。

燕飛也在打量他，這位被譽爲天下第一名士的風流宰相在河風的吹拂下，衣袂飛揚，一身仙風道骨，狀如仙人。

謝安長笑道：「高峰入雲，清流見底，燕飛長空，燕小弟貴體康復，可喜可賀。」

燕飛心頭湧起一陣自己也不明白的激動，苦笑道：「多謝安公關心，安公的讚譽卻是愧不敢當。燕飛武功盡失，對天下事已意冷心灰，再沒有翺翔高空之志，只希望平平淡淡度過餘生。」

謝安含笑移前，拉起他的手，牽拖直抵欄旁，讓燕飛與他並肩憑欄遠眺，這才放開手。宋悲風靜靜退下，心中充滿對燕飛失去武功的惋惜和悲痛情緒。他剛才把過燕飛的脈搏，清楚曉得燕飛內氣盡消，已變成一個普通的平常人。

燕飛並沒有因當朝名相的特別眷愛而生出受寵若驚的感覺，他一向獨來獨往，孤傲不群，分毫不把權勢名位放在心上。可是卻不由對謝安生出尊敬之心，以謝安的身分名位，竟對寒門之士如他者完全不擺架子，已可看出他的襟胸氣魄，而他高雅的談吐舉止，更是令他心折。

謝安悠然神往的道：「據說黃初四年，曹植一天出京城，於日落時分來到洛水之畔，睹一美女俏立河畔，翩翩若驚鴻，婉婉如遊龍，遠看皎如初升朝陽，近看則有若芙蕖出綠波，不由心迷神醉！待到美女舉起瓊杯相奉，且邀其會於深淵，瞬即不見，始知幸遇洛水女神，然人神殊道，無由交往，曹植徘徊終夜，不忍離去，遂作下名傳後世的〈洛神賦〉。」

燕飛凝望秦淮河對岸被白雪淨化的純美天地，河上舟楫往來不絕，聽著謝安忽然大發思古幽情，向自己這個陌生人娓娓道出如此一個人神相戀的淒迷故事，加上自身的失落迷惘，別有一番滋味在心頭。

謝安不愧風流名士，燕飛隱隱感到他是要藉著述說此一故事，以傾訴心內積鬱的情懷，亦可說對他燕飛一見如故，認爲他是個值得深談的對象。

相傳宓妃是伏羲氏的女兒，溺於洛水而成洛水之神，在屈原的〈離騷〉早有提及。曹植〈洛神賦〉描述的是一段沒有結果的人神苦戀，也暗喻著曹植本身對家族王朝的眷戀，是一種壯志難酬、備受壓抑的情懷。美麗的洛神，正是理想的象徵，可惜理想飄忽若神，可望而不可即，恰是謝安目前的寫照。

燕飛輕嘆一口氣道：「願爲西南風，長逝入君懷。君懷良不開，賤妾當何依？既是事與願違，安公何不重歸東山，不是遠勝在一個再沒有希望的地方，苦幹著力不從心的事。」

他唸的四句詩文來自曹植的〈七哀詩〉，充分顯露他文武雙全的才華，比之善於清談的謝安毫不遜色，更爲謝安提出他認爲恰當的解決方法。

謝安大生忘年知己的感覺，忽然道：「大秦完了！」

燕飛一震失聲道：「甚麼？」

他首先想到的是拓跋珪，大秦若亡，北方立即四分五裂，而事情發生在淝水之戰後百日之內，拓跋珪會否因尚未站穩陣腳，被亂世興起的巨浪所淹沒呢？

第三章　掙扎求存

狂暴的風雪，毫不留情地鞭撻著大草原，把一切樹木房舍掩蓋，視野模糊不清，人畜不見。

拓跋珪一人獨坐帳內，神情冷漠的喝著手上羊奶，好像帳外的大風雪與他沒有半點關係。

倘越過秀麗山脈的烏倫隘道，便抵錫拉木林河旁的牛川，他本部族人聚居的草原。可是這三十多里的路程，卻像天人之隔，無法踰越。

他和手下戰士在這裡設營立帳已有個多月，卻不敢輕舉妄動，越烏倫隘道雷池半步。

一向覬覦他代主繼承之位的叔父拓跋窟咄，率領近萬戰士，布軍於隘道前的平原高地，向外則宣稱歡迎他歸來。拓跋珪卻心知肚明他是要憑人數在他三倍以上的優勢兵力，將他當場擒殺，再盡收他的戰士和從中原帶回來的糧草物資。

不過機會終於來了。

「喀！喀！」

羊皮靴踏入雪深至膝的聲音由遠而近，帳門揭開，叔孫普洛高大的身形挾著寒風飛雪，進入帳幕。

拓跋珪差點認不出他這位頭號猛將，一頭一臉盡是雪粉，吐出一團團冷凝如實質的白氣，以他的內功底子，仍冷得直打哆嗦，從他這副樣子已可全然體會到帳外風雪的威力。

叔孫普洛脫掉鋪滿雪粉的禦寒羊皮斗篷，在羊皮氈上坐下，接過拓跋珪遞過來仍然溫熱的羊奶，

「咕嘟！咕嘟」的連喝三大口，喘著冷氣道：「這場風雪眞厲害，照我看還會再持續一、兩個時辰，往後的幾天天氣也不會好到哪裡去。」

拓跋珪沉聲道：「窟咄按兵不動的原因，我有沒有猜錯？」

叔孫普洛佩服的道：「果如少主所料，窟咄派人到賀蘭部，遊說賀染干前後夾攻我們，不過賀染干怕令慕容垂不快，對此仍是猶豫不決，未肯出兵配合窟咄。」

拓跋珪露出一個充滿凶狠味道的笑容，神態卻非常冷靜，道：「窟咄啊！從今天開始，我們叔侄之情斷絕，不是你死便是我亡。」又冷哼道：「沒有人比我更明白賀染干，現在他顧忌的是窟咄而非我拓跋珪，所以樂於坐山觀虎鬥，希望我們自相殘殺，鬥個兩敗俱傷，最好是我們拓跋部四分五裂，那他賀蘭部可乘機吞併我們。」

賀染干是拓跋珪的死敵，一向對拓跋部懷有野心，因爲拓跋部所佔的牛川河原，盛產優質戰馬，慕容垂亦因此對拓跋珪另眼相看。

賀蘭部除賀染干外，另一大酋帥賀納是拓跋珪的舅舅，他娘親的親弟，對拓跋珪非常看重，早年曾收留他們母子，對拓跋珪復國一事更鼎力支持，這才是賀染干猶豫的眞正原因。

拓跋窟咄素知拓跋珪智勇雙全，手下兒郎更是驍勇善戰，作戰經驗豐富，又慣於馬賊式打打逃逃的飄忽游擊戰術，更怕他不戰而迂迴繞道，所以在返牛川的必經之路張開羅網，又欲說動賀染干，希望前後夾攻下，圍殲他的精銳部隊，至不濟也可以阻止他返回本部去。

叔孫普洛低聲道：「我們是否該趁風雪突襲窟咄，硬闖過隘口？」

拓跋珪露出一絲高深莫測的笑意，冷然道：「你看這有多少成把握？」

叔孫普洛滿布鬚髯的粗獷臉容露出苦笑，道：「只有幾分成數，窟咄並非蠢人，否則這數年勢力不會擴展得那麼快，他當會猜到我們要趁風雪強闖隘道，他正是以逸待勞，佔盡各方面的優勢。」

拓跋珪微笑道：「若我沒有猜錯，賀染干的大軍已離開陰山，向我們後背繞過來。表面他是拒絕了窟咄的出兵夾擊，事實上卻是希望窟咄就此揮軍攻擊我們，當我們兩敗俱傷，那狗娘養的便可收漁人之利，趁勢入侵我部，我拓跋珪怎會如他所願？」

叔孫普洛一震道：「我倒沒想過賀染干如此陰險狡詐。」

拓跋珪斷然道：「我們走！」

叔孫普洛失聲道：「甚麼？」

拓跋珪冷靜地道：「這是擺脫腹背受敵的唯一方法，我們移往桑干河的上游地帶，引窟咄追來。另一方面，我們遣人通知慕容垂，著他派出援軍，與我們在高柳會師，今次輪到我們夾擊窟咄，殺他一個措手不及。」

叔孫普洛道：「確是上上之計，不過卻有兩個疑問，首先是窟咄會否眞個追來，其次是慕容垂肯不肯派出援軍。」

拓跋珪啞然失笑道：「窟咄難道不怕我投靠慕容垂嗎？他不但會追來，且是在準備不足下匆匆追來。慕容垂方面更不須擔心，他大燕剛告立國，亟需我爲他守穩西邊，供應戰馬。而他更一向與窟咄不和，所以他定會支持我們。就是這樣吧！誰還有更好的主意呢？」

叔孫普洛長身而起，躬身施禮道：「領命！」出帳去了。

一捲風雪迎頭照面朝拓跋珪吹來，冰寒的感覺，使他感到非常痛快。燕飛常說自己是愛走險著和愛冒險的人，而這也是他成功的原因。只不知今次是否同樣靈光，否則他會就此賠掉辛苦賺回來的所有老本。

謝安徐徐道：「慕容垂是北方諸胡第一個自立爲王的人，苻堅敗返長安，立即遣驍騎將軍石越率驍卒三千戍鄴城，驃騎將軍張蠔率羽林軍五千戍并州，又留兵四千配鎮軍毛當守洛陽，都爲防備慕容垂，可見苻堅對慕容垂的恐懼。」

燕飛嘆一口氣道：「苻堅淝水一戰後的本族氐兵已所餘無幾，現在又大部分分派出去防備慕容垂，怎鎮壓得住關中的京畿重地呢？」

謝安微笑道：「想不到小飛你剛甦醒過來，已弄清楚苻堅在淝水慘敗後的情況。」

燕飛聽他喚自己作小飛，湧起親切的感覺，點頭道：「百日夢醒，世上人事已翻了不知幾翻，教人感慨！」

謝安仔細打量他，正容道：「我不是故意拿話來開解你，論觀人之術，我謝安若認第二，怕沒有人敢爭認第一。小飛你絕非福薄之相，且眼內神光暗藏，不似失去內功修爲之象，所以目前的虛弱極可能是暫時的情況。」

燕飛記起剛才體內的暖流，問道：「安公有看錯過人嗎？」

謝安想起王國寶，頽然道：「人怎會沒有出錯的時候呢？」

燕飛聽得大生好感，亦出於對拓跋珪的關心，知道在一段時間內，慕容垂的成敗與拓跋珪息息相關，忍不住問道：「苻堅豈肯坐看慕容垂稱王，自須立加打擊，以免其他異族領袖紛起效尤。」

謝安從容道：「這個當然，可惜苻堅再無可用之兵。而慕容垂最聰明處，是曉得百足之蟲，死而不僵，苻堅餘勢猶在，故捨洛陽而取滎陽，另一方面兵逼鄴城。苻堅身在長安，鞭長莫及，徒呼奈何。」

燕飛心中暗嘆，在自己昏迷前，苻堅仍是威懾天下，不可一世。想不到短短幾個月，竟落至如此田地！世事的風雲變幻，確教人無法預測。道：「苻堅既奈何不了慕容垂，大秦危矣！」

謝安道：「正是如此，鮮卑族另一大酋慕容泓知道慕容垂公然叛秦攻擊鄴城，牽制著氐秦在關東的重兵，遂趁火打劫，起兵叛苻堅，還把苻堅派去監視他的軍隊打個落花流水。苻堅盛怒下竟遷怒姚萇，殺掉他的兒子，令姚萇盛怒起兵反擊，動亂像波起浪湧，一浪高於一浪，苻堅大勢已去，能捱過今年已相當不錯。」

對慕容泓，燕飛比謝安更爲熟悉。慕容部是鮮卑的大族，於魏明帝時入駐昌黎棘城，至晉武帝時部族漸盛，到晉室南渡，慕容部乘機攻佔遼東，更爲壯旺，以薊爲都城，又奪下鄴城，立國爲燕，勢力空前強大。桓溫曾率兵五萬討伐，慕容垂奮力抵禦，卒退桓溫。慕容垂亦因此役聲名大盛，招燕主之忌，陰謀加害，慕容垂遂投奔苻堅。燕至此大勢已去，不久即亡於苻堅之手。

慕容暐、慕容泓、慕容文、慕容沖和慕容永五兄弟，是燕國國君慕容儁之子，慕容暐更是舊燕最後一任國君，被回來復仇的慕容垂俘虜，五兄弟同向苻堅俯首稱臣。

五兄弟一向對拓跋部的燕代非常仇視，認爲若非燕代與慕容氏的燕國分裂，就不會招來亡國之恨。所以慕容文慫恿苻堅，對拓跋部趕盡殺絕，不但令拓跋珪和燕飛自小流離失所，還害得燕飛痛失慈母。

所以後來燕飛矢志報仇，勤修劍術，斬殺慕容文於長安街頭。縱使他現在失去武功，他卻曉得慕容暐四兄弟絕不會放過自己。

慕容垂捨洛陽而取滎陽與鄴城，不但因洛陽是四面受敵之地，不宜立足，更因該區是慕容燕國一向的根據地，乃祖廟所在之鄉。慕容垂與慕容暐等雖是堂兄弟，但因舊燕事實上是亡於慕容垂之手，從慕容泓等的角度去看，不論慕容垂如何有道理，仍是個叛族的人，雙方嫌隙極深，沒有和解的可能。

在這樣的情況下，慕容垂更要扶植慕容泓諸兄弟的死敵拓跋珪，以之爲西面的屏障，抗拒以關中爲根據地、勢力不在他之下的慕容泓兄弟。

想通此點，燕飛不再那麼擔心拓跋珪的處境，且他深明拓跋珪的爲人，爲掙扎求存，拓跋珪會比任何人都有辦法。

燕飛道：「北方由治歸亂，從統一走向分裂，安公會否乘此千載一時之機，發動北伐？」

謝安凝望河水，默然片刻，忽又啞然失笑，繼而則搖頭嘆息，卻沒有說話。燕飛想起拓跋珪對東晉的批評，陪他嘆一口氣，淡淡道：「是否朝廷並不熱心北伐呢？」

謝安夷然道：「想不到我和小飛你一見如故，傾心相談，更因這兩個月來，我愈來愈感寂寞。小飛你識見之高，大大出乎我意料之外，像你這麼通諳時局的人，在江南也罕得一遇。」

燕飛道：「安公休要誇獎我，只因我長期流落邊荒集，道聽塗說得多了，故比一般人多點認識。」

謝安呼出一口氣，雙目射出憧憬的神色，淡然道：「聽說邊荒集是個充滿活力的地方，雖被姚萇放火燒掉大部分房子，不過兩方退兵後，荒人已紛紛回到邊荒集，進行重建的工作。小飛打算回去嗎？」

燕飛苦笑道：「我回去可以幹甚麼呢？恐怕還得找人來保護我才成。」

謝安微笑道：「事情或不會如你想像般的不堪。我總隱隱感到你失去內功的事或有轉機，此正是小玄把你送來建康的原因。支遁正設法尋找一個人，請恕我不能在此刻透露他的名字。此人架子極大，且生性孤僻，不過若天下間有一個人能請得動他，必是支遁無疑。」

燕飛心中浮起「丹王」安世清的名字，卻不說破，心忖若謝安曉得「丹劫」一事，又知「丹劫」是由葛洪這丹道的前輩大宗師「泣製」出來，幾可肯定連謝安也要對安世清失去信心。

擁有那對神秘美眸的美女，又會否隨她父親出現？

謝安見他默然不語，大訝道：「小飛像一點不把此事放在心上？」

燕飛悠然道：「擔心不來的事，我總不願費神去想的。安公多月來的照顧，燕飛銘記不忘。請安公不用再爲我費神，明早我會離開建康，隨便找個可落腳的地方，靜靜度過下半生算了。」

謝安搖頭失笑道：「小飛來去自如，我謝安既羨慕得要命，也不敢強留。只希望你體諒我的苦衷，因我曾受小玄所託，若你回醒過來，立即以飛鴿傳書通知他，若他和你的朋友劉裕趕回來，卻見不到你，是會非常失望的。小飛可否期以十天，方才離開。」

燕飛記起必須警告劉裕，暗責自己疏忽，心想多十天少十天沒有甚麼大不了，點頭答應。

謝安倒沒想過他答應得如此爽快，更添對他毫不作僞的欣賞，終於轉入正題，問道：「恕我謝安多事，小飛你怎會與逍遙教的任遙結上樑子？給他全力一擊後，又會進入胎息的奇異狀態中，整件事令人百思不得其解。」

燕飛待要答他，忽然想到此事牽涉到太平玉珮，而他和劉裕曾因形勢所逼，在邊荒集第一樓的藏酒窖立下不洩出此事的誓言。如今他說出來不打緊，橫豎妖后青媞並沒有遵守承諾背後的精神，可是卻不曉得劉裕有沒有向謝玄透露天地珮合一的秘密，自己一時魯莽，說不定會令劉裕惹上向上級隱瞞秘密的罪咎，事情可大可小，遂避重就輕的道：「此事一言難盡，我在邊荒遇上任遙與太乙教妖道的惡鬥，更被捲入他們的鬥爭中，當時任遙該是護送他一位叫曼妙夫人的妃子到建康來，不知有何圖謀？總之不會是好事。安公須小心在意。」

謝安感到他言有未盡之處，更似有難言之隱，當然不會逼他，心中一動，隱隱感到曼妙夫人與建康城目前發生的某事有關，但一時之間又想不到是哪一件事。便道：「以任遙的爲人，肯定不會放過你，小飛須出入小心，若要在城內閒逛瀏覽，須有悲風的安排才妥當。」

燕飛雖不情願，但知道謝安是一番好意，且明白謝安會在此事上堅持不讓，只好同意道謝。

謝安沉吟片晌，苦笑道：「若在淝水之戰前，我反有對付任遙的辦法，現在卻有力不從心的感覺。當夜小玄從任遙手中將你救起，曾與他全力硬拚一招，小玄說此子的劍術已臻出神入化的境界，內功心法詭秘邪異，即使在公平決鬥下，小玄也沒有必勝的把握，所以你對他萬勿掉以輕心。」

燕飛還以爲因司馬曜對謝安猜疑，所以在淝水之戰後使他大感有心無力，卻想不到引起謝安感觸的實是大江幫的龍頭老大江海流。竺雷音兩個月前已潛離建康，江海流方面卻沒有任何關於他的消息，江海流還避往他方，顯然是桓玄在其中作梗，致令他有負謝安所託。

此時宋悲風神色凝重的來到，道：「悲風有要事向安爺報上！」

謝安眉頭一皺，向燕飛道：「小飛你今晚陪我共膳如何？」

燕飛心忖謝安這中書令眞不易當，煩惱不絕，難怪他生出對洛神的憧憬，點頭答應，也不由湧起

第四章　彌勒南來

謝家在烏衣巷的莊園，規模只有對門的王家宅院可相比擬，分東、南、西、北、中五園，東南兩園依秦淮河北岸建成，呈不規則形狀，因可眺望秦淮河和兩岸景色，觀景最美。

中園即四季園，其內的忘官軒，是謝安日常治事的地方，故在宅內有最崇高的地位，北園是大門入口廣場所在，松柏堂是最主要和宏偉的建築物，一般賓客來訪，均在北園的範圍內接待。燕飛昏臥百天的賓客樓，便是位於北園西南角的一座四合院落的東廂，高彥等候他的迎客軒，是四合院北面的主廳堂。

謝家上下數百人，加上二百多個府衛婢僕，多聚居於東、南、西三園，分房分系。

因著謝安的喜好，佔地數百畝的謝家大宅，充滿追求自然眞趣的氣氛。並利用山石林木與泉流池沼創造出天然情趣，聚石引水，植林開澗，盡顯山、水、林、石間遠近、高下、幽顯等的關係，布局巧妙；在有限的空間裡營造出無限的詩情畫意，有若天然。林樹可以蔽雲，懸蔓垂蘿能令風煙出入。羊腸徑道，似壅實通，崢嶸泉澗，盤紆復直，美景層出不窮。

置身於如此園林勝景內，燕飛也不由拋開外面險惡人世的一切煩惱，但也更感受到謝安肩頭負著保持家族地位的重擔子，不能學他般來去自如，難怪謝安會對他羨慕得要命。

大雪把謝宅換上雪白的新裝，當燕飛踏上貫通東北園的九曲迴廊，漫遊於廣被東、北、中三園謝家著名的忘俗池上，也恍如池之名，洗心去俗。

梁定都顯然是個愛說話的小夥子，燕飛只好有一句沒一句的漫應著。忽然前方一陣笑語聲傳來，梁定都忙牽著燕飛移到一旁，低聲道：「是秀小姐，我們先讓路。」

燕飛望向跨池九曲橋的另一端，四、五名男女正嬉嬉鬧鬧的迎頭而來，出奇地他的視力似乎沒有受到失掉內功的影響，還似乎比以前看得更細緻入微，超過十丈的距離，仍可有如咫尺面對的看到一名清秀嬌俏的美女，在四名年輕男子眾星拱月般簇擁著過橋走來。

到走得貼近，更曉得四男盡是高門大族的子弟，人人薰衣剃面，傅粉施朱，身穿奇裝異服，披的是禦寒在其次、以光彩耀眼爲主的鳥羽製成的各式輕裘，其中兩人還腰佩紫蘿香袋，一人腰掖花毛巾，充滿紈褲子弟爭相競逐虛榮外觀的習氣。

這跟他自己和梁定都兩個傖人相比，彼此就像活在不同世界的人。

少女外披棗紅風氅，內裡穿上襦衣，下著絳碧結綾複裙，頭結由下而上逐層縮小的盤髻，走起路來腳步輕盈，風姿綽約，確是不得多見的小美人，難怪四名青年男子爭相討好，名副其實地追逐裙邊。

幾個男女不知捉著甚麼清談的好話題，高議闊論，興高采烈，女的只是含笑不語，小香唇角掛著一絲帶點不屑的高傲笑意。

他們見到燕飛，或許是把燕飛也當作梁定都一類的府衛之流，男的只瞥上一眼，注意力便回到美女身上去。反是那美人看到燕飛，露出定神打量的神色，卻終沒說話或表示甚麼，頭也不回的在梁定都施禮請安聲中，裙裾飄飛地婀娜去了。

梁定都仍呆看著女子的動人背影，深吸一口氣道：「秀小姐是我們玄少爺的女兒，我謝家數她最漂亮。」

燕飛自長安之後，對任何美女都心如止水，打趣道：「你不是偷偷愛上你家小姐吧！」

梁定都大吃一驚，到看清楚左右無人，把聲音壓至低無可低的求饒道：「千萬不要再說。我算甚麼角色？在心裡想想都不敢，若給人知道輕則吃棍子，重則還會逐出府門呢。」

燕飛有點兒沒趣，梁定都的反應和說話，不單使他感到高門內主從之隔，更想到荒人和晉人的分別。不由又懷念起邊荒集來，那兒不但是無法無天的世界，還容許自由競爭，由本領而非名位身分去決定高下。

在這方面，劉裕是比較接近荒人的。

謝安的馬車剛要駛出府門，遇上回來的謝石，後者慌忙下馬，來到車旁，道：「二哥要到哪裡去？」

謝安掀起簾子，露出雙眉深鎖帶點疲倦和蒼白的面容，沉聲道：「事情非常不妙，我要立即入宮見皇上。」

謝石從未見過謝安如此有若大禍臨頭的凝重神色，與他一向談笑用兵的丰姿神采是截然不同的兩副情況，駭然道：「發生甚麼事？」

謝安搖頭苦笑道：「竺不歸剛抵建康，還是范寧暗中派人來通知我，我方曉得此事。皇上在興建彌勒寺上沒有和我商議，就暗中挪撥國庫支付經費，我仍睜隻眼閉隻眼，滿以爲可以另施手段對付竺不歸，豈知江海流竟敢出賣我，使我錯失一著。唉！當時怎想到大司馬會忽然病逝？」

范寧是朝廷的諫議大夫，是司馬曜的近臣親信，一向支持謝安，更爲王國寶的舅父，爲人正直，幫理不幫親。

謝石色變道：「二哥是要去見皇上？」

謝安回復冷靜，柔聲道：「你有更好的辦法嗎？」

謝石一震道：「那二哥豈非正中桓玄的奸計？」

謝安聽得桓玄之名，冷哼道：「只從江海流的背叛，已可知桓玄有謀反之心。他當然想我和皇上正面衝突，而我則正好將計就計，偏要讓事勢如此發展，利用桓玄獨霸荊州的形勢，讓司馬曜作出選擇，若司馬曜認爲司馬道子有足夠力量應付桓玄，由今天開始，我謝安對朝廷的事將袖手不理。」

謝石倒抽一口涼氣，一時間說不出話來。謝安在此事上的堅持，確出乎他意料之外。

謝安從容一笑，似已下定決心，安詳地道：「我是別無選擇，司馬曜也沒有選擇。與其坐以待斃，不如孤注一擲，看看能否避過此劫。自己知自己事，我謝安已餘日無多，希望能爲你們作出最好的爭取與安排，以後家族要靠你們哩！」

言罷垂下簾子，著馬車開出府門，剩下謝石呆立不語。

高彥仍是那副吊兒郎當的樣子，不講任何禮數，以頗不自然的姿態半蹲半跪的坐於迎客軒一角，瞧著燕飛與他隔几坐下，向梁定都笑嘻嘻道：「這位小哥子請幫幫忙，我和燕大哥有個私話要說。」

梁定都不悅地皺起眉頭，望向燕飛，見後者點頭，沒有辦法，向高彥狠狠道：「我叫梁定都，不是甚麼小哥子。」說罷不情願的退出軒外。

高彥失笑道：「謝家當燕飛是甚麼呢？難道是壞鬼書生？竟要派個護院來保護你。他奶奶的，每次我來探望你這個只會睡覺的混蛋，他都像跟屁蟲般跟著我，更只准我走側門小徑，害得我沒有一次能碰上謝鍾秀那著名的小美人。」

聽到他那以粗言穢語說話的習氣，燕飛反生出親切熟悉的感覺，道：「你好像不曉得我內功全失，連你這麼武功低微的人也可以一招收拾我。」

高彥「咭」的一聲笑出來，又立即掩著發出怪聲的口，似是怕與軒內寂靜平和的氣氛有太大的不協調，吃吃笑道：「你不要誆我，要知我高彥是給人誆大的。只看你那對招子，神采更勝從前，剛才進來時仍是龍行虎步，不像我泡完妞子一副腳步飄浮的樣兒。哈！你當散功像逛青樓般輕鬆容易嗎？即使死不去，也要變成半個廢人。咦！你把手遞過來幹甚麼？我對男風毫無興趣。」

燕飛沒好氣道：「事實勝於雄辯，我不是把手送給你摸上兩下，而是讓你把把脈，證實我的確失去內功，那你以後再不用倚賴我，因爲我已沒本事賺你的子兒。」

高彥臉色微變，上下打量他兩眼，竟不敢把脈查探，道：「快拿開你的手，我們不再談洩氣的事。哈！大家一場兄弟，兄弟就是兄弟，不會因任何事情而改變的。今時不同往日，我有很多好處可以給你。」

燕飛心中一陣溫暖，自己的確沒有看錯高彥，這小子的內心遠比他擺出來的姿態善良。淡淡道：「爲甚麼還不滾回邊荒集去？」

高彥立即興奮起來，道：「還未把囊內的子兒花光，回去幹啥？天下雖大，我卻可肯定沒有一個地方比得上秦淮河，要美酒有美酒，要妞兒有妞兒。一場兄弟，你在這裡的花費全包在老子身上。」

燕飛雖不好色，卻聽得酒蟲蠢動，心忖自己雖曾來過建康，然從未試過到花舫聽曲喝酒，不由有點心動。道：「此事今晚再說，有沒有龐義的消息？」

高彥訝道：「龐義不是來看過你嗎？他見你像個活死人似的，還把隨身之寶的切菜刀留下準備作你的陪葬品，豈知竟派不上用場。」

燕飛皺眉道：「我是認眞的！」

高彥攤手投降道：「我似乎仍有些怕你，說笑也不行嗎？這些所謂高門大族的人大多不輕易說笑。嘻！我雖然身在此地，不過仍在幹著老本行，對邊荒的消息瞭如指掌。聽說龐義是第一批返回邊荒集的荒人，他正著手重建被燒成一堆黑炭的第一樓。他娘的，看他今趟是否還要用木材來建房子。邊荒集現在的情況複雜多了！人人爭著在那裡分一杯羹……」

燕飛大舒一口氣，龐義竟出乎他意料的沒有出事，眞值得酬神謝福，打斷他道：「我對邊荒集再沒有興趣，你在這裡除了泡妞外，還幹過甚麼？」

高彥毫無愧色地聳肩道：「除了泡妞兒仍是泡妞兒，有甚麼事可以幹的？」

接著把身子挨過半邊几子來，神秘兮兮的道：「大家兄弟，我每天都來探你，誠心一志的，實有一事相求，你千萬不要令我失望。」

燕飛聽得啞然失笑，瞥他一眼，高彥就是這樣一個人，明明在行動上表現出對他燕飛的關懷和情義，偏怕給他看破心事，把事情說得含含糊糊，以掩飾心內的感情。淡淡道：「說吧！但舞刀弄劍不要找我，現在我拿起蝶戀花也感吃力。」

高彥道：「有武功未必比沒有武功好。謝安雖不諳武功，可誰敢不看他的臉色做人，司馬曜雖是皇帝老子，也不例外。且誰懂武技，便給他趕上戰場出生入死，唉！」

最後一聲嘆氣，卻掩不住心內對燕飛痛失武功的惋惜，顯示他只是在安慰燕飛，亦表示他開始相信燕飛功力盡散。

高彥的話不是沒有道理，可是絕不適用在燕飛身上。首先他已失去浪蕩天下的護身本領，其次是他仇家遍地，如今變成一個無縛雞之力的孱弱書生，以後的日子只能在躲藏中度過。

燕飛微笑道：「生死有命，不用你這小子來安慰我，有甚麼事？快說出來！我忽然肚子餓得要命，想到外面找間館子祭祭肚皮。」

高彥忙陪笑臉，把聲音再壓低些道：「你聽過紀千千嗎？」

燕飛搖頭道：「從未聽過，這名字很有詩意。」

高彥乾咳一聲，坐直身體，先抱怨道：「在謝府想找張舒服點的胡椅也沒有，終日席地而坐，坐得老子我腳都麻痺了，他奶奶的！」

燕飛不滿道：「快說！」

高彥又湊過來，兩眼放光的道：「紀千千是建康最著名的兩大青樓之一的秦淮樓的首席名妓，賣藝不賣身，她所在的雨枰台，是建康城所有公子哥兒、英雄好漢夢寐以求能留宿一晚的地方。她的香閨等若所有青樓浪子的聖地，紀千千色藝雙絕當然不在話下……」

燕飛不耐煩地打斷他道：「我知道啦！總之她是艷壓群芳，不過我站在朋友立場，還是勸你打消妄念。做人最至緊要有自知之明，在建康事事動輒論財力、名望和地位，你高彥算老幾。若我是你，不如乖乖的滾回邊荒集，你是屬於那裡的。」

又搖手道：「這種事我無法幫忙，即使有心也無力。」

高彥不滿道：「還算是兄弟嗎？尚未聽清楚是甚麼事便一輪亂箭般射來，箭箭穿心裂肺，他娘的！我也算曾幫過你大忙，是誰幫你把玉璽送到謝玄手上的？」

燕飛啞然失笑道：「謝玄沒有給你酬金嗎？照我看至今你仍未被人狠揍幾頓，也是全賴謝玄的朵兒呢。對嗎？」

高彥給擊中要害，洩氣的道：「好！不和你斤斤計較，你究竟肯不肯幫忙？」

燕飛拿他沒法，苦笑道：「說吧！你這不自量力、癡心妄想的可憐蟲！」

高彥嘆道：「不敢瞞你老人家，我的癡心妄想並非要一親紀千千的香澤，只是希望回邊荒集後，可以告訴別人曾在雨枰台聽過紀千千又彈又唱，大家碰過杯兒。如此我高彥在青樓界中立可聲價百倍，明白嗎？這要求豈是過分？」

燕飛拗他不過，道：「我在洗耳恭聽，雖明知是無能為力。」

高彥見終於說服燕飛，大喜道：「自司馬元顯那混蛋惹怒紀千千，她一直不肯見客，只有兩個人是例外，一個是招呼你在這裡睡大覺的人。」

燕飛愕然道：「謝安？」

高彥道：「紀千千是謝安的乾女兒，謝安是她最喜歡見的人。」

燕飛苦笑道：「你想我怎樣幫忙？難道去對謝安說，我生平最大的願望是想拜會紀千千，不過還要帶那叫高彥的小子一起去，希望安公你可玉成我的心願云云嗎？」

高彥唉聲嘆氣的苦惱道：「當然不是這樣，怎麼可以這麼沒有技巧？謝安的手下有個叫宋悲風的，與紀千千關係很好，謝安有時要送點甚麼山珍海味給紀千千吃，又或須人傳話，均由宋悲風一手包辦。只要你籠絡好他，說不定有辦法領我去見上紀千千一面。」

燕飛笑道：「只是一面？」

高彥跺足道：「當然不止一面那麼簡單，唉！他娘的！千萬不要驚動謝安，他是高門頭子中的頭子，絕不容我們兩大荒人去冒瀆他的乾女兒。」

燕飛道：「宋悲風是聽謝安之命行事的人，他肯爲我們荒謬的要求去打擾紀千千的安寧嗎？」

高彥苦笑道：「這是沒有辦法中的唯一辦法，只要你能打動宋悲風，他必可做出安排。」

燕飛順口問道：「紀千千肯見的另一個人是何方神聖？又有甚麼來頭？」

高彥嘆道：「眞羨慕那小子，只是與紀千千在街頭偶然碰上，竟贏得紀千千的歡心，三次在雨枰台招呼他。不過那小子的確長得如玉樹臨風，長相英俊，又武功不凡，二十來歲已是劍法高明，家底又厚。」

燕飛心中一動，道：「你怎會知道得如此清楚？」

高彥傲然道：「我是幹哪一行的，收買秦淮樓的人只是小事一件。」

燕飛沉聲道：「你見過那個人嗎？」

高彥道：「只是聽人說的。這小子據稱來自北方的望族，兩個多月前才來建康活動。不要提那小子啦！提起我便有氣。來吧！讓我們到外面大魚大肉吃他娘的一個痛快，順道慶祝你重返人世。」

燕飛的心神卻轉到可能已奪得紀千千芳心的那個小子身上，在很多方面都與任遙吻合，難道竟眞的是任遙？

第五章　明爭暗鬥

東晉宮城位於建康東城北部，又稱爲台城，所謂天子居處禁者爲台，因以爲名。

台城背靠覆舟、雞籠二山，前望牛首山，有牆兩重，內宮牆周長五里，外宮牆周長八里，建康宮居中。環城有壕，闊五丈，深七尺。外垣正中大門爲「大司馬門」，凡上奏者，均於此門跪拜待報，故又稱爲「章門」。

大司馬門遙對都城南大門宣陽門，以御道貫通，御道兩側開有御溝，溝岸植槐栽柳。由宣陽門南行，另有五里御道接通朱雀橋。七里長的御道，是爲貫通都城的中軸大街。其他里巷橫街，依此而擴展。

東晉都城不論宮城或浮航，以至其衛星城堡如石頭城，均利用天然的山勢或水道，達致最堅強的防禦能力。此亦反映著東晉與北方胡族的對峙，還有內部政治鬥爭的激烈和社會動盪的混亂情況。

司馬曜所居的宮城，不僅是皇家的宮殿區，更是戰爭中可發揮龐大防守力的堅固堡壘。台城的安危，關係著整個政權的興亡。

對桓玄來說，倘若能攻入台城，等若控制了東晉的天下，挾荊揚二州之力，謝玄的北府兵再不足懼。

而在謝玄來說，他必須盡一切力量阻止建康落入桓玄手上。在這樣的形勢下，謝玄逆江攻打荊襄困難，桓玄順流攻打建康則容易，所以自有東晉以來，主動總是操控在荊州的軍閥手上，下游的建康則陷於被動的劣勢。

謝安的車馬隊長驅直入大司馬門，他的地位尊崇，並不用在大司馬門候命，自有人飛報司馬曜。他眼看的雖是宮城內的重樓疊閣，心想的卻是將來可見的兩玄之爭，心中百感交集。

車隊朝正殿太極殿馳去，此殿爲建康宮內最宏偉壯觀的建築物，十二開間，象徵一年十二個月份，兩旁有東、西二堂。本殿高八丈，長二十七丈，寬十丈，前有方庭六十畝，整組以太極殿爲主的建築庭園，是司馬曜召見大臣、舉行宮宴和處理日常政務的地方。

司馬曜已連續三天取消早朝，自納得新寵張貴人後，藉口淝水之戰後須休養生息，荒怠朝政。更美其名因謝安和王坦之勞苦功高，大幅削減他們的政務，轉移到司馬道子的尚書官署手上，所以興建彌勒寺如此重大的事，亦跨過謝安，使他無從阻止。

不過今趟謝安已痛下決心，決意不讓司馬曜含混過關，而司馬曜也必須在重臣分裂和團結兩項上，作出選擇。

若要遊建康，最佳的方式莫如泛舟於遍布城內的水道。

建康城處於長江、秦淮河和玄武湖的水網地帶，四面環水。城區依秦淮河發展，日益繁盛，工商業區和住宅區由長干里、大市向東面的秦淮河兩岸和青溪方向擴展，市廛鱗次櫛比，非常熱鬧。

當時建康城的規模，已成中原之冠，高樓大宅，連宇高甍，參差可見，最有特色處是河道港汊，舟檣往來，曲折進港；御道馳馬，人來車往，川流不息。

城內有四個商市，秦淮河兩岸市集更達百個以上。另一個特色是市場多建在佛寺附近，皆因佛事昌隆，寺院周圍人流穿梭，故成爲做買賣和交易的好場所，其中最著名的是建初寺前的大市和歸善寺前的北市。

在常設的市場外，還有很多不固定的草市，顯示經商謀生者日益增多，令建康成爲天下最富饒、最繁華的大都會。

在主御道和馳道之外，是蜘蛛網般延伸往城內里坊的次一級街道，至乎窄街小巷；房舍沿河伸展，深宅大院，粉牆黛瓦的民居、石板路、石拱橋、浮航、石河埠，江中則舟楫往還、水光帆影，一派江南水城的風光，加上大雪之後，處處披雪掛霜，美如夢境。

比之燕飛五年前初遊此地，眼前又是另一番盛況。

對於江南水鄉的特色，燕飛是情有獨鍾。對他來說，江南城鎮那種依水而居的美景，猶如一幅疏密得當、虛實相生、充滿詩情的畫卷，在有限的空間中，展現無限的意境和情趣。

燕飛轉出烏衣巷，踏足御道，左右陪伴的是高彥和梁定都，後面還跟著四名謝家的府衛，均爲府衛裡的好手，是燕飛推不掉而由梁定都堅持下的安排。

梁定都和高彥則像錯貼的門神，互不相望，而不言則已，一說話便互不相讓，鬥嘴爭鋒，明嘲暗諷，令燕飛不勝其煩。

燕飛只好也不說話，拋開一切煩惱，廁身於熙熙攘攘的繁華大道，投入建康城的生活情趣中。

御道兩旁各類店舖林立，沿街店面招幌，不乏菜館、酒樓、茶館、酒舖，還有販子擺地攤賣各式雜貨。單是在御道與烏衣巷附近便有兩間佛寺一所道觀，不論寺前觀外，均人潮如湧，善信以女性居多，似乎淝水之勝帶來的歡樂氣氛，仍未消退。

最令燕飛感到興趣盎然的是城外四方的農民、漁民從各條水道以船運來新鮮的蔬菜、水果、鮮活魚蝦，就在橋底水堤處擺攤出售，又或沿河叫賣。

燕飛一眾人等沿秦淮河北岸蜿蜒曲折的長街漫步，離開筆直的御道，又是另一番引人入勝的感受。

不論是無法無天的邊荒集，又或東晉之都建康城，人總是要生活的，現實的情況本是大同小異，但前者卻遠不如後者的優閒。

高彥湊到燕飛耳旁道：「前面的高朋樓，最出名的是烤羊肉，自稱『上風炊之，五里聞香』，不容錯過。」

梁定都正豎起耳朵運功竊聽，聞言哂道：「燕公子百日未進粒米滴水，今餐宜淡不宜濃，再多走百步是有名的素菜館淨心齋，肯定較適合燕公子。」

高彥生氣道：「你怎會懂我們荒人無肉不歡的飲食習慣。百日沒吃東西，醒來後還要去吃讓人淡出鳥兒來的素菜，算哪門子的道理！哼！現在是誰請客？」

梁定都待要反唇相稽，前面忽然一陣騷動，人人爭相走避。

梁定都身負保護燕飛安全的重責，嚇了一跳，扯著燕飛避到一旁，後面的府衛立即撲上來築成人牆，保護燕飛。

燕飛看過去，只見一人衝出馳道，險險的在一輛疾馳的馬車前急急如喪家之犬般奔往對街，令得馬兒人立而起，駕車御者則破口大罵。不過當御者看到追在那人身後的五、六名青衣武裝壯漢，立即噤若寒蟬，不敢罵下去。

被追者和追人的迅即沒入一道橫巷去，街上情況轉瞬復常，像沒有任何事發生過。

梁定都頹然道：「又是寶姑爺的人。」

高彥訝道：「寶姑爺？」

梁定都白他一眼，沒好氣的不答他。

燕飛怕高彥難下台，代問道：「誰是寶姑爺？」

對燕飛，梁定都不敢怠慢，恭敬地答道：「寶姑爺是安公爺的女婿、中書監大人的兒子王國寶，他現在是建康城最有財勢的人，專放高利貸，又深諳囤積居奇之道，不住兼併別人田、宅、邸、店，斂聚驚人的財富，安爺很不喜歡他。」

燕飛聽得心中一陣煩厭，深感謝安眞實的處境，遠不如他表面的逍遙自在。

高彥當然對放債食高息的吸血鬼沒有興趣，道：「現在究竟到哪裡去？」

燕飛向梁定都使個眼色，道：「誰請客誰作主，當然是吃烤羊肉去啦！」

高彥高興起來，一副勝利的神態，領路去也。

司馬曜或許是個具有雙重性格的人，他可以在某些事情上非常執著，有些時候卻又拿不定主意，很容易受人唆使；他能幹出非常率性狂熱的事情，甚至殘酷無情地進行殺戮，但又有謹愼、善良的一面。

在東晉當時的政治形勢下，一直以來，他都戰戰兢兢的克承祖業，不敢荒怠政務，雖然在私下裡他不斷放縱至乎痲醉自己，但源自恐懼而來的警覺，使他在整體上仍算能盡上身爲君主的責任。

可是淝水之戰的勝利，他在似乎去掉威脅的狂喜下，一向的自制力終告崩潰，露出他性格上好逸惡勞的一面。

他今年三十九歲，中等身材，臉色帶點不健康的蒼白，文質彬彬，說話總是慢條斯理，舉止文雅，外貌談吐頗有名士的風采，實質上他是個內向的人，總愛依賴別人去幹繁瑣的事，又有點怕面對群臣，面對現實。

以前北方威脅嚴峻，他倚賴的是謝安；現在享樂當前，他依賴的卻是司馬道子。

眼前的頭等大事，絕非統一天下，而是如何鞏固他司馬氏的王權，讓歡娛的皇室生活無限地延續下去。

接到謝安入宮的消息，他正與司馬道子兩兄弟共進早餐，且因剛離開龍床，故仍是睡眼惺忪，腦中仍充滿昨夜張貴人狐媚迷人的動人神態，宿醉未除。

他有點神志不清的別頭向右下首的司馬道子皺眉道：「謝安來幹甚麼？有甚麼事不可待至下次朝會說嗎？」

他們刻下置身處是太極殿東的青龍殿，由一眾宮娥太監殷勤伺候。司馬道子倒非為作樂而來，美其名是要來向他報告政務，事實上卻是讓他在奏章和皇諭上簽押蓋璽。畢竟他是第一流的劍手，深明酒色傷身之禍，即使陪司馬曜飲宴，仍是適可而止。

聞言雙目閃過殺機，故作漫不經意的道：「軍政方面我們必須抓緊，若他談的是北伐之事，皇兄須寸步不讓，大戰之後，我大晉自需一段長時期休養生息，不宜妄動干戈。其他的且看中書令大人有甚麼話要說。」

他最明白司馬曜的心事，只要提起「北伐」兩字，必可令他似刺蝟般豎起保護全身的利箭，又巧妙地爲司馬曜找到反對北伐冠冕堂皇的藉口，教司馬曜可從容應付謝安。

司馬曜果然神色一緊，悶哼道：「大司馬正用兵巴蜀，我們當然宜靜不宜動……」

「中書令大人到！」

司馬曜立即閉口，與司馬道子交換個眼色，目光投往大門。

把守大門的御衛肅然致敬，謝安高頎瀟灑的身形出現兩人眼前，步履輕鬆的直趨而來，唇角掛著一絲笑容，就像來赴清談的友會，沒有半點緊張的神態。

施禮參拜後，司馬曜賜坐。若論天下間尚有他畏敬的人，謝安肯定是其中之一。

謝安悠然坐到左席，目光投往司馬道子，從容笑道：「琅琊王福安，謝安今日見駕，是有關係到我大晉存亡興廢的大事須向皇上私下面陳，請琅琊王勿要見怪。」

司馬道子勃然大怒，謝安這番話明著說要他避席，非常不給他面子，更是不留餘地。遂冷哼一聲，往司馬曜瞧去，看他如何回應。

司馬曜呆了一呆，往謝安看去，後者仍是一副從容瀟逸的姿態，但他卻清楚感到謝安在向他下最後通牒，假若他堅持讓司馬道子留下，等若和謝安公然決裂。

謝安直至此刻，仍總攬東晉軍政大權，其聲望在江左更不作第二人想。最重要是北府兵權仍牢牢操控在他手上，登時嚇得酒意盡消。道：「安公要談的是……」

只聽他以皇帝之尊，亦要以「安公」來稱呼謝安，可見謝安在朝廷的地位。

謝安迎上他的目光，淡淡道：「老臣要稟告的是有關建彌勒寺的事。」

司馬道子再冷哼一聲，待要說話，給司馬曜打個手勢阻止，沉聲道：「原來如此，讓朕親自向安公解說，以釋安公疑竇。」接著向司馬道子頷首示意。

司馬道子沒有辦法，只好施禮告退，卻不望謝安半眼，以示心中憤怒。

到司馬道子退出殿外，司馬曜屏退所有伺候的太監宮娥，殿內只剩下君臣兩人和遠遠把守大門的御衛，謝安長嘆一聲。

司馬曜皺眉道：「安公何用嘆氣?彌勒教乃北方新興的佛門支派，教義新奇精闢，我朝對各類教派一向採取兼容並蓄的開放態度，且今次興建彌勒寺，經費全由善信捐獻，不會影響朝政開支，安公可以放心。」

謝安回復平靜，淡淡道：「經費是否來自國寶那畜生?」

司馬曜大感愕然，自從他認識謝安以來，從未聽過他任何罵人的話，此刻竟喚自己的女婿作畜生，可見謝安心中滿蘊怒火。而一向不易動怒的謝安，竟在自己這皇帝前大發脾氣，更使他清楚事情的險惡嚴峻。出奇地他心中沒有任何怒意，只有驚懼和不安。

司馬曜振起精神，搖頭道：「此事由琅琊王處理，朕並不清楚其中細節。」

謝安淡淡看著這位東晉天子，直至看得他心中發毛，緩緩道：「天下紛亂，人心思道，自古已然。當對現實感到絕望，便改而追尋精神上的解放，以擺脫置身的處境，更是人情之常。漢末世亂，道教異端起於民間，與亂民結合，遂生太平道和五斗米道之亂，遺禍至今未息，影響深遠。多建一間佛寺，少建一間佛寺，本來並非甚麼了不起的一回事，不過若與竺法慶有關，此事萬萬不行，請皇上收回成命。」

司馬曜不悅道：「大活彌勒佛法高深，怎可與孫恩之流一概而論？」

謝安柔聲道：「皇上有就建彌勒寺之舉，向佛門德高望重者如支遁等徵詢意見嗎？」

司馬曜想不到謝安竟敢如此對他不留餘地，憤然道：「誰是誰非，朕懂得分辨，若事事要向人詢問，還如何治理國家？」

這番話說得非常嚴重，如謝安稍有微言，將變成謝安懷疑司馬曜當皇帝的能力。

謝安微微一笑道：「皇上英明，當然不容任何人置疑。我們託皇上鴻福，於淝水倖獲全勝。不過此戰勝來不易，且無力乘勝收復北方，更應謹慎朝事，不可讓得來的勝利果實化爲烏有。竺法慶此人不但是沙門叛徒，且野心極大，對付佛門同道的手段更非常殘暴。若給他在建康立足，首先佛門中必會出現激烈鬥爭，亂從內起，最是難防。桓溫已逝，桓玄意向不明，南方則有孫恩虎視眈眈，勢成心腹之患。以臣之見，一動不如一靜，請皇上三思。」他雖是反對司馬曜的看法，卻說得非常婉轉，繞一個大圈子來向司馬曜痛陳利害，說的均是鐵錚錚的事實，也是必然會出現的情況。

事實上司馬曜對竺法慶的認識，有些是透過司馬道子和王國寶的口述，捨此他亦早有耳聞，故對竺法慶「不守清規」的作風，早有不滿。此時禁不住猶豫起來，道：「此事待朕想想。」

謝安怎肯容他再與司馬道子商議，搖頭道：「此事已廣傳開去，弄得人心惶惶，否則老臣也不會得悉此事。皇上若認爲老臣仍可當這個中書令，請皇上當機立斷，授權老臣立即公告天下，停建彌勒寺，把竺不歸逐返北方，如此將可平息風波，否則晉國危矣！」

司馬曜一震往謝安望去，後者亦一絲不讓的回望他。

第六章　士庶之別

高朋樓樓高兩層，下層爲大堂，擺設三十多張桌子，仍一點不覺擠迫，卻是座無虛席，客似雲來，不少人且在門外排隊輪候，可見高彥的確沒有爲高朋樓的烤羊肉吹牛。

高彥見到如此情況，洩氣道：「我的肚子可以等，我們燕大公子的肚子卻一刻也等不下去。算啦！吃齋菜便吃齋菜吧！」

梁定都把胸挺起，一副豪情壯氣的道：「我們到樓上去！」

燕飛訝道：「樓下這般情況，難道樓上竟有空桌子？」

高彥道：「樓上的確沒有空桌子，只有席坐的廂房，專供高門大族的賓客使用，我每次來只許在樓下用膳，我才沒興趣到樓上去，樓下坐得不知多麼舒服。」

燕飛恍然，原來樓上是寒傖人止步的禁區，所以不論高彥如何一擲千金，也沒有資格到上層去，階級分明。最有趣是樓下採胡風坐式，樓上則是漢人傳統的席坐，充滿漢胡混合的風情。同時讓人看到漢胡生活習慣的分別。當建康世族仍在堅持傳統的當兒，下面的寒傖人已放開懷抱去迎接北下的胡風胡習。

梁定都道：「腿子要緊還是吃羊肉要緊，高公子請趕快決定。不過像高朋樓般設有桌座的食鋪並不多，最接近的一間也要多走一刻鐘的路。」

另一叫張賢的府衛幫腔怪笑道：「高公子只要吃下一條羊腿子，以形補形，必可腿瘦盡去，兩條腿子變得像羊腿子般氣血暢通兼有力。」

張賢擺明是助梁定都戲弄高彥，其他三名府衛和梁定都齊聲哄笑起來。

高彥落在下風，臉都漲紅起來。

燕飛心中奇怪，以前高彥在邊荒集，整天嘻皮笑臉，臉皮厚至刀槍不入，怎會隨便臉紅？旋則恍然，曉得問題所在，是因高門寒門之別。在建康都城，寒人處處遭受歧視，諸多限制。而高彥這荒人更是寒人中的寒人。雖是囊內有金子，在某些情況下仍難免受到排擠。而他亦因荒人的身分而自卑自苦，分外受不起別人的嘴臉。

梁定都等雖因謝玄跟自己的特別關係，對他燕飛非常敬重客氣，可是心底裡卻是看不起高彥這個荒人。

連忙為高彥解圍道：「梁兄既有辦法到樓上去，便讓我們一起去吃羊腿子！」

高彥立即乘機反擊，笑道：「小梁你至少是半個名士的身分，當然比我們有辦法。」

梁定都給高彥刺中要害，登時色變，卻被燕飛一把搭著肩頭，踏進高朋樓的大門，心中恨得牙癢癢的，卻知自己啓戰在先，又不得不給燕飛面子，雖明知高彥譏諷自己是高門的奴才，也只好把這口氣硬吞下肚子裡去。

高彥一副勝利姿態追在兩人身後，張賢等鬧哄哄跟著，均有點歷險之感。以前他們雖有隨主人踏足寒門的禁地，可是憑自己的力量闖關，尚屬破題兒第一遭。

兩名把守登樓木階的大漢認得梁定都，卻摸不清燕飛的底細，見他的衣著像個寒門文士，而高彥反是一派世族名士的打扮，注意力移到他身上去，客氣問道：「這位公子是……」

梁定都趕前一步，湊到其中一名大漢耳旁低聲說了幾句話，大漢立即肅然起敬，朗聲道：「歡迎公子大駕光臨，請登樓！」

梁定都一臉得意之色地轉頭向眾人示威和邀功，待要做出眨眼或扮鬼臉的調皮神情，忽然臉色大變，呆若木雞。

燕飛和高彥等亦聽到後方有男女笑語聲，別頭瞧去，與來自身後正欲往上登樓的七、八個男女打個照面，張賢等也像梁定都般，立時嚇得臉色蒼白，噤若寒蟬。

高彥則雙目放光，狠瞪著眼前兩位美若天仙的少女。

燕飛一看之下明白過來，也心叫不妙，卻完全想不出爲梁定都解困的良方。

來的竟是謝玄之女謝鍾秀，與她手牽著手的少女更是百媚千嬌，天生麗質，令人傾倒，比之她未遑多讓。簇擁著他們的是六個世家大族的子弟，人人華衣麗服，其中四個正是燕飛曾在謝府遇上，爭著向謝鍾秀獻媚的男子。

謝鍾秀顯是一時仍未弄清楚眼前是怎麼一回事，她首先看到的是正飽餐她秀色的高彥，俏臉泛起不悅的神色，接著目光移到燕飛處，眉頭輕蹙，該是認出他來，神情動人至極點。

「不要擋路！」

兩女身旁有個較其他人高大英武的年輕男子不耐煩的向燕飛等叱喝，不過比起燕飛，他仍要矮上兩、三寸，僅與高彥和梁定都相若。

謝鍾秀的目光終尋到梁定都，愕然道：「小都！你在這裡幹甚麼？」

張賢非常乖巧，見頭子梁定都啞口無言，忙施禮道：「稟告孫小姐，我們奉宋爺之命侍奉燕飛公子和高彥公子。」

謝鍾秀聰慧過人，已明白梁定都在玩甚麼手段，秀眉再蹙一下，梁定都和張賢等忙拉著燕飛、高彥避往一旁，讓出登樓通道。

那出言叱喝的年輕男子更氣燄逼人的冷哼一聲，一副「爾等奴才竟敢攔著本公子去路」般逼人的囂張神態，領先登樓，把守木階的兩名大漢忙打恭作揖，惟恐開罪他的樣子。

與謝鍾秀手牽手的美女一直沒有作聲，神態溫文淡雅，也沒有刻意打量燕飛等人，一派名門望族的風範，亦使人感到她高不可攀。

謝鍾秀狠狠瞪高彥一眼，怪他仍目不轉睛地在打量她，方與那美女攜手登樓，眾少男連忙簇擁著她們去了，留下梁定都等人面面相覷，不知會否有後遺症。

直至兩女背影消失在梯階盡處，高彥魂魄歸位，吁出一口氣道：「甚麼翠紅翠柳、大嬌小嬌，全要靠邊站。」

梁定都聞言怒道：「你在說甚麼？」

高彥見梁定都、張賢等人向他怒目而視，知道口不擇言闖了禍，投降道：「沒甚麼！當沒聽到算了！」

把守樓階的大漢狐疑的道：「各位不是要上去嗎？」

梁定都忙搖頭道：「下趟吧！」扯著燕飛逃命似的離開高朋樓。

燕飛和高彥交換個眼色，均感好笑。

高彥暗推燕飛一下，燕飛會意，知高彥想他出頭代問那另一少女的名字出身，微笑道：「那胡亂喝罵的小哥子是何方神聖？」

眾人此時來到街上，繼續沿河而走，天上雲層厚重，北風呼呼，仍沒有絲毫影響到街上熱鬧的情況。

高彥暗讚燕飛問得有技巧，若直接問有關人家閨女的事，將變成登徒浪子。更感到燕飛當他是朋友，否則以燕飛的性格，哪有空管這種閒事。

另一府衛馮華搶著道：「那小子是司馬尚的兒子司馬錯，仗著自己的老爹是皇上近親，自號『縱橫劍客』，在以司馬元顯爲首的建康七公子中排行第三，眞不明白孫小姐爲何肯與這種惡名昭彰的人混到一塊兒去？」

張賢苦笑道：「哪輪得到我們這些下人來管孫小姐的事，回府後千萬不要說出來，若孫小姐知道是由我們傳開去，我們便吃不完兜著走。」

梁定都仍是憂心忡忡，沒有答話。

高彥見燕飛似沒有繼續問下去的意思，忍不住親身出馬道：「其他的又是甚麼人？」

梁定都立即光火道：「都是你不好，賊眼兮兮的盯著孫小姐和眞小姐，沒有半點禮數，惹得孫小姐心中不悅，回去我定有一頓好受。你拍拍屁股便可以脫身走人，只苦了我。」

燕飛見他當著自己直斥高彥，顯是因害怕受責，故連他燕飛在場也不給面子，大感沒趣。更想到在梁定都這些高門大族的下人眼中，他和高彥只是兩個卑微的荒人，根本得不到他們的看重，平時只因上頭有命令，所以客客氣氣，有起事來，立即露出尾巴。

打手勢阻止氣得臉色發青的高彥說話，微笑道：「若有甚麼差池，可一概推在燕某人身上，梁兄不用擔心。我們荒人一向是邊荒野民，從來不懂規矩，也不理規矩。梁兄請和各兄弟先行回府，我和高彥自會去找地方塡肚子。」

高彥豎起拇指道：「說得痛快，一古腦兒把我在建康鬱積的悶氣全說出來。」

梁定都大吃一驚，知道自己語氣重了，惹翻燕飛，記起宋悲風要他好好招呼和保護燕飛的叮囑，哪還敢與高彥這無關緊要的小子計較，慌忙陪笑道：「我是一時魯莽，燕公子勿要見怪！」

張賢幫腔道：「燕公子大人有大量，請原諒梁大哥一時失言。」

燕飛豈會與梁定都一般見識，環目一掃，見來到一間餃子館的大門外，微笑道：「就這間館子如何？我再沒有力氣走路了！」

高彥道：「你們坐另一張桌子，我們兩兄弟還有些密話說。」

梁定都知他是得寸進尺，心中大罵。表面卻不得不答應，垂頭喪氣的隨高彥和燕飛進餃子館去。

桓玄傲立船上，重重吁出一口氣，心中充滿豪情壯志。今日的風光，實得來不易。

苻堅敗返北方，十二月已抵長安，可是北方再非過去的北方，手下胡族諸將，紛起叛秦，苻堅已是時日無多。

他和謝玄則像競賽似的，乘機收復北方失地，當謝玄攻克彭城，再攻梁州，直趨黃河，用兵河南大秦諸軍事重鎭，他則派趙統收復襄陽和附近諸城，兵鋒直逼洛陽。

現在他正爲攻打洛陽作好準備，先率領一萬五千精兵，乘水師船逆江西進，攻打巴蜀，以去荊州西面的威脅，同時擴展勢力。巴蜀一向是糧米之鄉，資源豐富，有此作後盾，他桓玄進可攻退可守，那時還用懼怕謝玄嗎？

江風迎面吹來，桓玄衣衫飄揚，握刀柄而立，確有不可一世的氣概。

侯亮生此時來到他身後，報告道：「北方剛有消息到，苻堅繼處死姚萇之子後，又將慕容暐處死。」

桓玄動容道：「此適足顯示苻堅已是日暮途窮，所以再不顧後果。」

慕容暐是亡燕最後一任君主，反秦的慕容泓、慕容沖、慕容永等人的親兄，未能及時逃出長安，被苻堅遷怒下斬殺。

侯亮生唇角露出一絲笑意，淡淡道：「苻堅是犬入窮巷，發瘋了！」

侯亮生三十七歲，是荊州本土的名士，文質彬彬，儒雅不凡，極具謀略智計，被桓玄倚之爲心腹謀士。

桓玄默思片晌，沉聲道：「掃平巴蜀，對我桓玄只像舉手般容易，可是接著的一步該怎麼走？」

侯亮生胸有成竹的答道：「此事亮生近數月內反覆思量，終想出一個可一石二鳥的萬全之計。」

桓玄大喜道：「快說出來參考。」

侯亮生輕描淡寫的道：「就是對大司馬一職推辭不受。」

桓玄大感錯愕，失聲道：「甚麼？」

侯亮生重複一次。

桓玄目光灼灼的打量侯亮生，一頭霧水的道：「弟繼兄業，天經地義，且一向以來，大司馬一職均是我桓家世代居之，誰敢說半句閒話，我眞看不出推掉此位對我有何好處？」

侯亮生從容道：「好處是數之不盡，首先可蠱惑司馬氏的心，讓司馬曜那糊塗蟲以為南郡公你對大司馬之位並沒有野心，防你之心再沒有以前般激烈。」

桓玄猶豫道：「此位我得來不易。若司馬道子乘機慫恿司馬曜削我的兵權，豈非自招煩惱。」

侯亮生淡淡道：「名是虛，權是實。而權力中沒有比兵權更重要的了。現今荊州軍權正牢牢掌握在南郡公手上，誰敢來削南郡公兵權？當不當大司馬都無關痛癢，最妙是南郡公不當大司馬，仍沒有人敢坐上這個位子。唯一有資格的是謝玄，你道司馬曜兄弟肯讓謝玄坐上這位子嗎？我保證謝安提都不敢提出來。」

桓玄給說得意動，點頭道：「司馬曜既減低對我的顧忌，自然會把顧慮轉移到謝安和謝玄身上去，這該是一石二鳥的第二鳥。哈！第二鳥！」

侯亮生好整以暇的分析道：「司馬王朝有一個永遠驅之不去的心魔，也永遠活在這心魔的陰影裡，就是他們的天下來自威逼魏朝曹氏禪讓皇座。沒有人比他們更明白權臣不單可指鹿為馬，更力能竊國。若他們不用再防備南郡公，防備心將轉移到謝安叔侄身上，他們一個備受朝野愛戴，一個軍功蓋世，司馬曜兄弟豈會任他們坐大，如此南郡公即可兵不血刃的除去最大的障礙。」

桓玄扼腕嘆道：「這番話你為何不早點對我說？」

侯亮生不慌不忙的答道：「因為時機未至，南郡公先坐上這個位置，再推辭不受，如此方可顯出南郡公的高風亮節，可為南郡公爭取人望。推辭的藉口應是尚未立下足夠軍功，如此等若逼朝廷須虛位以待。而南郡公是由謝安親自向司馬曜推薦而得坐此位的，現在南郡公忽然推辭不受，將會令謝安難以交代，也會使司馬曜懷疑謝安在搞鬼，為的是保持謝家在朝廷的重要性，教司馬曜不敢削謝玄的兵權，好抗衡南郡公。」

桓玄叫絕道：「這已不是一石二鳥，而是無數鳥。即使我推掉大司馬之位，爲對付謝安叔侄，司馬曜必須安撫我，不但不敢動我的兵權，還要封我另一個不會太低的爵位。」

侯亮生微笑道：「大司馬一向兼荊州刺史，領兩湖諸州軍事，南郡公只是推掉大司馬一職，其他權位當然保留下來。南郡公只須在辭受信中自稱願爲荊州刺史，司馬曜便拿你沒法。現在北府兵氣勢如虹，我們絕不宜攖其鋒銳。爭霸天下豈在乎朝夕，只要有三、五年時間，到南郡公打穩根基，天下還不是南郡公囊中之物嗎？」

桓玄仰天一陣長笑，連道幾聲「好」，接著道：「謝安叔侄若去，亮生應記首功。就這麼辦吧！亮生你給我寫好這封事關重大的辭官奏牒。」

侯亮生道：「亮生立即去辦。還有一件事，就是邊荒集這個地方實爲淝水之戰勝敗關鍵，若其控制權能落入我們手上，不論將來北伐又或對付建康，均非常重要。」

桓玄皺眉道：「邊荒集現在落在謝玄北府兵的勢力範圍內，豈容我染指？」

侯亮生道：「邊荒集是個無法無天的地方，以前是那樣，現在仍是如此。除非天下統一，否則仍會那樣繼續下去。倘若南郡公派出智勇兼備，武功高強兼又心狠手辣的人，以江湖幫會的形式入主邊荒集，邊荒集將變成我們最前線的要塞。」

桓玄雙目閃過寒芒，沉聲道：「若有一個人可以辦到此事，那定是屠奉三！在荊州芸芸高手中，我實在想不到有另一個比他更適合的人。」

聽到屠奉三之名，侯亮生雙目閃過畏懼的神色。

第七章　飛來橫禍

「噹！」

高彥和燕飛舉杯互敬，把酒喝得一滴不剩，有點酒意下肚，整個世界頓然改觀。他們七個人分兩組在館內一角席地坐下，點好菜式，高燕兩人談笑甚歡，梁定都等卻是默默喝悶酒。

燕飛見高彥放下酒杯後呆看著他，笑道：「看甚麼？唉！若我冒險返回邊荒集去，定是爲了龐義的雪澗香。」

高彥道：「我是怕你空著餓了百天的肚子喝酒，會抵不住吐出來。」

燕飛感受著因酒而來那種懶洋洋的暖意，哂道：「我喝酒的功力仍在，怎會那麼丟人現眼。」

高彥見他一臉陶然神色，放下心來，笑道：「你可知若早十天醒來，現在便可能沒有酒去餵你肚內酒蟲，以前僅青樓有酒奉客，十天前朝廷才開放酒禁，同時增加稅米，每口五石。」

燕飛訝道：「打勝仗開放酒禁不稀奇，爲何反要加稅呢？這些事不是謝安管的嗎？」

高彥壓低聲音道：「據我聽回來的消息，現在朝廷攬權的人是司馬道子，一切施爲全爲增加國庫稅捐，以供司馬曜揮霍享樂。他娘的！幸好我們是荒人，辛辛苦苦賺回來的不用給他們剝削，變成冤大頭。」

燕飛勸道：「回邊荒集吧！你是不屬於這個地方的，在邊荒集你哪有閒情和別人嘔閒氣。」

高彥立時雙目放光，點頭道：「對！在邊荒集是慣於白刀子進，紅刀子出。老子要看哪個娘兒便看哪個娘兒，娘兒們只會怕你沒興趣去看她。不過此事還須你老哥幫忙，沒見過紀千千我是不肯死心的。」

燕飛苦笑道：「你不怕失望嗎？紀千千若像謝鍾秀般對待你，又或如那眞小姐般沒興趣看你半眼，你便是自討沒趣。」

高彥笑道：「若她是那樣的一個女人，我只好死心立即回邊荒集去。你奶奶的，不要找藉口不肯盡力幫我完成對秦淮河最後一個心願。」

燕飛拿他沒法，苦笑無語。

高彥忽然臉色黯淡下去，有點怕開腔地低聲道：「你有甚麼打算？」

此時夥計奉上兩碗清湯和堆得像小山一樣的大碟熱氣騰升的餃子，放在方几上，燕飛立即動箸，吃個不亦樂乎。

高彥皺眉道：「你還未答我的話？」

燕飛沒好氣的道：「你何時改行不再做荒人？哪有荒人向另一個荒人問長問短的？荒人不但沒有過去，更沒有未來，這是邊荒集奉行的規條。甚麼朋友、兄弟、生死之交只是拿來說說的門面話，從來沒有實質的含意。立即給我滾回邊荒集去，繼續你發財風流的生活。」

高彥一對眼睛紅起來，卻說不出話來。

燕飛見到他的模樣，知他是因自己變成廢人而難過，禁不住英雄氣短，頽然道：「原來邊荒集通吃八方的高彥小子是這麼容易哭的！算啦！待我爲你好好想個辦法。不過見到紀千千後，你須立即離開建康，我再不想你在這裡遭人白眼。」

高彥很想說「你和我一道走」，不過想起燕飛仇家遍地，只是漢幫的祝老大已可令他吃盡苦頭，回去邊荒集豈非要他去送命，簡簡單單的一句話竟無法說出來。當想到燕飛或要從此寄人籬下，變成高門望族一個閒人食客，那種感覺令他難過至極點。

燕飛強作歡顏，道：「生死有命，富貴由天，將來的事要擔心也擔心不來，今天有酒，便對酒當歌。來！我爲你添一杯，祝邊荒集早日恢復往昔的繁榮。咦！」

高彥見他臉色大變的朝入門處瞧去，他身爲荒人，在邊荒集每天都在刀鋒口討生活，下意識地朝懷內摸去，才發覺因要逛青樓，而今早又是直接從青樓到謝府，所以連一向藏身自衛的匕首也沒有攜帶，駭然別頭看去。

梁定都等五人早彈起身來，人人掣出佩劍。

大門一下子擁進十多人來，個個黑布袋罩頭，只露出閃著凶光的雙目，皆手持長達六尺黑黝黝的重木棍，不怕刀砍劍劈，且是專門剋制刀劍的長武器。

館內近四十名男女食客和夥計登時雞飛狗走，亂成一團。

梁定都往後門方向瞧去，另十多個同樣裝扮手持武器的大漢，蜂擁而入，進退之路全被封死。

燕飛方面沒有一個人明白發生何事，在光天化日、建康繁榮的街道上，忽然冒出三十多名蒙頭蒙臉的持棍惡漢，更弄不清楚他們是針對梁定都，又或是燕飛和高彥而來。

其中一漢戟指梁定都等喝道：「冤有頭債有主，其他閒人給我滾！」

食客夥計們如獲皇恩大赦，只恨爹娘少生兩條腿，一窩蜂的從蒙面漢讓出的大門去路奔到館外去。

梁定都喝道：「爾等何人，可知我們是謝安的家將！」

領頭大漢一言不發，長棍朝天劃出一個圓圈，接著腳踏奇步，棍頭照梁定都的鼻子搗去。前後門的一眾蒙面大漢齊聲叱喝，如狼似虎朝他們撲過來，一時整間餃子館盡是棍影飛舞，敵我懸殊至不成比例。

燕飛武功雖失，眼力仍在，看那該是頭子的大漢出手，立知糟糕，此人不但內功深厚，取位刁鑽，最厲害是臨敵從容，一派高手風範，其氣勢完全鎖緊籠罩梁定都，逼得他無法抽身助夥伴禦敵。

「噹！」

梁定都不愧宋悲風手下家將中最出類拔萃的高手，劍出如風，準確命中對方棍頭，且用勁巧妙，把對方直搗而來的長棍劈得横盪開去，正要搶入對方空檔，一招斃敵，對方長棍往後迴拖，又再掃來，心中大懍，無奈下横移擋格。

張賢等已陷入重圍。眾敵雖在混戰中，仍是進退有序，清楚顯示出豐富的群戰經驗，先亂棍把四人衝散，然後幾個招呼一個的全力圍攻。

餘下的七、八名大漢把守各方，不時搶入戰圈幫忙，殺得梁定都等汗流浹背，險象横生，只餘挨揍的分兒。

燕飛和高彥這邊亦告急，起先全賴梁定都等以他們爲中心攔阻敵人，到人人自顧不暇，五名大漢便往他們撲去。

高彥高叫道：「冤有頭債有主，他不懂武功，不關他的事！」

那些人怎會理會他，五枝重棍分從不同位置、不同角度，向退到牆角的兩人動粗。

「砰！」

高彥飛起一腳，踹中其中一名大漢小腹，那人連人帶棍往後拋跌。他同時勁貫左右雙臂，硬以手臂擋開另兩枝棍子。

燕飛心中燃起從未有過的怒火，更知他和高彥均要飲恨於此。高彥一向擅長的是輕身功夫，若沒有燕飛的牽累，即使在這樣的劣勢下，他仍大有脫身突圍的機會，可是現在他為要阻止敵人傷害燕飛，不惜以血肉之軀擋護燕飛，只能在固定窄小的空間作戰，更兼沒有武器，發揮不出平常三、四成的功夫，哪能倖免？

果然高彥勉強避開左方一棍，卻給另一棍掃在右臂處，痛得他全身抖震，狂吼一聲，不顧一切地硬搶進前方大漢的棍影裡，一頭撞中對方胸口，大漢慘嘶一聲，拋跌開去，另數人又亂棍打至，哪還像高手過招？只像市井流氓打架般扭鬥。

張賢等人的痛哼不斷傳來，燕飛環目掃去，本是把守四方的大漢全加入戰圈，張賢等不愧謝府家將，人人奮力作戰，負傷頑抗。最了得的是梁定都，一個人接住對方七、八個人的攻勢，包括領頭的大漢在內，且不斷有人被他劍傷。他採的是游鬥戰術，在食館有限的空間內，滾地騰空，出盡絕招，大大減輕張賢等的壓力，還往他和高彥這邊殺過來力圖施援，讓燕飛生出希望。

他並不在意自己的生死，只是擔心高彥的安危。

「呀！」

高彥踉蹌後退，先撞入燕飛懷裡，接著頹然軟倒，也不知給人打中哪裡。

燕飛一把從後將他抱緊，心中湧起說不盡的無奈酸苦，見漫空棍影打來，毫不猶豫的抱著高彥掉轉身體，讓背脊迎上敵棍。

剎那間不知給劈中多少棍，沒有內功護體的肉身脆弱得自己都難以相信，燕飛發覺自己已倒跌牆角，壓在高彥身上，痛得痙攣起來。

棍如雨下，專揀他的後腦袋和脊骨下手，手法狠毒，分明是打不死他也要讓他終生癱瘓。

在極度的痛楚中，他的神志反清明起來，隱隱中聽到似是宋悲風的叱喝，更奇怪的是肉體的痛楚逐漸遠離，似乎事不關己，而全身則是暖洋洋的，棍子再不能令他痛苦，反像搔癢般有說不出的受用，他生出想睡覺的強烈渴望，神志逐漸模糊。

若死是這麼一回事，的確沒甚麼好害怕的。

拓跋珪單人孤騎的沿洋河東岸策馬疾馳，大雪早在兩日前停止，不過北風呼呼，颳起雪粉，令人頗不好受。

洋河是桑干河上游的支流，由於天氣稍微回暖，並沒有結冰。

洋河兩岸是起伏的山野平原，一望無際的原始森林，東面地平線盡處是連綿的山脈，放眼所見，一切全都雪被霜結。

馬兒噴著白氣，伴著他爲拓跋部的命運而奮鬥。

拓跋窟咄果如他所料般揮軍追來，由於他借大雪的掩護比對方多走一夜路程，故可以沿途在避風處讓人馬歇息回氣，且肯定敵方不論人馬，均到了馬疲人累的處境。

他離開河岸，朝左方一處山丘奔去，橫過積雪的草原。

奔上斜坡，手下大將、謀士長孫嵩、叔孫普洛、長孫道生、張袞、許謙等出現丘頂處。

山丘後有個小谷，不但可以避風，還有水源，他的二千戰士正在那處候命。

長孫道生爲他拉著馬韁，拓跋珪跳下馬背，拍拍愛馬，向眾人道：「來的幸好是慕容麟而非慕容寶。」

眾人齊聲歡呼慶幸。

慕容寶是慕容垂的長子，慕容麟是次子，慕容寶一向不滿乃父看得起拓跋珪，與他關係不佳，慕容麟則和他關係不錯。

此戰關鍵，在於是否有慕容垂的援軍，那不但是窟咄意料之外的奇兵，且是生力軍，戰鬥力自然比急追急逃的兩支拓跋族戰士強。

拓跋珪凝望北面平野，知道窟咄的過萬部隊隨時會出現在視線內，在夕照的餘暉下，雪白的大地閃耀著詭異的色光，心中豪情奮起，道：「我要親自斬下窟咄的首級，帶回去示眾，以後誰若再反對我，將會遭遇同樣的命運。」

張袞道：「此戰不單須出其不意，事前更須令窟咄感覺不到任何威脅，否則若他見我們竄逃數百里，忽然回師反擊，必生疑心。」

拓跋珪一向對張袞、許謙兩位出身士族的漢人言聽計從，苻堅得一王猛而令他統一北方，此事在他心內極爲深刻。而張、許兩人亦認爲他是有爲之主，故希望像樂毅扶助燕昭王，荀攸扶助曹操般，成就拓跋珪的大業。在如此心態下，主從間如魚得水。

張、許二人代表的正是北方漢人的心態，在以百年計的民族混融下，胡漢之別已非常模糊，兼且漢人對晉室的腐敗非常失望，又長期置於北方諸胡的統治下，依附霸主豪強以謀出路，成爲時代的大趨勢，沒有人會有背叛漢統的不安感覺。

拓跋珪點頭同意道：「說得對！我已和慕容麟擊掌爲誓，決定今晚夜襲窟咄，在天明前兩個時辰先由我們發動，牽制窟咄的主力，再由慕容麟從北方掩至，夾擊窟咄，殺他一個措手不及。」

長孫嵩沉聲道：「慕容麟帶了多少人馬來？」

拓跋珪道：「他雖只帶得三千戰士，卻無不是精銳，以之正面與窟咄對撼稍嫌不足，作爲突襲奇兵則綽有餘裕。」

叔孫普洛皺眉道：「雪地行軍難以隱藏，且以窟咄的爲人必時刻提防我們掉頭掩襲，一旦我們吃不住他的反擊，不能配合慕容麟的攻勢，說不定會輸掉這場仗。」

拓跋珪唇角飄出一絲笑意，淡然自若道：「我們這幾天長程奔跑的速度節奏均是蓄意而爲，總令窟咄感到差一點點便可追上我們，故不敢鬆懈。只要在日落前窟咄的先鋒部隊出現在我們視線裡，此仗的勝利將屬於我們，不會有任何其他的可能性。」

若窟咄的人現身眼前，那將是逃遁以來敵人最接近他們的一次。

長孫道生是長孫嵩的親弟，長得俊偉慓悍，不論智計武功，不在兄長之下。問道：「我們在哪裡伏擊敵人？」

拓跋珪微笑道：「就在這裡！」

眾人齊感愕然，這裡的形勢利守不利攻，且不曉得窟咄一方會在何處紮營，而以窟咄的老練，必會派人過來查察，如發現他們的存在，立刻背河紮營，他們前後夾擊的戰術將派不上用場。

張袞首先醒悟道：「少主是要讓敵人進佔此地。」

拓跋珪欣然道：「我們裝作因他到來，倉皇逃跑，還遺下糧草雜物，好令對方生出輕敵之意。此時天已入黑，窟咄又趕了整天的路，當然會留在小谷內紮營休息，好養精蓄銳，明早再一鼓作氣的趕上我們。豈知我們並沒有離開，只是藏在附近山林靜候攻擊的好時刻。」

眾人恍然。

小山谷可容三千許人，窟咄的其他人馬只好在山丘和谷口南面紮營，當兵將整頓好營地，喝足水吃飽乾糧，戰士都會入帳休息，待剛睡熟時，他們的偷襲將全面展開，先突擊谷口外的營地，當驚動窟咄全軍，奮起抵抗，那小谷反會成爲調動軍隊的瓶口地帶，大大阻緩北邊山丘的戰士向南邊施援，此時慕容麟的軍隊將從北掩至，以雷霆萬鈞之勢摧毀谷北的窟咄部隊。

由於小谷的分隔，令窟咄首尾不能相顧，兼之在黑夜中，敵暗我明下，縱然兵力勝過夾擊的聯軍，亦發揮不出應有的戰力。將倦兵疲，更是他的致命傷。

眾人登時士氣大振。

長孫嵩戟指道：「窟咄來哩！」

拓跋珪大喜，極目遠眺，北面遠方疏林處馳出十多名戰士，往他們的方向奔來。

拓跋珪大笑道：「天助我也。」

又大喝道：「響號撤退！」

撤退的號角聲在丘野上方盤旋震盪，整裝待發的戰士有秩序的從北面谷口撤出，拓跋珪心中充滿激烈的情緒，此戰究竟是他爭霸大業的起點還是終結，今晚將可清楚分明。

第八章　切齒痛恨

意識逐漸回到燕飛的腦海，宛如從原本沒有光線的絕對黑暗中，看到一點芒光，接著芒光擴大，包容著他的是耀目的燦爛彩芒。但事實上他仍是緊閉眼睛。

一時間他仍感覺不到身體的存在，他似是只剩下魂魄，說不出是灼熱還是冰寒，虛虛飄飄，既不難受也不感到特別舒暢。

接著他終於感覺到自己的身體，一股無可抗拒的冰寒於彈指間在腹下氣海處集結，然後以電光石火的驚人高速蔓延至全身每一道大小經脈，衝擊著每一個竅穴，那種痛苦實無法對外人道。

燕飛心叫吾命休矣之時，另一團灼熱氣團，取代了先前寒氣，迅即像先前寒氣般擴展，把寒氣驅散得一滴不剩。

燕飛尚未有機會歡喜，熱氣已消失得無蹤無影，不留半點痕跡。

他亦完全清醒過來，體內仍是空無眞氣。猛地睜開眼來。

宋悲風坐在榻旁，一手拿著他的手腕，三指搭在他的腕脈處，正閉目苦思。

室內一盞孤燈，竟已是晚上。

宋悲風緩緩睜開雙眼，不解的搖頭道：「眞古怪！」又向他微笑道：「你又醒過來哩！」

燕飛擁被坐起來，問道：「我昏了多久？」

宋悲風淡淡答道：「三天！」

燕飛苦笑道：「這麼少？我還以爲會命喪黃泉呢。」

宋悲風點頭道：「你死不了的確是奇蹟，且沒有折傷半根骨頭，不到兩個時辰連瘀傷都消失不留，則更沒有人肯相信。你的兄弟高彥現在仍躺在鄰室，幸好有你替他擋著棍子，否則他肯定沒命，現在多躺兩天該可起來行走了。」

燕飛道：「他們呢？」

宋悲風平靜的道：「定都傷得最輕，只是給打斷臂骨，其他幾處棍傷都沒有大礙。張賢給打中額頭，回來後捱了一晚，第二天便去了。其他三人，休養個十天半月，該可沒事。」

他說得雖輕描淡寫，燕飛卻清楚感到他心內的悲痛，且感到他已下了報復的決心，一位超卓劍手的決死之心。

沉聲道：「誰幹的？」

宋悲風緩緩道：「我與安爺回來後，知道你們外出，放不下心，遂出來尋找你們，得路人指點，到那間餃子館外已知道不妥，外面停著四輛馬車，御者全以帷帽風罩掩著頭臉，人人眼睛凶光閃閃，外面對街則聚滿看熱鬧的閒人，個個神情驚惶，館內更傳出打鬥聲。」

燕飛想起張賢這位精乖的年輕小夥子，就這麼遭奸人殺害，心中湧起撕心裂肺的悲痛！只恨自己卻全無爲他復仇的能力。自己今後能否爲此盡點力呢？忽然間，他記起榮智死前託他把「丹劫」送往在建康那叫獨叟的人。憑這獨叟對「丹劫」的認識，能否令他恢復武功呢？

宋悲風說得很慢，似像是回到當時的情景經歷中，不但在說給燕飛聽，還似在說給自己聽，幫助自己重溫當時的每一個細節，尋找敵人的漏洞破綻。

燕飛江湖道上經驗豐富，敵人可以用這樣的攻勢，一下子封死逃路，再狠下毒手，不但須有精確的情報，且必是對謝府內的人事瞭如指掌，否則豈容四輛馬車三十多個大漢日夜在烏衣巷外等待機會？梁定都等是地頭蛇，對方也必是地頭蛇，所以對方是何方人馬，宋悲風心裡該有個譜兒。

宋悲風續道：「我當時沒有閒暇理會駕車的人，衝入館子內，剛見到你被人亂棍痛打，張賢滾倒地上，定都等無不負傷，我立即出劍，連傷多人，對方匆忙撤走，當我追出門外，被另一沒有參與館內打鬥的蒙面人所阻，只能看著對方的人駕車離開。此人劍法之高，是我生平僅見，直到行凶者從容離去，那人方從另一方向脫身。」

燕飛道：「那人竟是用劍的。」

宋悲風點頭道：「我因急於救人，難以分身追截。事後查得四輛馬車給沉入秦淮河裡，馬兒給牽走，人也逃得無影無蹤。敵人整個行動計畫周詳，不留下絲毫可供追尋的線索，擺明是針對我宋悲風而來，是特地做給我看的。只是沒想到我會及時趕到，否則你們沒有一人可以活命。而定都身手的高明，也大大出乎他們意料之外。」

燕飛沉聲道：「他們是誰？」

宋悲風打量他好半晌，木無表情的道：「你動氣啦？」

燕飛苦笑道：「難道可以放過他們嗎？」

宋悲風嘆一口氣，徐徐道：「這些確實是卑鄙小人，有甚麼事，該衝著我來，卻找定都他們下毒手，還累及你和高彥。假設你有甚麼三長兩短，我如何向玄少爺交代？」

燕飛道：「不會是衝著我而來嗎？」

宋悲風肯定的道：「絕對不是！」又不眨眼地凝望他道：「燕飛你肯定內功尙在，否則給人這般狠毒猛打，我自問也受不了。你只三天便完全復元過來。剛才正查探你體內脈氣，忽然一股奇寒無比的眞氣冒出氣海，延往全身，然後又生出另股灼熱的眞氣，堪堪與寒氣抵消，兩種截然不同的眞氣最後消失得無影無蹤。照我看，只要能把寒氣的根源消除，你的武功立即可以恢復過來。如此異象，確是從未聽過，在你身上究竟發生過甚麼事？」

燕飛不想和任何人談及「丹劫」的事，更不願重提被青媞加害的傷心往事。頹然道：「我本身的功法，出於自創，被任遙擊傷後，便昏迷百天，自己也弄不清楚是怎麼一回事。」

宋悲風怎想得到其中會有如此曲折離奇的巧合，沒有生疑，點頭不語，似在暗自思索別的事。

燕飛呆看著他，宋悲風是個値得他敬重的劍手，以他的劍法，到外面去必可闖出名堂，大有作爲。可是他卻甘於在謝府當家將的頭子，便知他淡泊名利，志行高潔。

宋悲風忽然道：「你想知道對方是誰嗎？」

燕飛肯定的點頭。

宋悲風沉聲道：「這個人在建康城沒有多少人惹得起他，即使是安爺，也對他無可奈何。」

燕飛除對害母仇人外，很少會對人生出恨意。不過對策動此事者卻是切齒痛恨，他最清楚記得高彥受創倒入他懷裡的痛心感覺。冷然道：「是誰？」

宋悲風道：「你先答應我，此事只限於你我兩人曉得，而在你武功恢復前，絕不可輕舉妄動，否則必招殺身之禍。」

燕飛大訝道：「你竟然沒有告訴安公？」

宋悲風嘆道：「自淝水之戰後，安公一直想歸隱東山，重過當年與花鳥為伴的山林生活，若曉得是此人幹的，肯定更心灰意冷。建康已愈來愈不像話，若他離開，人民的苦難將會更大！」

燕飛忍不住道：「他是誰？」

宋悲風雙目殺機大盛，一字一字的道：「是我們的姑爺王國寶。」

燕飛並不清楚王國寶與司馬道子的勾結，更不曉得謝安與女婿關係惡劣至如此地步，聞言失聲道：「甚麼？」

宋悲風狠狠道：「他用的雖然不是慣用的佩劍，可是他的劍法怎瞞得過我。不須問他為何要這樣做，只須知道是他幹的便成。」

燕飛心中思潮起伏，好一會兒後道：「你打算如何處理此事？」

宋悲風出乎他意料地露出今晚第一絲笑意，冰寒淒冷的，淡淡道：「我可以怎麼辦呢？只好靜心等候他來殺我宋悲風吧！」

拓跋珪親率二百戰士，穿過疏林，緩緩逼近窟咄谷口外的營地。窟咄怕被偷襲，營地暗無燈火，雖然必有人在營地邊緣放哨，可是際此天寒地凍之時，警覺性亦將降至最低。何況對方人多勢眾，多少有輕敵之心，怎想到追人者竟會遭被追者反擊。

早在選擇逃生路線時，他已想到這座小谷，自代國滅亡後，他與燕飛和族人一直過著流亡的生活，不肯向苻堅屈服，故對附近地理環境瞭如指掌，而他自小接受培養的知識，終在今夜派上用場，助他克敵取勝。

今次數百里的遠遁，不但令他逃離賀染干的威脅，又把窟咄誘入陷阱，與慕容麟會師此地，更是致勝的關鍵。

馬蹄踏在鬆軟的白雪上，無聲無息地緩緩向目標推進。

拓跋珪抬頭望天，深黑的夜空嵌滿星斗。

草原的野空最是迷人，少年時代，他和燕飛最大的享受，是一起躺在草地上，看著星空說心事話兒。燕飛是個很好的聆聽者，也只有他明白他的大志。他拓跋珪不單要恢復代國，還要征服草原和所有相連的土地，完成先祖們的宏願。

旁邊的張袞低聲道：「是時候哩！」

拓跋珪一言不發取出長弓，拿起一枝紮上脂油布的長箭，手下紛紛仿效。他們開始散開，二百多個戰士平排推進，敵人的營地漸漸進入射程之內。

拓跋珪喝道：「點火！」

多枝火炬燃起，眾人立即彎弓搭箭，對方營地的守衛終於驚覺，先是發聲示警，接著號角響起，不過一切已太遲了。

手持火把的幾名戰士策馬在陣前奔過，以熟練迅速的手法點燃彎弓待發的箭矢，著火的勁箭立即離弓射向高空，劃出美麗的紅燄亮光，往敵營投去。

火箭接連射出，敵營紛紛著火，烈火和白雪，對比強烈而詭異，敵營立即亂成一團，熟睡的戰士驚醒過來，衣甲不整、兵器不齊地竄出焚燒的營帳。

殺聲蹄聲在左右前後響起，是分由叔孫普洛和長孫嵩率領各九百人的偷襲部隊，從左右兩翼突襲對方布於谷外的營地。

拓跋珪把長弓掛回馬背，掣出雙戟，大喝道：「隨我來！」

領頭向敵營殺去。

燕飛輕輕掩上房門，向在門外遊廊等候的宋悲風低聲道：「他仍在睡覺，睡得很香，只是臉色比平時蒼白，該沒有甚麼大礙。」

宋悲風大訝道：「你並沒有點燈，竟可以察辨他的容色？」

燕飛讓他提醒，也大奇道：「確實古怪，在黑夜視物上，我似乎比以前看得更清晰分明。」

宋悲風見他用眼睛掃視遠近，一臉茫然，道：「反正快天亮了！我們到亭子再聊兩句。冷嗎？」

燕飛搖頭，隨他踏入四合院中園的方亭去，在石凳子坐下。

宋悲風欣然道：「我敢肯定安爺的看法錯不了，你失去武功只是暫時的現象。不用憂心，安爺正為你想辦法。」

燕飛道：「安公是怎樣的一個人。」

宋悲風沉吟片刻，低聲道：「安爺是怎樣的一個人，怎輪得到我來評說。不過我曉得老弟有此一問，是心存善意。而我可以說的，是安爺一生力求超脫於人世間的煩惱，可又不能不食人間煙火，置家族榮辱於不顧，心內的矛盾可想而知。」

稍頓續道：「有時我眞希望他是王敦、桓溫那種人，那肯定司馬曜再無立足之地；更不會像現在般讓人步步進逼，喘息的空間愈來愈小。」

見燕飛默然無語，又道：「以前只得安爺獨撐大局，幸好現在終有玄少爺繼承他的事業，家族可保不衰，否則謝家的將來，誰也不敢想像。」

燕飛欲言又止。

宋悲風道：「你是否想問我如何看玄少爺？唉！他也不是王敦、桓溫之流。可是不要有人惹怒他，因爲他是謝家自有族史以來最不好惹的人，他的劍在南方更是從來沒有敵手。」

燕飛心中湧起難言的感受！他雖寄居謝家兩個多月，清醒的時間卻不到半天六個時辰，較有親近接觸的只是謝安、宋悲風和梁定都、小琦等府衛婢女，謝鍾秀則碰過兩次頭，卻不知是否因謝安高尚的品格和風采，又或因宋悲風的重情義，他感到已對謝家生出深刻的感情，所以不由關心起謝家來。

當曉得對付他們的人是王國寶，更使他爲謝家的安危擔心，他雖不清楚東晉朝廷的複雜情況，仍曉得王家在建康與謝家地位相當，王謝兩家若出現爭執，後果不堪想像。

宋悲風道：「老弟現在不用多想謝家的事。在建康城，沒有人敢明目張膽來惹安爺。我宋悲風更非任人宰割、沒有還手之力的人。在朝廷上，支持安爺的人仍佔大多數。眼前你最要緊的是恢復功力修爲。」

燕飛又想到那叫獨叟的人，暗忖或該上門去探訪他。

宋悲風沉聲道：「燕老弟若爲你的好朋友著想，待他養好傷後便請他離開建康，此處乃是非之地，不宜久留。」

燕飛登時想起高彥的心願，硬著頭皮道：「宋老哥是否熟識紀千千？」

這句話不但問得劣拙，且立感後悔，坦白說，如非高彥因他而受傷，他絕不會在這事上盡任何力以作補償。

宋悲風愕然道：「原來老弟你也是紀千千的仰慕者，眞看不出來！」

燕飛滿臉通紅，差點要掘個地洞鑽進去，語無倫次的應道：「不是我！」

見宋悲風一臉茫然的瞧著他，苦笑道：「是高彥那小子，他說要見過紀千千一面才甘心返回邊荒集去。」

換作平時，宋悲風肯定會呵呵大笑，現在卻是心情沉重，恍然道：「這才合理，早聽劉裕說過你在邊荒集從不像高彥般經常拈花惹草。此事說難不難，說易不易。易在只要我對千千小姐提出請求，她必肯應允；難就難在我必須徵得安爺同意，不可瞞著他去進行。」

燕飛尷尬道：「宋老哥不用爲此煩惱，經過此劫後，怕高彥已失去傾慕紀千千的心情。」

宋悲風忽然道：「你肯不肯爲高彥作點犧牲？」

燕飛訝道：「作甚麼犧牲？」

宋悲風微笑道：「只要說成是你燕飛想見紀千千，以燕飛爲主高彥爲副，安爺必肯同意。」

燕飛大吃一驚道：「這樣不太好吧？」

宋悲風道：「所以我說你要作點犧牲。」

燕飛猶豫道：「安公會否像你般生出懷疑呢？」

宋悲風笑道：「安爺是風流坦蕩的人物，又不是在爲他的乾女兒選乾女婿，見見面乃等閒的風流韻事，他怎會當作一回事。」

燕飛目光投向高彥養傷的廂房，頹然嘆道：「好吧！我便捨命陪高彥那小子好了。」

第九章　時不我與

高彥睜眼見到燕飛坐在榻旁，大喜道：「直到此刻見到你這小子，我才敢眞的相信你沒折半根骨頭。哈！你根本沒有失去內功，否則怎捱得住，至少該像我般仍躺著爬不起來。」

燕飛苦笑道：「若我內功仍在，你道那班兔崽子仍能活命嗎？不過我的情況確實非常古怪，或許終有一天可以完全恢復過來。」

高彥忘記了自身的痛苦，歡天喜地道：「那就有救啦！我們又可以在邊荒集縱橫得意了。坦白說，沒有了你燕飛的劍，我和龐義肯定在邊荒集晚晚睡不安穩。」

燕飛微笑道：「多點耐性吧！你的傷勢如何？」

高彥雙目亮起深刻的仇恨，道：「只要打不死我，便沒有甚麼大不了，多躺兩天該可以起來。知不知道是誰幹的？」

燕飛不忍騙他，道：「此事已由宋悲風處理，這裡是建康而不是邊荒集，輪不到我們逞強。」

高彥呆了半晌，點頭道：「你說得對。若謝家解決不來的事，我們更是不行。宋悲風是個很不錯的人，每天都來探望我的傷勢，又以眞氣爲我療傷。現在我內傷方面好得七七八八，只是左臂和右腳仍有點痛。」

又忍不住道：「誰敢來惹謝安呢？」

燕飛道：「你最好不要知道，出頭動手是我的責任。」爲分散他的注意力，續道：「還想見紀千千嗎？」

高彥立即精神大振，不迭點頭道：「當然想見她，還想得要命。」

燕飛欣然道：「我已向老宋提出要求，他會代我們向安公說情，現在就要看他老人家的意思。」

宋悲風此時走進來，先摸摸高彥的額頭，微笑道：「退燒了！高兄弟的底子很好！」轉向燕飛道：「安爺要見你。」

燕飛向高彥使個眼色，隨宋悲風離開房間。上一次他去見謝安，他感到謝家如日中天的威勢氣派，府內一片生氣，由下至上安逸舒泰。可是今日所遇人等，人人臉色沉重，府內宏大的屋宇樑棟，似也失去先前予他牢固而不可折的印象，在在預示謝家已到了盛極必衰的處境。

謝安若去，烏衣巷最顯赫的謝家府第，餘下的將是沒有魂魄的軀殼。

燕飛隨意問道：「爲何不見小琦呢？」

宋悲風道：「小琦前幾天不眠不休的服侍你，以免你的情況有突變時來不及通知我。到昨晚實在撐不下去，我遂讓她去休息，現在該還在睡覺呢。她是個心腸很好的小姑娘。」

燕飛心中一陣感動，他固然感激小琦，對宋悲風的照顧更生出感觸。他已是個沒有利用價值的廢人，宋悲風仍整夜守候榻旁。不論如何，縱然遭盡謝家其他人的白眼，就憑謝安、宋悲風和小琦三個人，足令他對謝家生出深刻的感情。

宋悲風領他進入中院四季園，忘官軒矗立其中心處，與中院的其他樓閣相比，彷如鶴立雞群。

一位丰姿優雅的中年美婦雙眉深鎖的從忘官軒大門的長石階拾級而下，該是剛見過謝安告退出來。雖初次遇上，燕飛卻有一種似曾相識的奇異感覺。

宋悲風表現出發自心底的敬意，與燕飛避到一旁，施禮致意。

美婦勉強露出一絲笑容，道：「宋叔好！這位公子是……」

宋悲風道：「是燕飛燕公子。」又向燕飛介紹道：「王夫人是玄少爺的姊姊。」

燕飛見她不但沒有架子，還態度謙和親切，不由生出好感，慌忙施禮。

謝道韞幽幽輕嘆一口氣，柔聲道：「原來是燕公子，我們家的事，連累公子受災，我們感到很抱歉。幸好公子吉人天相，貴體康復，我們可以放下一樁心事。」

燕飛不知說甚麼話好。他一向不慣以甜口滑舌去安慰別人，偏是現在更不知從何接口。

謝道韞向宋悲風道：「宋叔好好招呼燕公子。」

施禮後離開。

宋悲風道：「老弟！請！」

燕飛收回投在謝道韞背影的目光，問道：「王家是否王國寶的家？」

宋悲風露出苦澀無奈的表情，道：「高門對高門，即使安爺也無法改變這習氣。道韞大小姐嫁的是王國寶堂叔王羲之的次子王凝之，唉！」

燕飛訝道：「她的婚姻不愉快嗎？噢！我是不該問這種事的。」

宋悲風道：「沒有關係。除安爺外，此爲人盡皆知的事。我們謝家不論男女，人人風流脫俗，他王家卻是另一派樣子。王國寶和他堂弟王緒是利慾薰心之輩，王凝之則沉迷天師道，你說大小姐會開心嗎？」

燕飛的心情更沉重，高門大族絕不像表面的風光。居於烏衣巷豪門之首的謝家則更面臨內憂外患，餃子館的事件只是個開始。

忽然間，他醒悟到為何見到謝道韞會有似曾見過的感覺，娘親在世時，常獨自一個人躲在帳內憂思發怔，也是謝道韞這般神情。

謝安一人獨坐軒內一角，點燃一爐檀香，使布置高雅、古色古香的齋軒更添書香韻致。

謝安手持一張紙箋，正看得入神。

宋悲風道：「安爺！燕公子到！」言罷默默退出軒外去。

謝安把紙箋放在几上，另一手取書鎮壓好，朝他看過來微笑道：「小飛你總是教人驚異，坐過來讓我好好看你。」

燕飛心中一熱，以謝安的身分地位，把照顧他的事交由宋悲風去辦，已算是關懷體貼之至。而謝安在他每次甦醒後，都拋開一切繁務立即見他，可見他對自己的垂愛，並非只是履行對謝玄的承諾，而是出於對自己眞正的關懷。

燕飛在他身旁施禮坐下，迎上謝安的目光，謝安仍是那麼逍遙自在，瀟脫從容，可是燕飛卻在他鬢邊額角間發現十多根上次見他時沒有的白髮。

謝安欣然道：「我每次見到小飛，都心生歡喜，因為像小飛如此人物，世所罕見。不要以為我是故意哄你。所謂雖小道必有可觀處，相人一術，由來久矣，是一種專藝，聖人則有游於藝之說。哈！我謝安一向不肯屈從於定見。技藝本身並沒有大小之別，用於大則為風雲龍虎之機，用於小則有涉身處世之益。擴之展之，可廣及治亂興衰、天道氣候、人情社會，術簡味深，不可輕視。」

面對這可堪推稱清談第一高手的謝安，燕飛大感應對不來，苦笑道：「安公不要如此推許我，我只是個平凡的人，從小沒有甚麼大志向。」

謝安仰望屋樑，有感而發的嘆道：「不平凡的人，自有不平凡的遭遇。小飛可以解釋給我聽，爲何在失去內功後，任棍打棒擊，仍可無恙呢？天命難測，你有沒有大志並不重要。像我謝安便是個從來沒有大志的人，可看看我現在是坐在甚麼位置？幹著怎樣的事？」

燕飛汗顏道：「我怎能和安公相比？」

謝安目光回到他臉上，精光閃閃，微笑道：「終有一天你會明白我謝安這番眼力和說話。」一手取起書鎮，把箋紙拿起來，遞給燕飛道：「這是我姪女道韞，玄侄的姊姊昨晚作的一首詩，讓我品評，你也來看看。」

燕飛對謝道韞有種自己也難以明白的好感，聞言雙手接過。詩箋上的題目是〈擬嵇中散詠松詩〉，字體秀麗清逸。

謝安道：「嵇康曾爲中散大夫，所以又稱嵇中散，道韞擬作的是嵇康的〈游仙詩〉，原作追求的是服藥成仙，超脫令人沉淪的苦海。」

燕飛心中一動，低頭細看，詩文共八句，寫著：

「遙望山上松，隆冬不能凋。
原想游下憩，瞻彼萬仞條。
騰躍未能升，頓首俟王喬。
時哉不我與，大運所飄飄！」

燕飛皺眉道：「王喬是誰？」

謝安答道：「王喬指的是仙人王子喬，道韞此詩與原詩不同處，乃不像原詩般歌頌王子喬成仙的韻事，只是想借助他白日飛昇之術，去親近可望而不可即卓立崇山之巔的青松。可是凡人當然沒有王子喬的辦法，所以只能無奈頓首。」

燕飛放下詩箋，低聲道：「王夫人是想安公引退了！」

謝安欣然道：「這方面我本心意已決，道韞更清楚我的心意，此詩只是表達她同意我的決定。但在建康我尚有一事未了，此事完成之日，將是我辭官退隱之時。」

燕飛很想問他是甚麼事？卻曉得不宜由自己去問，若可以告訴他，謝安當然會說出來。

謝安略一沉吟，道：「小飛昏迷期間，支遁大師曾兩次來看你，對你忽寒忽熱的情況百思不得其解。支遁不但精於醫道，更是對丹道有研究的佛門高僧，這樣的人在建康只有他一個，他想不通的，其他的人更是束手無策。」

燕飛給牽起心事，道：「我想獨自出去走一趟，請安公不要派人跟隨。」

謝安仔細打量他，好一會兒沒有說話，忽然微笑道：「支遁很想和你談談，我猜他是要親自向你弄清楚一些事。我卻一直沒有答應他，你道是甚麼原因呢？」

燕飛愕然。謝安淡淡道：「因為我清楚你的性格，不愛談論個人的私事。荒人是沒有過去的人，我們除了曉得拓跋珪與你有親如兄弟的關係外，其他一切全無所知。你在邊荒集除跟人拚鬥外便是喝酒，想來應有一段沉重的傷心往事！甚至關乎到你現在奇異傷勢的源起，你卻一字不提，我為免你為難，又免支遁勞而無功，所以除非得你點頭，我尚無意讓你們碰頭。」

燕飛尷尬道：「事實上並沒有甚麼好隱瞞的，只是想到說出來沒有甚麼用，且事情頗為曲折離奇，我又是個不折不扣的懶人，所以不想安公你徒費精神而已！唉！」

謝安笑道：「我也是大懶人，可惜身不由己。你現在沒有保護自己的能力，又有任遙這個可怕的敵人，孤身外出不怕太冒險嗎？你是否還想見千千呢？」

燕飛更感尷尬，老臉一紅道：「習慣是很難改的。多年來我獨來獨往，也慣於獨力承擔自己的難題、解決難題。安公請不要再爲我花費心力。至於千千小姐，唉！」

謝安若無其事的道：「想見千千的是高彥而不是你吧？」

燕飛一呆道：「是宋大哥告訴你的？」

謝安啞然失笑道：「何用悲風說出來呢？聽說在邊荒集你從來不涉足青樓，這次不單要見紀千千又指明帶高彥同行，而高彥則終日流連青樓畫舫，我謝安是過來人，怎會猜不中？」

燕飛苦笑道：「高彥這小子威脅我要見過千千小姐方肯甘心回邊荒集去，我見他受傷，只好厚顏向安公提出這般無禮的請求。好啦！安公既然清楚情況，我……」

謝安截斷他道：「你想置身事外嗎？這個我可不容許。我可安排高彥見千千，不過你要作陪客。你要到哪裡都可以，不過必須悲風陪你同行，你也不想高彥錯失見千千的機會吧！」

燕飛拗不過他，只好答應。

謝安道：「小玄已有回音，他和劉裕會在五天內返回建康，希望回來時可以見到你。」接著微笑道：「不論你去幹甚麼，又或見任何人，悲風自會爲你守密。若有危險，他更可以在外面爲你把風的。」

燕飛道：「多謝安公關心。」

宋悲風此時進來道：「王恭大人求見！」

謝安向燕飛道：「千千的事，我自有安排。一切待高彥康復再說。」又轉對宋悲風道：「小飛有事外出，悲風你陪小飛走上一趟吧。」

燕飛知他事忙，施禮告退。

拓跋珪和慕容麟並騎立在山丘上，大地是無窮盡的白雪，細碎的雪粉漫天灑下，天氣卻不寒冷，這場小雪大有可能是春天下的最後一場雪。

同一座山丘，昨晚和今天的心情已是截然不同的兩回事，勝利的果實已牢牢掌握在拓跋珪手上。拓跋部唯一有資格反對他的力量已被他徹底擊潰，餘子皆不足道。立國的道路則仍是遙不可及，在強鄰環伺下，他還須默默耕耘，等待適當的時機。

昨晚他與手下將士兵分三路，突襲窟咄在谷口南面的營地，當谷內的窟咄中計急謀反擊，要把谷北的兵員調來參戰，慕容麟依諾從北面夾擊窟咄。窟咄軍登時大亂崩潰，四散逃亡。拓跋珪領兵強攻入谷，卻讓窟咄由北面突圍逃去。不過拓跋珪曉得窟咄已人困馬乏，逃不了多遠。

現在兩方人馬在谷北山丘會師，全面的追捕已在眼前雪茫茫的荒原展開，他們正在等候擒獲窟咄的好消息。

拓跋珪已暗下命令，若由己方戰士逮著窟咄，便來個先斬後奏，絕此禍根，只許帶回他的屍體。無毒不丈夫，拓跋珪比任何人更明白這個道理。

慕容麟神態傲慢，好像戰勝的功勞全歸他似的，揚起馬鞭指著前方遠處道：「看！逮著窟咄了！」

簇擁著兩人的聯軍聞言齊聲歡呼。

拓跋珪定神一看，慕容族的戰士正押著被五花大綁綑在馬上的窟咄朝他們趾高氣揚的馳來，一顆心直沉下去。

現在他要依賴慕容垂，要殺窟咄，尚須慕容麟點頭才成。

押解窟咄的戰士馳上丘頂。

「蓬！」

面如死灰的窟咄被解下纏縛於馬背的牛筋索，給人從馬背推下來，掉在拓跋珪和慕容麟馬前雪地上。

平時自詡高大威武的窟咄處處血污，鬚髯染滿血漬，渾身雪粉，冷得他直打哆嗦，由於雙手仍被反綁背後，仆倒地上再沒法憑自己的力量爬起來。

兩名戰士把他從地上挾起，讓他半跪地上，其中一人還揪著他頭髮，扯得他仰望高坐馬上的拓跋珪和慕容麟。

慕容麟長笑道：「窟咄啊！你也有這一日哩！」

只從這句話，拓跋珪便曉得慕容垂曾私下聯繫窟咄，當然雙方談不攏，否則現在他拓跋珪將與窟咄掉轉位置。

窟咄目光投向拓跋珪，射出深刻的恨意，大罵道：「拓跋珪你不要得意，終有一天你會像我這般下場。」

拓跋珪淡淡道：「我如何下場，恐怕你沒命見到！」探手身後，握上戟柄。

慕容麟喝止道：「且慢！王父吩咐下來，若生擒此人，要把他帶回去。」

拓跋珪表面沒有半絲異樣神態，心中卻翻起滔天怒火，暗忖終有一天，我拓跋珪再不用看你慕容氏的臉色做人。點頭道：「既是燕王的吩咐，我拓跋珪當然從命。」

雪愈下愈密了。

第十章　路轉峰迴

燕飛和宋悲風聯袂離開謝家，踏足烏衣巷。

在燕飛的心中，大的是街，小的是巷，後者通常是相對的宅院間留出來的通道，寬不過一丈，窄至僅可容一人通過。

他對大街的興趣，遠及不上小巷予他的情趣。由於宅院不同的布局，山牆夾峙下，使小巷有轉折、收合、導引、過渡的諸般變化，天空則呈現窄窄的一線，蜿蜒的巷道似別有洞天，有種說不出的秘隱況味。

但烏衣巷卻有不同於他想像和認識中的小巷，寬度介乎御街與一般街道之間，寬達兩丈許，可容兩輛馬車輕輕鬆鬆的迎頭往來。

烏衣巷和御道交接處設有巷門，標示著烏衣巷的開端，由兵衛日夜把守，也是進出烏衣巷的唯一出入口。

可是烏衣巷亦擁有窄巷所予人曲折多變、安靜、封閉的感覺，高樓巨宅對外的檐、窗、側門、台階、照壁、山牆充滿起伏節奏地排列兩旁，白牆、灰磚、黑瓦，疏落有致的老槐樹，無不顯得安逸幽雅。

燕飛聽著左方秦淮河傳來河水輕拍岸緣的聲音。宋悲風道：「王恭是侍中大臣，是朝廷有實權的正二品大官，他在這時候來見安爺，極不尋常。」

燕飛皺眉道：「他是否對面王家的人？」

宋悲風答道：「他的宅院在烏衣巷尾，與對面王家同姓而不同族系，一向支持安爺。你們在高朋樓遇上與孫小姐同行的淡眞小姐，便是他的女兒。」

燕飛腦海立時浮現那丰姿綽約的美女，心忖原來是侍中大臣王恭的女兒，難怪如此不把人放在眼裡。

兩人穿過巷門，轉入御道。

秦淮河在左方蜿蜒曲折地緩緩流淌，一派怡然自得，對岸屋宇間炊煙裊裊，充盈著江南水城的特色。

宋悲風止步道：「老弟要到哪裡去？」

燕飛道：「宋老哥聽過一個叫獨叟的人嗎？」

宋悲風搖頭道：「從沒有聽過，獨叟是否你這位朋友的外號？」

燕飛道：「我並不清楚，只知道他住在西南平安里陽春巷內，屋子南靠秦淮。」

宋悲風欣然道：「那並不難找，我負責帶路。」

兩人又沿左靠秦淮河的熱鬧大街漫步，三天前，燕飛等便是在這條名爲「臨淮道」的街上的餃子館遇襲，舊地重遊，感覺上並不好受，尤其當想到乖巧的張賢已命喪黃泉。

宋悲風亦生出感觸，沉默下來。

燕飛忽然感到一道凌厲的目光往他瞧來，自然而然往對街回望，見到一個形如大水桶，身穿黃袍的高大肥胖的僧人，正在對街目光灼灼地注視他們，見燕飛瞧過來，雙目精光斂去，登時變成個似是慈眉善目笑嘻嘻的胖和尙，還合十向他們致禮，腳步不停的朝相反方向去了。

宋悲風冷哼一聲。

燕飛感到胖僧先前的目光充滿惡意，令他很不舒服，道：「是誰？」

宋悲風邊走邊道：「是個佛門敗類，叫『惡僧』竺雷音，是城東明日寺的主持，得司馬曜兄弟庇護，沒有人能奈何得了他。他本人亦武功高強，在建康佛門裡是數一數二的高手。」

燕飛嘆道：「建康城似乎比邊荒集更加複雜險惡。」

宋悲風苦笑道：「我想問題在於邊荒集沒有一個人敢自認好人，不像這裡的人愈是大奸大惡，愈是滿口仁義道德，戴著副假面孔。像竺雷音平時一臉和氣，可是下起手來，比誰都要毒辣。聽說個多月前司馬道子的走狗爪牙在邊荒集逮著數十個荒人，男的收作奴僕，其中幾個較有姿色的女子，便送給竺雷音作使女，行淫取樂。」

燕飛感同身受，憤然道：「這種傷天害理的事沒有人管嗎？」

宋悲風頹然道：「安爺曾立法禁制，可是司馬曜兄弟只是虛應故事。戰亂之時，將領豪強四出抄掠『活口』，擄回江南充作豪族莊園的奴婢，已成一種習以爲常的風氣。因他們的獵物是荒人，又或從北方逃來避難的流民，故除安爺外沒有人肯出頭爲他們說話。十多天前，關中千餘流民因躲避戰亂南奔投晉，卻被桓玄方面的將領誣爲『游寇』，大肆屠戮，而其男丁婦女同樣被剽掠爲奴婢。」

燕飛道：「這種事大失人心，難怪北方漢人厭恨南人。」

宋悲風領他轉入一條小街，道：「前面是平安里，我會在屋外爲你把風，只要高呼一聲，老哥我隨傳隨到。」

燕飛不由有點緊張。一來不知獨叟的爲人行事，更怕是連他也愛莫能助，落得失望而回。

支遁在謝安對面坐下，接過謝安奉上的香茗，輕啜一口，道：「我剛才遇上王恭，聊了幾句，他對司馬道子權勢日盛非常不滿。」

謝安輕嘆一口氣，點頭道：「他今次來便是想外調，好眼不見爲淨。他該去向司馬道子提出要求才對，尙書令專管官員調升之事，司馬道子又視他如眼中釘，保證這邊遞入牒章，那邊便批准出來。可是若由我提出，司馬道子肯定會硬壓下去，好顯示現在建康是誰在主事。」

稍頓續道：「像朱序免除軍籍、還爲平民的申請，雖經我親自向皇上提出請求，司馬道子仍在拖延，使我無法向小玄交代，眞個愧對朱序，幸好得他不予見怪。」

支遁沉聲道：「他要逼你走！」

謝安苦笑道：「此正是問題所在，我謝安早萌去意，可是若如此一走了之，人人都會以爲是被他擠跑的。」

支遁道：「自皇上把司馬道子獻上的張氏女子納爲貴人，大權旁落於司馬道子手上，若你離開建康，建康會變成甚麼樣子呢？」

謝安道：「皇上的聖諭發下來了嗎？」

支遁點頭道：「剛發下來，明言停建彌勒寺，可是對『小活彌勒』竺不歸卻隻字不提，令人擔憂。」

謝安露出疲倦的神色，緩緩道：「我可以做的都做了！是我離開的時候啦。小玄這幾天會回來，我將與他一道離去。」

支遁苦笑道：「若站在佛門的立場，我會懇求你爲造福蒼生留下來；但在朋友的立場，你是該回到屬於你的山林去，過你嚮往多年的日子。」

謝安道：「我走後，這裡交由三弟主持，琰兒爲副，不論司馬道子如何膽大包天，諒也不敢爲難他們。」

支遁道：「我想去看看燕飛。」

謝安道：「他昨晚甦醒過來，沒事人一個似的，剛與悲風出外去了。」

支遁聽得目瞪口呆，好一會兒才道：「若有人告訴我像他這般的情況，我肯定不會相信。」

謝安回復瀟灑從容，似正憧憬即將來臨的山林之樂，隨口問道：「有『丹王』安世清的回音嗎？」

支遁道：「我正因此事而來，安世清那邊沒有消息，但他的女兒此刻正在建康，還來探望我。」

謝安動容道：「怎會這麼巧？」

支遁道：「她得乃父眞傳，不但精通醫術丹道，且劍法已臻上乘境界。我向她提及燕飛的情況，她似是曉得燕飛這個人，還追問他的長相。她的性格有點像她爹，對世事一副漠不關心的態度，今趟不知何事才令她遠道來建康呢？」

謝安皺眉道：「你身爲她長輩，難道不可以問上一句嗎？」

支遁啞然笑道：「長輩又如何？她有種不染一絲雜質、不沾半點俗塵的氣質，讓你感到若她不願說，問也是白問。所以當她問及燕飛的長相外貌，我才會特別留意起來。」

謝安笑道：「算你沒有失職，若你不是這種人，怕她也不會來向你請安問好。言歸正傳，她對燕飛的情況有甚麼話說？」

支遁道：「她一句話也沒說，只道她有事須到丹陽，兩天後回來會隨我到這裡見見燕飛。至於安世清，她說沒有把握可在短期內找到他。」

謝安興致盎然的道：「憑著是安世清女兒的身分，已足使我想見她一面，看看她如何脫俗超塵，不食人間煙火。」

燕飛呆看緊閉的大門，這所沒有傳出任何聲息的宅院，位於陽春巷尾，屋後就是長流不休的秦淮河。

宋悲風回到他身旁，道：「我找人問過啦！屋內只有一個孤獨的老頭兒，終日足不出戶，見到人也不會打招呼，『獨叟』的名字取得相當貼切。」

燕飛解釋道：「我是受人所託來見他的，嘿！宋老哥……」

宋悲風拍拍他肩頭，道：「我明白的，你去敲門吧！我會躲起來的！」言罷去了。

燕飛踏前兩步，拿起門環，結結實實的叩了兩記。

敲門聲傳進樹木深深的宅院內去。

苦待好一會兒後，燕飛見沒有任何反應，正猶豫該再敲門，還是悄然離開，一個沙啞蒼老的聲音在門內響起道：「誰？」

燕飛心中一懍，此人肯定武功高明，自己一點都感覺不到他來到門的另一邊。忙乾咳一聲以掩飾心內的緊張情緒，道：「老丈是否獨叟呢？我是受人之託來見你老人家的呢！」

隔門的人沉默片晌，沉聲道：「誰託你來？」

對方似是很久沒有和人說話的樣子，惜話如金，口舌艱難乾澀，平板無味。

燕飛大感不是味道，不過勢成騎虎，硬著頭皮道：「是太乙教的榮智道長。」

那人立即破口大罵道：「竟是那豬狗不如的畜生，給我滾！」

燕飛反感到輕鬆起來，因爲「丹劫」已給他吞進肚子裡去。榮智雖非甚麼好人，自己終是有負所託。假如獨叟開口便問他有沒有爲榮智帶東西來，自己當不知如何是好。在現今的情況下，能否問清楚「丹劫」的事已屬次要。且說不定榮智只是想借「丹劫」來害獨叟，他燕飛反替他受了此劫。

燕飛聳肩道：「老人家請恕我打擾之罪。」

正要掉頭走，獨叟又隔門叫道：「我和他早斷絕情義，他還叫你來幹啥？」

燕飛又走回頭，隔門嘆道：「此事一言難盡，榮智已作古人，臨終前託我把一個小銅壺帶來給……」

「咿呀！」

大門洞開，出現一個又矮又瘦、乾枯了似的披著花白長髮的老頭，不過他滿布皺紋的臉龐上深陷下去的眼眶所嵌著一對眼睛，卻是精芒電閃。他的高度只來到燕飛下頷處，可是卻有一股逼人而來的氣勢，使燕飛感到他絕不好惹。不知如何，燕飛更感到他渾身邪氣，不像好人。

獨叟攤手道：「東西呢？快拿來！」

燕飛不知該生出希望還是該自疚，對方顯然清楚「丹劫」的事，所以只聽到銅壺兩字，立即曉得是怎麼一回事。

苦笑道：「此事一言難盡，老丈可否聽小可詳細道來。」

獨叟雙目一轉，拍額道：「對！進來再談。哈！這畜生倒收得緊密，臨死前才肯還給我。」

燕飛隨他進入院內，心情更覺沉重，若他曉得「丹劫」給自己吞進肚裡去，不知會如何反應。他首次後悔來找這怪老頭，但最不幸的是此卻是自己能想到的唯一希望。

院內積滿厚雪，屋宅三進相連，牆壁剝落，如不是曉得獨叟住在這裡，眞會以爲是棟荒棄多年的破宅。

獨叟喃喃道：「他是不是把銅壺交給你了呢？有沒有吩咐你不要拔去壺塞？」

燕飛道：「確是如此，不過……」

獨叟旋風般在宅前石階轉過身來，雙目凶光大盛，厲聲道：「不過甚麼？你竟沒有聽他的囑咐嗎？」

燕飛慌忙止步，否則要和他撞個正著。在不到兩尺的距離下，他嗅到獨叟身上帶著一種濃重古怪的氣味，有點像刀傷藥的氣味。

頹然道：「事情是這樣的，榮智道長過世後，我帶著小銅壺……」

獨叟雙目凶光斂去，不耐煩的道：「我沒有閒情聽你兜兜轉轉，銅壺在哪裡？你究竟有沒有打開來看過？」

燕飛心忖醜婦終須見家翁，坦白道：「壺內的東西已被我服下。」

出乎意料之外的，獨叟並沒有想像中的激烈反應，笑意在嘴角擴展，影響著他每一道深刻的皺紋，忽然前仰後合的大笑起來，指著燕飛辛苦地喘息道：「你這招搖撞騙的笨蛋，竟敢騙到老子的頭上來。」

燕飛大感不是滋味，道：「吞下去時差點把我燒融，不過碰巧當時我中了逍遙教主任遙的逍遙寒氣，兩下相激，令我忽冷忽熱，最後被人救回建康，昏迷了百日，醒來後內功全消，所以特來向老丈請教。」

獨叟的笑容立即凝止，臉上血色褪盡，呆瞪著他。

燕飛嘆道：「『丹劫』確給我吞進肚內去，像一股火柱般貫入咽喉，接著蔓延到全身經脈，若不是有寒氣相抵，我怕整個人會給燒成火燼。眞奇怪！裝著這麼烈火般的東西，小銅壺仍是涼浸浸的。」

獨叟直勾勾的瞧著他，眼神空空洞洞，像失去魂魄的走肉行屍般喃喃道：「眞的給你吞了丹劫下肚！」

燕飛見到他失落的模樣，心中一陣難過，喚道：「老丈！你老人家沒事吧？」

獨叟像聽不到他的話般，自言自語道：「那我畢生研究的心血，豈不是白費工夫？」

燕飛頹然道：「對不起！我不是有心的，只是不想東西落在任遙手上。」

獨叟喃喃道：「他吞了丹劫！他吞了丹劫！」

一邊重複說著，雙目凶光漸盛。

燕飛心叫不妙，試探著往後退開去。

獨叟像重新發覺他的存在，往他瞧來。

燕飛正猶豫應不應召宋悲風來救駕，倏地獨叟那披肩白髮無風自動，雙目殺機閃爍，冷冷道：

「你吞掉我的丹劫！」

燕飛知事情不能善罷，正要揚聲向宋悲風示警，獨叟閃電撲過來，兩手捏著他咽喉。

燕飛哪還叫得出聲來，登時眼冒金星，呼吸斷絕，獨叟人雖矮瘦，兩手卻是出奇地纖長，像鐵箍般扼著他的頸項。

燕飛全身發軟，暗叫今次肯定劫數難逃，憑對方的功力，足可把自己現在比常人還脆弱的脖頸活生生扭斷。

更想不到的事情發生了，獨叟忽又放開手，改而抓著他肩頭，焦急問道：「你沒有事吧？老天爺！你千萬要活著。」

燕飛大感莫名其妙，比被他捏住頸項透不過氣來時更摸不著頭腦。

第十一章　三天之約

燕飛掙開獨叟抓著他肩頭的手，喘著氣瞧著眼前反覆無常的怪老頭，頸項的痛楚逐漸消失，一時說不出話來。

獨叟雙目的凶光由一種興奮狂熱的神色取代。不眨眼地盯著他的頸子，喃喃道：「看！你頸上的瘀痕消失了！多麼奇妙！」

燕飛再退三步，準備好如獨叟稍有異動，立即揚聲召宋悲風來救，試探道：「我要走哩！」

獨叟瘦軀一顫，慌忙搖手道：「不要走！」

燕飛續退兩步，嘆道：「雖說事非得已，不過我服下榮智道長託我帶給老丈之物，仍是我不對。可惜事已至此，老天爺也沒法改變過來。唉！」

獨叟兩眼一轉，回復冷靜，露出一個苦澀無奈的笑容，亦嘆一口氣，徐徐道：「事實上是你救了我一命，榮智那傢伙要你送來『丹劫』，根本是不安好心；明知我會忍不住服用，而最後結果必是焚經而亡。其實我該感激你才對。」

燕飛聽得目瞪口呆，這個遺世獨立、不近人情的怪老頭，怎會忽然變得如此好相與？如此地明白事理？

獨叟一對細眼又閃過興奮的神色，迅即消去，啞聲道：「你是不是仍想恢復內功？哈！不是我誇口，天下煉丹之士雖眾，能人輩出，卻只有我向獨一人有辦法助你完成心願。」

燕飛心忖原來他叫向獨，懷疑地道：「老丈你倘能不怪我服下『丹劫』，我已非常感激，哪敢再奢望勞煩老丈？」

獨叟堆起一臉笑容，欣然道：「哪裡！哪裡！對我來說，助你得回失去的內功，等若將『丹劫』馴服，是我煉丹生涯中最大的挑戰，我可千萬不能錯過此唯一的機會。不是我危言聳聽，現在你的體質雖異於常人，顯現出種種令人百思不得其解的情況，但終極也就是如此而已，沒有我的幫忙，包管你的內功永遠不能回復原狀，甚至大勝從前。」

燕飛對他是好人還是邪魔仍分不清楚。不過卻肯定獨叟對「丹劫」有深刻的認識，否則之前他的反應不會如此激烈，且不信自己能服用丹劫而不死。他今次專誠來訪，正是想恢復內功修為，恢復過去的生活方式，眼前極有可能就如獨叟所說的是唯一機會。

獨叟又道：「你可知『丹劫』的來龍去脈？」

他這句話比任何苦言相勸對燕飛更有吸引力，心忖何礙一聽，點頭道：「願聞其詳！」

獨叟又忍不住露出奇怪的喜色，道：「隨我來！」

領頭登階進入屋裡去。

燕飛隨他入宅，門內是個出奇寬敞的廳堂，卻簡陋得令人難以相信是有人居住的，「家徒四壁」是最貼切的形容，除角落有一張霉爛的地蓆，再無他物。在獨叟的「邀請」下，兩人在地蓆盤膝而坐。

獨叟乾咳一聲，似是怕他因眼見的情況對他失去信心，壓低聲音神秘兮兮的道：「不要看這裡布置簡陋，只是我掩人耳目的手法，事實上屋下藏著敢稱天下設備最完善的煉丹房，因我所有時間均花在那裡，所以無暇理會其他地方。」

燕飛心想原來如此，看來獨叟已煉丹成癡，亦因此對服下「丹劫」的自己生出興趣，等如醫癡遇上奇難雜症，忍不住心癢手癢起來。

獨叟此刻只像個慈祥善心的小老頭，沉吟片刻，道：「你看到壺身刻的字嗎？」

燕飛點頭道：「在『丹劫』兩字的下處，有『葛洪泣製』四個更小的字。」

獨叟一陣抖顫，似在克制某一種衝動，卻迅即平復過來，瞇著眼盯著他道：「若追源溯流，葛洪仙聖可算是我們丹道派的開山祖師爺，榮智則是我的師弟，我一直不曉得『丹劫』是藏在他那裡。哈！他終於死掉了！」

燕飛知他對榮智恨意極深，不想聽他咒罵一個死去的人，岔開道：「你的祖師爺葛洪爲何會用上『泣製』的古怪字眼。」

獨叟道：「在我道門之內，曉得『丹劫』者只寥寥數人，倘謂眞正清楚其來龍去脈者，更只得我和榮智兩人。長話短說，當年與葛洪聖祖同時期的還有一位被稱爲風道人的丹術大家，其內丹外丹之術，絕不在葛洪聖祖之下，只因性格孤僻，很少與人交往，故不爲世所知。葛洪聖祖是他唯一的知交好友，常切磋丹學，交換心得。」

忽然記起某事般拍額道：「還未請教小兄弟的名字？」

燕飛坦然答道：「老丈可喚我作小飛。」

獨叟乾笑兩聲，道：「我就倚老賣老，喚你作小飛。讓我先解釋一下，所謂內丹、外丹，不外修身格物之法。天下之學問千門萬類，惟丹學獨尊，皆因丹學是唯一能使人超脫生死、成仙成聖之學。人身是一小天地，宇宙是一大天地，內丹練的是天人合一之術，此爲內丹。」

當他說及丹學之事，整個人像脫胎換骨似的，連微拱的背脊也挺直了，臉上閃耀著令人不能懷疑其對丹道誠敬的光輝。

燕飛開始相信他確有助自己脫離眼前困境的誠意，否則不會這麼用心解說。

獨叟續道：「至於外丹，是基於對宇宙一個與眾不同的看法，於我們丹家來說，天下無一物不蘊含某種秘不可測的神秘力量，宇宙的力量，問題在如何把它釋放出來，小至微塵，大至山川，莫不如是。而外丹之術，正是把外在各物內含的精華提煉出來，再據為己有。內丹、外丹相輔相成，合為仙道之術，殊途同歸，物我如一。」

燕飛道：「我還是第一次聽人如此解釋丹道之學，老丈確是發前人之所未發。」

獨叟興奮起來，道：「榮智在這方面遠不及我。若非師父偏心，怎會把『丹劫』傳給他而不給我。」

燕飛道：「令師或許不是偏心而是為你著想，怕你忍不住貿然服下，致一命嗚呼！」

獨叟顯然從未朝這方向去想過，一時張大口說不出話來。

燕飛怕宋悲風等得心焦，催道：「那風道人……」

獨叟醒過來道：「對！風道人畢生醉心煉丹之術，到五十歲時忽然絕跡人間，十二年後，當葛洪聖祖收到他託人帶來的一封信，方知他覓地潛修一種自漢朝以來失傳已久，名之為『火丹』的道術，且已接近成功階段，故請葛洪去為他護法，見證他白日飛昇的盛事。」

燕飛對「丹劫」開始有點輪廓眉目，風道人當然升仙不成，故此遺下「丹劫」，葛洪才會說泣製。

獨叟露出緬懷可惜的神情，嘆道：「當葛洪趕到風道人修眞的福地，赫然發覺風道人行功已到緊要關頭，且有走火入魔之勢，正要施以援手，風道人竟自動焚燒起來，眨幾眼工夫已屍骨無存，可見丹火之猛烈，遠非任何凡火可比。最奇妙是風道人被丹火焚化處留下一團拳頭般大的火燄，正逐漸縮小。葛洪聖祖強忍火熱，以絕世神功隔空把丹火收入隨身攜帶的異寶凍玉銅壺裡，自此便沒有拔開過銅壺塞，就在本門內傳下去。」

燕飛訝道：「沒人有好奇心嗎？又或壺內丹火早因年月久遠而熄滅。」

獨叟傲然道：「丹火在蟄伏的狀態中是永遠不會熄滅的，否則你便不會失去內功。葛洪聖祖留下戒語，誰若在未想出馴服丹火的方法前魯莽啓壺，必立遭橫禍。連聖祖也無計可施的事，誰敢涉險。好啦！我該說的都說了，現在輪到你告訴我整個經歷，不得有任何遺漏，否則聖祖重生也幫不了你的忙。」

燕飛抱著姑且一試的心情，一點不漏的把整件事的經過說出來。

獨叟用心聆聽，不時問上兩句，句句切中要點，盡顯他在丹學上的豐富知識。到燕飛說畢，獨叟道：「我有八、九成把握可以助你復元，不過卻須三天工夫作準備，屆時一切全依我吩咐，不要問無謂的問題。今天是二月初一，初四日辰時頭你到我這裡來，你只可以一個人來，施法的時間或要兩三天之久。」

燕飛還有甚麼選擇？點頭應允。

獨叟道：「這三天你也不能閒著，我傳你一種引火的法門，是我門不傳之秘，從來不傳外人，今次因情況特殊，故破例一次。」

稍頓緩道：「此訣名『子午陰陽訣』，修的是進陽火、退陰符之道，若單是引火，會害你一命嗚呼，所以須以退陰作調和，子時進陽，午時退陰，子午剛好調轉過來，水盛之時引火，火盛之時退陰。」

燕飛本身也是行家，一聽便知有道理，益發相信獨叟的誠意，遂留心聆聽。

燕飛和宋悲風在茶館一角，品嚐香茗和點心，此刻是未時中，館子內除他們外，沒有別的客人。他們脫掉靴子，坐在厚軟的草蓆上，挨著舒適的軟墊子，充滿優閒的感覺。館內燃著火爐，溫暖如春。事實上春天早已來臨，雪也逐漸消融。

宋悲風瞧著他微笑道：「我還以爲你會上酒館去，豈知竟是來喝茶，出乎我意料之外，老弟不是每天無酒不歡的嗎？」

燕飛對他很有好感，不想瞞他，更相信他是個守口如瓶、一諾千金的人，道：「我是爲自己著想，所以這幾天須酒不沾唇。」

宋悲風大喜道：「老弟去找這個叫獨叟的人，原來是因他有辦法令老弟恢復內功，對嗎？」

燕飛道：「還要請老哥幫一個忙，獨叟性情孤僻古怪，喜怒無常，他會用三天時間作準備，三天後我須獨自一個人到他那裡去，施術的時間短則一天半晝，長則三數天。」

宋悲風沉吟道：「看來你和他只是初識，這個老頭兒是信得過的人嗎？」

燕飛茫然道：「我不知道。不過他現在是我唯一的希望，而他也是唯一能明白我處境的人，否則即使『丹王』安世清親臨，也無計可施。」

宋悲風訝道：「原來你早猜到安爺請來爲你療治的是安世清。」

燕飛道：「我不是故意隱瞞，而是遭遇如此離奇，對其他人說不說出來並不會有任何分別，只有獨叟一聽明白。」

宋悲風不悅道：「你仍不打算告訴我嗎？安爺若曉得我答應你不把事情說出來，他是絕不會再追問半句的。」

燕飛心知肚明若得不到宋悲風的支持，謝安怎都不容許他單獨行動，苦笑道：「好吧！」於是把如何得到「丹劫」，爲何服食一五一十說將出來。

聽得宋悲風目瞪口呆，長吁一口氣道：「世間竟有如許奇事，若非你活生生在我眼前，我眞不會相信。」

燕飛道：「生死有命，禍福有數，這個險我是不能不冒的。請老哥給我一個方便。」

宋悲風道：「若我是你，也肯定毫不猶豫去冒這個險。一切沒有問題，你放心吧！不過爲安全計，我會使些小手法，把你神不知鬼不覺的送達獨叟的煉丹室。」

燕飛對他更添好感，笑道：「任遙應該以爲早將我擊斃了，即使他知我未死，也不會有那麼多空閒不分晝夜的在烏衣巷外等我出現吧？」

宋悲風搖頭道：「小心點總是好的，現在建康形勢險惡，你剛才進入獨叟處後，我曾在附近一帶搜查，幸好沒有發現。否則現在我早派人再去巡查，對獨叟加意保護，不教你稍有閃失，更使你得以完成希望。」

燕飛道：「獨叟的武功不在榮智之下，除非來的是任遙，自保該是綽有餘裕的。」

宋悲風道：「是『小活彌勒』竺不歸又如何呢？」

燕飛一呆道：「怎可能是他呢？」

宋悲風道：「你清楚這個人嗎？」

燕飛道：「他在北方是大有名堂的人，武功在彌勒教中與尼惠暉齊名，僅次於竺法慶，北方武林對他是談虎色變，想來他縱或及不上任遙，也是所差無幾。」

宋悲風嘆道：「在司馬曜和司馬道子兩兄弟的授意下，王國寶把竺不歸請來建康，又要為他建彌勒寺，此刻竺不歸正落腳於竺雷音的明日寺，這事可以令你產生甚麼聯想呢？」

燕飛喃喃道：「王國寶、竺不歸、竺雷音……」一震道：「有陰謀！」

宋悲風沉聲道：「現在建康城內安爺是唯一一個敢反對司馬曜建彌勒寺的人，其他都敢怒而不敢言，司馬曜雖暫時讓步，停建彌勒寺，不過事情並沒有解決。還記得你們遇襲的時刻，剛好在安爺入宮向司馬曜攤牌之後嗎？」

燕飛明白過來，點頭道：「難怪老哥說要等敵人來對付你。」

宋悲風道：「突襲定都該是籌備已久，不是可急就章做得來的事。在你見獨叟前，我們在路上遇上竺雷音，更非巧合，而是向我發出警告，更或可讓暗中在旁窺伺的竺不歸瞧清楚我的樣貌。」

燕飛是老江湖，同意道：「路上這麼多馬車往來，竺不歸說不定是躲在其中一輛馬車內。」

宋悲風道：「一切都是衝著宋某人而來，且是布局周詳，處心積慮，只從竺雷音會在我們眼前及時出現，事情便大不簡單。」

燕飛皺眉道：「老哥有沒有將此事告訴安公？」

宋悲風苦笑道：「安爺要煩的事太多啦！我實在不想增添他的煩惱。而且他終究不是江湖中人，不會明白江湖的事。這些年來，我為他暗中做的事，與幫會打交道，只讓他曉得結果，過程從來一字不提。」

燕飛心道只有謝安如此人物，方有如此手下，道：「老哥現在的處境非常險惡。我真不明白王國寶，他怎麼說都是安公的女婿，為何會變到像有血海深仇的冤家似的。」

宋悲風頹然道：「晉室南渡，定都江左，開始時王家能者輩出，鋒頭完全掩蓋謝家。王導、王敦均為權傾朝野的人，不幸王敦興兵造反，雖被平定，司馬氏已對王家生出戒心，轉而扶謝抑王，安爺就是在這樣的情況下接受朝廷的任命。」

稍頓續道：「王謝兩家關係密切，且因家勢對等，故娉婷小姐嫁入王家，是順理成章的事，那時王國寶惡跡未顯，安爺雖不看好王國寶，指他相格涼薄，仍不得不接受王家的提親。豈知王國寶後來竟從事放貸，賺取暴利，此事引起安爺不滿，在朝廷任命處箝制他，故他對安爺怨恨極深，娉婷小姐現在已返娘家，一直不肯回去，王國寶亦許久沒有踏進謝家半步，你可想見雙方的關係惡劣至甚麼地步。王國寶是有野心的人，他想做的是另一個王敦，而安爺和玄少爺則是他最大的障礙。」

燕飛心忖若自己真能盡復武功，離開建康前可順手幹掉王國寶，當作是報答謝安竭誠款待自己之恩。

宋悲風道：「回家吧！免得安爺擔心。」

燕飛的心神轉往三天後與獨叟之約，希望他不是胡謅吧！自失去內功後，他從未比這一刻更想恢復內功修為。

第十二章　天下孤本

接著的兩天燕飛爲免節外生枝，足不出戶，每天子、午兩個時辰，依獨叟之言進陽火退陰符。起始兩次沒有甚麼明顯徵象和效應，到第三次依訣法行功，進陽火竟丹田生寒氣，退陰符時卻長暖氣，似乎與獨叟預告的情況剛好相反。偏又不敢在三天之期前去打擾那正邪難分的怪老頭，只好按捺著屆時再去問他，但對行功則不敢疏懶下來。

這天早上起來，院子裡人聲沸騰，隱隱聽到梁定都和高彥對罵的聲音。不由搖頭苦笑，自受傷醒來後，他還是首次聽到梁定都的聲音，應已康復過來，卻不知爲何會到這裡和高彥吵鬧。

侍婢小琦剛好進來，見到他便笑臉如花的欣然道：「公子今天的臉色很好，精神奕奕的，一對眼睛似是會放光，有點像宋爺那樣。」

燕飛心忖極可能是獨叟的子午訣見功，對明早的約會更添信心。邊讓小琦伺候他梳洗，問道：「外面發生甚麼事？」

小琦沒好氣道：「小梁過來爲高公子打氣，偏只會吵吵罵罵，高公子氣壞了。」接著俏臉微紅的吐舌道：「高公子說起粗話來，不但臉不紅且語氣流暢，眞是訓練有素，又快又羞人。」

燕飛笑道：「不是訓練有素，而是操練有素。在邊荒集最斯文的便是我，其他全是滿嘴粗話的人，男女如是。哈！」

含笑走出廳外，在房內爲他執拾被鋪的小琦嬌聲道：「甚麼男女如是？原來燕公子也會開人家玩笑呢！」

跨過門檻，踏足環繞內庭園的迴環半廊，出乎燕飛意料，梁定都正扶著高彥，助他步行，十多名府衛婢僕則在一旁為高彥打氣。

梁定都左臂還纏著藥布，罵道：「睡沒兩三天便不會走路，你的腿子早好了啦！不用再有顧忌，跨前少許下一步才穩妥。」

高彥不甘示弱地回敬道：「你又不是我，步子跨大點便渾身筋骨都扯痛了，你道我不想跨大點步子嗎？你奶奶的龜孫子！」

燕飛想不到兩人忽然如此「相親相愛」，或許是因曾共歷生死吧。對高彥的「努力」卻是心中莞爾，因自他告訴高彥謝安已首肯帶他去見紀千千，條件是高彥必須能起來走路，高彥便不辭痛苦朝此方向努力不懈。

燕飛向他們打個招呼，笑道：「放開他！」

梁定都為難道：「我怕他立即摔倒，這小子上半身雖像男兒，下面卻長著一對娘兒的軟腿。」旁觀者立時發出震庭哄笑。

高彥給笑得臉都紅了，大怒道：「去你的娘，快放開你老子我！」

梁定都一臉佔盡上風的得意神情，往旁移開。

高彥一陣搖晃，終於站定，露出勝利神色，哈哈笑道：「看！頂天立地，是對甚麼腿自有公論。幸好梁小子你不是娘兒，否則定要亮點厲害教你求饒投降。不過若有娘兒長得像你那醜樣子，鬼才肯屈就你。」

他的話非常不文，府衛男僕們固是起鬨大笑，三個旁觀的俏婢則聽得啐罵連聲。謝府哪曾招待過像高彥這種粗野的人。

梁定都笑道：「你的狗嘴愛說甚麼便甚麼。還不走兩步來看看！我還要回去向宋爺作報告呢。哼！竟不知好好巴結我！」

燕飛明白過來，宋悲風是怕他明天的療治時間或須費時三數日，所以希望安排他們今晚隨謝安去見紀千千。

高彥一聽立即換過另一副臉孔，前倨後恭道：「梁小哥大人有大量，勿要見怪，多多包涵。」這些話登時又引起另一陣笑聲。

高彥緊張的嚷道：「不要吵！」凝視著前方的地面，一步跨出，果然四平八穩，沒有絲毫搖晃不穩的情況。

高彥趾高氣揚的向梁定都笑喝道：「看！老子在走路上還有甚麼問題嗎？還不滾回去向宋爺報告，好安排今晚佳人之約？」

今次連燕飛也忍不住笑起來，加上剛出來湊熱鬧的小琦嬌笑聲，庭院鬧哄哄一片。

梁定都擺出誇張的驚訝表情，指著他的腳大聲嚷道：「這能叫走路？高公子要走到哪裡去呢？」

小琦顯是和梁定都稔熟，不忍高彥受窘，幫腔道：「高公子比起昨天，的確好了很多哩！」

燕飛含笑來到高彥身旁，挽著他左脅，道：「今天到此爲止，回房休息吧，勉強挺來的有甚麼意思，你也不想千千小姐看到的高彥是個跛子吧？」

小琦也道：「骨頭接好後再折斷，要花更多時間才會好的。」

梁定都趕到另一邊扶著高彥，歉然道：「我只是想激勵小高你的鬥志，你康復的情況已比我想像中好得多呢。」

燕飛心忖梁定都雖一身大族人家奴才的習氣，本身卻是心地善良的人，那天在餃子館更是奮不顧身來救援他們。又見高彥漲紅臉低下頭，知他在強忍痛楚的苦淚不想讓梁定都看到，忙支開梁定都道：「去告訴宋爺，待我辦妥明天的事後，再決定何時適宜讓小高去會佳人。」

梁定都一聲領命，逕自去了。

燕飛向各人揮手告退，方扶著一拐一拐的高彥回廂房裡去，在床沿甫坐下，高彥的淚水已珠串般灑下，卻強忍著沒哭出聲來，只是哽咽。

燕飛心中湧起滔天怒火，暗下決心，不管王國寶是天王老子，只要有一天自己恢復武功修爲，必找他爲高彥算清楚這筆賬。

口中卻道：「你不是說自己是頂天立地的男子漢嗎？怎可以這般軟弱？動不動哭成個娘兒似的。」

高彥揮拳搥榻痛心疾首的道：「我操那班人的十八代祖宗！此仇此恨，我高彥永不會忘記。」

燕飛沉聲道：「若你禁不起屈辱挫折，怎有資格去報仇？」

高彥以衣袖拭淚，嗚咽道：「我從沒這般悽慘過！」

燕飛苦笑道：「你是因爲我才落得如此下場！幸好保得住小命，又沒有被打成殘廢，總算不幸中的大幸。你是否氣小梁嘲笑你呢？」

高彥搖頭道：「梁定都那小子說的話雖然難聽，卻沒有惡意。那天若不是他不顧生死的苦撐大局，我們今天肯定沒法坐在這裡說話。我氣的是燕飛你受到的折辱！換作是邊荒集時的燕飛，他們休想有一人能活命。你抱著我任他們打，我可以感覺落在你身上的每一棍的力道，想起來我便想哭。我還以爲你死定了。」

燕飛心中感動，沉聲道：「放心吧！再過幾天，我便可以肯定告訴你，我究竟是找個地方躲起來，還是堂堂正正和你回邊荒集去打天下。」

高彥一震朝他瞧來。

燕飛暗下決定，不論獨叟提出的治療方法如何荒謬危險，自己也要一試，大不了便賠上一命，總勝過看著自己的朋友受盡凌辱。

忘官軒外彎月掛空，群星拱照。軒內只有謝安身旁的小几燃著一盞油燈，照亮軒堂一角，氣氛寧靜得有點異乎尋常。

到達軒門，宋悲風請燕飛獨自入內，燕飛直抵謝安身前，驀地謝安抬頭往他瞧來，眼神銳利至極，似一瞥下便可將他看通看透。

接著謝安捋鬚笑道：「小飛氣色凶中藏吉，此乃否極泰來的氣象，明天之約雖有險厄，必可安然度過。」

燕飛一呆坐下，雖明知宋悲風必須先得謝安首肯放人，自己方可赴獨叟之約，但被他當面揭破，仍頗感尷尬，坐下苦笑道：「安公叫我來竟是要給我看氣色。」

謝安親自爲他斟茶，微笑道：「這是其中一個原因，希望我寶刀未老，沒有看錯氣色。」

燕飛雙手捧杯，讓謝安把茶注入杯內，這時若有人問他世上最值得尊敬的人是誰，他的答案肯定是謝安無疑。天下第一名士之譽確非虛傳，不論心胸氣魄、才情學識，至乎一言一語，舉手投足，均令人折服。

謝安與他對碰一杯，欣然道：「坦白說，值此良辰美景，我實不慣以茶代酒，不過小飛情況特殊，老夫只好將就。」

燕飛不好意思的道：「我們可以各喝各的。」

謝安道：「那豈是待客之道。今晚我還有一本奇書送給你，望你萬勿輕忽視之。你的性情較接近我，此書當對你有所裨益。」

燕飛受寵若驚的道：「只怕我生性愚魯，又學識膚淺，有負安公期望。」

謝安哈哈笑道：「我謝安或會看錯別人，卻不會看錯燕飛。」

跟著珍而重之地從懷內掏出一本已舊得發黃，薄薄的一本帛書，雙手遞給他，雙目露出凝重神色。燕飛慌忙起身恭敬接過，只見書面寫著「周易參同契」五個大字。

謝安的聲音在他耳鼓內響起道：「你曾聽過此書嗎？」

燕飛搖頭道：「聞所未聞。」隨手翻開，只見寫著「乾坤者，易之門戶，眾卦之父母」，看得他嚇了一跳，往謝安望去，囁嚅道：「我對周易的認識很膚淺，肯定會看得一知半解。」

謝安道：「沒有關係。書內的蠅頭小字是我的考釋註解，你開始看時或會有點困難，但很快你就會沉迷其中，盡得精奧。即使你恢復內功，亦大有可能須從頭多下工夫，此書會對你有意想不到的幫助，若能因此有所成就，是否後無來者我不敢說，但可肯定是前無古人。」

燕飛把書納入懷裡藏好，道：「此書能有此異能奇效，究竟出自哪位大家之手？」

謝安解釋道：「此書是東漢末年會稽上虞人魏伯陽窮畢生精力之作。」

燕飛一震道：「原來是他，此人被推崇爲兩漢第一丹法大家，更是當代道門第一高手，難怪安公說這是一本奇書。」

謝安道：「你既曉得魏伯陽是何方神聖，當知此書等若一個豐富的寶藏。書中包羅萬有，以《周易》和道家思想爲依託，廣泛吸取先秦兩漢天文曆法、醫學、易學、物候學、煉丹術等方面的精華，達成天地人三才合一的體系，並不限於武術。現你懷內所藏是天下唯一孤本，我也希望透過你將其內容發揚光大，流傳下去。」

燕飛知道推辭不得，且心中確實生出好奇和企望，肅容道：「燕飛絕不會讓安公失望。」又訝道：「安公若要此書流傳，何不教人抄寫多本，再贈予有識之士，豈非更可達到傳世目的？至少也該自己留著正本。」

謝安淡淡道：「不要再追問，終有一天你會明白。」

燕飛默然片刻，沉聲道：「安公語調荒涼，是否……」

謝安打手勢阻止他說下去，微笑道：「我剛收到消息，桓玄正式奏請朝廷，要辭掉新加於他身上的大司馬之位。」

燕飛一呆道：「桓玄狼子野心，怎肯放棄這個他夢寐以求的官職？」

謝安欣然道：「你對桓玄確有很深的認識，卻不知這正顯示他手下有非常出色的謀士。此是一石二鳥之計，在實權方面並無影響下，既可安朝廷之心，又可以讓朝廷轉而對付我謝家。淝水之勝的風光，已因此辭函一去不返。我已決定待小玄回來後，與他商量該在何時離開建康。」

燕飛心中一嘆，道：「恭喜安公！」

謝安笑道：「你或許是唯一一個會因此而恭賀我的人。去吧！悲風在門外等你，希望再見到你時，我的小飛已功力盡復。」

宋悲風在前頭默默領路，流水聲從前方傳來，轉出林中小徑，前方一座小碼頭臨河水而建，秦淮河水緩緩淌流，在月華星斗競相爭妍裡，繁星密密麻麻的填滿深遠無垠的夜空，對岸燈火點點，舟船畫舫，往來不絕。

燕飛到建康這麼久，還是初次感受到秦淮河浪漫旖旎的氣氛。以往雖曾到建康，卻從沒有眼前這般的醉人觀感。或者是因分享高彥對秦淮河第一名妓紀千千的仰慕，令秦淮河也河水添香。

忽然間，此刻要到甚麼地方，乃至明天關係到他一輩子的約會，似乎都變得無關痛癢。

小碼頭上有四人守候，泊著一艘有帆的快艇，河水打上船身，發出「沙沙」的響音。

宋悲風領燕飛來到碼頭上，其中一人道：「沒有可疑的船隻。」

宋悲風凝視經過的一艘小艇，點頭不語。

燕飛迎著河風，遠眺對岸燈火，感受著秦淮兩岸的繁華氣象。

這四個人穿的均是武士便服，面目陌生，年紀均在三十許間，人人太陽穴高高鼓起，雙目精光閃閃，知道全是高手，且沒有人顯示出半點緊張或不安。

謝府曾受襲在前，敵人下一個目標甚至有可能就是謝安。可想像謝安若夜訪紀千千，必從水道乘艇而去，所以宋悲風的謹慎是可以理解的。

宋悲風向燕飛微笑道：「燕老弟到建康後，尚未有暢遊秦淮的機會，就借一晚如何？」

燕飛欣然點頭，與他跨步登艇，四名高手隨之上船，解索開船。

兩人在船尾坐下，風帆快艇在其他四人操使下，望西而去。

宋悲風道：「他們均是水道經驗豐富的操舟好手，而我們這艘小帆船設計獨特，速度疾快，在河面休想能跟上我們。」

燕飛仰望夜空，道：「我們到哪裡去？」

宋悲風道：「這是擺脫敵人跟蹤最好的方法，比起明早大模大樣的走出烏衣巷是截然不同的兩回事。今晚我們在朱雀航附近一所房子留宿，明早我再送你到陽春巷去。」

燕飛皺眉道：「今晚貴府沒有你老哥打點照顧，不太好吧？」

宋悲風微笑道：「若謝家沒有宋悲風便不行，那就非常糟糕啦！」又嘆一口氣。

燕飛道：「老哥因何嘆息？」

宋悲風壓低聲音道：「我在擔心安爺。他不單對司馬氏心灰意冷，對自己的生命更不樂觀。」

燕飛吃了一驚，道：「老哥是指他的生命受到威脅嗎？」

宋悲風道：「你誤會了！我指的是安爺近日常感到大去之期不遠，所以很多時候像安排後事的樣子。」

燕飛聯想到義贈奇書之舉，確有點安排身後事的味道，心中一動，將懷中帛書掏出來，向宋悲風解釋清楚後，遞給他道：「明天之約，吉凶難料，老哥請暫代我保管；若我過不了難關，煩老哥代我還給安公，請他另覓有緣者。」

宋悲風接過書藏好，眼中憂色更濃，苦笑道：「這本《參同契》數十年來與他形影不離，他肯將此書贈你，當然是非常看得起你，也有了卻心願之意。」

他雖沒有明言，燕飛當然明白他是憂上加憂，道：「到現在我仍不明白，安公爲何不把此書傳給玄帥？」

宋悲風嘆道：「我跟了安爺數十年，從來不明白他的想法。很多出人意表的事，總在事後方曉得他是獨具慧眼，高瞻遠矚。像他一直沒有讓三老爺和琰少爺出任朝廷要職，我便大惑不解，到今天方知是如何高明的一著。安爺一旦離京，謝家將失去對朝廷內政的影響力，而玄少爺仍牢握北府兵的兵權，在這樣特殊的情況下，因安爺辭退，再沒有與朝廷正面抗衡的危險，反可令烏衣巷的謝家穩如泰山。」

稍頓續道：「安爺把心愛的書送你，而不是傳給玄少爺，其中玄機暗藏，大有深意，但事後你會發覺他是對的。」

燕飛心中響起謝安的一句話：終有一天你會明白的。

第十三章　不懷好意

「篤！篤！篤！」

燕飛叩響門環，出乎他意料之外地，門已給拉開，露出「獨叟」向獨那皺紋白髮相映成趣的老臉，雙目閃動著難以掩飾似帶點瘋狂的喜意，一把扯著他衣袖，拉他進去道：「快來！我已預備好一切。」

燕飛對他過分的熱情不知該歡喜還是生疑，糊裡糊塗的跨檻入院。

獨叟小心謹慎把院門掩上，又上了門閂，斜兜他一眼道：「你是一個人來吧？」

燕飛心忖外面的宋悲風肯定沒有跟蹤在後，自會離開，搖頭表示沒有人跟隨。

獨叟道：「你有沒有齋戒三天，沐浴更衣才來呢？」

燕飛暗叫糟糕，若這怪人要他回去齋戒三天再回來，自己哪還有此耐性，苦笑道：「沐浴倒是有的，這一身穿的卻是舊衣，至於齋戒……唉！爲何你不早提醒我？」

獨叟扯著他便走，道：「沒關係！我齋戒沐浴過便成。」

燕飛心情複雜的隨他進屋，心忖獨叟對他的太上道祖似乎有些敷衍了事，並不認眞。不過能讓他胡混過關便上上大吉，難道還蠢得出言相稽或反對。甚麼齋戒沐浴，他燕飛本人是全不吃這一套的。

穿過前屋，前面是外進和中進間的大天井，中間擺著清酒、沉香、三個雞頭，上白米飯三盤，還有個小香爐，爐上燃著三炷香，已燒至一半。

燕飛一愕道：「要先拜道祖嗎？」

獨叟道：「我已拜過了，你不用拜啦！你在這裡等一會兒，待我揭開丹房的入口。」說罷繞過香火祭品，半蹲下去，雙掌按住地面，輕輕鬆鬆吸起石蓋少許，接著另一手將石蓋掀起，露出一道往下的石階。

燕飛反放下心來，換作以前的自己，要純以吸勁提起如此重達十多斤的石蓋子，不是沒法辦得到，而是無法像獨叟般看似輕鬆得不費力氣，所以獨叟若真要對他意圖不軌，根本不用多費周章，又齋戒沐浴，又斬殺雞頭拜神。遂依獨叟指示拾級下階。

十多級石階轉眼走畢，來到一個狹窄的空間，有道掩上的木門。

獨叟把石蓋關上，燕飛立即生出與世隔絕的感覺。即使宋悲風闖進來找他，要找到地室的入口，也須費一番工夫和時間。

獨叟來到他身旁，「噗」的一聲跪下去，連叩九個響頭，口中唸唸有詞，不知是唸咒語還是誠心禱告。

他既沒有指示，燕飛只好呆站不語。

獨叟終於站起來，道：「這是我道門入丹房的儀式，你既不是我道門中人，故可免了。」

燕飛直覺他在藉口掩飾。不過這舉動也沒有甚麼大不了，又心切療傷，遂不放在心上。

獨叟畢恭畢敬的把門推開，氣悶的感覺立即消失，顯然丹房有良好的通氣設備。

一陣灼熱的空氣迎面撲來。

現在眼前的是一間非常講究的地室，四壁和地板均鋪上泥板，光滑如鏡。

正對門口是三層的丹台，以底層最高，頂層最薄，整座丹台高約三尺，寬約五尺，上置丹爐，烈火正熊熊燃燒著爐上的三足古鼎。爐旁還插著一把古劍，左壁則懸掛一方古鏡，充滿神秘和宗教色彩的特異氣氛。

頂壁於爐火上的位置開有一洞，煙屑從那小洞鑽出去，附近的頂壁給熏黑一大片。

獨叟再三拜九叩的直抵壇前，招手叫他進去道：「爐內用的藥是取上等的丹砂，配以汞、黃金、玉、鉛、銀和雄黃，我先以文火煉之，到昨夜子時改以武火，尚須一刻鐘，便可煉成能蘊含太陽至精，金火正體的陽精火魄。」

燕飛懷疑道：「三天時間足夠嗎？」

獨叟傲然道：「換了是其他人，三十年都不夠。不過我向獨數十年的工夫豈是白費的；早煉成各種丹砂的元精，故合起來再稍加煅煉便成。脫衣吧！」

燕飛愕然道：「脫衣？」

獨叟皺眉道：「不脫衣怎給你施術。只可剩下內褲，我要借我的金針大法刺激你全身竅穴，把潛藏的丹劫之火引發出來。」

燕飛記起一事，邊脫衣邊道：「我依老丈所傳的子午訣練功，情況卻剛好與老丈所說的相反……」

獨叟不耐煩的道：「是否進陽火時反覺寒凍，退陰符反灼熱起來？」

燕飛暗忖你既曉得有此情況，爲何反說出另一套話來？

獨叟從懷中掏出一個長方形的鐵盒子，不以爲意的道：「這代表你內氣不行，故受外氣所感。沒有問題的，放心吧！」

燕飛自己也是大行家，心想自己確非受體外午熱子寒的外氣所感，而是由內氣產生寒熱的現象，試圖解釋道：「我……」

獨叟完全沒有聽他說話的耐性，喝道：「我明白啦！快給我坐下，眼觀鼻，鼻觀心，默守丹田，不論如何辛苦，千萬不要說話或動何意念。」

只剩下一條短褲的燕飛無奈地對著丹壇盤膝坐下，爐火逐漸轉弱，獨叟卻沒有添柴催火的舉動。

獨叟打開鐵盒子，取出其中一束金光閃閃的灸針，繞著燕飛走了一個圈，最後來到他身後，沉聲道：「我現在向你施用的是我向獨壓箱底名為『飛昇十二針』的獨門手法，能引發你體內潛伏的陽火，不論你感到如何灼熱難忍，也要咬牙忍下去，過得此關，便可服用陽精火魄，然後便要看你的造化。」

燕飛凝起鬥志，點頭道：「請老丈下手吧！」

獨叟大叫一聲「飛」，一根金針疾刺背上，注入一股灼熱的眞氣，精純無比，燕飛知他不惜損耗眞元，以陽氣刺激他的經脈，忙收攝心神，排除雜念，默守丹田。

獨叟接著不住吼叫，甚麼「升」、「抽」、「伏」、「制」、「點」、「轉」，每叫一聲，便一針刺入燕飛身上，當十二支金針分布全身，燕飛已冷得要命，與獨叟預告的「熱況」完全相反。

原來獨叟每下一針，燕飛的丹田便生出一股寒氣，到第十二針時，寒氣已蔓延全身，就像妖女青媞害他時的情況歷史重演。

他很想告訴獨叟情況有異，可是全身已被寒氣封凝，耳不能聽、目不能視、口不能言，慘不欲生。可是獨叟仍不肯罷休，不斷透過十二支金針傳入眞氣，不是令他潛伏的陽氣釋放，而是引發出匯合任遙和青媞兩大高手所加施的傷損陰毒的寒氣。

燕飛暗叫我命休矣。

瀕死前剎那間的清醒，他生出明悟。

獨叟實是不安好心。

照他目前的施術方法，依理確可引發「丹劫」的火陽之氣。若再餵他服下甚麼陽精火魄，陽上添陽，火上加火，「丹劫」的威力將像火山熔岩般在他體內爆發，他不像風道人般自焚而死才怪。

如此一來他或會像當年風道人般只剩下一團丹火，那獨叟便等若透過他這「人藥」，重新將「丹劫」「提煉」出來。

故而他根本不在乎自己是否齋戒沐浴，又或拜祭道祖，至乎進陽退陰的情況，因爲他燕飛只是煉丹的「活材料」。

燕飛大罵自己愚蠢，卻沒有怪惱獨叟，要怪只怪自己求痊心切，致忽略獨叟破綻百出的陰謀詭行。

迷糊間，一團火熱塞進口內，直灌咽喉而下。

燕飛心叫不妙，對寒熱交煎的苦況他是猶有餘悸，想不到死也不能安安樂樂的死，還要多受一次這種慘絕人寰的可怕死亡方式。

宋悲風搜遍獨叟院落四周，沒有發現可疑人物，放下心來，鳴金收兵，打道回府。

他很想潛入院落偷窺燕飛的情況，不過又怕獨叟高明至可以發覺外人入侵，破壞燕飛的好事，遂打消此念。

他剛轉出陽春巷，踏足另一道窄巷，前方巷口處出現一個高高瘦瘦的人，兩眼一眨不眨的盯著他，慢慢向他走來，嘴角掛著一絲冷冷的笑意。

宋悲風止步立定，手按到劍柄去，同時耳聽八方，偵察附近是否另有埋伏。

那人在離他丈許處停步，單掌豎前，另一手收在背後，淡淡笑道：「本佛嘗聞宋悲風的玄陽劍，是『九品高手』外第一把劍，卻不知傳聞有無誇大，故今天特來印證。」

宋悲風沉聲道：「『小活彌勒』竺不歸。」

第十四章　玄功初成

彷如歷史重演。

被獨叟餵下這名之爲「陽精火魄」的丹藥，感覺有點像吞下「丹劫」，當然其霸道處遠及不上「丹劫」，藥效亦比之緩慢得多，但只就比較而言，如此霸道凌厲的丹藥，燕飛過往從未得聞，此刻卻是親自體驗。

「陽精火魄」入口即融，化成一團火熱，灌喉入腹，接著火熱在腹內不斷加強，還往全身擴散；寒熱相激交戰，令燕飛苦不堪言。尤幸獨叟不斷從金針送入火熱陽氣，激發體內潛藏的陰寒，對「陽精火魄」生出少許剋制的作用。

燕飛雖備受寒熱交煎之苦，靈台卻是無比清明，心忖與其經脈被焚，不如像妖女青媞所說的在感覺逐漸消失下冷凝而亡。爲配合獨叟的助力，冷死似比熱斃容易消受些。

福至心靈下，連忙默運進陽火之法。此時他已無暇理會因何獨叟輸入陽暖之氣，反會助長體內陰寒，只知以陽引陰，當「陽精火魄」被制伏時，自是冷凝而死的一刻。

當下意守腦際泥丸宮，依獨叟所傳的秘法，以意導氣，從泥丸經前方任脈而下，直抵丹田氣海，穿胯下生死竅，再貫尾閭逆上督脈，過玉枕關返抵泥丸宮，爲之一周天。

出乎他意料之外，這方法比之過去三天任何一次的行功更具神效，只一周天，「陽精火魄」的擴散速度立即減緩，威力變弱。最精采是獨叟不惜損耗眞元的陽氣，竟似被他全引導至任督二脈運轉的溫暖氣流去。

每轉一周天，「陽精火魄」的威力便減弱一分，而出奇地冷凝的陰氣亦非那麼難受，他不再是完全被動。

三十六周天後，「陽精火魄」已在丹田處縮減成一團火熱，沒有往外擴散，而寒氣則似有入侵丹田之勢。

驀地獨叟輸入的不再是陽暖眞氣，改而送進陰寒勁炁。

燕飛本身是大行家，否則也不能創出「日月麗天大法」，當下心中叫妙，連忙棄「進陽火」而取「退陰符」。今次意守胯下生死竅，導氣順上任脈，經心脈上泥丸，過玉枕至尾閭，剛好與進陽火掉轉過來。

奇妙的事發生了，立竿見影地寒氣匯聚合流，運轉周天，而火熱卻往全身經脈擴散，泥丸變熱，丹田轉寒。

寒和熱在調節下取得微妙的平衡，不但不再是痛苦，還愈來愈舒暢受用。

燕飛就像在玩一個寒熱平衡的遊戲，到後來已不理獨叟輸入的眞氣屬寒屬暖，是陰是陽。每當火旺，即進陽；寒盛，便退陰。寒和熱逐漸渾融，他的精神也不斷昇華，渾渾沌沌，物我兩忘。

宋悲風心中首先想到的並不是自己的安危，而是燕飛的吉凶。他這一生除專志劍道外，其他便是有關保護謝安的諸般措施工作，故對這方面門檻極爲精到。今次安排燕飛來接受療治，曾和謝安仔細推敲，可說萬無一失，但卻有一個很大的漏洞，就是獨叟這個人。

從燕飛口中，以及向鄰居詢問，他得到的印象是獨叟脾氣古怪，性情孤僻，從不與人來往，這個印象讓他在安排上忽略了獨叟。然而現今竺不歸出現眼前，正表示他的疏忽已使燕飛陷進萬劫不復之地。

只有獨叟與敵人勾結，敵人方能曉得燕飛與獨叟之約，在此布下羅網，待他和燕飛來上鉤。他雖察覺不到竺不歸外的其他敵人，卻肯定必有埋伏，否則即使竺不歸遠勝於他，他也有信心憑著對建康的熟悉，安然逃回謝府。

宋悲風乃南方頂尖劍手之一，忘情劍道，當機立斷，立即把對燕飛的擔心和焦慮完全拋開，手握劍柄，緩步迎向竺不歸。

劍尚未出鞘，一股凜冽的驚人劍氣，已迅疾往敵人衝去。

竺不歸露出一個充滿陰險奸猾的笑容，以他偏向暗啞沉悶的嗓子柔聲道：「宋兄可知向獨與太乙教主江凌虛乃同門師兄弟？」

宋悲風早猜到竺不歸會藉此事分自己心神，更要藉而逼使自己心切趕去援救燕飛免喪於奸邪之手，聞言故作驚訝，卻蓄意收起三分氣勢。

果然對方生出感應，本收在背後的手借半個旋身往前推來，宋悲風眼前忽然青光閃閃，狂飆大作，一個寬約尺半以精鋼打製的圓環，循著空中一道飄忽無定，令人難以捉摸的弧度路線，往他擊來。

鐵環在竺不歸手中不住轉動，由緩而快，發出尖銳的勁氣破風聲，更添其聲勢，使人感到若碰上鐵環，其後果必定不堪想像。

宋悲風長笑道：「小活彌勒的無邊環，是否眞是法力無邊呢？」

玄陽劍閃電離鞘，挑向無邊環。

竺不歸笑道：「大乘密法，豈是凡人可以明白？」

「叮！」

宋悲風感到對方急轉的鐵環生出一股同時暗含卸勁和撞勁的驚人力道，當他的寶刃擊中無邊環的一刻，不但劍勁全消，還使他失去準頭，下著難施。正要抽劍後移，無邊環已套上他劍鋒。

宋悲風雖驚懍竺不歸的高明，心神卻絲毫不亂，此一劍只屬試探性質，早留起三分力道，立即變招，就拎劍在環內施出精微至極的手法，往對方持環的手指切去，底下同時飛起一腳，疾踢竺不歸小腹。

竺不歸雙目邪光遽盛，叫了一聲「好」，竟放開無邊環，連消帶打，一手曲指彈中劍鋒，另一手下按，迎上宋悲風踢來的一腳，最厲害是無邊環沿劍刃前旋，直襲宋悲風。

以宋悲風的老練高明，仍想不到竺不歸有此妙著，下踢的一腳被竺不歸完全封死，有如踢上銅牆鐵壁；被他以手指彈中劍鋒時，握劍的手更如遭雷擊，震得手臂痠麻，還要應付像鬼環般旋來的可怕凶器。

竺不歸武功的高強，大大出乎他意料之外，其招式更是聞所未聞，見所未見，奇峰突出。

宋悲風冷哼一聲，功力運轉，登時痠麻全去，移劍後挑，使的是卸勁，若無邊環給他挑中，肯定不知飛到哪裡去。

竺不歸哈哈一笑，一伸手，無邊環彷似活物般飛回他手上，再一個旋身，無邊環朝宋悲風左肩掃去。

宋悲風一個觔斗，來到竺不歸上方，手中劍化作萬千芒影，罩擊而下。

「叮叮噹噹」不絕於耳，在眨幾眼的工夫內，環劍交擊十多次，一時勁氣橫空，雙方都是以快打快，見招拆招。

「蓬！」

兩人交擊一掌，宋悲風凌空再一個翻騰，落到巷子另一邊，與竺不歸交換位置。

竺不歸忽地叫了一聲「著」，就在宋悲風雙腳觸地前的一刻，手中無邊環脫手飛出，以驚人的高速旋轉著朝宋悲風擊去，無邊環生出的勁氣狂飆，將宋悲風完全罩住。

「轟！轟！轟！」

燕飛的身體像發生連串的爆炸，開始是在尾閭，接著是夾脊，到腦後的玉枕關亦爆開的一刻，體內寒熱消去，頭頂天靈像接通瓊漿玉液的源頭，寒而不傷、甘香甜美，無形而有實的眞氣千川百流的沿腦枕、臉頰、咽喉，循大小氣脈往下傾瀉貫穿，朝腹下丹田氣海流去。

兩腳心的湧泉則滾熱起來，熱而不燥的火氣沿腿逆上丹田。

當寒暖二氣在丹田交融合流，燕飛的精神立即提升擴展，再不受肉體竅脈的羈絆，大有與宇宙同壽量，與星辰共存亡，從有限擴至無限的感受。其舒暢動人的感受，沒有任何言語可形容萬一。

這玄妙的感覺剎那消去，燕飛又從天上回到人間，再次感覺到肉體的存在，肉體的局限。全身眞氣渾融，說不出的受用舒服。

燕飛生出難以言喻的狂喜，他曉得功力已恢復過來，同時又清楚體內流動澎湃的眞氣，再不是以前的眞氣，而是全新的眞氣，一種他從未夢想過的奇異先天眞氣，至精至純，難以形容。

燕飛猛地睜開眼來。

丹房仍是那個丹房，可又不是那個丹房，一切清晰明白得令人難以置信，他視線內的丹台、爐鼎固是纖毫畢露，連視線不及的其他地方，他也似能掌握得一清二楚，毫無遺漏。

獨叟仰躺在他背後，已失去任何生機，四周的牆壁插著一支支的金針，不用說是從燕飛的身體激射而出，由此可見體內眞氣相鬥的淩厲情況。

下一刻，他的感覺又再次收窄，回復平常，再看不到視線之外的情況。不過他總感到自己與以往的燕飛迥然有異，至少在感官的敏銳度、思考的靈動上，大勝從前。

忽然間他發覺自己站起身來，更令他驚訝得合不攏嘴。他並沒有雙腿使勁，只是想到站起來，體內眞氣立時天然運轉，似沒有花費半點氣力般他便站直身體。

燕飛急速地喘了幾口氣，壓下既驚又喜的複雜心情，轉身察看獨叟。

這不安好心的怪老頭大字形攤在地上，生機全絕，最驚人是由頭髮而下，半邊身有明顯灼燒過的可怕情況，衣服焦黑；另半邊臉肌則鋪上寒霜，死狀怪異詭秘至極點。

燕飛暗嘆一口氣，知他害人終害己，因妄圖逆轉燕飛體內的寒熱情況，反被寒傷熱毒入侵，本可令他燕飛致命的可怕氣毒，盡洩返他體內去，使他駭極含恨而亡！

對獨叟，燕飛當然再沒有絲毫恨意，心忖他煉丹成癡，這個丹房正好作他的埋身之處。向他躬身致禮，又爲他點燃三炷祭香，這才離開丹房，把門掩上。

面對往上的石階，燕飛深吸一口氣，拾級登階，舉手正要托起石蓋，忽然全身劇震，仰後便跌，直滾下石階去。

「噹！」

宋悲風運劍挑中無邊環，其原意本是要把無邊環挑飛，豈知無邊環似重若萬斤，雖被挑個正著，卻化去他大半勁力，只改變前旋之勢，卻往正凌空掠至的竺不歸反旋回去。

宋悲風心知肚明純以功力而論，竺不歸實稍勝自己半籌。乘機後撤，退往巷子另一端的出口。只要離開小巷，主動權將來到他手上。

竺不歸冷笑一聲，雙掌按拍無邊環，鋼環二度飛襲宋悲風，速度勢道，有增無減。

宋悲風正要退出巷口，心中忽生警覺，一道凜冽無比的劍氣，從巷口外斜射襲來，攻向他右脅下。

宋悲風已無暇叱罵竺不歸的卑鄙，保持心神止水不波的劍手境界，騰空而起，提足疾踢急旋而至的無邊環，反掃一劍，側劈下掃偷襲的敵刃。

「砰！噹！」聲同時激響，就在宋悲風踢中無邊環的一刻，兩劍格擊。

以宋悲風之能，亦難擋兩方攻來的勁氣，立告受傷，噴出一口鮮血，幸好他往上騰升，避過陷身前後夾擊的死局中，踏足高起達兩丈許的牆頭。

竺不歸如影隨形，手持回歸他掌中的無邊環，回手擊至，後方則劍氣大作，另一敵也如附骨之蛆般騰身殺來。

宋悲風叫了一聲「失陪」，橫空而去，躍往院牆內宅院的瓦頂，還回頭一望，見到追來者除竺不歸外，還有一個蒙著頭臉的黑衣人，這才足尖一點，朝獨叟所在的宅院掠去。

環聲劇作，竺不歸可怕的無邊環，又再追擊而至。

聽風辨聲下，宋悲風有如目睹地掌握到鋼環以一個迂迴的彎度追來，若依目前自己掠飛的速度和角度，鋼環會在一丈外凌空擊中他宋悲風；暗叫厲害，忙使個千斤墜，改變凌空之勢，往下落去。

自家事自家知，他所受內傷頗重，再無力硬擋竺不歸貫滿眞力的飛環，倘有耽擱，肯定會再陷身重圍之中，不過他已沒有選擇，只希望憑宅舍形勢，突圍逃走，趕去一看燕飛的情況，瞧瞧有沒有辦法爲燕飛盡點人事。

直至此刻，他仍沒有動過逃離險境、獨善其身的念頭。

燕飛滾至石階底，全身眞氣亂竄，眼冒金星，苦不堪言。

在極度的痛苦中，燕飛明白過來。

他現在的情況，比傳說中的洗髓易筋更徹底，等若變成另一個武功路子和心法均截然不同的人，妄想循以前的方法運功施勁，以托起入口的石蓋子，當然要出岔子。

現在他像一個擁有龐大寶庫的人，卻一點不曉得如何動用揮霍珍寶，只好暫做守財奴。連忙意守丹田，片晌後，體內眞氣重新歸聚，他不敢「有爲」，任由眞氣天然流動，用心旁觀其遊走的門道。

體內眞氣逐漸轉熱，嚇得他大吃一驚，情急智生，抱著姑且一試的心情下，把精神改而集中到腦內的泥丸宮，果然天如人願，熱氣轉寒，可是行走的經脈卻正好相反。到眞氣開始變得陰寒難受，他又意守丹田以升溫，那種變化感覺奇妙至極點。

可是頭腦卻開始昏沉起來，生出昏昏欲睡的疲倦。

燕飛心叫不妙，知是因這截丹房入口的空間沒有通氣設備，如此下去，肯定被悶死，心忖若再不爬起來，便大事不好。

此一意念才起，下一刻他發覺已站直身體，睜眼處正是往上的石階。

燕飛先在心中警告自己，千萬不可妄施日月麗天心法，小心翼翼登上石階，舉手往石蓋推去。

手掌接觸冰涼的石板，正不知如何發力或應否發力，體內眞氣天然運轉，重達三、四十斤的石蓋應掌勁往上彈跳過丈。

燕飛身不由己的由地道口竄出，見石蓋四平八穩的向他頭頂直墜而下，忙往旁移開。

「蓬！」

石蓋如有神助，天衣無縫的落回入口處，封住地道，準確得令人難以置信。

燕飛回過神來，又不禁啞然失笑，自己眼前這樣的「殘局」，眞不知該如何「收拾」，就在此時，前院的方向傳來兵器交擊的聲音。

燕飛立即想起宋悲風，體內氣隨意轉，人已掠往前院，穿堂而出，入目的情景令他睚眥欲裂，只見宋悲風站在院牆處與兩敵激戰，當他踏足前院的一刻，宋悲風剛被人擊下牆頭，口噴鮮血，長劍脫手。

燕飛忘掉一切，體內眞氣自然而然地隨他意念運轉，催他以閃電般的迅疾身法，在宋悲風墜地前的一刻，將他抱個正著。

環聲劍氣，罩天蓋地的襲來。

燕飛往後飛退，哪敢停留，抱著氣若游絲的宋悲風，朝後院的方向奔去，自然而然地，他體內至精至純，從未曾在武林史上出現過的先天眞氣，綿綿不斷地輸進宋悲風體內去。

他無暇理會是否有敵人在後方追趕，只知若要保住自己和宋悲風兩條人命，唯一方法是任體內眞氣帶領自己逃回烏衣巷去。

第十五章　天意難測

謝安小心翼翼，親自爲宋悲風蓋上被子，神色出奇地平靜，可是房內各人無不感到他心內的悲痛。

房內除燕飛外，尙有謝石、謝琰和剛趕回來的謝玄和劉裕，宋悲風受傷一事，震撼了整座謝府。梁定都和數十名家將，聚在房門外等待消息，人人心中悲憤莫名。

謝安立在榻旁，凝望宋悲風蒼白的面容，忽地身子一陣搖晃。

謝玄第一個把他扶著，接著是謝琰和謝石。

謝琰悲切道：「爹！」

謝安勉強站好，搖頭嘆道：「我還撐得下去。」

謝玄沉聲道：「請二叔將此事交由我處理，二叔好好休息，千萬以身體爲重。」

謝安露出心力交瘁的疲倦神態，略一點頭。在謝玄眼色的示意下，謝石和謝琰一左一右把謝安扶出房外。

謝玄凝立不動，呆看著重傷昏迷的宋悲風。燕飛和劉裕默立他身後，不敢出言打擾。

房內的氣氛沉重得令人難以忍受，兩人均不曉得對方今趟對謝府的公然挑釁，會帶來甚麼後果？手握北府兵權的謝玄會如何應付？

好半晌後，謝玄淡淡道：「宋大叔該可康復過來，今次幸得燕兄弟冒死將大叔搶救回來，否則宋大叔不但必死無疑，此事還會成為懸案。」

燕飛心中一痛，道：「以宋老哥的劍術身法，突圍逃走該沒有問題，只因他為救我，方會陷身重圍裡，為敵所乘。」

謝玄仍背著兩人，搖頭道：「敵人在暗我們在明，他們若是處心積慮對付大叔，大叔始終難逃一劫。今次燕兄弟因緣巧合下，鬼使神差般恢復功力，雖未能運用自如，卻適足以救回大叔，此著大出敵人意料，更使他們不知虛實，陣腳大亂。」

劉裕沉聲道：「那用飛環者究竟是何方神聖？」

謝玄緩緩轉身，唇邊飄出一絲冷若鋒刃的笑意，負手舉步，往房門走去，柔聲道：「小裕想知道嗎？隨我來吧！」

劉裕和燕飛這對曾共歷生死的戰友你看我我看你，均不明白謝玄這句話的真正含意。

謝玄走到房門處，以梁定都為首擠滿外廳的眾家將，人人目射仇恨和悲憤光芒，等待謝玄的指示。

謝玄從容一笑，淡淡道：「大叔的命該可以保下來，支遁大師正在來此途中，你們萬勿為此事慌張，府內一切如常，有我謝玄在，自會為大叔討回公道。」

眾家將全體下跪，齊聲應是。

謝玄喝道：「起來！好好給我看著大叔。」

說罷從家將讓開的通路穿廳出門，來到迴廊處。

燕飛和劉裕追在他身後，隱隱感到謝玄不是空口說說那麼簡單，而是要立即採取行動。這位擊敗苻堅百萬大軍的無敵統帥，已因宋悲風之傷動了眞怒。

謝玄仍背負雙手，步履穩定從容的朝西院方向走去。

表面上謝府仍是那麼平靜寧和，雪融後的園林充滿春意生機，可是一股風暴卻正在醞釀形成，沒有人可以阻止。

燕飛忍不住又問道：「玄帥曉得用飛環的人是誰嗎？」

謝玄悠然道：「當然曉得，哈！他們既敢以江湖的手法對付大叔，我就以江湖的手法來還擊他，我要教他們知道，惹我們謝家的後果，是他們負擔不起的。」

兩人滿肚疑團的隨他踏足中園的林間小徑，朝西院舉步。

謝玄再沒有說話，直抵西院松柏堂的大廣場，十多名守在那裡隨他回建康的親兵忙牽馬迎上來。

謝玄做出阻止的手勢，神態優閒的道：「我和燕公子、劉副將到外面四處閒逛，不用乘馬，你們也不用跟來，好好休息。」

親兵們領命去了。

燕飛更是摸不著頭腦，照道理謝玄這個坐鎮前線的最高統帥，忽然返回京師，怎都該先向司馬曜述職。

謝玄和劉裕身穿常服，前者一派名士風采，後者衣飾像個侍衛隨從，這樣的裝束打扮在建康是司空見慣，並不礙眼。

燕飛還是首次得睹謝玄的神采風範，他們雖非初遇，不過那時他處於昏迷狀態，不知人事。謝玄在待人處事的態度上較爲接近謝安，與謝石和謝琰的自重身分截然不同。謝琰更是正眼都沒看過燕飛，顯然荒人的燕飛在他心中不值一文，只可供差遣之用。

令燕飛最感驚奇的是劉裕並沒有因升官而變得趾高氣揚，比以前神氣，反是更爲收藏內斂，表面看似乎是更謙虛有禮，但燕飛卻清楚掌握到他在武功和個人修養兩方面均大有精進，不再是邊荒時的劉裕。能在短短數月內有如此巨大的變化，淝水之戰予他的經驗固是彌足珍貴，謝玄對他的指點和潛移默化更是功不可沒。

唯一沒變的是劉裕和他過命的交情，當他知道燕飛的情況大有轉變，從劉裕雙目湧出的狂喜，是絕對裝不出來的。

謝玄領著兩人沿御道朝宮城的方向悠然漫步。

五里長的御道熱鬧繁華，車來人往，各忙其事，但對建康都城正默默進行的鬥爭，卻茫然不覺。

謝玄神態輕鬆，就像到某一酒樓午膳的神態，淡然自若道：「若現在你們站在我的位置，會怎麼辦呢？」

燕飛大感愕然，想不到謝玄有此一問。其語調則似一派閒話家常，親切而沒有拘束，比之謝安又是另一種令人心折的感覺。

劉裕顯是習以爲常，瞥燕飛一眼，知道他不會搶在他之前答話，毫不猶豫的道：「玄帥明察，自踏出烏衣巷後，末將一直在思索這個問題。現在敵人擺明是要置宋大叔於死地，如若成功，我們謝府將人人身處險境，建康亦頓成險地。在這樣的情況下，我會召來精兵，以迅雷不及掩耳的手法進駐石頭城，再從容撤走府中家人，我打包票司馬曜兄弟不敢哼半句話。」

燕飛插入道：「你可知桓玄已辭去大司馬之職？」

劉裕一震道：「竟有此事？」

謝玄顯已得謝安告知此事，點頭道：「確有此事！」又轉頭深瞥劉裕一眼，微笑道：「建康始終控制著江南最富庶的區域，北方諸郡雖爲屏障，但因每次胡馬南下，均首當其衝，故生產荒廢，糧草不得不倚賴建康，比之荊州西控長江上游的形勢又遜一籌，小裕必須謹記此點。」

燕飛聽得心中大訝，劉裕先前的話等若暗示謝玄起兵作反，對司馬王朝沒有半分尊重。他敢說這些可招來殺頭之罪的話，顯然和謝玄關係密切，不怕謝玄出賣他或不高興。

而謝玄的答話更奇怪，似在對劉裕提點造反勝敗的關鍵，照道理若要推翻司馬王朝，該由他自己一手包辦，劉裕此小小副將只能依附驥尾。

無論如何，兩人的對答已顯示出謝玄對劉裕是另眼相看，悉心栽培。

不過謝家暫時確是後繼無人，謝安、謝石年事已高，謝琰又不是材料，若謝玄能在北府兵將中找到能者，對謝家自是有利無害。

謝玄轉入一條支道橫街，輕嘆一口氣，向燕飛微笑道：「燕兄弟的情況離奇特殊，我也同意二叔的看法，燕兄弟是因禍得福。以燕兄弟的才情智慧，找出回復武功的方法，定可預期也。」

劉裕欣然道：「大難不死，必有後福，我對燕兄最有信心。」

兩人只知燕飛向獨叟求醫和之後的一段經歷，對燕飛昏睡百天前的經歷，他們仍是一無所知。

燕飛苦笑道：「對於恢復武功，我是想都不敢想。這句話完全沒有誇大。因爲我以前的功法如今全派不上用場，但思路仍依循舊有的方式，一旦刻意去想，體內異氣依意而行，立出岔子，所以眞是想也不敢想。」

謝玄含笑轉頭瞧他，輕鬆的道：「燕兄弟說得有趣，由此亦可見燕兄弟的胸懷。我有一句忠告，你前所未有的狀況出自丹鼎之術，而道家專講『無爲而無不爲』之道，燕兄弟若能循此方向努力，必可有另一番成就。」

劉裕點頭道：「有道理！」

燕飛心中一動，忽然想起現正重歸懷中由魏伯陽著的《參同契》，是謝安派人爲宋悲風更衣療傷時在他身上發現，送回給燕飛的。此書正代表道家心法最高的精義，說不定對自己大有幫助。光是開頭的「乾坤者，易之門戶，眾卦之父母」，便似與自己現在的情形吻合，泥丸宮是乾門，丹田爲坤戶，不禁想得入神。

謝玄忽然啞然失笑。

兩人不由朝他看去。

謝玄笑道：「戰無常勝，故敗也是常事……」

他尚未說畢，劉裕已渾身劇震，大大出乎燕飛意料之外的竟搶前伸手攔著他們去路，臉上現出既堅決並豁出去的神色，道：「我們回頭吧！只要玄帥肯點個頭，我們拚死也要爲玄帥攻下石頭城。」

燕飛心中暗嘆，劉裕之所以斗膽攔路，皆因劉裕剛猜到謝玄要到哪裡去，去幹甚麼事。而他則是冒死苦諫，希望謝玄改變主意，更希望謝玄起兵推翻司馬王朝，而不是以江湖手法去解決此事。以北府兵此刻鋒銳之盛，倘能攻佔石頭城，建康王朝將不戰而潰。

謝玄輕拍劉裕肩頭，微笑道：「我們到一旁說話。」

劉裕無奈垂手，與燕飛跟在仍是悠然自得的謝玄身後，轉入一道橫街，眼前豁然開朗，石橋通津，連接起兩邊的沿河街道，一邊是安靜的小街，另一邊是繁華的市河大街，橋拱隆起，環洞圓潤，打破了單調的平坦空間。

謝玄登上橋頂，兩手撫欄，凝望橋下流水，嘆道：「我今次回來，一方面是想看看燕兄弟的情況，另一方面是因發覺司馬曜兄弟愈來愈不像話。」

劉裕看了在謝玄另一邊的燕飛一眼，沉聲道：「玄帥今次回京，事前並沒有得到朝廷的批准，司馬曜兄弟肯定不滿玄帥，既成此勢，玄帥與朝廷再無善罷的可能性。既是如此，何不一不做二不休，索性借討伐司馬道子爲名，把建康控制手中，屆時不論玄帥要對付桓玄，又或揮軍北伐，均可任意施爲。」

只聽謝玄和劉裕以「司馬曜兄弟」來稱呼東晉皇帝和司馬道子，已知他們對司馬王朝全無敬意。事實上這趟謝玄不經請示，突然回京，並有精兵隨行，且其實力足以威脅司馬王朝，便擺明謝玄對司馬曜的不滿。此亦爲對司馬曜兄弟排擠謝安的公然反擊。

燕飛心忖換作自己是司馬曜或司馬道子，也只有苦嚥了這口氣，絕不敢將謝安或謝玄逼上起兵造反的不歸路。除非能一舉擊殺謝玄，使北府兵群龍無首，司馬王朝還有幾分勝算，之後再看司馬道子的本事，看他能否抵得住北府兵將的報復，同時應付對皇位一向存有野心的桓玄。

劉裕冒大不韙之罪要阻止謝玄以江湖手法去報復宋悲風遇襲一事，正因知道謝玄此行是要直接找敵人晦氣，怕對方布下天羅地網，待謝玄踏入陷阱。

劉裕仍是燕飛在邊荒時認識的劉裕，事事追求實際的成效，絕不畏縮，更沒有婦人之仁，在這方面與拓跋珪非常接近。

不過他對謝玄的崇敬和情義，是發自眞心，沒有絲毫作僞，就如他和燕飛的交情。

謝玄嘴角露出一絲苦澀的表情，語調卻保持平靜，淡淡道：「今次如此向司馬王朝示威，已是我謝玄所能作出的極限。一天沒得二叔同意，我都不會推翻司馬氏的天下。此非力有不逮，試問當今天下，除桓玄外，誰還敢與我謝玄爭鋒，若二叔肯振臂一呼，建康將不戰而潰。對我謝玄來說，司馬曜的寶座，亦唾手可得。」

劉裕不解道：「既是如此，玄帥爲何仍要以身犯險？只要向安公痛陳利害，安公又是智慧通天的人，必可得他點頭俯允。怎都勝過被敵人步步進逼，天天提心吊膽。」

謝玄苦笑道：「二叔肯定不會同意。」

劉裕悲憤道：「安公怎會是愚忠於司馬曜的人。這昏君不但寵信奸賊司馬道子，淝水之戰後還立即加稅，自己則揮霍無度，夜夜醇酒美人，不理朝政。推翻他只會大快人心，造福萬民。」

謝玄雙目射出令人難解的傷感神色，輕柔的道：「二叔當然不會是愚忠的人，可是他卻不得不爲大局著想，怕會便宜桓玄那個傢伙。」

直至此刻，燕飛仍沒法插嘴。

劉裕愕然道：「建康既落入我們手上，桓玄憑甚麼可奈何玄帥？」

謝玄目光移向晴空，一字一字的緩緩道：「憑的是無情難測的天意！」

劉裕和燕飛兩人聽得你看我我看你，完全不理解謝玄的話，不明白他爲何扯上虛緲難測的老天爺。

謝玄嘆一口氣，道：「此事說來話長，更是我隱藏心內十多年的一個秘密，劉牢之和何謙都不曉得。」

劉、何兩人是謝玄一手提拔起來的心腹將領，雖有主從之分，卻親如兄弟。假設謝玄在建康遇害，天王老子也擋不住兩位北府猛將起兵復仇。而今謝玄此一秘密卻連他們都要瞞著。

燕飛道：「若是秘密，玄帥不用說出來。」

謝玄搖頭道：「現在我卻有不吐不快的感覺，生死有命，二叔早看出我活不過四十五歲這個關口。」

劉裕和燕飛聽得心中狂震，怎也想不到謝玄說出來的秘密竟是這麼一回事。

劉裕劇顫道：「我雖然尊敬安公，可是相人之術，怎可盡信不疑？或許玄帥鴻福齊天，可度此劫。」

謝玄回復從容，微笑道：「生死只是等閒之事，人人難逃此劫，早些晚些並不放在我心上。」

燕飛皺眉道：「這方面我們當然不能和安公相比。不過以我的看法，玄帥五官完美無瑕，乃我平生僅見，怎會是英年早逝的相格？」

謝玄啞然失笑道：「問題正出在這裡，滿招損，謙受益，絕對的完美本為『十全相格』，但本身便是個缺陷，若能『九全一缺』，又或『九缺一全』，反為吉相。二叔曾批我在功業巔峰的一刻，正是禍之將至之時，證諸事實，二叔之言果然不爽。」

劉裕道：「即使安公的話屬實，那又如何？我們就豁了出去，痛快淋漓地大幹一場，管他老天爺怎麼想？」

謝玄微笑道：「你並不明白家族的擔子是多麼沉重，更不明白為何我不肯掌握時機。不過終有一天你會明白，成功失敗，豈在一時的得失。來吧！我要看看何人敢攔阻我謝玄？看看誰敢擋我的九韶定音劍？」

第十六章　自然之道

燕飛隨著謝玄和劉裕往城東舉步，心中思潮起伏。謝玄說得對，他現在打的是一場永不會贏得勝利的仗。一切全爲了家族，謝安的看法更是謝玄心中至高無上的權威。縱使他謝玄有截然不同的想法，最後他仍會遵照謝安的指示行事。

不過謝玄畢竟是謝玄，他敗也要敗得漂亮和光采。而事實上若撇開家族的牽累，南方包括桓玄在內，無人是他的對手。尤其淝水一戰的戰果，謝玄在人民心中的地位已近乎天神，而民心歸向，正是決定誰勝誰負的一個主因。

謝玄微笑道：「燕兄弟爲何不斷朝我瞧來？」

燕飛嘆道：「我終於明白，爲何玄帥能以八萬之眾，於淝水之濱擊潰苻堅的百萬雄師。」

謝玄啞然失笑道：「我也終於明白二叔爲何這麼看得起你。」

劉裕心中一陣激動，謝玄和燕飛表面看像在各說各話，事實上兩人至少在才智上生出棋逢敵手、惺惺相惜的感覺。

劉裕明白燕飛是掌握到謝玄此行的意念，謝玄是要藉此舉宣明謝家不容別人侵犯侮辱之心，且清楚顯示，憑他謝玄的實力，在建康他要殺誰便可殺誰，即使是司馬道子和王國寶也不例外。而根本沒有人奈何得了他，包括皇帝司馬曜在內。

在此等形勢下，只要謝玄一天命在，誰敢動謝家半根寒毛？劉裕自問換了自己是司馬曜或司馬道子，亦不得不盡力維護謝家，免生衝突誤會，否則將是北府軍揮兵南下攻打建康的可怕後果。

謝玄是無敵的統帥，他看穿司馬曜兄弟的弱點，遂對症下藥，以雷霆萬鈞之勢鎮懾建康，爲謝家所受挑戰作出報復。

燕飛則比身在局中的劉裕想得更遠，謝玄雖接受謝安的指示，沒有叛晉造反。但事實上他正作出長遠的安排，在北府兵將中挑出能者作爲繼承人。既不能求之於謝家，只好求之於外人，而劉裕正是謝玄看中的人。

劉裕會是謝玄非常厲害的棋子，他的才智武功均無庸置疑，最妙是當人人把注意力集中在謝玄兩名心腹大將劉牢之和何謙身上，劉裕卻慢慢地在他人的感知之外冒起，成爲北府諸將的新星。

如此高瞻遠矚的策略手段，令燕飛由衷地佩服。

三人走出橫巷，切入一條大街，對街處有座宏偉的寺觀，寺觀前的廣場非常熱鬧，數十名小販擺地攤叫賣，擠滿湊熱鬧和光顧的人，像個露天的市集。可是寺門卻緊閉不開，人人不得其門而入。

劉裕目光落在廣場入口的石牌匾，唸出匾上雕鑿的三個大字，道：「明日寺！」

燕飛的目光卻給一個人吸引，聚在廟前廣場者沒有二百也有百來人，可是他一眼掃過去，偏偏只見到這一個人。

此人體魄高頎，負手在人堆中穿梭，還不時饒有興趣地駐足觀看擺賣的貨物，而他停留的時間很短，轉眼他便出現在另一堆人裡。燕飛看不清楚他的長相，只知他鬚長及胸，可是其移動之勢忽緩忽快，暗含某種絕妙的至理，如此地只憑步法風姿，竟予人深不可測的高手感覺，燕飛還是初次親眼得見。

那人移到廣場另一端，消失不見。

謝玄的聲音在他耳邊響起道：「你看到他了！」

燕飛望向謝玄，見他像自己般把目光投往那人消失的位置，點頭道：「是誰？」

謝玄露出凝重神色，緩緩道：「若我沒有猜錯，此人該是『天師』孫恩，他故意在我們眼前突然出現，是要測探我謝玄的深淺，想不到燕兄弟的眼力如此高明，亦能從他微妙的舉動，生出警覺之心。」

劉裕嚇了一跳失聲道：「孫恩？」

謝玄好整以暇的道：「孫恩不在建康才奇怪。他必須親來了解建康，以為將來造反做好準備，因為若司馬王朝排擠我謝家，他的機會便來了。我偏要不如他所願。」

劉裕皺眉道：「我仍是有點糊塗，孫恩竟敢故意引玄帥去注意他，肯定存有陰謀，玄帥為何對他卻毫不在意呢？」

謝玄微笑道：「小裕眼前明不明白不要緊。現在你持我之令，立即趕去與劉參軍會合，我要你為我兵不血刃的進駐石頭城。」

劉裕接過他交來的令符，苦笑道：「指揮的是參軍大人，我說的話他未必肯聽。」

謝玄凝視他片刻，淡淡道：「你不懂假傳聖旨的做法嗎？快去給我辦妥，否則軍法處置。」

劉裕向燕飛打個招呼，領命去了。

燕飛有一種置身戰場的危險感覺，謝玄現在打的是一場有別於沙場對壘的另一類戰爭。誰能控制建康，誰便是贏家。且因各方關係微妙，絕不是蠻來便成，可以說是勇力和智謀的角力較量。兵不血刃佔領石頭城，更是關鍵所在。只要沒有人流血，戰爭當然尚未開始。

謝玄向燕飛笑道：「該是登門造訪的時刻了，不要教主人久候呢！」

燕飛隨他舉步橫過車馬道，朝寺前廣場入口走去，問道：「玄帥是否因對方寺門緊閉，一副準備打硬仗的樣子，所以要調整先前策略，立即進佔石頭城，兵脅建康？」

謝玄平靜答道：「和平是須武力去維持的。我今趟從前線趕回來，不是要向司馬王朝搖尾乞憐，而是要向他顯示建康的安危，只在我一念之間。坦白說，司馬道子既敢公然動手，我們也不用再留有餘地。至於此事是否發展至國家的分裂，選擇權在他們手上，而非由我決定。」

兩人油然穿過牌匾，踏足廣場。

燕飛心忖孫恩不知會否躲在某堆人中，伺機暗算行刺謝玄？這個念頭剛起，立即泥丸跳動，丹田生暖，體內寒暖交融，說不出的受用，同時耳目的靈銳以倍數增加，廣場雖人潮洶湧，他卻照單全收般一切了然於胸，沒有遺漏。這種神通廣大的動人感覺，是他平生從未經歷和體驗過的。

燕飛一震止步。

謝玄往他瞧來，臉上露出無法掩飾的驚訝，愕然道：「甚麼事？可知你雙目神光凝聚，顯示你體內眞氣運轉，蓄勢待發。」

燕飛迎上謝玄的目光，茫然不解的道：「眞奇怪！當我想到廣場上或有危險，我立即變得耳聰目明，似乎沒有異動可以瞞得過我。」

謝玄欣然一笑，大有深意地瞥他一眼，高興的道：「恭喜燕兄弟功力盡復，且大勝從前。」

燕飛頽然道：「玄帥言之尙早，我的能力恐怕僅止於此。皆因我只知用以前的武功功法與人動手，而那將會要了我的小命。」

謝玄續往廟門緩緩而行，從容道：「早在我聽得燕兄弟救宋大叔回來的情況，我便猜到燕兄弟會有目前的情形出現，所以我特意邀燕兄弟同行，正是要使燕兄弟置身險境，好領悟劍道中難能可貴的一種境界，那就是自然之道。」

燕飛劇震道：「自然之道？」

謝玄在離廟門丈許外停步，淡淡道：「老子有云：『人法地，地法天，天法道，道法自然。』自然之道乃一切道法的終極，天地人盡在其中。今早追擊你的人其中一個是『小活彌勒』竺不歸，另外的蒙頭劍手不是司馬道子便該是王國寶。以這兩人的心計武功，若你沒有點斤兩，怎能抱著一個人還可以成功突圍，平安逃回烏衣巷，令敵人好夢成空，更陷於進退失據之局。當時救你的正是自然之法。在全心全意逃走下，你體內眞氣隨心之所欲，令敵人無法沾到你衫角。假若你能以同樣的心法用之於對敵上，將自然之道發展至極限，天下間豈還有能與你相抗的對手。」

燕飛再次劇震，朝廟門瞧去，忽然雙掌往前虛按，兩股若有似無的眞氣脫越掌心而出，輕撞寺門，那種感覺與直接按門沒有任何分別，清楚感覺到門是上了閂的，甚至木門的重量質地，亦一一有會於心，奇妙至極點。

謝玄欣然道：「告訴我情況。」

燕飛心中湧起莫名的狂喜，生出再世爲人的感覺。現在雖在起步的階段，不過他已從謝玄的提點，掌握了活用體內眞氣的竅門，等若練成另一種比日月麗天大法更優勝又秘不可測的奇功。自從在邊荒集被任遙擊傷後的挫折感和頹喪失意，一掃而空。

點頭道：「眞的非常奇妙，我心中剛在想是否可以隔空推開木門，體內眞氣自然運轉，眞勁直趨掌心，不用著意自然而然舉掌遙推向寺門，發覺寺門給上了木門，沒法推開，眞氣亦自然地斂收。」

謝玄沉思片刻，道：「以燕兄弟目前的情況，遇上眞正高手，或嫌不足，保命逃走，卻是綽有餘裕。」

燕飛目注緊閉的廟門，馳想門內可能出現的情況，沉聲道：「玄帥有甚麼指示？」

謝玄輕嘆一口氣，頗有感觸的道：「我是被迫走上這條與朝廷對抗的不歸路。當我看到宋大叔身受重創，心中只有復仇之念，並不願把建康變成一個戰場。可是再看到二叔因傷痛宋大叔而支持不住，我知道已沒有任何選擇。若一切如我所願的進行，明早我將會和二叔離開建康，也只有這樣，我家才可得保安寧。」

燕飛曉得謝玄正在玩一個非常危險的遊戲，稍有差池，東晉勢必陷入四分五裂之局。換作自己是謝玄，也沒有半分把握。唯有寄望謝玄憑他的不世兵法，達致近乎不可能的目標。

謝玄柔聲道：「我不是要爭勝，也不是要求敗，而是希望在失敗和勝利間，取得平衡點和立足點。否則如果我們就那麼悄然引退，此消彼長下，我謝家在建康將無立足之地。」

燕飛點頭道：「我明白！」

謝玄回復從容，微笑道：「敵人現在擺開陣勢，不怕我上門尋晦氣。孫恩又突然現身附近，全不是好的兆頭，所以入寺之後，將是九死一生的險局。」

稍頓續道：「若我鎭不住局面，燕兄弟不用理會我，立即趕回去通知二叔，他自會爲我復仇。激怒我謝玄，肯定有後果回報；可是如惹翻二叔，更不是鬧著玩的。」

燕飛皺眉道：「敵人是有備而戰，我們爲何明知是陷阱，仍要踏足進去呢？」

謝玄淡淡道：「因爲只有這樣，才可以逼使司馬曜兄弟心生忌憚和讓步。我不是說過敗也要敗得有光采嗎？」

接著大步踏前。

燕飛生出奇異的感覺，一絲不漏地感覺到謝玄每趨前一步，功力便增強一分，當他抵達門前，功力將運行提升至巔峰的狀態，他不明白爲何自己竟有此「神通」，如此通玄的境界，已超乎一般武技的範疇。

「鏘！」

九韶定音劍脫鞘而出，來到謝玄手上，以快至肉眼難察的驚人高速，照門縫疾劈而去。劍鋒像破入薄紙般沒入門縫去，接著是破斷木閂的響聲。

就在九韶定音劍回到鞘內的一刻，門閂掉到地上。

謝玄兩掌似輕實重的按上兩扇寺門，寺門立時洞開，露出寺門內的乾坤。

附近的群眾對這邊的突變已生出驚覺，駭然下紛紛往遠處退開，一片混亂。

寺門前人影幢幢，一時哪看得清楚有多少人。

謝玄轉頭向走近他的燕飛微微一笑，道：「燕兄弟請隨我來，爲我謝家作人證。」

言罷哈哈一笑，神態優閒地舉步入寺。

在主殿彌勒大殿的石階上，密密麻麻站著百多人，一半是光頭僧服的彌勒教徒，一半是身穿武士服的大漢，爲首者有五人，人人形相突出，燕飛認識的只有竺雷音和竺不歸，前者手持禪杖，胖若彌勒佛像般的體型雖然顯眼，卻遠及不上竺不歸身旁的年輕女尼引人注目。

此女剃盡頂上青絲，穿上尼姑袍服，卻絲毫不予人有出家人的感覺，她既有一副煙視媚行的艷麗容顏，更有惹火誘人、顛倒眾生的誘人體態。她手持塵拂，與竺雷音重達百斤的禪杖一輕一重，相映成趣。

竺不歸立於正中處，神態冷漠，像看著與他沒有半點關係的事。

他左旁還有個高昂英偉的男子，腰掛長劍，穿的是皇族的服飾，華麗高貴，神態既傲慢又自信，不用謝玄提點燕飛也猜到必是琅琊王司馬道子。只看他出現在這裡，便知事情不但難以善罷，謝家與朝廷的關係，更瀕臨公然決裂的邊緣。

司馬道子另一邊是位年約二十七、八的武士，神態陰鷙冷靜，用的也是長劍。燕飛從他的體態一看便認出是與竺不歸聯手襲擊宋悲風的蒙面人，從而推測出他是謝安的女婿王國寶，建康最有權勢的吸血鬼。

燕飛隨謝玄油然舉步，直抵離石階二十步處止步。

階頂處的司馬道子踏前一步，戟指謝玄厲聲喝道：「大膽謝玄，竟敢擅自回京，疏忽職守，還不給我立即下跪受縛，等待皇上發落。」

謝玄好整以暇的微微一笑，道：「今次回來的不止我謝玄一人，還有劉參軍和五千精騎，現正駐紮石頭城內。敢問琅琊王他們是否亦該一併依你的意思處置。」

司馬道子和王國寶登時色變，可知他們對謝玄這著奇兵竟是一無所知。

謝玄仰天一陣長笑，喝道：「司馬道子你給我少說廢話，單打獨鬥，又或群上圍毆，只要你一句話。」

司馬道子雙目厲芒遽盛，瞪著謝玄，手按到劍把處去。

劉裕飛騎奔上朱雀航，他接令後立即趕返烏衣巷，通知謝家全面戒備，然後取馬出城。

他心中仍在盤旋著謝玄「假傳聖旨」四個字，心中佩服。

謝玄的「假傳聖旨」指的不單是他可假謝玄之令以指揮劉牢之的部隊，還可以同樣的手法誆騙石頭城的守將入彀，以求能兵不血刃的進佔石頭城。

由於石頭城的守軍全無心理準備，兼之劉牢之本身不但是當朝名將，又挾謝玄的聲威，只要報稱是奉皇命回京，定可以迅雷不及掩耳的手法一舉制住石頭城的守將，從容置石頭城於絕對的控制下。

此等近乎叛亂的行爲，一個拿捏不好，建康將立即化爲殘酷的戰場。

劉裕心中充滿激烈的情緒，在他心中的謝玄再沒有任何缺陷，因爲他終於體會到謝玄的處境，不是他甘於作東晉之叛臣，而是他有說不出來的苦衷。

他心中更充滿對謝玄的感激，明白謝玄對他另眼相看，是希望若不幸被謝安言中，英年早逝，劉裕仍可以繼承他的遺志，統一南北。

他是不會讓謝玄失望的。

第十七章　以眼還眼

王國寶似乎想稍緩一觸即發的緊張氣氛，插入道：「若石頭城已落在謝帥手中，必定立即轟動京師，爲何我們現在仍沒有聽到半點消息呢？」

謝玄微笑道：「若你不是我的親戚，我今天肯定會先宰掉你。你收不到風聲，皆因我們手腳夠乾淨，不信的話你現在大可立即派人去查看。明天正午前我是絕不會離開京師的，我若沒有點手段，你們怎會直到這刻，仍不敢主動出手？」

竺不歸目不轉睛的瞪著謝玄，神情冷酷，似要看通看透謝玄的一切虛實。

燕飛明悟過來，終瞧透眼前由謝玄一手營造出來的局勢，正類似邊荒集黑道的爭霸，王法是根本不存在的，就看誰的實力強。

現在雙方各有優勢，也各有弱點。司馬曜兄弟的錯失在任謝玄的精騎來至建康城外仍懵然不知，而謝玄的問題，當然是壓在他肩頭的家族負擔。

燕飛是曾在邊荒集打過滾的人，心忖謝玄是坐言起行，以江湖的手法解決整件事，自己在「談判」上自可助謝玄一臂之力。淡淡道：「在下『荒人』燕飛，願領教王兄絕藝，好爲宋老哥除去他至少佔上一半的心頭之恨。」

今趟連謝玄也不明白燕飛，若王國寶答應出戰，尚未懂運用體內新鮮熱辣，又玄幻至極的眞氣的燕飛，將如何對付？

燕飛卻知王國寶有九成可能不敢或不願動手，他採取的是邊荒集幫會慣用的一種手法，以己方較不爲人曉得深淺的高手，忽然挑戰對方較有頭臉的人物，若對方不敢應戰，氣勢必被大幅削弱。以王國寶的身分地位，當然犯不著冒這個險，與一個在建康藉藉無名卻又不知虛實的燕飛交手。在邊荒集，通常應付的手段是由另一個分量較次的人迎戰，以表示看不起對方，輸了亦不影響全局。

事實上燕飛並不怕出手，且是故意要讓自己陷身這種情況。正如謝玄提示的置之死地而後生，在動輒分出生死的戰鬥中掌握、學習「自然之道」，眼前正是最佳的速成機會。何況值此強敵環伺之時，他既要襄助謝家，又要照顧高彥，故眼前當務之急就是恢復武功。否則即使托庇謝家，可以安然離開建康，回到邊荒集仍是死劫難逃！至少王國寶便絕不肯放過他。這卑鄙小人沒法拿謝玄出氣，只好退而求其次，殺燕飛以洩憤。

王國寶表現出高手的風範，手落到劍把處，一言不發的瞪著燕飛，假若謝玄依江湖規矩退避一旁，在場所有人都有他會立即出手的感覺，可見他的氣勢是如何凌厲，一派置生死於度外的氣概，顯示他王國寶得以名列九品高手榜上，憑的確是眞材實料。

燕飛卻差點要喚娘，那種感覺實在太奇妙了。他一絲不誤地掌握到王國寶的虛實，乃至他要發動的攻擊。因爲掌握到王國寶的「現在」，故而亦可掌握延伸下去的未來。這屬於一種近乎通靈的神妙感覺，既沒法解釋，更沒法形容。燕飛一瞥之下，竟已看通看透了王國寶。

竺雷音跨前一步，來到石階邊緣，禪杖往地面一蹭，發出悶雷般的金石交鳴聲，戟指怒喝道：

「你這荒人是甚麼資格身分，竟敢口出狂言，若活得不耐煩，我竺雷音立刻超渡你！」

禪杖蹭地的響聲傳入燕飛的耳鼓，他立即掌握到對方的武功專走剛猛橫練，善於以硬碰硬；更準確測出他功力的深淺。這一切令燕飛泛起自己果有「神通廣大」的感覺。

對於燕飛這個曾在邊荒集打滾的人，當然明白竺雷音並非眞的要出手，只是要給王國寶一個下台階的機會。可以想像司馬道子一方的人，見燕飛能獨力救走宋悲風，豈無戒懼之意？所以竺雷音不想王國寶在未摸清楚燕飛底細前，冒這個險。更何況若沒有謝玄點頭，又或司馬道子願不顧一切與謝玄決裂，竺雷音亦絕不用莽然動手，致弄得情況一發不可收拾。

想是這麼想，燕飛本身也準備只憑黑道的談判方式，壓得對方抬不起頭來。可是體內的眞氣卻是另一回事。忽然間他成爲王國寶和竺雷音針對的目標，他們雖尙未出手，可是精神氣勢立即鎖緊燕飛，一觸即發。他體內直到此刻仍不是由他作主的眞氣，立即生出感應，天然運轉，在眨眼的高速內，眞氣蓄聚丹田，猛衝左手經脈。

燕飛心叫糟糕，卻不敢對自動運轉的眞氣有半點忤逆阻止，因有前車之鑑，怕自己未出手已眞氣錯亂，窩囊倒地。

只好順乎自然，一掌劈出。

在其他人眼中，竺雷音剛說畢，燕飛便一掌隔空朝王國寶虛劈，似緩似快，其動作充滿渾然天成、無懈可擊的境界，但表面看來，似乎全無殺傷的威力。

首當其衝的王國寶卻是另一番感受，他身爲出色劍手，對燕飛的言語挑釁，擺出即將攻擊的姿態，雖然並不眞的準備下場動手，可是自然而然地亦蓄勢待發，擬定了出手的步法和出劍的角度。而令他駭然的是燕飛此記虛劈，竟封死他擬採的攻擊路線，就像能預知他的招式變化般，即使他立施反擊，結果仍不會有兩樣，他的劍鋒必定會被對方劈中，且不敢變招攻擊，因爲任何變化，在燕飛這奪天地造化之功的一劈下，均會暴露破綻，而對手在氣機感應下，尋隙攻來，自己將盡失先機。

燕飛的手掌似在眼前擴大，隱與天地的力量結合爲一，將王國寶完全鎖緊籠罩。

進既不能，只有退而守之，王國寶應掌後撤一步，把劍拔離劍鞘三寸，改採守勢。

從司馬道子、竺不歸以下，人人色變，想不到燕飛如此高明，跟在餃子館挨揍而無力還手的燕飛，簡直是天南地北的兩個人。

燕飛本想見好就收，可是體內眞氣卻完全不聽腦袋指揮，自然而然的掌握爲拳，扭腰一拳隔空朝石階上的竺雷音轟去。

沛然難測的氣勁脫拳越出，沒有帶起任何風聲，卻是高度集中，遙擊竺雷音。

竺雷音感到燕飛的拳勁似氣柱般貫胸而來，避無可避，大吃一驚下禪杖點出，與燕飛正面硬拚一招。

「蓬！」

勁氣交擊，竺雷音全身劇震，雖然勉強擋著燕飛拳勁，全身經脈卻如被烈火焚燒般，難過至極點，身不由己的後退回原有位置，接著又打個寒顫，灼熱被冰凍代替，又是另一番感受，登時戰意全消，臉上血色盡褪。

全場鴉雀無聲，人人目光集中到燕飛身上，無不生出戒懼之意。

謝玄則目射奇光，看著燕飛。

燕飛去除威脅，體內眞氣再無異動，終可以垂下出擊的手，神情有點尷尬，且心中叫苦。他從來不是愛主動進攻的人，可以不用出手便不出手，但看來體內眞氣並不那麼聽話，只要遇上威脅，會自然發動，如此一來，說不定會弄砸了事情。

一陣嬌笑聲出自艷尼妙音的香唇，立即稍微引開敵我雙方的注意力，也爲劍拔弩張的氣氛注進一點春意。

燕飛朝她瞧去，見她未語先笑，萬種風情，不由聯想起既狠又毒的無義妖女青媞，心中一陣煩厭，喝斷她的嬌笑道：「我燕飛以人頭保證，玄帥並非虛言恫嚇，王爺若走錯一著，大晉立成分裂之局，建康難保安定。此事咎不在玄帥，而須由王爺承擔。我燕飛沒有聽人說廢話的習慣，王爺若不肯交出暗算宋悲風的人，便請說一句話交代。」

謝玄啞然笑道：「好一個燕飛，不負邊荒第一劍客的威名。」

司馬道子和王國寶交換個眼色，均心中叫苦。

他們的計畫只是針對謝安，逼他離開建康，假若宋悲風橫死街頭，謝家根本無從追究，更可報宋悲風羞辱司馬元顯之仇。

豈知事與願違，橫裡殺出個燕飛，救走宋悲風，暴露行凶者的身分。更想不到的是謝玄突然回到建康，還帶來一支奇兵，令他們手足無措，落於下風。

最頭痛是燕飛表現出來的武功，即使及不上謝玄，也所差無幾。若兩人一意突圍，憑他們現在的實力，根本無法阻止，變成不動手不行，動手更不行之局。

一直沒作聲的竺不歸，陰惻惻的笑道：「一人做事一人當，宋悲風的事是因本人看不順眼他橫行霸道，故出手教訓，一概與王爺無關。王爺和王大人適逢此會，只因來此參拜迎奉回來的彌勒佛，謝玄你若要爲宋悲風出頭，衝著本人來吧！」

燕飛頓時對竺不歸改觀，此爲唯一解決眼前死局的方法，就是以江湖的手法解決，手底下見眞章，只要竺不歸能擊退謝玄，謝玄當然再沒有大動干戈的藉口。如果謝玄落敗身亡，也只好怪自己技不如人，不但謝家沒法追究，北府兵將也沒有藉口爲他報仇，因爲這是江湖規矩。

謝玄唇角飄出一絲笑意，點頭道：「小活彌勒既肯賜教，謝某人當然樂於奉陪，請！」

司馬道子和王國寶交換個眼色，均看出對方眼中喜色。對竺不歸他們有絕對信心，此又爲最佳的解決辦法，當然不會出言阻止。

竺不歸緩緩步下石階，手往後探，取下掛在背上的無邊環。

燕飛往一旁退開，他見過竺不歸出手對付宋悲風，知他武功高明，手上無邊環千變萬化，但卻沒有爲謝玄擔心，暗忖他可以一劍擊退高手如任遙，對方又只是竺不歸而非與任遙齊名的竺法慶，謝玄肯定不會失手。

謝玄則仍是那副從容不迫的名士風範，緩步後移，來至寺前廣闊空地的中心處，似欣賞園景多於與勁敵生死決戰。

在竺雷音的指使下，兩名僧徒把寺門關上，隔斷寺外群眾窺探的目光。

謝玄和竺不歸隔丈對峙，決戰如箭在弦，一觸即發，氣氛頓然緊張起來。

「鏘！」

謝玄拔劍出鞘，略一沉腕，九韶定音劍的九個音孔同時生鳴，整齊畫一，有如吹起戰爭的號角，確收先聲奪人之功，令人有莫測其深淺的怵然感覺。

落入燕飛耳中則化為一種訊息，使他完全掌握到九韶定音劍的鋒快和沉重的劍質，甚至謝玄於劍上力量分布的細微情況，玄妙至極點。

燕飛心下明悟，從獨叟的丹房走出來後，他再不是以前的燕飛，丹劫把他體內與體外的世界徹底改變了，眼前的世界忽然充滿生趣，縱使在生死決戰中，他也看到生機萌生的希望。單是視覺和聽覺，已可變成最令人滿足的享受。

若以這種境界的視聽之力，看通看透對手的強項弱點，天下豈還能有抗衡之輩？

問題在他此刻尚未能控制體內眞氣，隨意化為己用，以之克敵制勝。戰鬥中雙方無所不用其極，變化萬千，不像剛才般的分明情況，純憑眞氣的天然感應肯定遠未足以應付。且成為體內眞氣的奴隸或扯線木偶也太過窩囊，難成大器。但如能另創一種可以運用體內眞氣獨特性能的武功，配合近乎通玄的感官，即使強如任遙亦不用畏懼。

不由第二度想起懷中的《參同契》。

所有念頭以電光石火的高速閃過燕飛的腦際，「小活彌勒」竺不歸的無邊環脫手而出，彎彎的循著一道嵌合天地物理的弧線，飛擊謝玄，登時破風之聲大作，發出嘯聲，出奇地無邊環自身只是緩緩旋動，對比無邊環飛行的迅快速度，矛盾而玄妙，本身已收懾敵之效。

燕飛卻清楚竺不歸已落在下風，他因受謝玄充滿殺伐味道的「定音」所惑，誤以為定音劍將主動出擊，遂先發制人，不知謝玄正是要引他出手。

雙方交手的微妙情況一絲不漏的顯現燕飛心頭，謝玄一陣長笑，九韶定音劍劃破虛空，彎擊竺不歸離手而來的無邊環。

「噹！」

劍環交擊，竺不歸以鬼魅般普通肉眼難察的高速，搶前伸手抓著被擊得迴飛回來的無邊環，化作漫天環影，狂風暴雨般朝謝玄攻去，場內立即勁氣橫空。司馬道子方面爆起震天采聲。

謝玄仍是那副從容不迫的樣子，人劍合一的投入環影裡去，劍到處悶雷之聲大作，不但倍添其聲勢，最要命的是劍嘯聲和定音劍並不眞正吻合，似乎另有一把發出悶雷之音的無形之劍，當其眞身水銀瀉地般還擊敵人時，這把無形之劍卻在別處吶喊助威，擾敵惑敵，令敵人生出錯覺，眼所見和耳所聽產生差距，玄妙非常。

環劍交擊聲爆竹般連串響起，密集快速，謝玄在環影勁氣中進退自如，劍勢像潮水般起伏，時強時弱，弱時引得環勢大盛，強時逼得環影收斂，而謝玄仍是那麼瀟灑寫意，幾番如此攻守後，竺不歸銳氣全消，變得守多於攻，主控權落在謝玄手上。

司馬道子和王國寶一方人人臉色凝重起來，看出竺不歸落在下風，而謝玄九韶定音劍的可怕威勢，形成他們心頭沉重的壓力，連似是永遠面掛挑逗意味笑容的艷尼妙音，亦失去笑意。

「叮！」

謝玄忽然於退後的剎那，環勢剛展的一刻，施出精妙絕倫的手法，重手猛劈無邊環，擊個正著，巧妙至極點。

竺不歸全身劇震，被劈得往後疾退，謝玄已如影隨形，九韶定音劍化作萬千劍芒，劍嘯聲由悶雷聲化爲尖銳的破風聲，人在場上遊走，飄忽無定，忽近忽遠，令人無從憑聽覺去掌握應付。

司馬道子方面人人暗叫不妙，燕飛更是心中一震，感應到謝玄身負內傷，所以無法支持這種進退攻守的戰略，而要在時機未完全成熟下，速戰速決。

竺不歸還沒有資格令他負傷，這內傷當是以前戰鬥留下來的舊患，而燕飛隱隱猜到多少與任遙曾令他身受其苦的陰損眞氣有關係。

「鏘！」

竺不歸應劍連人帶環踉蹌跌退，謝玄卻凝立不動，九韶定音劍遙指竺不歸。

全場鴉雀無聲。

「噹！」

無邊環脫手墮地，竺不歸雙目眉心處出現劍傷紅點，往後便倒，「蓬」的一聲仰跌地上，當場氣絕。

竺雷音臉上血色盡褪，似欲動手爲竺不歸報仇，但又猶豫不決。

謝玄淡淡道：「這一劍是代宋大叔還給你的。」接著望向司馬道子，雙目神光遽盛，語氣仍是平和如常，微笑道：「琅琊王肯否下場賜教？」

司馬道子回過神來，兩眼充盈殺機，冷哼道：「謝帥力戰之後，最宜回府休息，恕本王不送了！」

燕飛暗懍司馬道子的沉得住氣，不過換作自己是他，也要先弄清楚雙方形勢，始敢有進一步的行動。

謝玄哈哈一笑，與燕飛揚長而去。

第十八章　扭轉乾坤

謝玄和燕飛剛出寺門，一輛馬車從車馬道轉入明日寺的外廣場，在三十多名軒昂騎士簇擁下，朝著他們駛來。

謝玄看得皺起眉頭，不悅喝道：「誰教你們來的？」

帶頭的是謝琰，領著梁定都等一眾謝府家將，見到兩人安然無恙，人人露出如釋重負的神情。

謝琰笑道：「大哥沒事就好哩！你怎樣怪責我都可以，我們謝家上下一心，全力支持大哥。」

在謝玄、謝琰這一輩，人人均稱謝玄爲大哥，以表示對他的尊敬。

燕飛對謝琰沒有甚麼好感，避到一旁。

謝玄啞然失笑道：「你不顧自身安危趕來增援，現在又不是在戰場上，偶爾也可以違背一下軍令。」

謝琰瞥燕飛一眼，道：「燕公子和大哥請上車，我們邊走邊說。」

燕飛微笑道：「我們何不找個地方喝杯喜酒，慶祝竺不歸伏屍於玄帥劍下？」

謝玄點頭，閒話家常的道：「好主意！就去紀千千的雨枰台如何？」

謝琰一震再朝燕飛瞧來，此刻他才曉得竺不歸落敗身亡，心中翻起滔天巨浪。要知竺不歸乃彌勒教坐第三把交椅的人物，而彌勒教在北方勢力雄厚，即使在苻堅全盛之時，也不敢對彌勒教輕舉妄動，現在謝玄殺死竺不歸，與彌勒教結下深仇，肯定後患無窮。

兼之竺不歸乃司馬曜和司馬道子特意從北方迎回來的上賓，謝玄如此不留情面，等若與司馬氏王朝公然決裂，後果更是難測。

令他更不明白的是謝玄和燕飛兩人言笑晏晏，神態輕鬆。際此建康隨時爆發內戰的時刻，還商量到哪裡去慶祝，教謝琰不知道該如何反應。

燕飛目光掃過四周愈聚愈多的群眾，心忖孫恩或許是其中一人，故此他們表現得愈輕鬆寫意，愈教孫恩莫測高深。

孫恩是北人眼中的南方第一高手，威名猶在「九品高手」之上。若讓他看出謝玄負傷，大有可能立即下手行刺，好令東晉陷入四分五裂的險惡形勢中。

當下聞言笑道：「我們恐怕要把高彥抬到雨枰台去，否則他怎肯罷休？」

謝琰終找到話題，道：「我們回府後再決定行止如何？」

謝玄微笑道：「好！立即打道回府！」

在群眾歡呼擾攘聲中，馬車開出。

謝玄和燕飛坐在後排，前者目視窗外，默然不語。

燕飛則百感交集，建康大勝後的繁華，實脆弱得禁不起任何風雨。穩定與否全繫於謝安和謝玄兩叔侄身上。而由這一刻直至謝安離開，將是建康最凶險的時候，禍亂的種子已撒下，倘若司馬氏王朝一念之差，危機將演變成一發不可收拾的亂局。

謝玄沉聲道：「燕兄弟是否看出我負傷？」

燕飛輕輕道：「是否與任遙有關？」

謝玄苦笑道：「他只是其中之一，令我負傷的是慕容垂，致使我壓不住任遙寒毒的劍氣，傷上加傷，至今未癒。竺不歸武功的高強，亦出乎我意料之外，使我傷勢加劇。唉！我現在最擔心的不是司馬道子，而是孫恩。他出現的時間如此關鍵，分明是想擾亂我的心神和布置，更代表他對建康如今的情況瞭如指掌，此事非常不妙。」

燕飛向謝玄伸出左手，雙目射出懇切的神色。

謝玄凝望他片刻，伸手與他相握，在馬車的顛簸中，兩人閉上眼睛，眞氣在燕飛體內天然運轉，自然而然輸入謝玄體內，助他療傷。

好一會兒後謝玄主動放開手，動容道：「燕兄弟的內功乃至眞至純的先天眞氣，不含絲毫後天雜氣，純淨得教人難以相信。」

燕飛張開眼睛，迎上謝玄的目光，沉聲道：「玄帥內傷非常嚴重。」

謝玄把目光重投窗外，輕吁一口氣，淡淡道：「得你之助，現在已好多了！生死有命，甚麼都不用放在心上。只希望燕兄弟不要把我的情況洩露予任何人，包括二叔在內。」

燕飛心如鉛墜的點頭答應。

謝玄思索道：「從道家的角度來說，人在母體內出生前，胎兒口鼻呼吸之氣斷絕，全賴臍帶送來養分，當時任督二脈貫通，先天之氣運轉任督周天。出生後，後天之氣從口鼻進入，與母體連繫斷絕，任督二脈逐漸封閉，至乎閉塞，再難吸收先天之氣。先天眞氣雖仍充盈天地之間，卻苦於無法吸攝。」

燕飛知道謝玄在指點他，忙聚精會神俯首受教。他很少佩服一個人，可是謝玄卻在短時間內贏得他發自內心的尊敬。不僅因他蓋世的劍術，運籌帷幄的將帥大才，更因他高尚的品格和胸襟。

謝玄續道：「所以修道者修的無非是返本歸源之道，先要打通任督二脈，以吸收天地精氣，所謂『奪天地之精華』，成爲宇宙母體內的胎兒。可是吸收的能量也有高下之別，要看修道者本身的資質和修煉的方式，稍有差池，先天之氣將變成後天凡俗之氣。況且修煉過程艱苦困難，所以修得先天之氣者，萬不得一，均成不可多得的高手宗師。」

燕飛沉吟道：「這是從道家的角度去看，若從玄帥的角度看又如何？」

謝玄唇角露出一絲好看的笑意，道：「我的角度是易理的角度，易卦也有先後天之別，先天卦代表的是天地未判，萬物處於朦朧的情態，到先天卦轉後天卦，爲之『扭轉乾坤』，天地分明，萬物伊始，宇宙運轉。從這角度去看，先天之氣就是宇宙開始前至精至純之氣，存在於萬物發生之前，混混沌沌，至精至純，遠非後天宇宙的所謂先天之氣所能比。現在燕兄弟體內流動的無有窮盡的異氣，大有可能是先天宇宙的能量，那是一切物事最本源的力量，全發於自然。故與現時所有修煉之法相悖，致令燕兄弟無法以一般行氣方法加以控制。我們修的只是假先天，但已非同小可，只有燕兄弟是先天中的先天。」

燕飛點頭道：「玄帥的說法我還是第一次聽到，對我有很大的啓發，不過卻怕玄帥高估了我。」

謝玄微笑道：「可惜我的說法是沒法在短時間內證明的，更不易有水落石出的一天，只能由你親身去體會。到家哩！」

車隊正駛進烏衣巷去，一切平靜如常，似沒有發生過任何事。

坐在榻子上的高彥瞪大眼睛瞧著燕飛坐到床沿來。

燕飛灑然笑道：「有甚麼好看的？」

高彥嚷道：「究竟有甚麼事情發生在你身上？由昨晚便開始失蹤，現在忽然出現，整個人竟煥然一新似的，比在邊荒集的燕飛更令人有深不可測的感覺。」

燕飛不理他叫嚷，輕描淡寫的道：「坐到榻子中央去，讓我爲你療傷，看看明天能不能啓程到邊荒集去？」

高彥大喜道：「我的娘！你竟然恢復了內功，難怪我熟悉的那個在邊荒集打滾的燕飛又回來了。嘿！話說在前頭，不見過紀千千，我是絕不肯死心回集的。」

燕飛硬逼他坐到榻子中央，在他背後盤膝坐下，失笑道：「我眞不明白你，難道你認爲自己可以令紀千千傾心嗎？最後落得單相思淒涼而回，又是何苦來哉？」

高彥氣道：「和你這種對女人沒興趣的人說這方面的事，等如對牛彈琴。你明白甚麼？我從小有一個夢想，就是要娶得最動人的女人爲妻，紀千千會否傾情於我，我根本不會去考慮，因爲至少我曾遇上過。明白嗎？」

燕飛苦笑道：「你又能明白我多少？快給老子收攝心神，我要立即爲你療傷，若你今晚能走路坐船，可以還你素願見到紀千千，帶路的是謝玄。」

高彥歡呼一聲，急道：「還不立即動手治療彥少爺我！」

燕飛心中一陣溫暖，自己終可以爲高彥做點事。隨著他雙掌按上高彥背心，高彥體內的情況，立即纖毫畢露的展現在他心頭，而從受傷的輕重位置，他幾可在腦海裡重演高彥當日在餃子館遇襲的經過，那種感覺玄乎其玄，難以解釋，只可用通靈作爲解釋。

他不敢有任何「蓄意而爲」的舉動，只隱隱守著泥丸宮和丹田兩大分別代表進陽火和退陰符的竅穴，體內先天眞氣自然運轉，全身融融曳曳，說不出的平和寧美，充滿一種自給自足、不假外求的舒暢感覺。不由心中暗喜，曉得憑《參同契》開宗明義的兩句話，已令他掌握行氣的法門，是個非常好的開始。

高彥催道：「你在幹甚麼？爲甚麼還沒有料子送過來。噢！」

沛然莫測、至精至純，或眞如謝玄所猜測的來自宇宙本源，尚未扭轉乾坤前的天地能量，源源不絕的送入高彥的經脈裡，高彥登時說不下去，乖乖閉上眼睛，行氣運血。

燕飛排除雜念，全心全意爲高彥療傷，再感覺不到時間的存在，他不但在醫治高彥，同時也在感受和探索本身眞氣的功能和特性，正面的面對體內來自「丹劫」的龐大能量，無爲而無不爲。

也不知過了多少時候，廂房外走廊足音響起，其位置、輕重、遠近浮現心湖，使他幾可勾勒出劉裕的樣子。他的腳步穩定有力，輕重如一，顯示劉裕對本身充滿自信，大有一往無前的氣勢，雖然他並非正與人動手，燕飛卻清楚感覺到他無時不處在戒備的狀態下，沒有緊張和慌忙，只是一種無法言傳、卻是高手所獨有的節奏。

燕飛停止意守泥丸和丹田兩宮，眞氣收止，放下按在高彥背上雙手，緩緩睜開眼睛，廂房一片昏暗，原來太陽剛好下山，不知不覺已爲高彥進行了近兩個多時辰的療治，卻沒有眞元損耗的疲倦感覺。

高彥仍處於冥坐的狀態，對外間發生的事物無知無覺。

燕飛心忖高彥正在行功的緊要關頭，最好不要讓人驚擾，這個想法剛在腦袋出現，他的人已從榻上飄起，行雲流水的一個翻騰，落到廂房門口，剛好見到劉裕正要跨步進入廂房。

劉裕見他突然現身，嚇了一跳，止步呆瞪著他。

燕飛趨前把他扯出去，來到四合院的遊廊處，道：「你不是據守石頭城嗎？爲何竟分身回來？」

劉裕抓著他雙肩道：「玄帥沒有說錯，你果然恢復內功，且更勝從前。」

燕飛欣然道：「恢復內功尚言之過早，不過卻有個很好的開始，你還未回答我的問題。」

劉裕笑道：「玄帥交給我的事，我當然辦得妥妥貼貼。石頭城已兵不血刃落在我們手上，守城的主將是司馬道子的人，制著他等若取得石頭城的控制權，因爲守兵的心都在玄帥的一邊。玄帥派人召我回來，說要讓我參加今晚的慶功宴，順道與你和高彥小子好好聚舊。唉！久別相逢，卻直到此刻才能與你私下說話。我眞的很高興，有一段時間我甚至希望你不會醒過來，如今則擔憂盡去。」

兩人挨坐欄杆，相視而笑，一切盡在不言中。

燕飛道：「玄帥在哪裡？」

劉裕道：「我剛見過他，他忙得要命，正安排明天與安公離開建康的事宜。聽他說司馬曜請出王坦之，三度到這裡請安公入朝見駕，安公剛才進宮去了。」

燕飛一呆道：「這不是太冒險嗎？若司馬曜鋌而走險，硬把安公軟禁宮內，我們豈非縛手縛腳？」

劉裕道：「這方面我反同意玄帥的看法，司馬曜兄弟絕不敢輕舉妄動，石頭城既落入我們手上，假若他們稍有異動，我們便可長驅直進，攻打宮城，司馬曜的皇位立即不保。現在雙方尚未撕破臉皮，我們進駐石頭城後，還依足規矩向司馬曜呈報情況，司馬曜無奈下已頒令批准，變成我們是依皇令行事。」

接著展出勝利的笑容，道：「司馬曜已經在讓步，否則他會下旨召玄帥入宮，一旦玄帥違命，立即定他違抗聖旨的大罪。現在司馬曜只傳召安公，正表示大家尚留轉圜的餘地。明天之後，是分裂還是團結，就要看司馬曜兄弟如何對待建康的謝家。」

燕飛可以想像建康都城此刻在暗裡進行的政治角力是如何激烈，更想到謝安和桓沖乃支持東晉穩定的兩大棟樑。後者已逝，若司馬曜敢對謝安不敬，國家立即分裂，諒司馬曜兄弟暫時仍沒這個膽量。想到這裡，稍微安心。

道：「我有件事尚未告訴你，就是安玉晴並不是眞的安玉晴，而是逍遙教的妖后青媞。」

劉裕聽得有點不知所云，燕飛再不隱瞞，把整件事情說了出來，包括在沒有選擇下吞掉丹劫的經過。劉裕聽得目瞪口呆，想不到短短數日間，竟有這般驚心動魄的事發生在燕飛身上。

燕飛最後道：「逍遙教的人由上至下行事邪惡難測，你要小心提防。至於丹劫的事，你可以轉告玄帥，我並不想瞞他。」

劉裕冷哼道：「我不怕他們，這幾個月來我的刀法得玄帥親自提點，已非昔日吳下阿蒙，反恨不得有人來給我試刀。說到陰謀詭計，我大概不會差他們多少，自會見招拆招。」然後用心地看著他，沉聲道：「你現在究竟有沒有與人動手的把握？」

燕飛苦笑道：「的確非常難說，最怕我積習難改，不能保持自然之法，那就糟糕。你有甚麼主意？」

劉裕笑道：「我只是想重溫與老哥並肩作戰的樂趣。既然你不宜動手，此事作罷。」

燕飛猜到他是想除掉孫恩，正要說話，高彥從廂房一拐一跌的滾出來，見到兩人方鬆一口氣，拍著胸口道：「還以爲你們想撇下我私自去會紀千千呢，算你們吧！哈！劉裕你怎會在這裡的，該是隨玄帥回來的吧！對嗎？」

劉裕驚異的瞧著他，道：「又說你爬不起來，甚麼私會紀千千，你是不是還病得糊裡糊塗？」

燕飛欣然道：「這小子倒不是吹牛，玄帥安排的慶功宴今夜將在紀千千的雨枰台舉行。」

劉裕尚未有機會說話，梁定都一臉興奮的趕來，道：「大少爺有請燕公子和劉副將。」又兩眼上翻，強忍著笑道：「高公子則請回房繼續靜養。」

高彥怒道：「去見你的大頭鬼。」

說罷領路先行，一副惟恐被撇下的情狀，惹得作弄他的梁定都和燕、劉兩人不禁哄然大笑。

第十九章　大任臨身

聽著劉裕、高彥和梁定都邊走路邊有一句沒一句的閒聊，燕飛的心神卻轉到自身的問題去，引發他馳想聯翩的是謝玄「扭轉乾坤」的四字提示。

自己之所以會摸錯行氣的路子，原因或在自己是以後天卦理的方法行氣運功，此爲「扭轉乾坤」後所有修道者的修法正理，卻不知他如今體內的眞氣是完全不同的類別，所有後天修煉之法均派不上用場。

證據便是自己進陽火變成退陰符，退陰符剛好變成進陽火，恰好相反。以此推論，倘若把以前的功法掉轉過來，自己當可控制掌握體內的眞氣，由「後天」的「日月麗天大法」，演進而成「先天」的「日月麗天大法」。

燕飛心中湧起狂喜，曉得憑謝玄一句話的提點，已隱隱掌握到開啓體內先天眞氣的門徑。

不過這只是個開始，前路仍是步步維艱，他現在頂多曉得泥丸宮反乾爲坤，丹田穴反坤爲乾，最要命是不能像摸著石頭過河般一點一點慢慢探索，因爲他不能任意施爲，一個不好，不是焚經便是凝經的結局。

心中再動，三度想起懷中的《參同契》，那或許是解決所有困難的寶笈。

恨不得立即取經出來看個痛快。

梁定都的聲音在他耳中響起道：「到哩！」

四人轉出林路，忘官軒矗立前方。

劉裕還是首次到中園來，看到入門處的對聯，心中湧起難以言喻的感覺。沒有謝安，就沒有謝玄，更沒有淝水之戰，而這位被譽爲天下第一名士的智者，就在軒內運籌帷幄，決勝於千里之外，打了自古以來最漂亮的一場大仗。

有燕飛在旁，他心中更有種暖融融的親切感覺，他絕對地信任燕飛，燕飛不但救過他的命，還令他成爲淝水之勝的關鍵人物，更使他成爲謝玄的繼承人。他也喜歡高彥，但那種喜歡是不同的，高彥可以是很好的玩伴，只要想想高彥見到紀千千的情況，生命頓然生趣盎然。

高彥的心神除紀千千外，再難容下其他東西。他唯一害怕的是紀千千並不是他想像中那麼完美無瑕。例如她像建康城的其他人般，根本看不起荒人，那她便沒啥特別！她可以拒絕他，看不上他，一切均沒有關係，最重要的是她必須像傳說中般美好，令人無法挑剔。

三人各想各的，益發感受到謝家主園如詩如畫的景致，彷如遠離建康城的繁囂。

劉裕笑道：「燕飛！我很想問你一個問題，希望你老實作答。」

燕飛啞然失笑道：「難道我一向不老實嗎？不過我的確不慣於回答問題，這與是否老實沒有絲毫關係。」

梁定都欣然道：「你們在這裡聊幾句，我去爲你們通傳，看看會否又有客人忽然來訪，自大少爺回來的消息傳開，便不斷有客到訪。」

說罷去了。

燕飛心忖紙包不住火，建康的高門權貴絡繹不絕的來見謝玄，不避嫌疑，不但表示對謝家的支持，更表示對司馬道子的不滿。只從這方面看，司馬氏王朝便處於下風，教司馬曜兄弟更不敢妄動。

高彥笑道：「劉裕你又不是第一天到江湖上混，更在邊荒集打過滾，可知向荒人問三問四乃邊荒集的大忌，何況問的對象還是最不願答問題的燕飛？你是否想自討沒趣呢？」

劉裕微笑道：「我們三人間的交情早破盡邊荒集的規條，不受任何限制。何況我問的不是甚麼大不了的問題，只是想問我們的燕公子，以他的人品武功，爲何樂於在邊荒集做第一樓的保鏢而已！」

燕飛開始發現劉裕另一長處，是待人處事很有分寸。明明曉得高彥這麼說，多少帶點嫉妒他和劉裕關係的情緒，可是經他一句話便把三人的交情拉在一起，高彥自然聽得心中舒服。

他朝忘官軒瞧去，梁定都正與把守軒門的謝玄近衛說話，心忖宋悲風受創，梁定都又在餃子館遇襲一役中表現出色，在謝家地位已大幅提高，對他的前途大有裨益，倘若再加磨練，改變性格上一些缺點，多見點世面，會是另一名好漢子。

目光回到劉裕處，微笑道：「因爲我希望讓本性善良的人能在最惡劣的環境中安安樂樂地生活，做生意賺錢，人人可放心到第一樓享受片刻的安寧。誰敢在第一樓生事，先要問過小弟的劍。對我來說，這已是很了不起的成就。」

劉裕苦笑道：「原來燕兄是個這麼懂自得其樂的人，我接著的話說不下去哩！」

高彥訝道：「你有甚麼提議，只要是有錢賺的，大家可以從長計議。」

劉裕道：「還不是有關邊荒集的！那小子喚我們過去哩！遲些再談吧！」

梁定都正在階台上向三人招手，著他們入軒。

不但謝玄在，謝安也回來了，謝石、謝道韞、謝琰全在座，顯然正商量關乎到謝家存亡的頭等大事，而謝安則帶來最新的消息。

謝安微笑道：「各位隨便坐下，定都也來參與吧！」

只聽最後一句話，已令人體會到謝家正因自身的急劇變化，對眼前危局作出應變，為家族的命運而奮戰。

南方最有威望的僑寓世族，對司馬氏王朝的壓迫排擠，在作出反擊。

燕飛等各有所感的默默在外圍四散坐下，梁定都則誠惶誠恐的坐到謝琰背側，那是宋悲風以前坐的位子。謝安輕描淡寫的一句話，把梁定都提升至家將頭子的位置。

謝玄沉聲道：「司馬曜已公開讓步，批准了我們明天離開一事，可是誰都曉得這叫好漢不吃眼前虧。所以我們必須為未來部署，否則終難逃家毀人亡的慘局。」

高彥鬆了一口氣，這表示至少由此刻至明天正午，建康應該不會有突變，那他們就可安然去見紀千千了。

接著謝玄朝劉裕瞧去，道：「小裕有甚麼意見？」

燕飛心中一動，明白到謝玄是要劉裕表現一下，令謝安等曉得他謝玄沒有挑錯人。從這角度看，眼前閒話家常似的會議，實是事關重大。既是如此，為何會讓自己和高彥兩個外人兼荒人參與。

他的目光落到謝道韞處，這位風韻動人的謝家才女，總能牽動他內心深處對娘親的感情，究竟是因為她那酷肖娘親的神情，還是因為她有著娘親的影子。

劉裕先向謝安、謝石和謝琰三人分別請安，分析道：「現在全城均在我們的嚴密控制和監察下，任何軍事上的調動，均瞞不過我們，所以我們的離開根本輪不到任何人來左右，皇上只是因勢成事，無法可施。在現時利我的形勢下，我們有把握在明天日出前，完全控制建康。」

謝安點頭道：「小裕不僅有膽有識，最難得是氣度沉穩卻從容，自信而不囂張，是能開創大事業的人物，我對你有信心。」

眾人曉得這只是開場白，他已肯定了謝玄的選擇，而謝安接著的答話更事關重大，直接決定謝家會否推翻司馬氏王朝。

謝安仰望屋樑，柔聲道：「現在的情勢就像這根橫樑，中間的一截是司馬氏王朝，兩端分別是荊軍和北府兵，中間的一截塌下，東晉立即四分五裂，墮入北方的同一命運，另兩截任何一截折斷，房子也會因而崩塌。所以我謝安不想做這個帶來百姓大災難的罪人。」

謝玄接著道：「但也不是代表我們束手待斃，故此我們要爲未來定下目標，首先是南方的安定，匡內然後攘外，再完成統一南北的空前壯舉。」

劉裕點頭道：「小裕明白！」

謝安向燕飛笑道：「我沒有說錯吧！恭喜小飛神功盡復。」

燕飛心中溫暖，赧然道：「只是有點起色，往後還須看我的運數。」

謝道韞柔聲道：「說到運數，公子的好運數正代表我謝家仍是氣數未絕，正因有公子，不但救回宋大叔，揭破敵人奸謀，二弟又適時地趕回來，有如鬼使神差似的。」

劉裕心中大讚，透過這番話，蕙質蘭心的謝家才女，巧妙地以天命運數來表示老天爺是站在她家這一邊的，所以不用害怕。

燕飛則心中一顫，看著她，就像娘親重新活在他眼前，那種被迫忍受生命的無奈神情，有如歷史重演。

謝玄忽然露出一個抱歉的表情，向燕飛道：「我想求燕兄弟去做一件你不願意的事情。」

燕飛愕然道：「既明知我不願意，玄帥為何還要逼我去做，我是個大懶人，最怕的就是任務或使命。」

謝道韞「噗哧」淺笑，接著又以衣袖掩口，表示失態，大大沖淡軒內嚴肅的氣氛。

謝玄啞然失笑道：「因為我曉得你拒絕不了。」

連高彥也聽得心中佩服，他雖不喜歡高門大族，可是謝家確有一種空山靈雨式的精神感染力，名士世家的懾人風采，其內涵亦透過謝安、謝玄和謝道韞三個成員發揮得淋漓盡致。

不知為何，他感到燕飛是責無旁貸的。

燕飛嘆道：「玄帥該曉得我還不適合與人動手吧？」

謝玄欣然道：「我求你去做的事，剛好對症下藥，讓你可以在短時間內勘破體內先天異氣的運轉。」

高彥忍不住嚷道：「我也好奇得要命，究竟是甚麼事如此刺激？」

謝玄微笑道：「此事該由安公親自說出來，燕兄弟就更無法拒絕了。」

眾人的注意力全轉移到謝安身上，後者從容道：「我希望小飛從第一樓的保鏢，跳級至邊荒集的保鏢，不過若你選擇不回邊荒集，可當謝安沒有說過這幾句話。」

高彥、劉裕和梁定都均大感意外，曉得燕飛絕不肯接受。因為謝安雖說得有趣，卻等若要燕飛成爲邊荒集最具權勢的人，在群雄爭霸的邊荒集，這是任何一方勢力都力有未逮之事，何況燕飛只是孑然一身？

燕飛嘆道：「安公太看得起我，與人仇殺鬥爭，更非我所願，非我所長。」

謝安好整以暇的道：「我有一半是站在荒人的立場爲民請命，只有一半是關乎到東晉的盛衰。現時人人明白邊荒集在統一南北上的戰略意義，故成爲北方分裂後諸胡政權必爭之地，也是南方一眾勢力的必爭之地，大禍早晚降臨邊荒集，爲了邊荒集的太平，必須有一位肯爲荒人著想的人出來主事，而我們能想到的人就是小飛你。不管你用甚麼能耐，千萬別讓邊荒集落入某方的控制下，那將代表南北的平衡被打破，而我們目前最需要的卻是和平與穩定。」

燕飛沉吟片刻，道：「安公可知我體內流的有一半是胡人的血？」

謝玄接口道：「這正是捨你其誰的另一個主因，即使邊荒集由你主宰，南北的平衡依然沒有被打破。我們並非要你成爲我們的棋子，而是希望你保持邊荒集一貫以來，不受任何一方支配的特色。」

謝道韞輕輕道：「邊荒集是二叔憧憬嚮慕的奇異處所，只是從沒有想過它變得像現在般有舉足輕重的作用。」

燕飛忽然感到謝府內他最難拒絕的人既不是謝安，也不是謝玄，而是這位氣質神態均酷肖娘親的女子。

劉裕皺眉道：「燕兄返回邊荒集，已是踏足險境，慕容兄弟固與燕兄仇深如海，燕兄更分別與太乙教、逍遙教、彌勒教等結下樑子，他卻只有孤人單劍，保命已不易，還如何去控制天下間最無法無天的著名凶地？我們也沒法予燕兄任何支援，一旦有事，遠水難救近火。」

謝琰冷哼一聲，似在怪劉裕不分上下，竟插嘴且站在燕飛那邊說話，道：「此正爲爹所言燕公子是否要返回邊荒集去背後的意思，若燕公子根本沒意思回邊荒集，當然一切休提。但倘若燕公子回到邊荒集去，不論他是韜光養晦，又或大幹一場，仇家遍地的情況仍沒有絲毫改變。」

高彥心情矛盾，既想燕飛返回邊荒集，又知這等若要他投身動輒喪命的險境。在邊荒集，有很多事不是純憑武力可以解決的。燕飛一向獨來獨往，敵眾我寡下，任燕飛三頭六臂，想獨霸邊荒集，猶如撲火的飛蛾，只是自取滅亡。不過話說回來，邊荒集更是個不講常理的地方，是爲有本領和有運氣的人而設的。

燕飛露出一絲苦澀的表情，目光投往窗外的園林，沉聲道：「安公看得很準，邊荒集確是個奇異的處所，更是我現在唯一可容身之處，否則我將變成無家可歸的人。而我燕飛唯一的長處是並不怕死，更不害怕死亡的來臨。如果保持邊荒集的勢力均衡，確可以帶來南方暫時的安穩，我會盡力一試，雖然現在我沒有半分的把握。」

謝安欣然道：「有小飛這句話，形勢頓然不同，今晚小飛和高公子立即起程，坐船返邊荒集去。」

高彥大急道：「今晚的慶功宴呢？」

謝玄失笑道：「我們豈是不通情趣的人。今夜高兄弟離開雨枰台之時，一艘風帆會在秦淮樓恭候高兄弟的大駕，送你回家去。」

高彥放下心事，卻沒有感到絲毫不好意思，神情令人發噱。

劉裕沒有說話，也輪不到他說話，不過心忖以謝玄和謝安的爲人，絕不會讓燕飛去送死，何況燕飛對邊荒集瞭如指掌，假設他在內功和劍術兩方面突飛猛進，憑他的才智，說不定可創造出奇蹟來。

他比燕飛和高彥更明白謝安和謝玄這著棋子主要是針對桓玄，因爲大江幫的江海流與邊荒集漢幫的祝老大關係密切，如邊荒集落入桓玄手上，不但可源源從北方取得戰馬等南方缺乏的物資，更可大發南北貿易的財，又可以在戰略布置上佔盡優勢，邊荒集更變成他監視天下的耳目。

其次是對付司馬道子和王國寶，令兩人的勢力止於建康城內，所以邊荒集不但關乎到南北的平衡，更直接影響南方諸勢力的榮枯。

燕飛正要說話，一縷紅影挾著少女的香氣，從正門似風般吹進來，往謝玄投去。

第二十章　佳人有約

一身紅衣的謝鍾秀嬌喘連連的跪坐謝玄身旁，滿臉嗔怨，不理忘官軒內的長輩、家將和外人，纖手挽著乃父右臂，搖晃著不依的道：「爹啊！想煞女兒了！你怎可以回來也不早點通知女兒，害得人家到小東山打獵去，錯過迎接爹入城的機會，要罰爹多陪女兒一年半載。」

高彥立即看得眼睛放亮，梁定都反有點自慚形穢的垂下頭去。她顯然剛飛騎一口氣的趕回來，俏臉紅撲撲的，散發著灼人的青春氣息。

謝玄露出又愛又憐的慈父神態，忍不住伸手拍拍她可愛的臉蛋，滿臉歡容卻佯作責怪的道：「秀兒你還像個孩子般愛胡鬧，還不向爺爺請安問好？爹還要為你引見三位貴客呢。」

謝鍾秀挨到謝玄旁，小鳥依人般說不出的嬌美動人，先喚一聲「爺爺」，再向謝石等逐一請安，最後目光飄過燕飛三人，含笑道：「早見過哩！」接著伸指一點高彥，皺皺可愛的小鼻子，道：「你不是好人來的，看見女兒家便不眨眼。」

高彥登時給她說得無地自容，漲紅了臉，手足無措。

誰都想不到她如此直指高彥的不是，幸好她是以帶點開玩笑的語調說出來，只是要刁蠻以報高彥無禮的一箭之仇，即使是成為箭靶的高彥也只是感到尷尬而非真的難過受辱。

謝石搖頭嘆道：「玄侄你要好好管教你的刁蠻女，怎可以如此失禮客人？」

謝安顯是極寵縱這個孫女兒，欣然笑道：「高公子真情真性，秀兒該為此感到驕傲才對。」

謝道韞輕呼道：「秀兒到我這邊來，不要纏著爹。」

謝鍾秀不依的搖頭，誰也看出她絕不肯離開久違的爹半步。

謝道韞苦笑道：「在客人面前，還像個長不大的野孩子，成何體統？」

燕飛被她帶點無奈的輕怨勾起對娘的深切回憶，心中湧起百般滋味，格外神傷。一方面他感受到天下最著名的望族成員間溫馨感人的親情，另一方面更聯想到現今險惡形勢下對謝家的摧殘和衝擊，而他更曉得謝玄因傷上加傷，恐怕確會如謝安所料般，過不了「十全相格」盛極而亡的一關。

劉裕還是首次見到謝鍾秀，生出驚艷的感覺。比起刁鑽狡猾狠毒的妖后青媞，謝鍾秀便像含苞待放的清麗秋菊，純潔如一張未曾沾塵的白紙，只不知誰家男兒有幸，能在這白紙上寫下生命的美麗章句。自己當然是想也不敢想，因不論謝玄如何看得起他，可是高門跟寒族猶如隔著高山大河，眼前這種對坐已是例外中的例外，更不要說婚嫁之事。

高彥終回復過來，道：「高彥先前不敬之罪，請小姐原諒。」

謝鍾秀的目光來到燕飛處，見到他雙目射出的深注表情，微一錯愕，輕輕道：「你可就是邊荒集最著名的劍手『荒劍』燕飛，人家早打聽過哩！」

燕飛一呆道：「『荒劍』？我倒沒聽過這個古怪的外號。」

有謝鍾秀在場嬌嗔笑語，不但打破了先前嚴肅的氣氛，還平添無限生機春色。

謝安微笑道：「三位不要見怪，我們家風一向如此，不拘於俗禮。」

劉裕向燕飛笑道：「以荒劍來形容燕兄，不是挺貼切嗎？」

謝玄乘機向愛女介紹道：「這位是劉裕劉副將，是隨爹從前線趕回來的。」

謝鍾秀向劉裕略一點頭，又向乃父撒嬌道：「爹啊！女兒要立刻爲你引見秀兒最好的閨中密友，她在外面等得很苦呢？現在行嗎？」

謝玄拿她沒法，苦笑道：「爹可以說不行嗎？」

謝鍾秀一聲歡呼，彈起來一溜煙的奔出軒門去。

不一會兒她和另一位嬌滴滴的美人兒手牽手的回到軒內，正是王恭之女，姿容不在謝鍾秀之下的王淡眞。

比起謝鍾秀，王淡眞多了幾分文靜溫婉，可是其淡靜卻令人感到她更高不可攀，似永遠要和別人保持一段遙不可觸的距離。

謝鍾秀盡顯沒有機心的女兒情態，興奮得一蹦一跳的，把王淡眞帶到謝玄身前，傲然道：「這就是秀兒的爹，其他的人眞兒大概都見過哩！」

燕飛瞥高彥一眼，見他臉泛憤然之色，垂下頭去，心中暗嘆。謝鍾秀一句無心之言，已觸著高彥痛處。

謝鍾秀雖然對燕飛等三人態度不錯，可是那只是她名門閨秀對待下人的家教修養。而在介紹王淡眞這另一位名門閨秀跟各人相識的節骨眼上，便露出端倪，顯示她小姐並不把他們三人和梁定都等視爲至少該作禮貌性介紹的人，因爲他們沒有那資格。

高彥是屬於邊荒集的，至於自己，只是浪跡天涯的傷心人；若說尙有個家，便該是龐義的第一樓，他的雪澗香比任何名山勝地更能牽纏著他的心。

他弄不清楚自己爲何會答應那該是出於謝玄的提議，近乎不可能完成的使命。即使他在邊荒集最得意的時刻，也從未想過當邊荒集的主宰，怕亦無人敢動此妄念。

可是他卻答應了。究竟是因爲謝安、謝玄，或是爲了邊荒集來自四方龍蛇混雜的各族荒民？又或許是龐義的雪澗香？抑或只是不想令謝道韞失望？

不過一切已不重要，回到邊荒集再作打算，謝家並不是要他組織幫會，當個獨霸邊荒的龍頭老大。他仍可以是每天坐在第一樓喝酒胡混的旁觀者，誰來惹他誰便要吃不完兜著走。雖是曉得邊荒集再非以前的邊荒集，幸好他也再不是以前的那個燕飛。

「支遁大師求見老爺！」

門衛的報告驚醒陷入沉思的燕飛，謝鍾秀和王淡眞分別坐到謝玄左右，只看後者對謝玄崇慕的神情，便知謝玄是她心中的英雄偶像，純是一種對長者的崇敬。

謝安哈哈一笑，長身而起，親自出迎，害得所有人慌忙起立。

謝安灑然出軒，不片刻回來道：「小飛你出來！」

燕飛心中大訝，難道支遁要單獨見他。

支遁領著燕飛穿過一座竹林，安詳地道：「玉晴已知道燕公子回復功力的事，而且她似乎因此更有興致想見你一面。你們是否相識呢？罪過！罪過！支遁本不該有此一問的。」

燕飛心中浮起那雙像把深黑夜空和最明亮星兒鑲進去似的眼睛，暗忖這才是眞正的安玉晴，微笑道：「大師不問才不合常理，也或許合常理不等於合乎禪理。我和安姑娘確曾有一面之緣，安姑娘沒有提及嗎？」

支遁欣然合十道：「燕公子的話才是深含禪機，難怪安公愛和你談玄清論。支遁就送你到這裡，出竹林後左轉穿過一道半月門，你會見到玉晴。若她有得罪之處，請燕公子多多包涵。」

燕飛聽得微一錯愕，心想這有德行的高僧必是感到安玉晴甚難相處，故有此語。

謝過後繼續舉步前行，心中一片寧和，不知是受到支遁出塵的丰儀感染，還是因爲星空覆蓋下謝家園林高逸的氣氛所影響，他的心神晉入一種前所未有的祥和狀態，但要具體描述出來，他卻是無法辦到，感覺有點像整個神秘無限的宇宙正隨著他而轉移，但同時又與他沒有半點關係，存在和不存在的界線模糊起來，過去和未來不再存在，只剩下眼前這一刻，存在只是由不斷演進的一刻串連起來，其他的事再不用理會。

這算不算是佳人有約？

自離開長安之後，沒有一個女子能令他心動，妖女青媞並沒有使他動心；對謝鍾秀和王淡眞他亦以平常心淡然處之，可是他總忘不掉眞的安玉晴亮若夜星的眼睛。

現在即將和她正面相見，感覺異常奇妙，至於她是否仍冷漠如前，他倒不會計較，也不會因此受到傷害。

踏出林路，左方果有一道半月門，圍牆門洞均以不規則和大小不一的石頭堆砌，門洞內是庭園布置，池塘小橋，很有特色，幽深雅致。

燕飛負手悠然穿過洞門，安玉晴的倩影映入眼簾，她坐在池心一座小亭裡，一道石橋連接亭子和池岸，小園沒有半點燈火，更顯得星空深遠無盡。

不知是否因她的現身，燕飛感到整個人通靈起來，春蟲鳴叫，夜風吹拂，樹木花草的獨有氣味，人工小溪流淌的聲音，各具勝場，整個世界豐盛起來。大至天地宇宙，小至一草一石，其本身已足夠引人入勝，令人感到生命背後的意義。生存本身已是樂趣。

這是一種暌違已久的動人況味，勾起他對童年的回憶。在童蒙的時候，他最愛看草原盡處的高山，憧憬山外的天地，大地無有窮盡，天之涯海之角究竟是如何的一番光景？在他孩童的心靈裡，眼見的一切均可與自身聯結起來，變成有意義的整體。今夜此刻他從另一處境和心態，享受這種充盈天趣的醉人感覺。

安玉晴頭戴竹笠，垂下兩重輕紗，換作別的人當然不曉得紗內的玄虛，特別是在這沒有燈火的幽黑環境裡，可是經丹劫洗禮後的燕飛卻是「神通廣大」，一眼掃去，毫無阻隔的看到重紗後那對秘不可測的美眸，正一眨不眨地審視著他。

此刻他更得窺她如花玉容的全貌，她那令人爲之傾倒天生麗質的清秀花容。

燕飛施禮後在石桌另一邊的石凳子坐下，微笑道：「安姑娘你好，邊荒一別，想不到仍有再見的機緣。」

重紗後的美眸露出驚訝神色，安玉晴平靜的道：「燕兄是否可以看穿我的面紗？」

燕飛抱歉道：「安姑娘請勿見怪，我不是存心如此，只是自然而然。」

安玉晴俏臉露出無可奈何的苦惱神情，輕嘆道：「我想殺了你！」

燕飛失聲道：「爲甚麼？」

安玉晴若無其事道：「這當然只能在心裡想想，不會付諸實行。或許我不該見你，何況你看來不但完全復元，且勝過從前。」

她的聲音有種清脆冷凝的清晰美，傳進耳鼓裡，不知是否因感官異乎尋常的靈銳，彷如喁喁細語在流淌的河水上蕩漾，載著的卻是她那沉甸甸的對世情的厭倦和漠不關心。

燕飛直覺到她不願與人世間的任何事物拉上關係，包括他本人在內。他不知自己爲何有此明悟？只曉得這想法絕不會錯到哪裡去。她有點像以前每天只會在第一樓喝酒的自己，分別在自己是對現實失去所有希望，更因是沒有奮鬥的目標。她的情況又如何呢？是否已勘破一切？可是她仍是青春少艾，生命最輝煌的日子正在等待她去經歷品嘗。

自長安之後，燕飛從未關心過一位年輕女子芳心內的想法，此刻卻不由自主地去思索猜測，連他自己也不明白。

安玉晴柔聲道：「燕兄在想甚麼呢？我是否開罪你啦？」

燕飛苦笑道：「若我坦白說出來，姑娘怕要再動下手殺我的念頭。」

安玉晴似乎生出興趣，黛眉輕蹙道：「你竟在動歪念嗎？」

燕飛禁止自己貪婪地去欣賞她那對令他忘不掉的深邃眸神。目光落到石桌上，平靜的道：「姑娘不要誤會，我只是忽然生出感觸，想起以前的自己，忍不住暗中與姑娘作個比較。」

安玉晴點頭道：「原來燕兄沉睡百天，竟生出山中一日，世上千年的感覺，故把之前的自己視作另一個自己。」

燕飛感到她語氣減去三分冷漠，多了少許親切。而她的善解人意，更把雙方的距離拉近，欣然道：「姑娘的比喻很貼切，我確有再世爲人的感覺。初醒過來時，我感到非常迷惑，事事均感到有心無力，再難保持以往在邊荒集我行我素的心態，那須有一定的條件去支持。」

安玉晴淡淡道：「你是把我當作自行其是的人哩！」

燕飛生出知心的感覺，與她談話既不費力氣，更是一種享受。微笑道：「我只是覺得姑娘是個特立獨行的人，超然於人世間的一切爭權奪利之外。而這正是燕飛一向求之而不得的妄想。」

安玉晴輕嘆道：「理想和現實是截然不同的兩回事。你此刻見到我坐在這裡，正代表我難以置身事外。唉！爲何我會忽然說起這方面的煩惱呢？今晚我想見你一面，是因放不下心來。怕你因任遙而來的傷害仍餘毒未消，現在已不用爲你擔心哩！」

燕飛心想說得挺投契的，爲何忽然又要打退堂鼓，忙道：「在下尚有一事奉告，是有關玉珮的事。」說罷朝她瞧去。

安玉晴雙目寒芒一閃，語氣轉冷，針對的並非燕飛，沉聲道：「是否跟任青媞有關？」

燕飛心中一震，心忖妖后青媞亦是姓任，難道眞是任遙的妹子？不過「任」姓也該是假的，所以仍是難說得很。點頭道：「可以這麼說，但我並沒有見過『心珮』，只看過『天珮』和『地珮』合起來後的樣子。若安姑娘不反對，我可再默繪出來。因爲很不幸地受任青媞所騙，以爲她眞是安姑娘，故已把圖像交給她。」

安玉晴不屑的道：「縱使她三珮俱得又如何？這個我們道家最大的奇謎豈是任遙可輕易勘破。你不用把圖像畫出來，爹和我根本沒興趣爲此花精神。我要的是任青媞的性命，而心珮必須物歸原主。」

燕飛忽然爲她擔心起來，道：「姑娘須小心點！」

安玉晴淡淡道：「看來你給任遙打怕了。多謝你的關心，我可以問燕兄一個問題嗎？」

燕飛欣然道：「我還以爲你沒有再談下去的雅興呢？我在聽著，不過卻不保證回答與否。畢竟我仍是個荒人，荒人是不習慣回答問題的。」

安玉晴露出難得一見的一絲笑容，彷如月出東山亮照大地，語氣仍是那麼平靜，輕柔的道：「你很坦白，那我也坦白點，我很少和爹娘以外的人說這麼多話，原因只有一個，因爲你讓我感到害怕，而我從來不害怕任何人。」

燕飛感到有點失落，若她肯和他說這麼多話的原因，是完全沒有目的的，那會有趣得多。現在明顯不是如此，還令她感到有點害怕和不舒服。皺眉道：「姑娘爲何害怕我？」

安玉晴白他一眼，這從未出現在她粉臉上的表情，風韻迷人至極點。以燕飛的定力，仍看得怦然心動，惱恨全消。高彥便常說女人說的是一套，做的又是另一套……唉！我的天！爲何竟會想起高彥的「女子經」，難道自己竟想追求她嗎？

安玉晴神秘的美目投往天上的星空，輕輕道：「但現在再不害怕了！因爲我已弄清楚燕飛是怎樣的一個人。嘿！我可以發問了嗎？」

燕飛嚴陣以待的道：「請安姑娘賜示！」

第二十一章　秦淮之夢

劉裕和高彥兩人隨謝玄離開忘官軒，步下石階，謝鍾秀與王淡眞則手牽手的跟在三人身後，不住耳語嬌笑，登時生趣更濃。

謝玄忽然止步，回頭向愛女笑道：「秀兒爲淡眞安排座駕，好送淡眞回府，待會陪爹共進晚膳。」

劉裕和高彥聽得面面相覷，方知今晚謝玄不會到雨枰台去。兩人心忖難道是謝安親自出馬，想想又覺得不可能，因爲謝安的身體狀況只宜留在府內休息。

謝鍾秀喜孜孜的瞧謝玄一眼，像在說「算你啦」，神態嬌俏可人。

王淡眞施禮道謝，接著向劉裕和高彥露出甜甜的笑容，像對知交好友般與兩人道別，道：「淡眞走哩！」

這才和謝鍾秀手牽手的朝西院廣場步履輕盈的去了。

一個笑容，加上親切的話別，立即令劉裕和高彥對她完全改觀，感到她並沒有自恃身分，看不起他們兩個寒門荒野之士。她的驕傲，或許是來自少女的害羞和矜持。

劉裕這個只知事業重於一切的人，也不由感到神酥意軟，輕飄飄的如在雲端；高彥更色授魂與，魂魄離位。

謝玄收回落在兩人背影的目光，領兩人朝南園的方向走去，道：「我想請高兄弟幫一個忙。」

高彥忙道：「玄帥不用對我客氣，有甚麼事儘管吩咐下來，只要小子力所能及，必給玄帥辦得妥妥貼貼。」

劉裕心忖單是謝玄玉成高彥見紀千千的夢想，已可令高彥爲謝玄賣命。他對高彥有很深的認識，知這小子雖是嗜財，卻是豪爽慷慨，且很有義氣。

謝玄道：「我要借助的是高兄弟通靈的耳目，密切注意彌勒教在北方的動靜，假若竺法慶膽敢踏入邊荒半步，我們便要不擇手段的置他於死地。否則若讓他成功潛入建康，我們將永無寧日。」

高彥挺胸道：「此事包在我身上，幸好荒劍仍在，否則我絕不敢說這番話。」

謝玄微笑道：「我們之間的確不用說廢話，此事拜託高兄弟啦。」

又向劉裕道：「刺殺竺法慶的任務交由你全權處理，我會在人力物力上支持。此事必須不露聲息，行事前後更不可傳出絲毫風聲，至於如何與你兩位兄弟配合，你們可在赴秦淮樓途中仔細商量。」

劉裕熱血上沖，沉聲道：「小裕絕不負玄帥之託，竺法慶如敢踏足邊荒集，我會教他無法生離。」

高彥終忍不住問道：「玄帥不領我們到雨枰台嗎？」

謝玄微笑道：「一切已由安公親自安排妥當，紀千千特別推掉今晚的約會，招待你們。主客是小彥你，燕飛和小裕只是陪客，好壯你的膽子。」

高彥禁不住一聲歡呼，躍上半空，嚇得劉裕一把抱著他，怕他剛癒的傷腿受不住從空中落下來的衝力。

安玉晴透過面紗，美目凝注燕飛，漫不經意的道：「燕兄可知爲你開壇療傷的向獨是甚麼人嗎？」

燕飛不解道：「這好像並不是個問題。」

安玉晴耐心地解釋道：「我是想讓你明白爲何我會對你生出懼意，你合作點好嗎？」

燕飛灑然笑道：「好吧！我本不認識向獨，只因受太乙教的榮智臨終前託我把一物代他送來建康予向獨，才和這怪人拉上關係。這樣夠合作吧？」

安玉晴皺眉道：「榮智和向獨一向不和，怎會有此安排？」

燕飛道：「此事說來話長，總之是確有其事。」

安玉晴道：「你似乎不願細說其詳，我也沒有興趣查根究柢。可以告訴你的是以煉外丹的本領而言，向獨實爲道門近百年來的鬼才。不過他爲人歹毒邪惡，專做損人利己的事，所以他肯爲你開壇，甚至因你而喪命，令我對你產生疑惑，怕你也是邪道中人，居心叵測。」

燕飛苦笑道：「原來有此誤會，不過我肯定仍未成氣候，姑娘何用害怕我？」

安玉晴一對秀眸銳利起來，語氣卻靜如不波古井，道：「因爲在道門史籍裡，從沒有人能臻至胎息百日的境界；若能如此，肯定已結下金丹，而更奇怪的是你仍未白日飛昇，那你究竟是人還是仙？這個想法，令我生出莫名的恐懼，一種對自己不明白的東西的恐懼。現在終於弄通了！燕飛只是如我般的一個人，不過一些很奇怪的事肯定曾發生在你身上，只是你不願意說出來。」

燕飛待要抗議，安玉晴舉手阻止他說話，接下去道：「我只是實話實說，而非反駁，我也不是在逼你。」

燕飛嘆一口氣，駭然發覺安玉晴已站起來，愕然道：「姑娘要走了嗎？」

安玉晴輕點螓首，竟就那麼飄然去了。害得燕飛呆了好片晌，才記起紀千千和高彥。

燕飛坐在船頭，順手把背上的蝶戀花解下，橫放腿上，兩手按到連鞘的劍上去，一股無法形容的感覺傳遍全身，蝶戀花像忽然活過來般，變成他身體的一部分。他對蝶戀花的控制和了解，就像對自己的手一般。

這是從未有過的感覺，那是任何劍手夢寐以求的滋味。

劉裕和高彥分別坐到他兩旁，學他般面向船頭盤膝而坐，沒有謝安的專船開離碼頭，往秦淮樓駛去。

高彥長吁一口氣道：「不瞞兩位大哥，今晚是我高彥自出生以來最快樂的一晚，因爲妄想終於成爲事實。」

燕飛哂道：「得知你曉得自己在妄想，我感到非常欣慰。」

劉裕失笑道：「燕兄是否太坦白了一點呢？」

高彥傲然道：「古來所有豐功偉業，都是由妄想家創造出來的。試問有甚麼比想做皇帝更屬妄想呢？我的妄想又不是要娶得紀千千爲妻，只是想在她的雨枰台欣賞秦淮的美景麗色，實乃天下所有人都豔羨的風流韻事。現在我們坐的是天下第一名士謝安的座駕舟，去見的是秦淮首席才女，人生至此，夫復何求。兄弟！眼前正是最著名的煙花地秦淮河哩！」

燕飛也替他開心，點頭道：「算你是色迷三分醒，記住即使紀千千對你看不上眼，你也不要哭得像個娘兒般窩囊。」

劉裕訝道：「高彥愛哭的嗎？」

高彥尷尬的道：「不要聽他的。我們現在是否該商量一下如何去幹掉竺法慶呢？」

燕飛駭然道：「你在說甚麼？」

要知「大活彌勒」竺法慶，是北方跺跺腳都可震動大地的人物，威名極盛，其本身魔功蓋世故不在話下，最難纏的是彌勒教的第二號人物尼惠暉與他秤不離砣，要對付他須一併將此女計算在內。何況彌勒教勢力龐大，故竺法慶雖爲勢力廣布天下的佛門死敵，佛門又是高手如雲，多年鬥爭下仍是奈何他不得。現在高彥說要殺死竺法慶，好像他到處泡妞般輕鬆容易。

劉裕把謝玄的指令向燕飛道出，然後總結道：「我會在北府兵中挑選一批高手死士，只要高彥你消息傳到，立即出動，以迅雷不及掩耳之勢，一舉擊殺竺法慶，去此人間禍患。我不怕他人多，只怕他人少，人多便難隱蔽行藏。」

燕飛道：「若以硬碰硬那麼容易收拾竺法慶，竺法慶早死了許多遍了。他的『十住大乘功』不懼敵眾，故多次遇伏陷入重圍，仍能從容脫身，這可是十多年前的事。近十年來已沒有人敢招惹他，誰都曉得他夫婦是睚眥必報的人。」

高彥笑道：「正因他是這種人，玄帥才預估他必爲竺不歸的事南來報復。」

燕飛心忖單是爲了謝道韞，他便難以袖手旁觀。

劉裕點頭道：「燕兄是言之成理，對付竺法慶必須以非常手段，我們可以從長計議。」

高彥歡天喜地道：「商量到此爲止，今晚一別，不知何時才能和劉老兄你碰頭，所以定要盡歡，不醉無歸。」

劉裕待要說話，忽「鏘」的一聲，蝶戀花從劍鞘彈出寸許，發出清越的劍鳴聲。

三人面面相覷，弄不清楚是怎麼一回事。

高彥道：「燕飛你在弄甚麼鬼？」

燕飛臉上驚異的神情仍未退去，沉聲道：「我沒有做過任何事。」

劉裕劇震道：「自古相傳劍可通靈，遇有危險會發聲示警，想不到今晚竟親耳聽到。」

高彥駭然道：「危險在哪裡？」

劉裕掃視河面，最接近他們的船隻離他們至少有十多丈遠，構不成任何威脅。

燕飛忽然握上劍柄，不用他運功行氣，體內眞氣早天然運轉，攀上頂峰，自然而然的跳將起來。

劉裕也掣出厚背刀，猛地起立。

高彥仍不知所措時，「嘩啦」水響，一團黑影從船頭破水而出，飛臨三人頭頂上，兩手伸出，分向燕飛和劉裕頭頂疾抓下來，強大至令人窒息的狂飆勁氣，一座山般壓下來，令人動作困難，渾身疼痛，難受至極點。

高彥首先吃不消，方要站起來，又「咕咚」一聲跌坐回去。

操舟的謝府家將由於事起突然，只能失聲驚呼，卻無法施援。

劉裕大怒道：「盧循！」

厚背刀照盧循左爪劈去，風雷般的刀鋒立即破空聲大作，其反擊之勢不在盧循先聲奪人的突擊之下。

燕飛迎著勁氣，全身衣衫拂揚，他感到劉裕的一刀充滿爆炸性的驚人力量，足以與盧循的魔爪抗衡，而他積蓄至頂峰的一劍，亦已到了不得不發的時刻，假若盧循原式不變，他敢肯定盧循難逃死劫。

他們的蓄勢以待，大出盧循意料之外，就像自己送上門去給兩人試刀練劍似的。他一生大小戰數以百計，實戰經驗極爲豐富，見勢不對，連忙變招。

他亦是了得，在刹那間已感到燕飛一劍有籠天罩地、莫可抗禦的威力，縱使全力還擊，也應付得非常吃力勉強，何況更要分一半心神去對付劉裕。

盧循怪嘯一聲，竟凌空側翻，避過燕飛一劍，雙腳閃電連環踢中厚背刀，然後再一個翻騰，投往左舷旁的河水裡去，消沒不見。

「鏗！鏘！」

刀劍回鞘。劉裕和燕飛相視而笑。

高彥從艙板爬起來，猶有餘悸的道：「何方妖物？如此厲害。」

風帆繼續滑行，船上數名謝府家將人人掣出兵刃，目光搜索河面，怕盧循不知何時又會從河面鑽出來。

劉裕輕鬆的道：「還說如何厲害呢，還不是給我一刀劈回水底去，老子這一刀至少可教他辛苦兩三天，總算收回點舊賬。」

燕飛記起劉裕因被盧循所害，於邊荒集被「龍王」呂光重創，點頭道：「劉兄的刀法果然大有精進，氣勢更是威猛無儔。士別三日，刮目相看，指的該是如劉兄的情況。」

劉裕伸手搭上他的肩頭，嘆道：「坦白說，當初聽到玄帥和安公要你去邊荒集打天下，我心中頗爲不滿。因爲你功力初復，等若叫你去送死。可是現在則覺得玄帥獨具慧眼，你適才一劍，充滿天地造化的氣魄，以盧循之能，亦不敢攖其鋒。假以時日，眞不知你會厲害至何等程度。」

轉向高彥道：「我們現在對著的，大有可能是未來的天下第一高手。」

高彥喜道：「我肯定會發達！」

燕飛哭笑不得的道：「不要那麼誇張好嗎？我還有一段很艱苦的長路要走，希望能活著走到另一端吧！」

高彥不甘人後的在另一邊搭著燕飛，大笑道：「我的私人保鏢大爺，千萬不要低估自己的能力，有誰能像你的蝶戀花般可以通靈示警，我看躺了百天後，你至少變成半個活神仙。」

燕飛心中一動，想起安玉晴害怕自己的原因，是一種對不明白事物的原始恐懼。暗忖自己會否因「丹劫」而成為有別於任何人的異物，否則蝶戀花怎會如此？

幸好自己很清楚燕飛仍是那個燕飛，只是體內眞氣迥然不同。不過以目前而言，則仍是吉凶難料。

劉裕沉吟起來，皺眉道：「眞奇怪。」

高彥訝道：「有甚麼值得你大驚小怪的呢？」

劉裕道：「盧循身穿水靠，顯然早有預謀，在水裡埋伏偷襲。」

高彥點頭道：「對！我的心現在只存得下紀千千，沒你那般清醒。盧循總不能夜以繼日的泡在河水裡，待我們經過，可知他是曉得我們今晚會從謝府到秦淮樓去，謝府內肯定有他的內應。」

劉裕搖頭道：「秦淮樓的人也曉得我們會去，所以仍難作定論。」

燕飛忽然想起紀千千新交的朋友，隱隱感到事情或與他有關。

高彥道：「燕飛你在想甚麼？」

燕飛輕吁一口氣，道：「盧循要刺殺的目標，或許並非我又或劉裕，而是安公。」

劉裕同意道：「若盧循是從秦淮樓方面得到情報，此事便大有可能。照常理紀千千只會對人說是因安公有約，所以推掉原本安排的約會，而不會說是要招呼一個叫高彥的小子。」

高彥倒抽一口涼氣道：「幸好換了是我們，否則盧循確有得手的機會，因爲宋悲風已因受傷而不能隨行。」

風帆駛出彎曲的河道，秦淮樓和淮月樓隔江對峙，矗立前方，數十艘畫舫泊在近岸處，燈火輝煌，笙歌處處。

燕飛目注秦淮樓，淡淡道：「我們或可有一個肯定的答案。」

劉裕皺眉道：「難道直接問紀千千？」

燕飛聳肩道：「有何不可？」

高彥嚇了一跳，抗議道：「我的娘！這麼大煞風景的事，怎可拿來唐突佳人？若她不願回答，難道我們來個嚴刑拷問？天啊！我兩位鐵石心腸、不解溫柔的大爺，今晚我們是去風花雪月，好留下一片美麗的回憶。請看在我高彥分上，安分守己的去談笑喝酒，不要把我的風流情事弄成一團糟啊。」

劉裕和燕飛對望一眼，同聲哄笑。

風帆緩慢下來，往右邊秦淮樓靠泊過去。

第二十二章　名妓本色

在俏婢小詩的領路下，三人從秦淮樓的主樓往雨枰台舉步。

高彥這小子不失風流本色，有一句沒一句的逗小詩說話，小詩表面雖然口角春風地回應高彥，燕飛卻瞧出小詩並不習慣高彥的荒人作風，芳心實是不悅。

劉裕倒沒留心到小詩是否曲意逢迎，一來因他並不太在意紀千千，這不代表他不好絕色，反而是好得要命，不過他一向對得不到的女人絕不會自找煩惱、癡心妄想，他情願揀自己「力所能及」的，貫徹他一向腳踏實地的作風。

二來是他正思忖謝玄交給他的任務，刺殺「大活彌勒」竺法慶的行動。他隱隱感到自己若能完成此項任務，他將立即成為天下佛門的護法英雄，而佛門對南方民眾的影響力是何等驚人？肯定對他劉裕的將來大有助力。正如謝玄所教導的，要成為無敵的統帥，必須自身先成為他們心目中的英雄。謝玄是要栽培他，而他必須憑本領去掌握這個機會。

問題在，唉！我的天，竺法慶是天下有數的高手，更可能是佛門的第一高手，在他手底自己恐怕走不過十招。而他的彌勒教聲勢更如日中天，高手如雲，如在一般正常情況下，即使謝玄親自率軍，盡起北府精銳，恐怕也達不到目的。

但若竺法慶肯踏入邊荒，形勢逆轉下，他劉裕至少有一試的機會。忽然間他明白了，刺殺竺法慶能否成功，全看百日昏迷後醒來的燕飛，他的蝶戀花厲害至何等程度。

燕飛有點爲高彥難過，因爲邊荒文化與京城文化的差異，高門文化和寒門文化的衝突，今晚幾可注定不歡而散，紀千千肯定忍受不了高彥的直接和粗野。可憐自己更要蹚這渾水。

眼前豁然開朗，對岸淮月樓在夜空的襯托下，高起五層，代表著當時最頂峰的木構建築藝術。秦淮河滾流不休的景色，重入眼簾，原來已抵達雨枰台前。

小詩忽然嬌軀微顫，顯是出乎意料之外，叫道：「小姐！你……」

高彥立即全身劇震，雙目放光，朝石階上門旁的女子瞧去，隨即目瞪口呆，徹底被對方的艷色震撼。

劉裕和燕飛也看呆了眼，爲的卻是不同的原因，而非被她的絕世姿容震懾。

前者是情不自禁地拿王淡眞出來與她作比較，赫然發覺自己仍未忘掉他沒有資格攀摘的名門之花。燕飛則是糊塗起來，他們三個算甚麼東西？紀千千肯見他們已屬意外的恩寵，怎還會「紆尊降貴」的到樓下大門親自迎接？難道謝安的面子眞的大至如此？

紀千千半挨在門旁，那種美人兒柔弱不勝的從嬌慵無力中透出來的活力，既矛盾又相反。一身鵝黃色的便服，俏臉沒施半點脂粉，腰束絹帶，盡現她曼妙的體型。傾國傾城之色，也不過如斯。

紀千千目不轉睛的瞧著他們，一絲笑意似是漫不經意的從唇角飄出，接著擴展爲燦爛勝比天上星空的笑容，欣然迎下石階去，向高彥喜孜孜的道：「這位定是高公子，千千若有任何怠慢之處，請勿見怪。」

劉裕終發現異常之處，望向燕飛，交換個眼色，更知燕飛也如他般，正似丈二金剛，摸不著頭腦。但他卻曉得高彥曾多次求見紀千千，遭到拒絕，所以紀千千方有「勿要怪她怠慢」之語。

高彥無法控制自己的嚷出來道：「天啊！千千比我想像的更完美。」

小詩立時聞言色變，再忍不住心中的鄙屑。

燕飛和劉裕亦立即心中叫糟，高彥不但口不擇言，還無禮喚紀千千作「千千」，當足自己是謝安呢。

他們早猜到高彥會觸礁，只沒想過第一句話便出岔子，眼下殘局如何收拾？太貽笑大方哩！

更令人難以相信的事卻在兩人面前鐵錚錚的發生了，紀千千不但沒有動怒，還笑意盈盈的回禮道：「高公子勿要讚壞千千，完美無缺有甚麼好呢？悶也把人悶壞哩！」

小詩由鄙屑高彥的行爲化作對她家小姐的大惑不解，以紀千千的脾性，怎肯容忍高彥如此無禮，不把他逐出雨枰台才怪？

紀千千目光溜到燕飛臉上，含笑道：「是燕公子？對嗎？」

燕飛訝道：「我們還是首次見面，千千小姐怎能認出我是燕飛而非劉裕兄呢？」

紀千千大有深意的瞥他一眼，柔聲道：「千千最敬愛的人，就是乾爹，而公子正是近日乾爹到雨枰台來時談得最多的人，千千怎會不知道你呢？」

燕飛聽得啞口無言，隱隱感到今晚的風流夜宴絕不像表面般簡單，否則紀千千不會如此「熱情如火」，大違她一貫視天下男子如無物的作風，可是想破腦袋也想不到箇中原因。

劉裕嚴陣以待，果然紀千千似若脈脈含情、有高度誘惑力的目光從燕飛移到他身上，伊人甜甜淺笑地輕柔的道：「終於見到在淝水之役立下奇功的大英雄，北府兵中最亮麗的明星。千千今晚何幸！可以在雨枰台款待三位貴客。小詩帶路！三位請！」

四個座席設於雨枰台臨窗的一邊，圍成個小圈子，席與席間相隔不到五步，氣氛親切，顯示美麗的才女並不把他們視作陌生人。

高彥坐在主客的位置，後面是秦淮河，前面是紀千千，只看他神情，便知他正飄然雲端、神魂顚倒。

劉裕和燕飛分居左右，均有點如在夢中的不眞實感覺，不相信紀千千肯如此善待他們。

燕飛瞧著小詩爲几上的酒杯注入美酒，一股濃香撲鼻而來，嘆道：「若我沒有猜錯，此酒色澤微黃，晶瑩通透，屬醬香味的白酒，應是來自海南的極品仙泉酒，此酒非常難求，千千小姐確是神通廣大。」

紀千千歡喜的道：「燕公子眼光高明，此確是仙泉酒，現在酒窖內尚有一罈，其他的都給乾爹餵酒蟲了。」

坐對如此佳人，配上秦淮美景，且置身建康城所有風流客嚮往的聖地雨枰台，劉裕頓時感到輕鬆自在，湧起久未得嘗無憂無慮的醉人感受。聞言笑道：「照我看，燕兄應是鼻子厲害，眼只是作爲輔助。」

高彥目不轉睛的瞧著紀千千，未喝半口已酒不醉人人自醉，竟說不出話來，原本經千思萬慮想好的話均派不上用場。

紀千千舉杯道：「千千先敬三位一杯。」

小詩退到紀千千後方坐下，貼身伺候。

樓？」

燕飛等連忙舉杯，人人均是一飲而盡。

高彥一震道：「眞是好酒，差點比得上第一樓的雪澗香。」

紀千千一對美目立時明亮起來，令她更是嬌艷欲滴，有點自言自語般接口道：「邊荒集的第一樓？」

高彥興奮道：「千千竟曉得第一樓在邊荒集？」

紀千千瞅他一眼，輕輕道：「連第一樓的老闆叫龐義奴家也曉得呢。」接著朝燕飛抿嘴淺笑，眼裡充滿憧憬的柔聲道：「燕公子還每天在第一樓的二樓平台，坐著爲他獨設的胡桌，喝由第一樓免費供應的雪澗香。」

高彥被她美目一拋，立即色授魂與，魂魄不知飛到哪裡去了。燕飛也井底興波，心叫厲害，她任何一個表情和神態，均逗人至極點，確是天生的尤物，難怪艷冠秦淮。

劉裕也看得神魂顛倒，忍不住加入道：「千千小姐是否常喬裝到邊荒集探消息？」

紀千千雙目湧出令人難以理解的熾熱神色，目光投向窗外的星夜，無限溫柔的道：「邊荒集是千千目前最嚮往的神秘地方，幸好幸運正降臨到千千身上，因爲今晚千千會動身到邊荒集去。」

燕飛、高彥和劉裕聽得目瞪口呆，面面相覷。

高彥嚥了一口口水，艱難的道：「今晚？」

紀千千目光回到他臉上，若無其事的肅然道：「當然是今晚，我們大家坐的都是同一條船。」

高彥兩眼一翻，脫口道：「我的娘！」

燕飛心叫糟糕，肅容沉聲道：「安公曉得此事嗎？」

紀千千漫不經心的先向小詩示意上菜，然後輕鬆的答道：「乾爹從不管我，常說肯受人管的便不是紀千千。他知道我會離開建康，但當然不曉得我到邊荒集去，還隨你們一道走。」

劉裕和燕飛開始明白紀千千爲何會對他們另眼相看，因爲她從謝安那裡得悉燕飛和高彥今晚立即動程往邊荒集，故妙想天開的要隨他們去。

高彥則仍在心中喚娘，能見紀千千一面，已是老天開眼，現在更能把紀千千「帶回」邊荒集去，這該算甚麼好呢？

燕飛頹然道：「千千小姐可知我和高彥今趟回邊荒集，是要拿命去拚的。像千千小姐如此風華絕代弱不禁風的美人兒，在邊荒集這個強權武力就是一切的險地，就像投身滿是凶鱷的水潭，千千小姐有沒有考慮這點呢？」

紀千千盈盈淺笑，柔聲道：「你不是邊荒集最出色的保鏢嗎？僱用你須多少錢呢？儘管開價！」

燕飛爲之氣結，指著高彥道：「都是你惹出來的禍！快勸千千小姐打消此意。」

高彥立即出賣燕飛，大喜道：「千千你眞有眼光，我們的燕大俠正是要回邊荒集做最權威的人，有他的保護，邊荒集保證好玩刺激。」

紀千千喜孜孜的道：「事情就這麼定下來啦！我們爲邊荒集喝一杯！」

高彥第一個端起杯子，方發覺尙未注酒，而小詩則到樓下處理上菜的事，可見他是如何神魂顚倒，沖昏頭腦。

紀千千亭亭玉立，提著酒壺，款移蓮步，挾帶著一股青春健康的香風，來到劉裕几前，曲膝坐到小腿上，笑容可掬的爲劉裕斟酒。

遠看固是秀色可餐，近看更不得了，灼人的香澤氣息，晶瑩如注進杯內美酒的嫩膚，天然秀麗、起伏有致的嬌軀輪廓，誰能不為之傾倒。

不過劉裕的定力顯然遠高於高彥，目光由她俏臉巡視到天鵝般優美地伸出襟領的修長玉項之餘，沉聲道：「千千小姐到邊荒集去，究竟有何打算？又或只想去見識一下？」

紀千千神情專注的看著美酒注進杯內，輕吁一口香氣道：「奴家到建康來，已過了兩個年頭，起始時每事都新奇有趣，現在卻已大約猜到明天或後天會發生的事。邊荒集最吸引人家的地方，是誰也猜不到下一刻的情況，每天都在變化中。千千到邊荒集去，正是要親身體會箇中妙況。」

說罷含笑起立，轉去伺候高彥。

燕飛此時再不怪高彥「沉迷美色」，因為紀千千逼人而來的秀氣和風韻，確把美女的魔力發揮得淋漓盡致。苦笑道：「邊荒集再非以前的邊荒集，重建該尚未完成，更是各方勢力覬覦的肥肉；以前若是急淌的流水，現在便是驚濤駭浪的怒海。我和高彥是別無選擇，小姐又何必以身犯險？」

紀千千終來到他几前，姿態優美的坐下，提著酒壺，美目深注的道：「正是在這種無法無天的地方，能活下去才是一種意義，人家早厭倦建康的生活，厭倦高門大族醉生夢死的頹廢。乾爹明天便走了！建康還有甚麼值得千千留戀之處呢？所以想換個環境。我的燕公子啊！千千並非弱質女流，尚有足夠保護自己的能力，只要你好心的在旁扶助一把，千千會是如魚得水，享受到沒有人管束的滋味，不要令千千失望好嗎？」

接著欣然為燕飛斟酒。

燕飛給她說得難以招架，嘆道：「邊荒集已夠亂了！還多了你這位大美人，眞不知會亂成甚麼樣子。」

紀千千一聲歡呼，盈盈而起，轉向高彥和劉裕道：「高公子和劉公子作千千的人證，燕公子已開金口俯允千千的要求哩！」

高彥豎起大拇指，嚷道：「這才是我認識的燕飛，天不怕地不怕。哈！千千我先替你上一課，教你說粗話，否則在邊荒集會很吃虧的。」

看著一臉無奈的燕飛，劉裕啞然失笑道：「高彥我警告你，不要胡來，教壞千千小姐。」

紀千千回到原位，此時小詩領著四名小婢，送上精美的菜餚，擾攘過後，紀千千舉杯敬酒，三人各懷心事的把酒喝了。

紀千千又殷勤地請各人起箸，高彥興奮道：「千千收拾好行裝沒有？」

紀千千笑臉如花，答道：「早收拾好了！只要高公子一聲令下，立即可以成行。人家的行裝不多，主要是衣服、樂器和飾物，大小箱子共三十個。」

劉裕失聲道：「還說不多！」

高彥忙道：「不多！不多！我們要不要請玄帥換一艘大點的船。」

小詩道：「船已在碼頭等候，是艘雙桅大船。」

紀千千喜道：「那還不教人把東西搬上船去？」小詩領命去了。

燕飛見事已成定局，心忖今趟回邊荒集，想不大幹一番也不成了。光是應付徵逐於紀千千裙下的狂蜂浪蝶，像高彥般自命風流的漢胡好漢，便非常頭痛。

不過事已至此，還有甚麼好說的。

輪到高彥向紀千千勸酒，氣氛登時熱鬧起來。

劉裕卻沉吟不語。

燕飛訝道：「劉兄有何心事？」高彥和紀千千停止鬧酒，看他有甚麼話說。

劉裕沉吟片刻，斷然道：「我今晚也隨你們到邊荒集去。」

紀千千喜道：「那就更熱鬧哩！」

高彥哂道：「好小子！」

劉裕沒有理會高彥暗指他是因紀千千而下此決定，道：「玄帥暫時用不著我，而邊荒集是歷練的最佳地方，且爲完成玄帥交託下來的任務，更怕燕兄慣於獨來獨往，難以應付邊荒集複雜的形勢，故經深思之後，我決定與燕兄一道到邊荒集去。」

燕飛心中湧起萬丈豪情，點頭道：「時間差不多了！其他小事，到船上再作商量吧！」

第二十三章　無敵組合

「人所稟軀，體本一無，元精雲布，因氣托初。陰陽爲度，魂魄所居。陽神日魂，陰神月魄；魂之與魄，互爲居室。」

燕飛心中一震，魏伯陽的這個看法，比他的日月麗天大法更跨進幾步，且與己身情況非常吻合。坦白說，他對「馴服」丹劫後的自身情況，是深懷懼意的。那好像是除他「燕飛」外，體內還另有主宰，「他」並非唯一的主人。可是魏伯陽寥寥幾句話，令他想到控制不到的部分仍是他自己，或許只是陽神和陰神之別。如能將陽神、陰神合而爲一，可能會是武林史上的最大突破。

再細看謝安的註釋，以蠅頭小字朱批道：「宜克其氣質之性，而修其形體之命。是以惟命爲吾身之至寶，乃修道之樞紐也。今以丹道言之，性即神也，命即氣也。」

風帆破浪之聲悠悠傳進耳內，燕飛坐在艙房的木板地上，挨著舷壁，在孤燈照耀下捧卷細讀，雖身處窄小的空間內，心神卻擴至與天地宇宙同運，《參同契》內的一字一句，揭開的均是人身的秘密，那種感覺既可令人心生寒意，卻又非常刺激引人。

「乾動而直，氣布精流；坤靜而翕，爲道舍廬。剛施而退，柔化以滋，九還七返，五行之初，上善若水，清而無瑕。」

燕飛心中一震，隱隱掌握到陰神、陽神合璧的法門，盡在這幾句之內。尤其「上善若水，清而無瑕」兩句話。

「篤！篤！」

敲門聲響，未待他答應，高彥已推門進來，低呼道：「燕小子還未睡嗎？咦！有榻子不坐，竟坐到艙板上去，你是否天生賤骨頭。」

看到高彥掩不住的喜色，比對起他遇襲受傷後的失意淒涼，心中湧起暖意。他把《參同契》納入懷裡時，高彥已毫不客氣一屁股坐到他身旁，興奮道：「你想得到嗎？秦淮河的第一才女，就躺在我們隔鄰作海棠春睡，這是多麼了不起的輝煌成就？別人想見她一面而不得，我們卻可攜美回邊荒集去，以後可以朝見夕對。哈！眞爽！」

燕飛把想責怪他惹禍的話吞回肚子內去，不忍掃他的興致，淡淡道：「興奮得睡不著覺嗎？」

高彥傲然道：「我豈是如此道行淺薄之徒，你和劉裕兩個不解溫柔的人上船後便入房，只有我獨力去幫助小詩姊打點搬來的行裝，伺候紀小姐。照我看千千不會對你兩個有甚麼好感，還是我可靠點兒。」

燕飛啞然失笑道：「你怕我和劉裕跟你爭風吃醋嗎？我們是看在一場兄弟分上，讓你獨力去獻殷勤。不過我要警告你，紀千千是因有所求，才曲意逢迎你這荒人小子，若你自作多情，結局不堪設想。」

高彥不滿道：「勿要潑我冷水。不過話說回來，我雖然尚未聽到她名傳天下的曲藝，對她的人品已非常仰慕，架子比醜她百倍的娘兒還要少，完全沒有建康名妓一般的流俗習氣。他娘的！眞奇怪！你或許以爲我說謊，事實上我對她並沒有非分之想，只希望多親近她，爲她辦事。」

接著又稍作猶豫，然後似忍不住地湊到燕飛耳旁道：「我反覺得小詩姊很有騷勁兒，很想親她的嘴，看她會否拿刀子來殺我。」

燕飛沒好氣道：「人家可是正經姑娘，你最好檢點些，不要拿邊荒集那一套用在她身上。」

高彥啐道：「你當我高彥是傻瓜嗎？我最了得的是見人說人話，見鬼說鬼話。剛才我不知多麼謙恭有禮，她小詩姑娘要我去東我便去東，往西便朝西走，大家不知多麼融洽。我想好哩！到邊荒集後，我便包阮二娘的邊城客棧的東廂來安置兩位佳人。若她恃著有祝老大撐腰敢說半句不，你便給我去掃場。記著紀千千也是你的貴賓，今趟你要免費服務。」

燕飛訝道：「阮二娘只看銀兩做人，你肯付錢，她怎會不答應？」

高彥毫無愧色道：「長期居住，阮二娘當然要打個折扣。他奶奶的，阮二娘一向看不起我，今次我攜美而回，哪怕她不對老子刮目相看。」

燕飛心神落到懷裡的《參同契》，心忖若不在返回邊荒集前找出融合陽神、陰神之法，肯定屆時一塌糊塗。道：「夜啦！回房睡吧！否則明天你哪有精神去討好人家主婢呢？」

最後一句話比甚麼話都更見效，高彥立即滾蛋大吉。

天明時分，風帆出秦淮入長江，順流而下，於出海前轉北上邗溝，朝淮水駛去。

駕舟的頭子綽號叫「老手」，是北府兵中數一數二的駕船老手，對江南河道瞭如指掌，十五名手下均是精通操舟與水性的人，知道紀千千肯坐上他們的船，人人皆感光宗耀祖，更是小心賣力。

劉裕和高彥熟睡如泥之時，燕飛已來到甲板，到船尾呼吸幾大口新鮮的河風，整個人的感覺煥然一新。他昨晚沒闔過眼，至少把半本《參同契》連謝安的註釋硬啃下去，就像闢出一個令他思域開闊的新天地，箇中苦樂得失，只有他心中自知。

「我的燕公子！」

燕飛大吃一驚，轉頭瞧著含笑來到他身旁，瀟灑寫意中帶著點放縱味道的紀千千，不禁皺眉道：「甚麼我的燕公子？小姐不怕聽入別人的耳，會生出誤會嗎？」

紀千千深吸一口河風，閉上美目，心神俱醉的道：「眞香！這是從邊荒集吹來的風。噢！颳遍整個邊荒的長風。」

接著睜開眸子，有點懶洋洋的瞧著燕飛道：「別人要怎麼想，我沒有興趣去管，沒有興趣去理會。你不是奴家的護法嗎？千千不說『我的燕公子』，難道喚『你的燕公子』嗎？」

燕飛開始感受到紀千千的「威力」，她是很會玩遊戲的，很懂得享受生活。不像他們過慣刀頭舐血的日子，不懂像她般把平凡不過的事，弄得生趣盎然。她向你撒嬌嗔，是你的福氣。

還有甚麼好說的，燕飛苦笑道：「我又沒有拒絕提供保鏢的服務，爲何要剛起床便來提醒我？」

紀千千「噗哧」一笑，白他一眼，眼中的喜色，即使燕飛也看得有些兒驚心動魄，那種感覺活像打情罵俏，可是一切就是那麼自然而然的水到渠成。

燕飛心中奇怪，自己向來並不容易和人在短時期內熟絡。可是紀千千幾句話，加上一個甜笑或眼神，自己的堤防像冰雪般融掉，與她說話實是人生的樂趣，難怪建康城的名士如此爲她顚倒迷醉。連天下第一名士謝安亦難以身免。

沒有紀千千的秦淮河，再不是以前的秦淮河。

紀千千的聲音在他耳邊呢喃道：「你在想甚麼？」

定？」

燕飛沉吟片刻，勉強找到話說，道：「你到邊荒集的決定，究竟是籌謀已久，還是臨時的決定？」

劉裕此時來到紀千千的另一邊，加入他們的話局。

紀千千顯然心情極佳，笑道：「劉公子昨晚睡得好嗎？」

劉裕苦笑道：「我苦思一晚，根本沒有睡過。」

燕飛忘記了向紀千千提出的問題，訝道：「爲何這般煩惱？」

劉裕雙目射出銳利的神色，隔著紀千千一眨不眨的盯著燕飛道：「因爲我不想到邊荒集是去送死，所以要多花點心神。」

燕飛微笑道：「只看你的眼睛，知你老哥成竹在胸，何不說來聽聽？」

紀千千柔聲道：「千千是否須告退呢？」

劉裕微笑道：「小姐留步，因爲在我的大計中，你也是其中一環，且是最重要的一環。」

紀千千愕然道：「我？」

劉裕不再理會她，朝燕飛道：「今次到邊荒集去，事實上目標頗爲含糊，此是兵家之大忌，所以首先我們要訂立明確的目標，此事至關緊要。」

燕飛點頭道：「劉兄這番話非常有見地，如何可以把目標明確化呢？」

劉裕沉聲道：「我們的目標是要統治邊荒集。」

燕飛失聲道：「你不是說笑吧？邊荒集四分五裂，人人只顧私利，幫會則勢力對峙，荒人一盤散沙，除非殺盡所有人，或把所有人趕跑，否則如何統一邊荒集？」

紀千千聽得瞪大眼睛，精神貫注，顯然大感有趣好玩，卻沒有半絲害怕。

劉裕道：「所以我們必須有最佳的策略，而這更是我毅然決定隨你們去邊荒集的原因。我們這個組合，是天衣無縫的組合，邊荒的第一劍手，邊荒的首席風媒，加上我劉裕的兵法韜略，冠絕秦淮河的絕色美人，若能聯手縱情發揮，肯定是無敵的。」

紀千千喜孜孜的道：「千千也有分兒嗎？」

劉裕終望向紀千千，從容道：「千千小姐當然難以置身事外，除非你現在立即掉頭回建康去。我們的成敗，等若你的成敗。」

紀千千秀眸射出灼熱的艷光，小心翼翼的先瞥燕飛一眼，輕輕道：「奴家可以做甚麼呢？」

劉裕微微一笑，輕描淡寫的道：「在燕飛和我的武力支持下，千千小姐是我們的外交大臣，專責以柔化剛，籠絡整個邊荒集的人，由幫會的龍頭老大，至乎做粗活的荒民，那是我和燕飛肯定做不來的事。」

燕飛心讚劉裕果然不負謝玄的栽培，異想天開下竟給他想出這麼一個計畫來，那是他燕飛從沒想過的。

劉裕目光移向燕飛，欣然道：「要爭取民心，必須讓群眾清楚曉得我們統治邊荒的理想。經苻堅北伐軍的一場大鬧，更增添荒人對南北政權的恐懼和憎厭，此爲人心所向，所以我們若能訂下目標，鎖定要爲群眾爭取的是保持邊荒集自由放縱的特色，不讓任何勢力介入，又或一幫獨霸，最後所有人都會站到我們這邊來，而千千小姐便是我們的代言人。」

紀千千雀躍道：「目標如此遠大，千千當然義不容辭。喚人家作千千好嗎？再不要小姐前小姐後的，令人記起雨枰台的日子，大家是戰友夥伴嘛。不過人家有一件事和你們商量，是千千的一個夢想。」

劉裕差點要抓頭，顯然無從猜測紀千千芳心的夢想，道：「我們在洗耳恭聽。」

紀千千目光異采漣漣，投往晴朗的藍天，鎖定一朵冉冉飄飛、自由自在的白雲，神馳意往的道：「千千要改變邊荒集的風氣，把那裡所有妓院變成只出賣技藝不出賣靈魂肉體的地方。」

劉裕和燕飛聽得面面相覷，她的夢想等若要嗜吃肉食的荒民，全體改行吃齋茹素，是根本不可能的事。

燕飛進一步了解紀千千，她的確是與眾不同的女子，難怪受不了建康人人沉溺酒色的生活方式。

劉裕見燕飛沒有絲毫援手之意，只好自行應付，眉頭大皺的道：「照我的體會，邊荒集的青樓一向貫徹賣身卻沒藝可賣的宗旨作風，千千的夢想怕難以實現。」

紀千千笑意盈盈的審視兩人，興奮的道：「我可比你們更明白她們，可以選擇的話，她們爲何要出賣身體呢？我便是到邊荒集去向她們提供選擇。」

燕飛哈哈笑道：「若千千眞的夢想成眞，高彥第一個要找你拚命。」

「甚麼？甚麼？燕小子你是否在說我的壞話，我怎會找千千拚命？」

三人愕然瞧去，高彥正氣沖沖跨出艙門，朝他們走來。

紀千千欣然道：「千千第一個要改變的人，便是高公子。」

高彥一頭霧水的來到三人前，搔頭道：「我不夠好嗎？千千爲何要改變我？」

劉裕忍著笑道：「千千要改變的是你到青樓買身不買藝的陋習。」

高彥顯然還不明白，一呆道：「這有甚麼問題？」

燕飛心中充盈輕鬆愉悅的感覺，紀千千的加入，把「統治」邊荒集的危險任命化爲浪漫有趣的情事。他一生最厭倦的是鬥爭仇殺，然而自身卻不能倖免其外，劉裕的策略固是妙想天開，紀千千的目標更是匪夷所思，把凶險無比的事大幅淡化，頗有狂想愛鬧的味兒。

紀千千認眞的道：「世上沒有不可能的事。既然得到你們支持，千千又頗有積蓄，我便先在邊荒集開設最大的青樓，樓內姑娘只賣藝不賣身，若能同樣賺錢，豈不是正提供她們另一個選擇嗎？」

高彥終於明白過來，失聲道：「這樣的青樓，在邊荒集不用三天便要關門大吉。」

紀千千不悅道：「高公子怎會是這種人呢？」

高彥忙陪笑道：「我當然不是這種人，千千開青樓，我天天去光顧。」

劉裕嘆道：「可惜邊荒集只有兩種人，一種光顧青樓，一種過門而不入。而光顧青樓的人中，只有高彥一個人肯改邪歸正。其他仍只是對青樓姑娘的身體感興趣，肯一擲千金。」

燕飛笑道：「我卻對千千的提議感到新奇有趣，橫豎我們要大幹一場，把邊荒集翻轉過來，不計成敗，何不在這方面看千千的手段，有很多事情的發展都是出乎人意料之外的。」

紀千千大喜道：「終於有燕公子支持人家哩！」

劉裕啞然笑道：「燕飛說得對。每一個人都有他的理想，只要曾盡過力，便對得起自己，我也同意千千的做法。」

高彥又糊塗起來，道：「你們在聊甚麼？爲何會說及這方面的事？」

紀千千踏前一步，移到艙板邊緣，望向長河盡處，輕輕吁出一口氣道：「千千活了十九個年頭，首次感覺到生命可以如此有意義和充滿生趣。這艘帆船載著我們深入邊荒，向邊荒最神秘和危險的城集出發，而我們的目標卻是要改變邊荒集，令它成爲中土最自由和公義的地方。伴隨千千的有北府兵中冒起最快的英雄，邊荒集最有名氣的風媒，更有邊荒集最出色的劍手，想想都教人神馳意往。」

高彥愕然道：「自由和公義？這似乎從未在邊荒發生過。」

紀千千別轉嬌軀，面向三人，秀臉透出神聖的光輝，秀眸卻充滿野性放任的灼人熾熱，柔聲道：

「我們是要征服邊荒集，而不是讓它征服我們。」

第二十四章　陰神陽神

燕飛一覺醒來，體內眞氣渾渾融融，天然運轉，意暢神舒，腦海中仍轉動著《參同契》中的法訣。

昨天他整日躲在房內，捧笈細讀，愈看愈有味道，不忍釋卷，午晚二膳，均由高彥捧進房來。其中「內以養己，安靜虛無，原本隱明，內照形軀。閉塞其兌，築固靈株，三光陸沉，溫養子珠，視之不見，近而易求」一段，格外啓他深思，令他愈覺得智珠在握，成功在望。

最精采之處是每看得入神時，體內異氣即自然反應，竟似自己已懂得隨法練功般，在經脈內澎湃蠢動。而令他更驚喜莫名的是異氣行走的線路，正與以往所練日月麗天大法相反。

若以前的是後天的「順法」，現在便該是先天的「逆法」，所以只要他能把日月麗天大法逆轉過來，改掉一向的習慣，他將可把來自丹劫的異氣據爲己有，使他樂而忘返，以「安靜虛無」的心法「築固靈株」。

敲門聲響，進來的是劉裕。

燕飛從榻上坐起來，看著劉裕坐到身旁。

劉裕驚異地細察他的容色，訝道：「這兩天每次見到你，你都好像有點不同，但我偏又說不出你有甚麼不同的地方。」

燕飛道：「是好的變化還是壞的變化？」

劉裕道：「當然是好的。你有時無意的一眼望來，我竟會生出被你看個通透的感覺。你的神氣比以前更內斂收藏，表面看仍似不懂武功的模樣，只有從你的眼神，方偶然瞧出玄機。感覺上很古怪。」

燕飛道：「全拜安公義贈《參同契》，使我逐漸掌握體內本無法操控的奇異眞氣。希望抵邊荒集後，我能如臂使指的動用體內眞氣，否則將糟糕透頂。」

劉裕欣然笑道：「邊荒第一劍手能重振聲威，實可喜可賀。燕兄有沒有想過自己已成爲邊荒集的象徵，只要你能保住邊荒第一高手的寶座，所有荒人都會感到是一種令人舒服心安的延續，淝水之戰前的好日子去而復返。」

燕飛忍不住仔細看他，道：「愈與你相處，愈發覺玄帥沒有看錯你。你老哥很懂得掌握群眾心中的渴望，這是很多爲政者所忽略的，他們總愛把自己的主觀意願，強加於民眾身上。」

劉裕舒一口氣道：「這和我的低下出身極有關係，順民者昌，逆民者亡，這是簡單又顚撲不破的千古至理。所以我們能多掌握一分荒民追求自由的心態，便多一分成功的希望。我們要讓所有人知道，我們是爲他們而回來的。而我們的目標理想，是要維護他們的自由，讓他們在公平的情況下賺錢，不會由任何一方勢力壟斷邊荒集的利益。」

燕飛微笑道：「你這番話比任何人說來更聽得入耳，因爲我本身正是這麼一個人，厭倦強權。而你更把原本盡是暴力流血的事，化爲充滿生趣的樂事。」

劉裕道：「邊荒集是個蠻荒世界，人人桀驁不馴，應付如此局面，必須一手拿刀，另一手執著利益，剛柔並濟，方有成事的希望。」

燕飛道：「你的策略非常正確，紀千千更是妙著，只要想想由她去和敵人談判，便覺非常有趣。」

劉裕點頭道：「她是個非常特別的女子，教人心曠神馳且難起歪念。昨天早上她與我們說話後，便回房閉門不出，累得高彥整天在她房外團團轉，每當小詩出來時，便纏著她不放。」

燕飛皺眉道：「小詩如何反應？」

劉裕道：「當然是不勝其煩。」

燕飛苦笑道：「這小子追女兒家的方法眞的是第九流，我要點醒他才成。」

劉裕訝道：「他的目標竟不是紀千千而是小詩嗎？」又點頭道：「小詩也非常動人。」

接著道：「現在紀家小姐終肯踏出閨房，到艙廳用早膳，並邀請燕爺你加入。」

燕飛目光投往窗外，道：「這裡是甚麼地方？」

劉裕道：「我們正在潁水逆河北上，明早該可抵達邊荒集。」

燕飛離榻而起，道：「一覺醒來便可以見到紀千千，這可是建康城所有公子哥兒夢寐以求的福分。」

劉裕和燕飛步入艙廳，高彥正口沫橫飛的向紀千千主婢講述他在邊荒集的發跡史，如何從一個一無所有的流浪兒，變成當地最賺錢的風媒。又如何買賣古籍古玩補貼當風媒的經費。

紀千千固是興致盎然，小詩也聽得入神。艙廳設於艙房的上層，等若兩個艙房的大小，中間放了張高腳桌，團團圍著八張高腳椅，空間便所餘無幾。

紀千千今天的服飾教人眼前一亮，不是因她華衣麗服，而是隨便寫意，穿的是純白的窄袖衣，披素黃色羅襦，下穿墨綠色摺褲，秀髮自由地滑垂兩肩，襯托起她白如羊脂的膚色，恐怕面壁多年的高僧，驟見下亦忍不住心動。

她顯然少有坐高腳椅，半挨著椅背，一隻腳卻提起來踏在椅座邊緣，那種慵懶放浪的風姿，非常吸引人。

劉裕因燕飛之言，特別留意小詩，她穿的是少見的兩襠衣，紅絹的表絹裡，內夾絲絮，以素絹鑲邊，講究而別致；下穿紫碧紗紋裙，頭紮流蘇髻，秀麗端莊，果是美人胚子，難怪高彥對她產生愛慕之意。

紀千千見兩人進來，笑臉如花地嬌笑道：「兩位大英雄來哩！」

小詩忙起立招呼兩人入座，又爲他們奉上香茗。

燕飛和劉裕在高彥左右坐下，前者笑道：「高英雄請稍歇一會兒，否則若連你的荒人史也盡抖出來，以後怕再沒有話題了。」

劉裕也捉弄他道：「荒人不是沒有過去的嗎？高老哥的過去卻輝煌得很。」

高彥尷尬道：「千千和小詩姊垂詢，小弟只有知無不言，言無不盡。嘿！讓千千多了解點邊荒集，對我們有利無害呀。」

小詩坐回位子裡，扁扁小嘴含笑道：「人家可沒有垂詢你。」

燕飛和劉裕心中大快，因看出兩件端倪，首先是小詩對高彥好感增加，否則不會和他開玩笑。其次是小詩與紀千千該是情如姊妹，故說話沒有顧忌，由此亦可看出紀千千的作風。

高彥應付起小詩當然比對紀千千瀟灑自如得多，嘻皮笑臉的道：「可是小詩姊的眼睛告訴我，小詩姊很想聽哩！」

小詩登時粉臉通紅，狠狠瞥高彥一眼，垂首不再理他，少女動人的神態，教高彥看得眼都呆了。

紀千千看看小詩，又瞧瞧高彥，嬌笑道：「千千今天很開心，且從未這般開心，大家至少不用一本正經的說話。南人一向看不起荒人，指他們狂暴粗野，可是聽高公子描述的邊荒集，大家明刀明槍，眞情眞性，是多麼痛快，怎都勝過笑裡藏刀，爾虞我詐，明明是大壞蛋卻扮作君子。」

接著抿嘴淺笑，柔聲道：「千千是眞心視你們作英雄的。從昨天早上的一番話，千千看出你們是敢作敢當、能辦大事的人。至於建康城的所謂望族名門，除乾爹外，都是愛空口說白話，說是說得很漂亮，可是全屬空談，從來沒有實質的內涵，當然更不會付諸行動。」

燕飛給她勾起心事，乘機道：「聽說千千近日交得知心朋友，難道他也不例外嗎？」

小詩嬌軀微顫，紀千千則臉色一黯，雙目射出複雜難明的神色，目光投往窗外，淡淡道：「是了！人家尚未回答你昨天早上的問題。」

燕飛爲之愕然，一時想不通紀千千爲何扯回此事來。高彥好奇道：「甚麼問題？」

紀千千像在說及與己無關的事，漫不經心的道：「燕公子昨天問我，到邊荒集闖蕩的決定，究竟是經過深思熟慮？還是倉卒而來？」

又望向燕飛道：「你仍想知道嗎？」

燕飛心中生出憐意，隱隱猜到她離開建康，是與那新交朋友有關係，且屬傷情之事。遂道：「我只是隨意問問，千千大可不答。」

劉裕卻看得心中一動，愁思百結的紀千千，雙目蒙上一片淒迷神色，彷彿迷失在感情的漩渦中，是另一番動人的韻味。他本身是個很有節制的人，對人並不輕易動感情，男女均如是。可是在這一刻，他卻感到紀千千舉手投足，乃至每一個表情，每一個眼神，都可觸動他的心神。

紀千千露出一絲苦澀的笑容，溫柔的道：「千千所以留在建康，是因爲乾爹，現在離開，亦是爲了乾爹。沒有乾爹的建康城，再沒有値得千千留戀之處，所以知道乾爹將要離城，千千便一直思量該到哪裡去？最自然不過的，當然是隨乾爹一道離開，直至聽到燕飛你這個人。」

燕飛雖感自豪，卻絕不會想到男女間微妙吸引的方面去，曉得紀千千只是對無法無天的邊荒集生出興趣，而非鍾情於某人某物。

紀千千道：「從那一刻開始，千千便想盡辦法打聽有關燕飛和邊荒集，一直留心發生在燕飛你身上的異事奇聞，終於機會來了，千千再控制不了心中對邊荒集的渴望。不過到邊荒集的決定，卻是在見到三位的一刻下的，清楚明白你們確實如乾爹所說，是非常之人。」

高彥驚喜道：「安公竟有提及我嗎？」

紀千千白他一眼，道：「怎會漏掉你呢？你是個這麼善良熱心的好人。」

燕飛看到高彥陶醉的樣子，首次沒有後悔玉成高彥與紀千千碰頭的壯舉，不過紀千千仍沒有說及她的新交好友。

劉裕忽然道：「我想試試千千的劍法。」

紀千千傷感的神色一掃而空，盈盈起立，欣然道：「讓千千回房換上武裝，再在船板上恭候將軍指教。」

說罷與小詩歡天喜地的去了，高彥一手拿饅頭，一仆一跌追在她主僕身後。

第二十五章　統一之夢

「天道甚浩廣，太玄無形容，虛空不可睹，匡郭以消亡。易謂坎離者，乾坤能二用。二用無爻位，周流行六虛……窮神以知化。」

燕飛閉上眼睛，心頭一陣激動。

他終於在武學上作出突破，若說他以前的日月麗天大法是「後天有爲之法」，現在他的日月麗天便是「先天無爲之法」，更是「自然之法」。

他現在體內「歷劫」而來的眞氣，因其先天的性質，便如天道太玄的浩廣和無法形容，若虛空之不可睹，周流六虛，沒有定位。任何有爲的功法，均會惹來橫禍，因拂逆其先天之性。而關鍵處在於「窮神以知化」，只要陰神、陽神合一，一切便水到渠成，得心應手。以往的工夫並沒有白費，便如激戰慘敗後，重整軍容，添注新力軍，再次出征。

目標便是邊荒集，每一個想殺他燕飛的人，都會到邊荒集來。

他心中湧起對謝玄的感激，若不是他將自己擺放於步步驚心的位置，他絕不會如此勤力，捧著《參同契》苦學不休。

「篤！篤！」

燕飛笑道：「劉兄請進！」

劉裕推門而入，關上艙門後到他身旁坐下，訝道：「我故意放輕腳步，又改變平時步行的方式習慣，爲何你竟仍能認出是我來呢？」

燕飛收好寶笈，微笑道：「劉兄試過紀美人的劍法，便來測探我的情況，對嗎？」

劉裕坦然道：「小弟確有此意，邊荒集的一仗並不易打，只能智取。利用邊荒集各方勢力間的矛盾，名副其實是有點混水摸魚，所以先要知己，曉得自己有甚麼本錢。」

燕飛欣然道：「劉兄果然是明白人。邊荒集現在變成天下群豪必爭之地，必定高手雲集，任我們如何自命不凡，總不能夜以繼日應付來自各方的攻擊，更不希望爲邊荒集帶來腥風血雨，大煞紀美人胸懷的興致。」

劉裕默然下去，壓低聲音道：「燕兄可知我比你們任何一個人更想打贏這場仗，那會成爲我軍事生涯上的轉捩點，可以令我一夜間成爲天下景仰的英雄。」

燕飛凝視劉裕，平靜的道：「原來劉兄的目標是要統一天下。」

劉裕露出個盡顯他膽大包天的個性的燦爛笑容，點頭道：「我眞的當你是我的知己，唯一的知己，所以不想對你隱瞞。我想成爲一個成功的『祖逖』，這也是玄帥對我的期盼，由我去延續他未了的『統一之夢』。」

燕飛淡淡道：「我會做你一個聽命的小卒，助你統治邊荒集，就當是報答安公的知遇之情，更希望烏衣巷內的謝家大宅能永保詩酒風流的生活方式。」

劉裕伸手重重捏他肩頭一記以示感激，漫不經意的問道：「若燕兄遇上任遙，有多少能取勝的把握？」

燕飛終於露出笑容，柔聲道：「他必死無疑！」

劉裕目不轉睛地打量他，欣慰的道：「燕兄終回復劍手的自信，可喜可賀。且燕兄比任何人更清楚任遙的深淺，所以絕非空口白話。那我們至少有一半殺死竺法慶的成功機會。」

接著朝窗外瞧去，雙目湧出熱烈的神色，平靜的道：「當那一天來臨，就是我離開邊荒集的吉日良辰。」

燕飛沉吟道：「劉兄今次到邊荒集來，事先並沒有得玄帥點頭，不怕玄帥不高興嗎？」

劉裕微笑應道：「玄帥選上我，不是因爲我聽話，而是因爲我的不聽話。何況玄帥清楚曉得我劉裕是哪種人，絕不會忘恩負義。眼前所行的是唯一能誅除竺法慶的辦法，否則被他反噬一口，我們肯定吃不完兜著走。」

忽然房門敞開，高彥一臉堅決神色的走進來，毫不客氣坐到燕飛的臥榻去，斷然道：「我決定以後不到那些要姑娘賣身的青樓去。」

燕飛和劉裕先是聽得面面相覷，接著爆起哄堂笑聲。

劉裕喘著氣笑道：「你這小子，給紀千千迷得有如著鬼迷似的。唉！你娘的！不要把話說滿，以免作繭自縛，苦不堪言。」

一身武士服，將她曼妙的曲線表露無遺的紀千千，芳蹤乍現立在艙門口，不悅道：「高公子肯覺今是而昨非，誠可喜可賀，你們怎還可以取笑他呢？」

劉裕狠盯燕飛一眼，怪他沒提醒自己紀千千躡足高彥身後，尷尬笑道：「千千所言甚是，今晚就擺一桌慶功宴，慶祝高彥改邪歸正大功告成。」

燕飛輕鬆地提著僅剩的一罈仙泉酒，神態優閒的登上船篷板，朝船尾走去。

紀千千和小詩正在艙板上欣賞邊荒神秘壯麗的自然景色，見他出現，目光都落到他的酒罈上。現在離黃昏尚有整個時辰，該不是喝酒的好時候。

燕飛停在兩女身前，灑然道：「不知是否因愈來愈接近邊荒集，以前的燕飛又回來了！而且想試試，醉了後，我的武功會否變得更厲害。」

紀千千橫他一眼道：「哪有這個道理？愈醉打得愈出色？只是你燕飛一廂情願的藉口吧！」

燕飛心叫古怪，爲何兩天工夫，紀千千已像認識他多年的樣子，善解人意得教人吃驚。劉裕今次肯定選對人，紀千千的外交手腕，肯定是天下有數的。在正式國與國的交往中，從來沒有女性的分兒，今趟或許是破天荒的壯舉，幸而邊荒集也是獨一無二的地方。

紀千千忽然垂下螓首，輕輕道：「你在想甚麼呢？是否怪人家今早不肯直接回答你的問題，一向不關心任何事的燕飛，因何特爲此事著意呢？」

燕飛倒沒想過她會朝這方向想，道：「我確是著意此事，因爲我心有疑惑，怕千千的新交好友，是我認識的一個人。」

紀千千微一錯愕，使個藉口支開小詩，親熱的拉著燕飛衣袖，接著驀然轉身，像不願理會燕飛似的逕自朝船尾走去。

燕飛提酒跟隨，心神震盪。他已在紀千千別轉嬌軀前捕捉到紀千千肝腸寸斷的傷感神情，當然不會誤會是因他而起，而是紀千千正思念她選擇離開的新交好友。燕飛一時糊塗起來，她既對此人情根深種，爲何要不告而別呢？

河風吹來，紀千千衣髮飄揚，狀如凌波仙子，美得令人呼吸頓止。她秀長的玉頸，不盈一握的小蠻腰，是那麼需人愛憐呵護。可是燕飛更清楚她表面的纖纖弱質，只是一種假象，這美女是敢於改變命運和面對挑戰的鬥士。

燕飛打開酒罈，就那麼「咕嘟！咕嘟」的連喝三大口，封好罈蓋隨手放在艙板上，背倚船欄，與這位俏佳人面對不同方向。

紀千千的聲音有若從無限遠處傳回來般道：「你以爲他是誰呢？」

燕飛問道：「他是否用劍的？」

紀千千答道：「我從未見過他佩帶任何利器，永遠是那麼溫文爾雅，但我卻知他是深不可測的高手。」

燕飛道：「他的衣著是否講究得異乎尋常，高度與我相若，好看得帶點難以形容的詭異？」

紀千千一呆道：「你究竟認爲他是誰呢？」

燕飛目光迎上紀千千，沉聲道：「我怕他是逍遙教的教主『逍遙帝君』任遙，他剛好在淝水之戰後到建康來。」

紀千千舒了一口氣，道：「他不像是任遙那種人，衣著恰到好處，有一股從骨子透出來的名士風采，但又如燕飛你般帶著曾浪跡天涯的浪子味道。」

燕飛點頭道：「果然不太像任遙，他已在你心中留下非常深刻的印象。人生知己難求，千千因何說走便走，對他連道別也省掉？」

紀千千以微僅耳聞的聲音道：「因爲我怕自己向他投降，最後走不了。」

以燕飛的心如止水，亦忍不住泛起少許妒念，旋又壓下情緒的波動，訝道：「千千打算永不嫁人嗎？否則爲何害怕對人傾心動情呢？」

紀千千直勾勾瞧著不斷彎曲變化的河道，視如不見的輕輕道：「我一直不敢讓乾爹見他，你知道是甚麼原因嗎？」

燕飛摸不著頭腦道：「能令千千動心的男子，自該可入安公之眼，我不明白。」

紀千千露出一絲苦澀的笑容，緩緩道：「他報稱是河北望族崔家的後人，表面看人品才情亦果眞相似，不露一絲破綻。可是他卻太低估我紀千千的人面關係，輕易查出他的身分是虛構的。不過明知他是有事情瞞騙我，千千仍不忍揭破他，只好選擇離開他。」

燕飛愕然道：「原來你只是在試探他，看他是否會不顧一切的追來。」

紀千千往他望來，秀眸采光閃爍，沉聲道：「他是否追來並不重要，我只是要傷害他，因爲他傷害了我。」

燕飛酒意上湧，整個人輕鬆起來。鼓風而行的風帆，兩岸層出不窮的美景，一切變得那麼夢境般的不眞實，眼前美女又是如此秀色可餐，只可惜她的心並不在這裡。平靜的道：「這些事千千大可不用說出來，爲何要告訴我呢？」

紀千千抿嘴淺笑道：「我本不打算告訴任何人，只是想不到邊荒之行變得如此刺激好玩，若不讓你們曉得有這樣的一個人，怕將來會出岔子。」

燕飛皺眉道：「千千是否有點害怕他，至少怕他壞了我們的事呢？」

紀千千輕吁一口氣，道：「高彥告訴我，你們那晚來雨枰台的途中，曾被天師道的『妖道』盧循偷襲，而他是我和小詩外唯一曉得約會的人，我告訴他因乾爹要來見我，不得不推掉與他的約會。偷襲的事雖不能確定是否與他有關，卻在我心中敲響了警號。」

燕飛湧起節外生枝的感覺，沉聲道：「苦在我沒法形容他的相貌體型，不過若讓我聽到他的聲音，說不定我可以告訴你他是誰。」

紀千千雙目射出顫懍的神色，有點喃喃自語的道：「但願他不要追到邊荒集來，而我亦永遠不知道他的身分。」

燕飛心中一震，明白紀千千對那人已是泥足深陷，所以明知他有問題，仍不願揭破的與他交往，享受與他相對的樂趣。她查問他的底細，不是因對他懷疑，而是像對邊荒集般，希望多知道一點。

燕飛進入艙廳，只有劉裕一人對桌獨坐，閉目沉思，到燕飛把美酒放在桌上，方張開眼睛，笑道：「燕兄捧著我們最後一罈仙泉美酒，在船上走來走去，確是不折不扣的酒鬼本色。」

燕飛道：「要不要先喝兩杯？」

劉裕搖頭道：「我不習慣空肚喝酒，待會慶功宴也只可淺嚐即止，愈接近邊荒集，我愈須保持頭腦清醒。」

燕飛笑道：「如此也不勉強。我們或會多添一項煩惱，令千千鍾情的幸運兒，大有可能是天師道的『妖帥』徐道覆。」

劉裕一震道：「如此千千豈非錯種情根？據傳聞此人手底下非常硬朗，不在盧循之下，只是他行蹤飄忽神秘，我們直到今天，對他的高矮肥瘦仍一概不知。他和盧循是孫恩的左右手，你猜是他，也合情合理。」

燕飛道：「我並不是單憑盧循而猜測他是徐道覆，而是因榮智之事躲在水裡聽他和盧循說話，知道他以獵取女性芳心爲樂。」

接著把紀千千所說的情況一絲不漏告訴劉裕。

劉裕讚賞道：「你老哥永遠是我最好的戰友，讓我清楚千千的問題。此事可大可小，極可能是天師道針對安公最卑劣的行動。」

燕飛同意道：「若千千被此獠奪得芳心，又再無情拋棄，對千千的打擊和傷害固是令人不堪想像，對安公亦同樣非常嚴重！天師道此著的確令人齒冷。」

劉裕沉吟道：「照你看，千千是否已到了難以自拔的境況？」

燕飛苦笑道：「很難說，不過她肯斷然離開建康，正代表她並非全無抵抗徐道覆之力。」

劉裕雙目殺機大盛，道：「如他敢追到邊荒集來，又給你聽出他是徐道覆，我們便先下手爲強，不擇手段的幹掉他，以免平添變數，被他破壞我們無敵的組合。」

燕飛道：「還有一事須與你商量，我們究竟該大鑼大鼓的回邊荒集，還是偷偷的潛回去？」

劉裕道：「我剛才正在思索這問題，終想出可行之計，是雙管齊下。明天我們先在邊荒集附近放下高彥，由他先潛回邊荒集打聽消息。我們則待至午後時分，方公然在碼頭泊舟登岸，與高彥會合時，便可立即掌握邊荒集的形勢。」

燕飛點頭道：「確爲可行之法，就這麼辦。你老哥又以甚麼身分到邊荒集呢？」

劉裕笑道：「大丈夫行不改名，坐不改姓，尤其我要以劉裕之名打響名堂，還怕別人不曉得我叫劉裕呢。至於我是北府兵副將的身分，既不承認也不否認，教人莫測高深，可收意想不到的效果。」

燕飛道：「荒人對與官府有關係的人，會非常顧忌。幸好你曾多次進入邊荒集，他們早視你爲荒人，所以問題不大。因逃避兵役而躲到邊荒集者大有人在，他們會視你爲同路人。」

劉裕欣然道：「正如千千所言，我們是要征服邊荒集，而不是讓邊荒集征服我們，很多事只能隨機應變。」

此時高彥氣沖沖的走進來，一臉憤然的在兩人對面坐下瞪著燕飛道：「是否你開罪了千千？」

燕飛摸不著頭腦的道：「你在胡說甚麼？」

高彥氣鼓鼓的道：「如果不是你開罪千千，她怎會在船尾和你說話後，便躲回艙房去，連小詩敲門也不肯開門，還說不參加今晚慶祝我改邪歸正的船上晚宴。」

燕飛和劉裕聽得你看我我看你，醒悟紀千千對那可能是徐道覆者用情之深，超乎他們猜想之外。

劉裕問道：「她有沒有哭？」

高彥怒道：「她閉門不出，我怎知道？」

劉裕捧頭嚷道：「我快要頭痛欲裂呢，這類男女感情的事，我自認愚魯，想不出解決的辦法。」

高彥劇震一下，望著燕飛，顫聲道：「千千竟看上了你？」

燕飛苦笑道：「若眞是如此，頭痛的該不是劉裕而是我。在即將來臨的艱苦日子裡，我哪來閒心談情說愛？」

高彥道：「究竟是怎麼一回事？」

燕飛長身而起，拍拍劉裕肩頭，淡淡道：「由你向這小子解釋，更須你當頭棒喝弄醒這小子，若讓他像現在般糊塗下去，我們回邊荒集便與送死沒有分別。」

接著提起酒罈，嘆道：「今晚的慶功宴是開不成了！高彥也不用改邪歸正那麼痛苦，還是繼續他去嫖我去喝酒的好日子吧！」

說罷出艙去也。

第二十六章　邊荒驚變

在黎明前的暗黑裡，風帆駛進潁水一道支流，緩緩靠岸。

劉裕、燕飛和高彥三人立在船板上，以高彥的速度由此往邊荒集只須兩刻鐘的時間，可肯定他在天明前回抵邊荒集。

劉裕沉聲道：「在我們到達邊荒集前，你千萬不要張揚，若情況不對，可先逃離邊荒集，然後再回來。」

高彥深吸一口氣，點頭不語。

燕飛道：「你不是又爲千千而不開心吧？」

高彥苦笑道：「不開心又如何？我才沒那麼傻。不瞞兩位，我現在忽然感到害怕，有點心驚肉跳的，不是怕誰，而是怕邊荒集再不是我熟悉的人間樂園。」

燕飛道：「算我怪錯你吧！你最好第一個找的是龐義，告訴他我有禮物送給他。」

劉裕微笑道：「我敢十成十的肯定邊荒集已變成天下間最可怕的凶地，而我們的任務，就是把它改變成爲樂土。去吧！」

高彥道：「邊荒集見！」雙足一彈，躍離艙板，投進岸旁密林去，消沒不見。

劉裕見燕飛露出全神貫注的神色，訝道：「你在想甚麼？想得那麼入神。」

燕飛瞥他一眼，淡淡道：「我的耳朵正在追蹤高小子的足音，現在他已到達半里之外。」

劉裕雙目立即放光，大喜道：「你的武功似乎仍在不斷進步。」

燕飛皺眉道：「眞奇怪！高彥的身手似乎亦大有長進。」

劉裕欣然道：「你是否爲他療傷時意外地爲他打通一些奇經奇脈？」

燕飛微笑道：「這個很難說。」

劉裕搭上他肩頭，回艙去也。他們將在這裡留至正午，然後才往邊荒集去。

小詩現身艙門處，輕輕道：「高公子走啦！對嗎？」

劉裕見她神態可人，忍不住逗她道：「小詩姑娘是否有點擔心呢？」

紀千千在小詩身後出現，嫣然一笑道：「不是有點擔心，而是擔心得要命！邊荒是個令人不寒而慄的地方，幾天的水程中，沒見過半絲人煙，田園荒蕪、村落變成焦土，彷如鬼域。不過正因如此，令千千感到能活著目擊這一切已是最大的福分。」

劉裕和燕飛愕然以對，紀千千恢復得眞快，還隱隱表達了歉意。表示自己會懂得珍惜眼前的一切，不會再爲兒女私情誤了正事。

紀千千美目一掃，嬌媚橫生的道：「邊荒集已在伸手可觸的近處，三個時辰後我們便會朝邊荒集出發。我再不用到夢裡去尋它，它會是怎麼樣的地方呢？」

邊荒集出現前方遠處，東門坍塌了一半的城樓，像個寧死不肯屈服的戰士，默默孤零的俯視流過的潁水，因爲它是唯一尚未坍塌的城樓，所以成爲了東門的象徵。見到它風采依然，燕飛和劉裕均感欣慰。

紀千千立在船首，秀眸閃著亮光，小女孩般嚷道：「我見到碼頭啦！」

劉裕見站在紀千千旁花容慘淡的小詩，關心地問道：「小詩姑娘是否害怕？」

小詩不好意思的垂下頭去，微一頷首。

劉裕微笑道：「邊荒集只有一條規矩，就是看誰的刀快。而在你面前的燕飛，正是邊荒集的第一高手，以前如是，現在如是，將來也不會有改變，所以小詩姑娘便當去看熱鬧好了。」

燕飛沒有否認，也沒有承認。

紀千千「噗哧」笑道：「那萬一燕飛做不成邊荒集第一高手，我們豈非都要完蛋？劉公子的安慰話根本沒有效用。我是因未來的茫不可測而歡欣，小詩則是對未知的事生出恐懼呢。」

她並沒有回頭，目光貫注在愈來愈接近的邊荒集，彷彿世上除了邊荒集，再沒有可令她分神的物事。

劉裕顯然心情頗佳，從容道：「那我們從另一個角度去證實燕飛確有保持邊荒集第一高手寶座的能力。安公會看錯人嗎？玄帥會選錯人嗎？他們會教燕飛返邊荒送死嗎？」

紀千千笑道：「這麼說倒有點道理，不像是吹牛。小詩聽到了嗎？有邊荒集第一高手保護你，不用害怕哩！」

燕飛點頭道：「的確不用害怕。邊荒集是我熟悉的家，我比任何人更會玩那裡的遊戲，而且玩得比任何人更漂亮。」

劉裕心忖燕飛所說的雖無一字虛語，可是燕飛卻不是慣以這種口氣語調說話的人，肯改變作風，純因要撫慰小詩，所以在他滿不在乎的冷漠外表下，實有一顆灼熱的心。

風帆已進入泊滿大小舟船的碼頭區範圍，碼頭上盛況空前，數以百計搬運貨物的腳伕，穿花蜜蜂般此往彼來，泊在碼頭的船有卸下貨物運往域內，也有裝上貨物準備開走的，其興旺頻繁絕不遜色於淝水之戰前的邊荒集。

劉裕向兩女道：「快依計畫去裝扮一下。」

紀千千主動拖著小詩的手，嬌笑去了。

燕飛的目光正巡視邊荒集，越過依然故我傾頹的城牆箭樓，邊荒集已從焦土建起形形式式的新樓房，反而最礙眼是集外的平野雖然蔥綠一片，但所有樹木均被砍掉，木寨被焚燬的殘骸，仍在那裡提醒人們邊荒集曾被捲入戰爭的漩渦裡。

「老手」來到兩人身後，道：「能爲燕爺及劉爺出力，是我和眾兄弟的光榮。」

劉裕欣然道：「大家兄弟，客氣話不用說了！待會卸下貨物後，不論發生甚麼事，你們立即啓碇離開。誰敢攔截你們，可痛下殺手。」

老手笑道：「得令！在水上，不是我老手誇口，除非是大江幫的江海流親自操舟，否則尙未有人夠資格攔截我。」

燕飛道：「我們會看著你們遠去後，方會入集的。咦！」

劉裕和老手兩人循他目光瞧去，也爲之愕然，前方一條巨型鐵鍊，攔河而設，硬生生把河道一分爲二，不論南下或北上的船隻，到此便是終點，只能掉頭而走。

劉裕咕噥道：「他娘的！這是怎麼一回事？」又指著左方碼頭所餘無多的一處泊位，道：「我們泊到那裡去。」

老手領命去了。

燕飛仍目注攔河巨鍊，雙目電光閃閃，顯然心中極不高興。

劉裕明白他的心情，邊荒集一向無拘無束，而這道鐵鍊卻破壞了南北貿易的自由，變成南北涇渭分明的局面。苦笑道：「這不正是我們要到邊荒集來的原因嗎？」

船速減緩，往碼頭靠泊。

燕飛沉聲道：「如非有千千主婢隨行，我要做的第一件事就是把此鍊立即拆掉。」

劉裕目光朝碼頭掃射，搜索高彥的蹤影，隨口問道：「燕兄在恢復武功上，是否所有難題已迎刃而解。」

燕飛點頭道：「可以這麼說。我已悟通控制眞氣的難關，關鍵在能否結下道家傳說的『金丹』，這是統一陰神和陽神的唯一方法。」

劉裕目瞪口呆道：「結下金丹？那你豈非會成仙成道？」

隆隆聲中，風帆靠泊岸旁。

燕飛笑道：「此事一言難盡，總之似是如此，我也沒有成仙成聖。」

劉裕哈哈一笑，騰身而起，燕飛緊隨其後，先後從船上翻下，落到碼頭上。

燕飛心中百感交集，他曾想過永遠告別邊荒集，但現在又踏足邊荒集。

劉裕大喝道：「我們需要五輛騾車和十名壯漢，爲我們把東西送到邊城客棧去，騾車二十錢，壯丁每人十錢。」

換成往日的邊荒集，出手如此重，肯定以百計的腳伕立即蜂擁而來，任君挑選。可是現在的情況卻是異乎尋常，只見人人面露恐懼神色，反遠遠退開去，似在躲避瘟神。

劉裕和燕飛你看我我看你，大惑不解之時，一名大漢在十多名武裝漢子簇擁下，排眾而出，領頭的漢子朝他們直趨而來，雙目凶光閃閃，戟指喝道：「我道是誰回來了，原來是你燕飛。幫主有令，燕飛你再不准踏足邊荒集半步，識相的給我金成滾回船上去，立即開走。」

他身旁另一人卻陰惻惻道：「今時不同往日，我們漢幫已和大江幫結盟，再不容你燕飛在邊荒集撒野。現在南碼頭全歸我幫管轄，想我的人幫你忙又或想泊碼頭，先得問過我們。」

燕飛啞然失笑，道：「我正手癢得很，難得你們送上來給我練劍。」

「鏗鏘」聲中，除金成外，人人掣出隨身兵器，一時殺氣騰騰，還不住有漢幫的人從四處竄出，最後聚眾近百人，把兩人半月形的圍堵在碼頭邊。

劉裕哈哈一笑，輕鬆的道：「你要以硬碰硬，我便讓你開開眼界，弓矢伺候。」

船上老手和十八名北府精銳齊聲叱喝，人人手持強弓，滿弦待發，均以金成爲目標。

金成立時色變，只是一個燕飛已不易對付，何況還有十多枝勁箭瞄準自己。

劉裕拔刀出鞘，遙指十步許外的金成，一股強大的刀氣立即滾滾而去，直接衝擊對手。

金成臉色再變，拔劍的同時不由自主與左右往後避退，害得後面的人亦要隨之後撤，乍看便像劉裕刀出，立即嚇退敵人。

金成終於發覺劉裕的可怕，瞇眼道：「閣下何人？」

劉裕傲然道：「本人劉裕，今趟是隨燕飛來邊荒集闖天下。你想我離開，先問過我手上的老夥伴看它肯不肯答應？」

金成長笑道：「你們這叫敬酒不吃吃罰酒，我就看你們如何收場。」

再向左右道：「我們走！」

接著與一眾手下悻悻然的去了，圍觀者亦開始散去，卻依然沒有人敢上來賺他們的子兒。

劉裕向老手等喝道：「先把小姐的行裝卸下來。」又對燕飛笑道：「想不到甫抵邊荒集便要打一場硬仗，希望沒有嚇壞小詩。」

燕飛縱目四顧，擔心的道：「高彥呢？」

風帆遠去，紀千千的三十個大木箱卸到碼頭上，佔去大片地方。

紀千千和小詩戴上帷帽，垂下重紗，掩著玉容。不過只是紀千千綽約的丰姿體態，兩人剪裁得體樸素中見高雅的便服，便惹得人人注目。幸而大多數人即使未見過燕飛也聽過他的威名，只敢悄悄看偷偷瞥，不敢明目張膽的評頭品足，指指點點。

劉裕則頭大如斗，想不出運送大批行裝的妥善辦法。本來在邊荒集，只要有銀兩，沒有東西是買不到的。狠狠道：「肯定是桓玄的指使，想借大江幫控制邊荒集。」

燕飛道：「不要遽下定論，祝老大由我應付。否則如撕破臉皮，大家再無顧忌，漢幫以前有三百多人，現在數目肯定不止於此，我們能殺多少個呢？」

劉裕點頭同意，倘沒有紀千千主婢隨行，他們見情形不對便可開溜。可是小詩並不懂武技，使他們想逃也沒法子。

燕飛往紀千千瞧去，她和小詩坐在一個箱子上，透過面紗興致盎然的左盼右望，小詩則如坐針氈，垂頭不語，顯是心中害怕，與主子成了鮮明的對照。沉聲道：「千千劍法如何？」

劉裕道：「出乎我意料之外的高明，可惜欠缺實戰經驗，在群鬥中肯定吃大虧。」

驀地蹄聲轟鳴，從東門出口處傳來，兩人還以為敵人大批殺到，定神一看，赫然是五輛騾車，朝他們馳至，為首的御者正是龐義。

燕飛和劉裕喜出望外，連聲叱喝，著正在忙碌工作的腳伕們讓路。

騾車隊旋風般馳來，高彥策駕第二輛騾車，其餘三輛燕飛認得駕車的均是以前第一樓的夥計兄弟。

龐義臉色蒼白，臉上有被人打過的青瘀腫痕，左眼瘀黑一片，明顯曾遭人毒打。他駕騾車直抵兩人旁，停車跳下來，嚷道：「先把箱子搬上車。」

接著與燕飛擁個結實，大笑道：「你回來就好了！」

燕飛俯首來看著他，皺眉道：「誰敢如此大膽修理你，他娘的，待我為你討回公道。」又加上一句：「你的藏酒窖沒給人搶掠一空吧！」

龐義放開燕飛，向劉裕打個招呼，目光移往正盈盈起立，與小詩朝他們走過來的紀千千，佯怒道：「你究竟關心我的人還是我的酒，有甚麼禮物，快給老子獻上來。」

高彥來到他們身旁，悲憤道：「龐老闆的第一樓已起了一半，卻硬給祝老大著人拆掉，還痛毆我們的龐老闆，害得他躺了十多天。」

紀千千芳駕已到，揭開面紗，送上甜甜的笑容，喜孜孜道：「這位定是龐大哥，千千向你請安！」

龐義立即像被點了穴般目瞪口呆，直至紀千千重垂面紗，始魂魄歸位，喃喃道：「高小子原來眞的沒有吹牛。」

劉裕道：「來！我們一起動手，把東西送到邊城客棧去。」

高彥頹然道：「邊城客棧的臭婆娘不肯買賬，怕得罪那天殺的兔崽子祝老大。」

燕飛從容道：「一切會改變過來，因爲千千小姐來了。」

騾車隊從東門入集，燕飛和龐義駕著領頭的騾車，劉裕駕的騾車載著紀千千主僕跟在隊尾。

平時熙來攘往的東門大街靜得異乎尋常，只看此等陣仗，便知漢幫早有準備，絕不容他們輕易入集。

燕飛問龐義道：「剛才是否這個樣子的？」

龐義拍拍插在腰背物歸原主的砍菜刀，道：「當然不是這樣子，我已豁了出去，最多拚掉老命。」

燕飛忽然喝道：「停車！」

龐義連忙勒著騾子，五輛車停下來，隊尾仍在集口外。

燕飛從容道：「你老哥何用拚掉老命，你供應我雪澗香，我替你消災解難，協議仍未取消。」

接著從座位彈起來，凌空連續六、七個翻騰，落到街心處。

兩邊樓房處立即各出現十多名箭手，沒有任何警告，就那麼拉弓發箭，毫不留情地朝燕飛射去。

燕飛早知有此事發生，心中暗嘆終於回到邊荒集。

蝶戀花離鞘而出。

第二十七章　初試啼聲

眼前的局面，是劉裕最不願見到的，一旦公然決裂，雙方間再無轉圜餘地，一切只能憑武力解決。

漢幫現在人多勢眾，若傾全力來圍攻，他和燕飛或可突圍逃走，高彥雖身法靈巧卻已非常勉強，其他人包括實戰經驗遠遠不足的紀千千必無倖免。當然他和燕飛絕不是肯捨友保命的人，最終必是力戰而死，全軍覆沒。

燕飛非常高明，先一步察覺敵人在高處埋伏箭手，故單人匹馬去承擔挨箭，可是這並不能改變接踵而來的發展，血戰終不能免。

在淝水之戰前，燕飛對邊荒集勢力早生出制衡的作用，可以說一天有燕飛坐在邊荒集第一樓上層平台喝酒，便沒有人敢太過放肆。現在漢幫的祝老大得到江海流撐腰，再不願呆守下去，務要去燕飛而後快，那他便可借淝水之戰後南方漢人勢力轉盛的情況，獨霸邊荒集，凌駕於北方胡人諸勢力之上。

想到這裡，劉裕握上刀柄，決意死戰，殺得一個是一個，殺得一雙便一雙。

燕飛此時心中全無雜念，他感官的靈銳度在剎那間提升至巔峰的狀態。他不但掌握到每一個箭手的位置，每一枝箭射來的角度、速度和力度，還感應到曾被苻堅用作行宮的漢幫總壇內隱藏的敵人，曉得不論自己是否被亂箭射殺，他們均會蜂擁而出，血洗東門大街。

燕飛一聲長笑，喝道：「好膽！」

蝶戀花化作繞身疾走般的激電精芒，應被改稱爲「金丹大法」的奇異眞氣，遍遊全身，由電光石火般高速的意念控制，隨念而發。因爲陰神、陽神已被金丹聯結起來，日月合璧，麗天照地，再沒有誰主誰副的惱人問題。

劍鋒千變萬化，但勁道卻拿捏得恰到好處的手法，在或挑或撥或卸或移間，把左方射來的箭矢改變方向射往右方高處的敵人，右方的亦禮尙往來，頓時變成左右互射的詭奇狀況。

龐義、劉裕、高彥、紀千千等全看得目瞪口呆，此刻的燕飛像變成了另一種異物，整個人竟通透明亮起來，似虛似實，如眞如幻，那種莫之能測的感覺，肯定是人人未見過，他們再「捉摸」不著燕飛。

功力次於劉裕者，此刻更生出錯覺，就像利箭稍觸燕飛繞身疾走的「金光」，箭矢便會掉頭反射，誰發的箭都要自身承受。

劉裕心中響起燕飛的答覆「任遙再次遇上他必死無疑」的豪情壯語，隱隱想到的是可能就在此一刻，燕飛正開始舉步朝「天下第一高手」的寶座拾級登階，只要他能在邊荒集屹立不倒，寶座便是他的了。

漢幫總壇大門洞開，一位比燕飛尙要高少許的中年大漢，不用說也知是祝老大，領著十多名漢幫首領，跨檻而出。

「叮！」

剛巧有一枝箭碰上燕飛的蝶戀花，竟不是被送往對面高處的敵人，而是似開小差般，溜向中年大漢的胸口，後發先至，反得到最先抵達敵人的殊榮，巧妙得令人難以置信。

祝老大也是了得，喝了聲「好」，竟然那麼一手往冷箭抓去，絲毫不避，有如賭徒在賭桌上傾盡所有，博他娘的最大一把。

祝老大五指緊執著的箭身，竟仍在他掌內火辣辣的滑鑽了三寸，差半寸便到達他胸口，正暗鬆一口氣，胸口卻如遭雷殛，以他的功力，仍吃不消，往後挫退三步，撞得後面的手下東歪西倒，才終於立定。

東門大街兩邊高處的箭手，紛紛中箭，倒跌瓦面，但無一是箭中要害，都是臂、腿一類不會致命的地方，讓人曉得每一箭均是瞄準而發，僅此便沒有人肯相信，偏又是眼前的事實。

入侵祝老大經脈的灼熱勁氣，迅快消退，但在意料之外下，代之而起是一陣奇寒，祝老大終禁受不起，全身打了個冷顫，曉得已因燕飛的見面禮受了不輕的內傷。

「鏘！」

劍回鞘內。

燕飛像沒有發生過甚麼事似的，悠然步至臉上再沒有半點血色的祝老大前，微笑道：「是戰是和？由你祝老大一句話決定。我會撇開一切，單以你老哥為最終目標，不是你死，便是我亡。祝老大認為這是最好的解決辦法嗎？」

劉裕等仍在發呆，想不到燕飛厲害至如此程度，不但反守為攻，還完全鎮住場面，不負邊荒第一劍手之譽。

連一直因害怕而躲在車廂裡的小詩，也學她的小姐般，從另一邊窗簾探頭出來看熱鬧。

邊荒集的荒民們，開始透過門縫窗隙，或從橫街小巷探頭探腦，目觀耳聽。

祝老大從台階上俯視階下的燕飛，勉強壓下傷勢，沉聲道：「邊荒集再非以前的邊荒集，燕飛你識相的就登車離開邊荒集，永遠不回來，否則有一天會後悔莫及。」

燕飛懶懶閒閒的微笑道：「只有一個方法證明邊荒集不是以前的邊荒集，就是由祝老大你允諾決一死戰。」

祝老大感到燕飛的精神和氣勢正把他鎖緊鎖死，只要自己一聲喊殺，燕飛必盡一切力量追殺自己，自己手上有多少人也不管用。這個想法令他整條背脊涼颼颼的，忽然間他曉得燕飛再不是以前那個燕飛。以前的燕飛他已惹不起，何況是現在的燕飛？江海流的支持在此一刻是遠水救不了近火。

祝老大神色轉厲，盯著燕飛道：「好！我們走著瞧！」

說罷一拂衣袖，掉頭返回門內去，眾手下連忙緊隨，還「砰」的一聲關上大門。

一聲怪叫，響自高彥之口，只見這小子一個觔斗翻到燕飛身旁，舉臂嚷道：「邊荒集還是以前那個邊荒集，一切都沒有改變。」

五輛騾車停在本是第一樓所在，現在則爲一片燒黑布滿炭屑殘木的空地。燕飛像憑弔被遺忘的古蹟般舉步走到樓址的中心，轉過身來，向立在一旁的高彥、劉裕、紀千千主僕、龐義和他餘下的七名夥計兄弟道：「沒有第一樓的邊荒集根本不成其爲邊荒集，我們要立即進行重建，繼續賣邊荒第一名酒雪澗香。」

紀千千鼓掌道：「千千全力支持。」

「千千」兩字一出，登時引起在四周遠處看熱鬧的狂悍荒民紛紛議論，只恨紀千千仍是重紗掩面，教人不得一睹芳容。

龐義頹然道：「我們八個人曾以兩個月的時間四出砍來上等木材，又以一個月時間送到這裡來，卻一古腦兒給祝老大沒收了去，我想據理力爭，還給祝老大掃出門來，毒打一頓。」

高彥接口道：「幸好尚剩下五輛運送木材的騾車，鄭雄他們迫於生計，遂把騾車改裝爲客貨車，在城北拓跋鮮卑族的勢力保護下，開了個騾車店，討點生活。祝老大顧忌拓跋族，尚未敢過分干涉。」

燕飛從容道：「再等三個月太久了！我沒有這個耐性，我會教祝老大把搶去的木材吐出來。」

劉裕搖頭道：「若祝老大再次屈服，他的龍頭老大也不用當了，我們等若逼祝老大立即開戰。」

燕飛攤手道：「還有更好的方法嗎？」

紀千千柔聲道：「千千有個提議。」

眾人訝然朝她瞧去，均想不到還有甚麼好法寶。

紀千千輕笑道：「千千是第一樓的外交大臣嘛，此時當然要由我出馬，讓早被燕公子嚇破膽的祝老大有下台階的機會。他可以說是給千千的乾爹面子，而不是怕了你燕飛。」

小詩一顫道：「小姐！」

紀千千拍拍小詩肩頭，安慰道：「不用害怕，別忘記你小姐也懂舞刀弄劍。」

劉裕挨著騾車，拍腿道：「此著妙絕，且一定行得通。因爲若千千有甚麼三長兩短，祝老大肯定做不成人。」

高彥憂心忡忡的道：「若祝老大將千千軟禁，我們又如何是好？」

燕飛沉吟道：「若不想大流血，此確爲可行之計，祝老大即使有天大的膽子，也不敢怠慢安公的乾女兒，因為玄帥現在已成最能左右邊荒集存亡的人。我們的千千小姐正好開始發揮她的神通。」

紀千千喜孜孜的道：「『我們的千千小姐』！說得眞動聽，千千現在立即去見祝老大，先正式投帖拜門，這方面你們該比我在行。」

高彥義不容辭的道：「千千請立即修書一封，讓我送往漢幫。」

紀千千著小詩取來文房四寶，神情興奮道：「今次確是不虛此行，我還有一個小提議。」

龐義不但佩服她的膽識才智，更感激她肯紓尊降貴的去見祝老大，聞言欣然道：「只要是千千小姐的提議，我們定會盡力辦到。」

紀千千指著樓址後面的荒園，道：「我們就在那裡紮營暫居如何，正可以夜以繼日的進行重建工作。」

高彥搶在龐義之前答應道：「這個容易，我們立即去張羅篷帳，包管又大又舒服。」

劉裕心中愈來愈明白，紀千千到邊荒集來，是不想重過在建康時養尊處優的日子，盡情嘗試新的生活方式，即使捱苦亦在所不計，希望她不是藉折磨自己用以忘情吧！

燕飛一陣長笑，油然朝藏酒窖的方向舉步，道：「千千想立營便立營，不過卻休想我奉陪。哈！藏酒之窖是吾家，天下間還有甚麼事比睡在裝滿雪澗香的酒罈間更寫意呢？」

燕飛坐在酒窖入口石階處，享受著品嚐美酒的寫意和滋味，龐義在他左方坐下，欣然道：「幸好你回來了，否則我眞的不知如何在邊荒集混下去？」

燕飛順口問道：「你究竟搞甚麼鬼？砍菜刀怎會留在樹幹上的？」

龐義露出猶有餘悸的神情，道：「當時我們遇上一群小賊，匆忙逃生，混亂間擲刀卻敵，幸好跑得快，逃過大難。」

燕飛捧起酒罈再喝一口，心中感觸叢生，若不是龐義擲不中敵人而擲中大樹的砍菜刀，他當不會進入荒村，更不會遇上任遙，致有吞下「丹劫」的事情發生，竟因禍得福，似是冥冥之中，確有運數遇合的存在。

龐義道：「現在劉裕已陪千千小姐和小詩到城北向胡人選購營帳，高彥為千千小姐向祝老大投拜帖，其他兄弟則忙著卸貨，把千千的大箱子送到後院去，忽然間邊荒集又再充滿生機和樂趣，老哥我真的很感激你，希望祝老大識相點，大家和平共處，讓一切回復舊觀，怎都勝過不停的拚個你死我活。」

燕飛倚著石壁，閉上雙目，輕吁一口氣道：「淝水之戰前後是兩個不同的時勢，一切要重新定位，更必須重新尋找諸勢力間新的平衡點。而邊荒集已成天下列強必爭之地，混亂複雜的變化可以想見。我們回來是要建立邊荒集的新秩序，你要有心理上的準備。」

龐義笑道：「只要有你燕飛坐鎮，對我來說便一切太平。不知是否習慣了這裡的生活，到別處去總覺不慣，天下還有哪一個地方比這裡更熱鬧的？南北貨物應有盡有，但若由一幫獨大，壟斷一切，邊荒集將失去它獨有的特色。」

燕飛道：「現在形勢如何？」

龐義道：「由於對苻堅屠殺和奴役荒人的仇恨，氐幫已給驅逐，現在勢力最大的胡人是鮮卑族和羌族，鮮卑族又分作兩幫，一為由拓跋族的夏侯亭率領的飛馬會，一為以慕容戰為首的北騎聯；再加上漢幫，四大勢力瓜分了邊荒集，其他較次的匈奴幫和羯幫只能依附他們而生存。」

燕飛睜開虎目，沉聲道：「那道攔河鐵索究竟是怎麼一回事？」

龐義苦笑道：「是祝老大立威的第一步，把碼頭劃分爲南北兩部分，現在漢人勢盛，胡人唯有忍氣吞聲，不過胡人一向好勇鬥狠，早晚會出事。」

稍頓續道：「東門大街已成祝老大的地盤，誰都不敢插足到這區域來。前天祝老大下令東區所有人均要向他納地租，由下月初一日起始逢月頭繳銀，在邊荒集還是首次有人敢如此斗膽，可知祝老大是如何橫行霸道。」

燕飛啞然笑道：「此著棋祝老大走錯哩！到邊荒集來的人，正是要逃避苛政重稅，而他卻蠢得把這一套搬到邊荒集來，肯定是自取滅亡。他的事暫且撇到一旁，你須多少天完成重建的工作，我很懷念以前那張私家桌。」

龐義道：「即使你這懶鬼肯幫忙，再加上劉裕和高小子，沒有兩、三個月休想完工。」

燕飛搖頭道：「太久哩！我們須在一個月內建起新的第一樓，橫豎千千財力充裕，多請些人不成嗎？」

龐義頹然道：「你燕飛不怕祝老大，別人可怕得要命。你不是曾在碼頭僱挑伕騾車，結果如何？最怕是祝老大不准商舖和我們作買賣，諸胡又怕買不到由祝老大控制來自南方的糧貨而不給我們方便，我們便會被完全孤立。」

燕飛頭痛道：「照你這麼說，即使第一樓重開，也沒有人敢來光顧。」

龐義苦笑道：「事實如此，我看最後仍是要仗武力來解決，看誰的刀子夠狠夠快。」

燕飛搖頭道：「敵眾我寡，怎行得通？」

龐義道：「那第一樓不建也罷，潁水南道的控制權操縱在祝老大手上，所謂巧婦難為無米炊，重建後的第一樓只是個空殼子，或可供神仙來吸風飲露。」

燕飛笑道：「不要氣餒，萬事起頭難。告訴我，你怕祝老大嗎？」

龐義道：「有你燕飛在，我怕祝老大個娘！」

燕飛拍腿道：「就是如此！我可以把提供你的保護擴大至所有肯與我們做交易的人，就由招聘建樓的壯丁開始。」

接著欣然笑道：「告訴我，祝老大除他的漢幫總壇外，還有甚麼直接經營的生意？」

龐義道：「最主要是兩個賭場和一間錢莊，都是最賺錢的生意，不准別人染指。」

燕飛好整以暇的道：「祝老大向我們下馬威不成，現在應該輪到我們向他下馬威啦。」

龐義駭然道：「你是要去踢場嗎？」

燕飛胸有成竹的微笑道：「踢場確是踢場，不過踢場也分很多種。祝老大既打開大門做生意，便不得不講江湖規矩，我先弄得他兩間賭場關門大吉，再向他的賊錢莊下手。我要兵不血刃的讓祝老大投降屈服，恢復邊荒集無拘無束的好日子。」

龐義擔心道：「我不知你有甚麼絕活如此了得？不過祝老大是不會坐以待斃的人，我肯定他會向江海流哭訴，要他派出高手來收拾你，最後仍要看誰的拳頭夠硬。」

燕飛道：「以一來一回計算，等到江海流派人來援，該是十天之後的事，有這十天時間，足夠我們將形勢扭轉過來。你甚麼事也不用理會，只須盡快進行重建。其他的事交給我和劉裕負責。不要低估劉裕，此人是大將之才，得到謝玄全力支持，必要時可調一支水師來鎮守邊荒集，明白嗎？」

龐義燃起新的希望，立即精神起來，「謝玄」兩字比甚麼都管用。

燕飛緩緩閉上眼睛，道：「老子現在酒意上湧，要好好睡他奶奶的一覺，不要吵我。唉！終於回家哩！相信我，明天一切都不同啦！」

第二十八章　野火晚宴

燕飛睜開虎目，發覺自己仍攬著酒罈，坐在石階挨著階壁，紀千千沒有掩蓋的絕世嬌容，如喜如癡，出現眼前。這位名聞天下的美女像示範表演建康時尚仕女裝扮般，換上另一身便服褂裙，俏臉薄施脂粉，美得令人不敢直視。可是她卻似全不顧整潔與儀態般，就那麼坐到高一級的石階處，指指燕飛懷中的酒罈，輕輕道：「給千千喝一口雪澗香好嗎？人家尚未嚐過滋味呢！」

燕飛反覺得紀千千放縱的時刻，是她最動人的時刻，聞言不由心中一蕩，別頭瞥一眼整窖藏著數以百計裝滿雪澗香的酒罈，心忖放著如許多選擇，爲何偏要選自己喝過的一罈。他一向灑脫而不拘小節，單手捏著罈頸，提起酒罈，送到她面前，另一手拔開塞子。

紀千千雙眸閃亮，小鼻微皺，輕呼道：「眞香！」雙手捧罈，舉罈齊眉，湊上香唇，「咕嘟」的喝了一大口，接著把罈子放到膝上，閉上美目，嘆道：「邊荒集眞好！」

燕飛啞然失笑道：「你喝的是雪澗香，而非邊荒集。」心中卻在想，紀千千等若間接親了他一口。

紀千千俏臉抹過一陣霞彩，有點不勝酒力地白他一眼，又把酒罈送回燕飛手上，看著他連喝兩口酒，喜不自勝的道：「有分別嗎？龐大哥說只有邊荒集十多里外白雲山的仙澗神泉，方可釀製出雪澗香，其他地方的泉水都不成，這叫人傑地靈，是邊荒獨有的，人多的地方便沒有不受騷擾的純淨清泉。」

燕飛仰望出口外的夜空，道：「我睡了多久？現在是甚麼時候？」

紀千千欣然道：「能睡是福，現在是天黑後半個時辰。我們不但已豎起八座營帳，還向拓跋族購得新鮮羊腿，高公子他們正準備篝火，並要千千來邀請燕公子參加到邊荒集後第一個烤羊宴呢。嘻！你挫折祝老大的事傳遍整個邊荒集，我們到哪去都有大批人跟著指指點點！很好玩哩！」

燕飛呆看她好半晌，到紀千千不解地露出詢問的目光，方解釋道：「若在未見千千前，有人向我說紀千千像我現在親眼見到的如此這般模樣，我肯定不會相信。」

紀千千嬌媚地橫他一眼，呼一口大氣，緩緩道：「離開建康，我像把生命重新掌握在自己手裡，可以毫無顧忌地去做自己喜歡的事。建康活像一個無形的大囚牢，枷鎖是名門望族的流風陋習，上自帝王將相，下至商販豪強，均不能免。所以人家要逃出來哩！還要逃到他們最不屑一顧的荒野地方。街上人人說粗話，看我們女兒家的目光更直接大膽，小詩便接受不來，不過甚麼事日子過久了是會習慣的，小詩很快將會發覺邊荒集的迷人處。」

接著抿嘴笑道：「最想不到是謙虛樸實的劉爺，忽然變得凶巴巴的，一副橫行市井的惡模樣，有人想挨過來，一腳踢得那人滾了幾個觔斗，又揮刀斬掉人的髮髻，竟沒有人敢吭一聲，若千千是他，也感痛快。」

燕飛笑道：「誰叫他要做兩位嬌滴滴美人兒的護法，再過些時候當本地人清楚你們的底細，包管你們即使在街上走動，也沒有人敢多看半眼呢。」

紀千千歡喜道：「全託燕爺的雄威，拓跋族的人外貌雖嚇人，可是知道我們是燕爺的朋友，不知多麼熱情周到。」

燕飛嗅到空氣中烤肉的香氣，問道：「祝老大收到你的拜帖後如何反應？」

紀千千得意的道：「你不知自己足足熟睡近兩個時辰嗎？人家早見過祝老大，得他承諾明早會把木材歸還呢。」

燕飛長身而起，哈哈笑道：「好一個祝老大，能屈能伸，明白最上著爲拖延時間，那我便將勢就勢，在他以爲自己今晚可贏取最後一把前，多輸幾手。」

輪到紀千千呆看燕飛，回到家來的燕飛，像忽然變成另一個人，她再不了解他。

燕飛跟在紀千千嬌身後，步出藏酒窖，在邊荒集的壯麗星空下，一堆篝火熊熊燃燒，高彥、龐義等正動手燒烤塗滿醬汁的羊腿，香氣四溢。

劉裕和一個威武結實的胡族年輕男子說話。

胡族年輕武士倏地轉頭，目光像箭矢般朝燕飛射來，接著露出燦爛的笑容，現出上下兩排雪白的牙齒，充滿健康的感覺，叫過來道：「燕飛！你沒有給祝老大騙倒吧？」說的竟是流利的漢語。

燕飛感到後方東門大街處人聲鼎沸，不過已無暇理會，迎上對方銳利的目光，露出因料想不到而來的驚喜神色，欣然道：「你自己怎麼看呢？」

紀千千識趣地退往一旁，讓燕飛與老朋友敘舊問好。

胡族武士的眼睛像只看到燕飛一個人，舉步朝他走來，搖頭嘆道：「多少年沒有見面了！剛才我一眼朝你瞧去，發覺當年的小燕飛已長大啦！再沒有人可以難倒他。」

燕飛趨前一把將他擁個結實，兩人互相審視，對視大笑，充滿久別重逢的愉悅。

劉裕也看得心中歡喜，更佩服謝安和謝玄請出燕飛以平衡邊荒集的各方勢力，實是獨具慧眼。因爲只有燕飛這身具漢胡兩方血統的人，始能同時被雙方接受。

燕飛見到老朋友，不單曉得拓跋珪對邊荒集的重視，更清楚以北區爲地盤由拓跋族主掌的飛馬會，其會主夏侯亭只是個幌子，眞正主事者正是眼前的拓跋儀。他不但是拓跋珪的堂兄，他們幼時的玩伴，更是拓跋族年輕一代的一等高手，被稱爲「刀矛雙絕」，騎射功夫非常出色，武功尤在拓跋珪之上。拓跋珪不讓他出頭當會主，而在暗裡指揮，該是不想讓現在的靠山慕容垂生出警覺。

拓跋儀微笑道：「個許時辰前，祝天雲秘密拜訪北騎聯的慕容戰，接著祝天雲結集手下，不用我說小飛也該知道祝天雲的蠢腦袋內轉的是甚麼念頭吧？」

紀千千「啊」一聲嬌呼起來，大嗔道：「祝老大怎可以這樣不講信用，他親口答應千千明早把木材送回來的。」

劉裕來到拓跋儀身旁，冷然道：「千千不要忘記現在是在甚麼地方，祝老大並沒有答應今晚不來突襲我們。我敢保證祝老大不會傷你半根毫毛，他要殺的人是燕飛，若殺不死燕飛，唯有乖乖的把木材送回來。那時整個邊荒集都知道當家的人，是燕飛而再非祝老大。我們能否征服邊荒集，就看今夜。」

紀千千往燕飛瞧去，他保持笑容，神態出奇地輕鬆，好像一切全在他掌握內，那種說不出的胸有成竹的風采，透射出不能改移且有龐大感染力的信心，構成充盈魅力的神韻。紀千千看得芳心一顫，再說不出話來。

拓跋儀放開燕飛，目光首次投往紀千千，後者雖已重新掛上面紗，掩蓋玉容，可是其曼妙的體態，足令拓跋儀生出驚艷的感覺，兩手改爲抓住燕飛雙肩，微笑道：「千千小姐請放心，誰要惹燕飛，都得問過我拓跋儀。倘若燕飛點頭，我會親率二百精銳戰士，與你們並肩作戰，蕩平漢幫，我早看他祝老大不順眼。」

一種新鮮熱辣的感觸，浪潮般湧過紀千千的芳心，眼前的一切，是如此地有血有肉，大戰正逐漸逼近，而站在她身前的三位男子，無一不是英雄了得的超卓人物。沒有絲毫畏縮驚怯，完全置生死於度外。他們給她的感覺，是她從未在建康體驗過的。邊荒集確是個奇妙的地方。

燕飛微笑道：「我並不想以血流成河的場面來爲千千小姐洗塵，你老哥乖乖的給我留在北區。而我對你只有一個要求，就是聚集所有戰士，作出可隨時出擊的姿態，壓得慕容戰不敢妄動，祝老大則交由我一手包辦。」

拓跋儀雙手離開他寬肩，欣然道：「明白！我們會給羌幫傳話，請他們不要捲入此漩渦內。」

接著從懷內掏出一捆煙花火箭，遞給燕飛，漫不經意的道：「這可供不時之需，你沒有忘記用法吧！」

燕飛接過，納入懷中去，閒話家常的問道：「小珪好嗎？」

拓跋儀壓低聲音道：「我們剛和慕容垂聯手打垮窟咄，慕容垂還封小珪爲西單于兼上谷王，卻給小珪託詞自己年少才庸，不堪爲王，把封詔退還，你該比我更明白他的心意吧？」

燕飛聽得放下心頭大石，曉得拓跋珪已清除立國的最大障礙，所以對慕容垂的封贈拒而不受。皺眉道：「小珪不怕觸怒慕容垂嗎？」

拓跋儀露出一絲苦澀的笑容，道：「慕容垂當然不高興，且生出疑心，派人來說要我們每年春夏之交，必須交出上等戰馬三千匹。若我們奉行不悖，將變成爲慕容垂養馬的奴隸，自己根本無力應付強鄰，更談不上擴張發展，以後更只能依賴他老人家提供的保護。」

劉裕點頭道：「慕容垂此招確是毒辣得很。」

拓跋儀似不願多談這方面的事，或因劉裕終是外人。微笑向紀千千打個招呼，拍拍燕飛和劉裕肩頭，道：「我要回去打點一切啦。」

說罷昂然去了。

燕飛瞧著他逐漸遠去的背影，心頭一陣溫暖，他可以絕對地信任拓跋儀，不過亦深切體會到要維持邊荒集的勢力均衡並不容易。挫壓祝老大後，以拓跋儀的性格必趁勢向慕容戰開刀，自己又不能袖手旁觀，慕容戰也會因仇恨而不肯放過他燕飛，任何一方的勝利，均會打破勢力的均衡，帶來難測的結果。

劉裕目光一瞥東大街的方向，苦笑道：「我頗有將要登場表演的古怪感覺，下一步該如何走？」

燕飛回頭望去，登時心中喚娘，只見東大街聚滿荒民，正隔街遙觀他們的情況，約略計算至少有五、六百人之眾，難怪如此吵鬧。

燕飛拍拍劉裕肩頭，笑道：「坐下餵飽肚子再說。」

劉裕舉步往高彥等走去，燕飛正欲隨行，發覺紀千千扯著他衣袖。

燕飛訝然朝紀千千瞧去，在明暗不定的火光映照下，隔著一重薄霧似的面紗內的秀麗花容更見秘不可測的嬌艷。

紀千千輕聲道：「人家有幾句話須和你說呢！」

劉裕與燕飛交換個眼色，先行去了。

燕飛摸不著頭腦的道：「甚麼事不可以待會說？」

紀千千嗔道：「我要說的話，只可以給你一個人聽嘛。」

燕飛心忖她不知又有甚麼新主意，嘆道：「說出來吧！看我可否辦得到？」

紀千千露出又好氣又好笑的神情，黛眉輕蹙道：「人家不是要獻上甚麼退敵之計，而是要告訴你，千千忽然忘掉他了！」

說畢給他媚態橫生的一眼，嬌笑著領先往野火宴的場地去了。

燕飛有點神魂顛倒的跟在她身後，這種久違了的感覺，好像點燃起他內心深處一堆早成灰燼的野火。紀千千的魔力似比他的金丹大法更神通廣大。在掩映閃耀的火光襯托下，她動人的背影隨著她嬌軀移動款擺搖曳，是那麼的輕盈寫意。他感到這位與眾不同的美女，芳心內積蓄隱藏著火辣的感情，若一旦釋放出來，可將任何精鋼化作繞指柔，衝破一切障礙堤防。那究竟會是怎麼樣的滋味？

小詩坐在龐義特別為她搬來的木箱子上，斯文淡定又有點羞怯的吃著高彥切割出來分給她的一片羊腿肉。其他人則團團圍著篝火，坐地分享燒烤的成果，充盈自由自在的生活氣息。

紀千千在小詩身旁箱子上坐下，脫掉面紗，接過龐義獻上的羊腿肉，赤手拿著狠狠咬斷了一口，動容道：「龐大哥的手藝真了得，建康高朋樓的烤羊肉也遠及不上。」

龐義得美人讚賞，笑得合不攏大嘴來，見紀千千晶瑩如玉的纖手沾滿醬汁羊油，向正盯著紀千千國色天香花容的一眾手下兄弟喝道：「還不去打桶清水來，供千千小姐洗手之用。」

鄭雄和另一兄弟小馬忙興奮地到後院的水井打水去了。

劉裕回頭一瞥隔了二十多丈，不敢踰越半步的看熱鬧群眾，目光回到在他身旁坐下的燕飛處，苦笑道：「你比我更明白他們，他們究竟想幹甚麼？爲何只聚在一處看猴戲般的看我們？」

龐義笑道：「這是荒人的不成文規矩，只聚在一處看熱鬧，不礙手礙腳下，誰都不可以拿他們來出氣。」

紀千千失望的道：「我還以爲他們是來支持我們的。」

高彥哂道：「荒人只會顧著自己本身的利益，不過他們當然希望我們的燕老大打垮他們的祝老大，因曉得燕老大是出名的不管他人的娘。他們會聚在那裡，直至燕老大和祝老大分出勝負，方肯回家睡覺。」

小詩抿嘴笑道：「燕老大！」旋又覺得自己失言，紅著小臉垂下頭去，避開高彥的目光。

紀千千又發奇想，道：「我們若能把他們爭取過來，便不用那麼勢孤力弱了。」

龐義頹然道：「邊荒集人人自私自利，只會坐享其成，要他們拿命出來拚，想也休想。」

紀千千搖頭道：「千千可向他們痛陳利害，有我們的燕老大和劉老大牽頭，大家團結一致，兼且得拓跋族的支持，必可令祝老大不敢妄動。」

龐義苦笑道：「小姐太不明白荒人哩！」

劉裕見燕飛目光凝視跳動不停的火燄，若有所思，問道：「燕老大在想甚麼？想得那麼出神？」

燕飛仍在情不自禁的咀嚼著紀千千「我忘掉他了」的含意，心忖自己是否已對紀千千生出愛意？而紀千千又是否向他示愛？想得一團混亂。聞言啞然失笑道：「我在想劉老大你究竟有甚麼奇謀妙計，以應付眼前困局？」

劉裕愕然道：「你不是成竹在胸嗎？我給老龐的烤羊腿完全迷倒了，何來閒情去想其他的事？」

紀千千「噗哧」笑出來，白兩人一眼，弄得兩人心跳加速，嬌媚的道：「唉！兩個這樣你推我，我推你的龍頭老大，教我們做小卒的該怎麼辦好呢？」

燕飛欣然道：「好！我燕飛便暫當一晚老大，劉老大你留守此處，保護所有人。照我看最好把箱子疊高，團團圍著酒窖，用以遮擋箭矢，必要時退入窖內，死守入口。」

接著從懷中掏出拓跋儀交給他的煙花火箭，道：「只要發射紅色的煙花火箭，我和拓跋儀均會趕來，希望祝老大有自知之明，不敢來騷擾我們千千小姐的安寧！」

笑著站起來，道：「高彥隨我走一趟，讓我們到祝老大的賭場賭上幾把，以增加第一樓庫房的收入。」

眾皆愕然。

燕飛向紀千千微笑道：「千千小姐的提議總是非常管用，我現在就去把整個邊荒集的人心爭取過來，邁出我們征服邊荒集的第一步。」

向呆頭鵝似的高彥招手後，轉身昂然朝聚集的群眾輕鬆的舉步，高彥忙追在他身後。

第二十九章　風虎雲龍

夜幕低垂下，十多騎快馬沿潁水疾馳，轉入東門，漢幫總壇東廣場的大木門立即敞開，迎入來騎，再關上大門。

漢幫總壇原爲項城總衛署，佔地頗廣，分五重院落，兩個閱兵廣場，雖在淝水之役受到損毀，卻不嚴重，在漢幫的人力物力支持下，已大致回復舊觀。事實上片瓦不留的只有第一樓，誰叫它是集內唯一的全木構建築。

眾騎從側道直奔後院，祝老大和幾個心腹手下早在那裡等候，他的目光落在領先的騎士身上，露出喜色，竟搶前爲其牽馬，欣然道：「文清小姐來得正好。」

被稱爲文清小姐的表面眞看不出是個女的，一身武士打扮，頭紮英雄髻，雖然入鬢的修長黛眉充盈著女性的美態，可是輪廓分明，鼻子高挺，雙目深邃有神，身形英挺修長，一派俊俏郎君的模樣。

與她同行的十三名騎士，人人形相各異，佩帶各式各樣的兵器，從刀、劍、槍、矛，至乎鋼鉤、獨腳銅人等奇門兵器，明眼人只須看一眼，便知這批人無一庸手。

女扮男裝的美女飛身下馬，最引人注目的是她背上掛著個高兩尺闊一尺的小盾牌，腰佩的是長尺半的「匕刃」，令人感到她長於近身搏擊之術。一寸短、一寸險，她整體予人的印象亦充滿危險和破壞力。

在祝老大的帶領下，她一言不發的領著一眾手下進入掛著寫上「忠義堂」牌匾的後院主堂。

堂內北面擺了兩張太師椅，然後左右各有十五張椅子，被稱爲文清小姐的毫不客氣地坐入其中一張主座，其手下不待吩咐全坐往右邊的椅子，漢幫的堂主級或以上的人則入坐左邊。

祝老大在她側旁坐下，尚未說話，女子淡淡道：「文清曉得燕飛的事，爹早猜到他會到邊荒集鬧事，所以著文清立即趕來，助祝叔叔應付他。」

祝老大舒一口氣道：「江大哥果然消息靈通，有文清前來我便安心得多。燕飛此子不知如何忽然劍術大進，我們又沒有準備，給他來個措手不及，還傷了十七個兄弟。」

江文清正是大江幫主江海流的愛女，她不但盡得江海流眞傳，更是被譽爲巴蜀第一人的清淨尼的閉門弟子，身兼兩家之長，武功實不在乃父之下，更以智計見稱，大江幫近年發展迅速，她佔很大的功勞。

居於右座首席的魁梧禿頭大漢，拍拍佩在背上一對高約兩尺、每尊肯定超過五十斤重的獨腳銅人，冷哼道：「但得小姐點頭，我立即把燕飛搗成肉醬，看他還憑甚麼在邊荒集稱王道霸。」

江文清神色出奇地平靜，柔聲道：「對直老師的功夫，我們當然有信心。不過卻千萬不要低估此子，燕飛曾在『小活彌勒』竺不歸和王國寶手上救出重傷的宋悲風，令司馬道子對付謝安的奸謀敗露，惹得謝玄摸上明日寺，在決戰中斬殺竺不歸，此事轟動江左。」

祝老大等還是首次聽到此事，無不噏然。

姓直的禿漢露出冷酷的笑容，道：「他燕飛愈出名愈好，若殺的是無名之輩，怎顯得我大江幫的手段。」

他的語氣雖大，卻沒有人會怪他口出狂言。大江幫在江海流之下有三大天王，依次排名是「銅人」直破天、「閃雲刀」席敬和「狂士」胡叫天，以此次隨來的直破天居首，一身上乘橫練功夫配以擅打硬仗的一對銅人，曾為大江幫立下無數汗馬功勞。

江文清雙目射出智慧的采芒，微笑道：「我不是怕了燕飛，而是眼前邊荒集形勢複雜，只宜智取，不宜力敵，任何輕舉妄動，倘招致損失，均有負爹對我們的期望。」

直破天頷首不語，表示服從江文清的調度。只看他神態，便知江文清在幫內的地位，不只是因她為幫主愛女，更因她有真才實學。

祝老大訝道：「邊荒集現在形成四幫分立的局面，其他幫會均不足為患，文清說的形勢複雜，指的是哪一方面呢？」

江文清一對秀眸射出銳利無比的神色，顯得她更是英姿颯爽，沉聲道：「在淝水之戰前，胡人勢盛，人人視邊荒集為畏途。現在形勢逆轉，想來分一杯羹者大不乏人。我們最近收到消息，兩湖幫的聶天還也想染指邊荒集，以打破我們令他不能踏出兩湖半步的封鎖，據傳他已派出得力高手郝長亨，率領精英，這幾天便會抵達邊荒集。」

祝老大一方所有人均為之色變，郝長亨是名震兩湖的人物，驍勇善戰，是兩湖幫的第二號人物，聶天還差遣他來，是對邊荒集有必欲得之的決心。

江文清從容道：「邊荒集再非以前的邊荒集，我們須謀定後動，否則鷸蚌相爭，最後只會便宜其他人。」

坐在祝老大左方首席是位垂著一把長鬚的中年人，手搖摺扇，一派文士打扮，神態悠然自得。此人叫胡沛，頗有智計，乃漢幫的軍師，地位僅次於祝老大和主理賭場的程蒼古。聞言皺眉道：「不知文清小姐是否曉得……」

江文清截斷道：「胡軍師指的該是隨燕飛一道從建康回來的人中，有謝安的乾女兒紀千千，我說的形勢複雜，此亦其一。到目前為止，我們仍不宜惹翻謝安，竺不歸正是一個好例子。上上之策，莫如借刀殺人，隔岸觀火。」

胡沛嘆道：「現在我們正借勢整頓邊荒集，若讓燕飛肆意橫行，我們漢幫在邊荒集豈還有立足之地？而燕飛的問題必須於天亮前解決，我們的目標只針對燕飛一人，事後便輪不到謝玄來插手。」

江文清道：「為何必須於天亮前解決燕飛？」

祝老大忙親自解釋答應紀千千送回第一樓的建材一事，最後結論道：「假若成功除去燕飛，讓龐義重建第一樓又如何？沒有人敢說我們因害怕燕飛而屈服，就當是賣個情面給謝安。」

直破天奇怪道：「祝老大何不一把火燒掉木材，卻要花一番工夫運走儲藏？」

胡沛代為解釋道：「邊荒集的人對殺人可以視作等閒，但對放火卻有很深的忌諱，皆因屢遭火劫，如我們放火燒掉木材，必遭人詬病。且龐義此人對木料很有學問，選的均是上上之材，又經藥製，燒掉實在可惜。在邊荒集，凡可以賣錢的東西，沒有人肯浪費。」

祝老大見江文清一副深思的神情，道：「文清現在該清楚我們不得不採取行動的形勢，以我們的力量，再加上文清之助，實宜速戰速決，一舉除去燕飛，那時餘子再不足道。」

江文清平靜地道：「若給燕飛突圍逃走，會出現怎樣的局面呢？當日以苻堅的實力，仍被燕飛逃出邊荒集去，此事轟傳天下，祝叔叔敢說有十成把握嗎？」

祝老大為之語塞。

江文清道：「邊荒集的其他大小幫會，對此事究竟持何姿態？」

祝老大臉色一沉，冷冷道：「現在有資格與我們一拚者，只有拓跋族的飛馬會、慕容戰的北騎聯和羌幫三大幫會。飛馬會一向跟我們不和，還因燕飛與拓跋珪的關係對龐義等提供保護，令我們投鼠忌器。照道理他們會全力支持燕飛來打擊我們，幸好我們早有對策，利用北騎聯對拓跋族和燕飛的仇恨，說動慕容戰箝制飛馬會。慕容戰已親口答應我，若夏侯亭加入戰圈，他們將不會坐視。」

江文清淡淡道：「他坐視又如何呢？」

祝老大目光轉厲，沉聲道：「荒人最重承諾，如慕容戰言出而不行，邊荒集將再無他容身之處。」

江文清柔聲道：「文清尚有一事不解，在邊荒集的胡人，唯有透過跟我們漢人買賣南北貨物，方有利可圖，憑著這點，誰敢不聽祝叔叔的話。」

祝老大嘆道：「邊荒集是個認錢不認人的地方，誰阻礙交易買賣，立即成爲邊荒集的公敵。我們雖對邊荒集的漢人有影響力，可是有些事仍輪不到我們去插手。這裡的漢人有過萬之眾，每天來來往往的更難以計數，像拓跋族賣的是北方最高品質的戰馬，運到南方可賺取暴利，我們若不准任何人向他們買馬，後果難測，亦不可能禁絕，且首先我們便要和夏侯亭正面衝突。」

江文清笑道：「此正爲爹派文清來的原因。」接著玉容一整，與上彎秀眉相得益彰的修長鳳目射出智慧銳利的采芒，冷靜的道：「燕飛仇家遍地，竟還敢公然在邊荒集現身，首先慕容永兄弟等便不肯放過他，我們實犯不著先出手代勞。」

祝老大沉吟道：「最怕是他先發制人，攻我們一個措手不及。」

江文清道：「燕飛豈能全無顧忌，他若打定主意以武力解決，不會讓紀千千來和祝叔叔說話。明天還木之事並非難以化解，只要祝叔叔讓邊荒集所有人曉得是你老人家送給紀千千的歡迎禮，祝叔叔還可以贏得尊重美人的風流美名，紀千千的鋒頭亦將會蓋過一切，誰勝誰負再沒有人有閒心去理會。」

祝老大終被說服，一震點頭道：「文清的看法很透徹，紀千千確沒有辜負秦淮第一名妓的聲名。坦白說，即使撇開對謝安、謝玄的顧忌，我仍感到沒法拒絕她，不想令她失望而去。」

江文清美目倏地亮起來，漫不經意的道：「我們亦非完全被動，只要文清可把紀千千弄上手，等若一把匕首直刺燕飛的心臟！」

眾皆愕然！

隨著燕飛和高彥逐漸接近，群眾愈是喧譁震耳，更有人爲他兩人打氣喝采，又傳出零星地呼叫燕飛的吶喊。在只顧自己本身利益，不理別人閒事的荒人來說，這是罕有的情況。

燕飛直抵東門大街，倏然止步，與聚眾達至千人以上，塡滿大街、小巷、店舖所有空間的群眾隔開一條車馬道，千多人霍地靜下來，看燕飛是否有話要說。

直至此刻，高彥仍弄不清楚燕飛葫蘆裡賣的是甚麼藥。

燕飛目光緩緩掃視，臉上露出親切燦爛的笑容，沒有故意揚聲，卻字字清晰地傳進每一個人的耳中，從容道：「燕某人今晚有一事公布，只要我燕飛一天命在，你們便不用向祝老大納地租，他要收嘛，叫他來向老子收吧！」

話聲方落，群眾立時爆出轟天喝采聲，震動整個邊荒集。

高彥暗呼厲害，燕飛此舉等於把漢族荒人被迫繳租的事情全攬上身，依邊荒集的規矩，除非祝老大成功剷除燕飛，否則亦無顏向勢力範圍內的荒人再收地租。

群眾又靜下去，因爲燕飛打出肅靜的手勢。

燕飛淡然道：「我爲你們出頭，亦需要你們的合作，從這一刻起，邊荒集回復到淝水之戰前的邊荒集。你不要來理會我，我不要理會你，大家只管自己的事。現在給我立即散去，喜歡回家、逛街或繼續幹活做生意，悉聽尊便，但不要再在這裡胡混看熱鬧，老子並不習慣給人看猴戲般瞧著。」

群眾又響起震耳歡呼。燕飛果然沒有食言，幾句話便把群眾的心爭取過來。當然，往後還須看他是否有本領對抗漢幫，不過只要他一天仍好端端在邊荒集生存，群眾將可以享受邊荒集不受任何法制規範的自由。

紀千千興致盎然的瞧著街上聚集的群眾逐漸散去，欣然向小詩道：「你看我們的邊荒第一劍手多麼本事，幾句話贏得所有人的歡呼喝采。」

剛來到她倆身旁的劉裕微笑道：「這叫對症下藥，我們的保鏢王肯拿條小命出來，荒人當然不會吝嗇喝采聲，大叫大喊不用太花力氣，又可宣洩對祝老大的憤怨。」

在說著這番話時，劉裕生出前所未有的動人感覺，感覺來自對燕飛所使手段的激賞，從而聯想到謝安知人的眼光，亦正如燕飛說的，沒有人比他更會玩這個邊荒集式的遊戲。但這些都不是最使他動心的原因。

無可否認地，此趟邊荒集之旅已因紀千千加入而徹底改變了，在兵凶戰危中注進靈性和溫柔，她宛如破開重雲射往冰天雪地的一束耀目溫暖的陽光。在篝火的掩映下，龐義等人搬箱布陣的聲音不住傳過來，她是如此美得不可方物，更打動人的是她對生命的愛戀，擇善而從的堅持，對新體驗的追求。

紀千千尚未回應，足音從後方傳來。

劉裕心中一震，轉過身來循聲瞧去，入目的是一對銳利如激箭的凌厲眼神。

紀千千主婢亦轉身朝從一道橫巷轉出來的十多名胡族大漢瞧去，龐義等停下手腳，生出警戒的意念。

領頭者是一名佩刀負手緩步而至的年輕胡漢，體型硬朗威武，臉相粗豪得很有性格和男性魅力，上身只穿一件袒露雙臂的羊皮背心，步履穩定，兩眼眨也不眨的盯著劉裕，似若其他人全不存在。

隨在他身後的十多名胡人戰士，攜刀帶槍的，人人雙目凶光閃閃，殺氣騰騰，一副擇人而噬的惡模樣。只要不是瞎眼的，便知他們是為尋釁鬧事而來。

小詩首先嚇得一陣抖顫，紀千千忙摟著她。

劉裕神色沉著，心中卻是暗暗叫苦，從對方的胡服衣飾，他已猜到來的是誰，而對方的實力，更是大大出乎他意料之外。

此人肯定是燕飛和他劉裕的頑強對手。

胡漢跨過頹敗的後院門，仍盯著劉裕，邊走邊道：「你不是燕飛，因為你用的是刀，所以你就是那個甚麼劉裕吧？」

劉裕冷然道：「你也就是那個甚麼慕容戰吧！」

慕容戰倏地在離他們處十步許外立定，待要打手勢著後方的手下扇形散開，準備一言不合來個白刀子進紅刀子出。可是當他目光從劉裕處移開，落在紀千千俏臉上，再往下巡視，接著雄軀劇顫一下，從心底嚷出來般道：「紀千千！」

其他慕容鮮卑族戰士人人看得目瞪口呆，被紀千千驚心動魄的艷色所懾。

紀千千躬身施禮，櫻唇輕吐道：「千千向慕容當家問好。」

劍拔弩張的氣氛立時冰消瓦解，紀千千根本不應是邊荒集能享有的恩賜，而偏偏她正活色生香地現身此處，這種想法，令人生出異樣的動人滋味。

她是如此地與邊荒集格格不入，偏又配合得天衣無縫。

劉裕暗嘆邊荒集確是不同了，因爲紀千千芳駕已臨。

慕容戰神魂顛倒的忙自謙道：「是慕容戰失禮，沒有先向千千小姐請安。」

劉裕啞然笑道：「慕容兄究竟是來向千千小姐請安問好，還是要試試小弟的斤兩呢？」

慕容戰朝他望來，雙目神色立即由溫柔轉爲凌厲，手握到刀柄去。

第三十章　最佳武器

燕飛輕鬆的在街上漫步，向戰戰兢兢、左顧右盼，以防敵人撲出來突襲的高彥道：「你身上有多少子兒？」

高彥苦笑道：「只剩四錠金子，該可換百來個籌碼。」

燕飛失聲道：「就只有這麼多？眞是敗家子。」

高彥嘆道：「要不是財竭力盡，又或沒有千千，我怎肯隨你回來。嘿！他奶奶的！我已所餘無幾，你老哥不是都要拿去奉獻賭場吧？眞不明白你爲何似有必勝的把握？」

燕飛微笑道：「因爲我至少是半個神仙。總而言之我叫你押那一門，你就把全副身家押上去，就那麼簡單，明白嗎？」

高彥領他轉入横街，來往者雖眾，且人人拿眼來看他們，卻沒有人敢騷擾他們。

燕飛的心靈一片平靜，感官的敏銳不住攀升，街上的情況一絲不漏的盡在掌握之中。

高彥又興奮起來，湊近道：「沒有帶錯你去見紀千千吧？唉！我妒忌得要命，雖然她對人人都是熱情友善，但我總覺得她對你是特別一點的。」

燕飛淡淡道：「你不是已把目標轉移到小詩身上嗎？」

高彥登時大感尷尬，支吾道：「哪有這回事？我只是覺得小詩挺可愛的。唉！她太拘謹守禮，不大適合我的口味，新鮮感一過，便不覺得她如何可愛了。」

燕飛哂道：「休想瞞我，是不是因小詩拒你於千里之外，所以發脾氣說狠話了？」

高彥忙岔開話題，指著燈火燦爛前方遠處，喜道：「回家哩！」

一股逼人的殺氣，直撲而來，劉裕冷哼一聲，右手落到刀把上，他雖對慕容戰沒有絲毫懼意，卻清楚曉得慕容戰是一等一的高手，只應付他一人已非常吃力，且難有把握。而己方除紀千千有兩下子外，其他都是不堪一擊，動起手來肯定吃虧。

唯一解決辦法，是以言語套住慕容戰，逼他單打獨鬥以決定勝負。

慕容戰雙目精芒電閃，沉聲道：「敢問劉兄是否把燕飛的事全攬上身？」

劉裕灑然笑道：「這個當然！燕飛是我的兄弟，他的事就是我的事。」

縱使紀千千不清楚江湖規矩，又或邊荒集的規矩，也知劉裕這番話一出，雙方再無善罷的可能性。

「啊！」

慕容戰的殺氣倏地消滅大半，轉往嚇得臉青唇白，禁不住驚呼的小詩瞧去，道：「這位小姑娘是……」

紀千千帶點不悅的嘆道：「她是千千的好姊妹小詩，給慕容當家凶巴巴的神氣嚇怕哩！」

出乎一向深悉慕容戰性格爲人的慕容鮮卑族所有戰士的意料之外，更是劉裕、龐義等完全預料不到的，以好勇鬥狠名懾邊荒集的慕容戰，右手立即離開刀柄，還攤開兩手，表示沒有作戰的意圖，帶點不好意思和尷尬道：「令小詩姑娘受驚，罪過罪過。嘿！今晚我是專誠來向千千小姐和小詩姑娘打個招呼，請安問好的。請問千千小姐準備在邊荒集逗留多久呢？」

他身後的手下暗鬆一口氣，對著紀千千這位能傾國傾城的絕色美人兒，只有唯恐自己表現不佳，怎還興得起動粗的念頭。

此時劉裕反變成旁觀者，握刀的手垂下，心忖保護紀千千固不易辦到，可是替她應付狂蜂浪蝶，或許更令人頭痛。

紀千千秀眸露出清晰無誤的讚賞神色，喜孜孜道：「慕容當家果然是講道理的人，千千目前尚沒有離開邊荒集的打算，看著第一樓從火燼中回復昔日的風光，是奴家現在最大的心願哩！」

慕容戰大喜道：「千千小姐若肯在這裡定居一段時日，這是邊荒集的榮幸。有甚麼用得著我慕容戰的地方，儘管吩咐下來。在邊荒集，我說的話仍能起點作用。」

今次連慕容戰自己也糊塗起來，開始混淆自己來尋燕飛晦氣的行動，不過他已無暇計較，最重要是沒有唐突佳人，更重要是能討得眼前玉人的歡心。

紀千千不住變化，而每一個變化都是出自那雙有攝人風采的美眸。它們正露出憧憬企盼的神色，望著邊荒集上壯麗的夜空，夢囈般道：「千千對邊荒集沒有奢求，只希望隨第一樓的重建，一切回復舊況。不用受苛政重稅的壓迫剝削，人人努力賺錢幹活，不受南北任何勢力的影響，講的是江湖道義和規矩。」

慕容戰露出深思的神色，劉裕當然曉得他不會因幾句話改變作風，然而因是從紀千千的香唇吐出，慕容戰便不得不恭聽和咀嚼。紀千千的魅力，似乎比他的刀和燕飛的劍加起來更有征服邊荒集的威力和本領。

龐義等亦開始感受到眼前情況的古怪，且帶著很荒謬的意味，偏偏事實如此。慕容戰一方由上至下，沒有一個是善男信女，平時橫行邊荒，現在卻乖得有點過分。

紀千千目光回到慕容戰處，長長的睫毛一眨一眨的，令她更是嬌媚橫生，有點撒嬌的道：「千千與燕飛公子雖然是新相識，已清楚他是不愛管別人閒事的人，慕容當家英雄了得，千千眞不願看到你們之間會出現勢不兩立的情況呢。」

劉裕直覺感到紀千千對這位威武不凡的鮮卑族高手產生興趣，進一步明白表示她不但不是高不可攀、拒人於千里之外、崖岸自高的女子，反之是非常多情，只是建康的公子哥兒沒有人能令她心動而已！

慕容戰發自眞心的露出一絲苦澀的神情，嘆道：「我和燕飛間的仇恨並非始於今天，且關乎到本族的榮譽，不過我和燕飛是一回事，與千千小姐的交往又是另一回事，希望千千小姐明白此爲邊荒集的規矩。」

接著深吸一口氣道：「不知慕容戰是否有福分，可以欣賞千千小姐天下無雙的琴音曲藝呢？」

紀千千微笑道：「人家尚未安頓好呢，過幾天你再來試試看好嗎？」

慕容戰沉重的神色一掃而空，大喜拜謝。還向劉裕、龐義等客氣地打個招呼，這才揚長而去。

夜窩子位於邊荒集的心臟地帶，像邊荒集般有城界而沒有城牆，泛指以鐘樓爲中心、縱橫各三條大街的區域。此區樓房也是邊荒集最宏偉的，包括十八座青樓和七間賭場。

夜窩子是邊荒集內的邊荒，乃集內諸大勢力的緩衝區，諸幫每年舉行一次鳴鐘儀式，立誓不會把外面的腥風血雨帶進窩內來，令夜窩子成爲集內最安全的樂土聖地。

在天下人眼中，荒人是墮落的一群，盡顯人性的醜惡；荒人的心態更怪，反以此爲榮，認爲只有率性任情，方可享受生命。

邊荒集因而也變成世上最墮落的場所，而唯一可以比邊荒集更有資格背負此名的，必是夜窩子無疑。它是邊荒集的秦淮河，又比秦淮河更不受約束，乃最大凶地中避世的桃花源，暴風雨肆虐時的避難所，邊荒集之爲邊荒集的象徵，邊荒的聖土。

燦爛輝煌的燈光，把夜窩子所在區域照射得如五光十色的奇異白晝，以鐘樓爲中心縱橫交錯的幾條大街，人潮處處，彷彿此刻方是一天的開始。

高彥踏足夜窩子，整個人像立即變了，變得神氣昂揚，因爲他曉得在離開夜窩子前，沒有人敢向他動粗。

事實上每個進入夜窩子的人，也會搖身一變，變成另一個人，或許只是做回眞正的自己。在外面風大雨大，有很多時須忍氣呑聲，可是在這裡，可以拋開一切顧忌。而荒人更有個良好習慣，就是在這緩衝區內發生的事，均不能延伸到區外去。

到這裡的人是要尋樂子，而非煩惱。

呼嘯聲從車馬道傳至，接著蹄聲轟隆，十多騎沿街怪叫著快速馳來。

高彥笑道：「又是夜窩族那群兔崽子！」

要說夜窩族，便不能不提它的創始者——「邊荒名士」卓狂生，沒有人曉得這是否他爹爲他取的本名，還是來邊荒集後的自號。也別以爲他是個瘋瘋癲癲的人，事實上他由外貌到談吐，均儒雅不凡；只是腦子想出來的東西，均是匪夷所思，偏又切實可行。夜窩子的出現，正是他憑三寸不爛之舌，周旋遊說各大勢力而催生出來的，大大舒緩各幫會的對峙和緊張。

邊荒集的人又愛稱他爲「館長」，因爲他也是聖地內唯一說書館的主持人兼大老闆，賣的是邊荒集外的故事。目前最熱門的，當然是有關淝水之戰的一切，令卓狂生大大賺了一筆。

夜窩族是卓狂生另一個構想，是令邊荒集不同種族融合的瘋狂手段和創舉，夜窩族則自稱爲窩友。

夜窩族容許任何人加入，不同幫會、不同種族的人，入族後每當踏足聖地，須拋開外邊的仇怨，大家變成聯群結隊尋歡作樂的兄弟，只談風月，不涉其餘。夜窩族的存在，成爲夜窩子和平的基石，誰敢違規，族人會群起攻之。

燕飛訝道：「你不也屬夜窩族嗎？罵他們等若罵自己。」

十多騎隔遠看到兩人，立即怪叫連連、神情興奮的紛紛勒馬，好不容易在兩人旁勉強止住衝勢，眾馬兒仍在噴白氣。

帶頭的羌族青年大笑道：「高彥小子！你又回來哩！」

接著目光落在燕飛身上，呼道：「我的娘！是否我眼花看錯，從未踏足聖窩的燕飛，竟會出現在這裡，今晚吹的是甚麼風？」

他身旁的漢族青年不耐煩道：「姚猛你要岔到哪裡去呢？快爽脆點說出我們三千多窩友的心願好嗎？」

高彥愕然道：「究竟是甚麼娘的心願？」

姚猛欣然道：「外頭有人放風，說秦淮第一絕色紀千千隨你們來了邊荒集，祝老大還把第一樓送給她作見面禮！是否確有其事？」

燕飛頓時生出和劉裕相同的感覺，眞正能征服邊荒集的並非他的劍又或劉裕的刀，而是紀千千的美麗，他和劉裕只是負起從旁輔助之責。

高彥訝道：「你們消息竟如此靈通！」

眾人齊聲怪叫高嚷，氣氛更趨熾熱。

姚猛大喜道：「原來眞的確有其事，教人難以置信。窩主已決定在窩會上提出以最隆重的鳴鐘儀式歡迎千千小姐駕臨邊荒集，並誠意邀請她在鐘樓上表演琴技曲藝，你們是邊荒集響噹噹的老大哥，自然須站在我們的立場，說服千千小姐。」

窩會是每月於夜窩子舉行一次的例會，共有八個席位，由被戲稱爲窩主的卓狂生主持，出席者均爲最有勢力的幫會頭頭，又或掌握經濟命脈和最有影響力的頭臉人物。由於邊荒集諸勢力不斷傾軋，變化迭生，故每次例會，都有必要決定下一回誰還有列席的資格。

窩會對邊荒集的平衡起著決定性的作用，很多糾紛就在例會解決。

燕飛立即頭大如斗，只看這群邊荒集的年輕一輩雀躍的神情，便曉得人人摩拳擦掌，誓要奪得美人歸。幸好回到窩外，他們會變成正常的荒民，不過若紀千千眞個踏足這人人平等的區域，天才曉得會發生甚麼事！

高彥立即神氣起來，昂然道：「老子還以爲是甚麼事，如此小事一件，包在我高彥身上。」

姚猛等齊聲歡呼，策馬去了。

邊荒集西面二十里一處丘原，大隊人馬正紮營休息，一群人忽然馳出營地，策馬直抵附近一處丘頂，駐馬遠眺邊荒集。

邊荒集像嵌在黑暗大地的耀眼明珠，燈火輝煌燦爛。

中間的人一身白衣，披著淡藍色的寬袖長袍，腰佩式樣高古的特大長劍，曉得他是屠奉三者，均清楚此劍不單令無數自以為不可一世的高手飲恨，在千軍萬馬中取敵將首級更輕鬆得似探囊取物。

在荊州兩湖一帶，他的名字喚出來能止小孩夜啼。他是桓玄最得力的手下，更是桓玄自小相識的至交，是桓玄最信任的人。

他的體格並不特別魁梧，表面看還頗有江左名士的儒雅風采，身形頎長，臉龐瘦削，嘴角似永遠帶著一絲僅可覺察，既自負又帶點對其他人輕蔑的笑意。挺直鼻子上的一對眼睛神光閃閃，似蘊藏著用之不竭的智慧，膚色明黃，額頭高廣，不說話時帶著一股令人不寒而慄的凜冽殺氣。

他左方的大漢背負雙斧，臉如鐵鑄，眼若銅鈴，渾身散發著陰森的氣息，粗脖子上的露骨寬臉帶著一道由左眼角直延至耳珠的傷疤，使他看來更猙獰嚇人。此人人稱「連環斧」博驚雷，本為荊州著名馬賊的頭領，後因惹翻兩湖幫的聶天還，遂託庇於屠奉三之下，成為他最得力的手下。

右邊的叫「惡狐」陰奇，他的得名是因他的長相像狐狸，是屠奉三創立的「振荊會」的首席軍師，不但狡如狐狸，且行事不擇手段，憑著鐵石心腸和智力，以欺騙、收買、暴力種種方法，在桓玄的翼護下為屠奉三擴張勢力。而他的武功也僅次於博驚雷，是振荊會第三把交椅的人物。

此時陰奇指著邊荒集陰惻惻的笑道：「明天我們進入邊荒集，祝天雲將會大禍臨頭。」

煩哩！」

博驚雷冷哼道：「江海流竟敢瞞著南郡公，欲圖透過祝天雲在邊荒集擴張勢力，敢情是活得不耐煩哩！」

陰奇狠狠道：「若非南郡公念在他目前尚有可供利用的價值，要殺他還不是易如反掌。」

屠奉三淡淡道：「不要小覷江海流，此人實是有遠見之輩，清楚在眼前南方的形勢中，只有處處逢源方可活得長久。除非我們和謝安、謝玄分出勝負，否則以江海流的爲人，絕不會靠向任何一邊。他要在邊荒集取得立足點，正是要增加喊價的本錢，使任何一方均不敢輕易動他。」

博驚雷雙目射出深刻的仇恨，沉聲道：「據傳聶天還也看中邊荒集，還派出郝長亨到邊荒集來送死，我就和他一併把賬算清楚。」

屠奉三漫不經意地瞥博驚雷一眼，後者臉上的傷疤正是給郝長亨名震兩湖的寶劍「天兵」硬劃出來的。因爲當日博驚雷是中了兩湖幫的埋伏，所以並不服氣。而博驚雷能孤身殺出重圍，正顯示出郝長亨尚未夠本領把他留下。

微笑道：「小不忍則亂大謀，我們今次到邊荒集去並不是殺幾個人了事，而是要將邊荒集置於絕對的控制下，方便南郡公日後舉事，明白嗎？」

兩人齊聲應是，對屠奉三，即使凶惡狡猾如他們者，亦要口服心服，皆因沒有人比他們更清楚屠奉三的手段。

屠奉三雙目精芒遽盛，似乎邊荒集早成他囊中之物，柔聲道：「由明天開始，邊荒集將會逐步依我們的計畫改變過來，永遠不能回復以前的模樣。」

第三十一章 邊荒之夜

劉裕挨著疊高的箱子坐下，看著紀千千指使著龐義等人團團轉，爲她主婢的香衾繡帳忙碌，紀千千忽又扯著龐義到第一樓所在的位置指點說話，不用說是有新的提議。

紀千千確是個沒有人可以拒絕的可愛女子，劉裕自己辦不到，燕飛辦不到，高彥更不用說。

劉裕忽然心中一震，醒覺到自己雙眼一直沒有離開紀千千，在不自覺下他用上全副心神，不放過她任何表情動作，單只看她已是最高的享受，他從未如此投入去看異性。此刻他不曉得沒有她的天地會變成甚麼樣子，但肯定會令人失去很多生趣。

紀千千說畢，又轉回去布置睡帳，看她興致勃勃的嬌俏模樣，知她不但絲毫不擔心漢幫或胡幫，還非常享受在邊荒集內的每一刻。

聚觀的人雖然散去，仍不停有人在附近逡巡，擺明是來看紀千千的，幸好人人明白邊荒集撩人者賤的規矩，只敢隔遠瞥看。

龐義來到他身旁坐下，滿足地舒了一口氣，閉上眼睛。

劉裕忍不住問道：「千千又有甚麼古怪的想法？」

龐義夢囈般道：「她要一張私家桌，指明要放在酒鬼燕飛的私家桌旁，因爲她喜歡在有邊荒第一高手保護的舒暢心情下，每天好好欣賞東大街熱鬧的生活。」

劉裕嘆道：「說出來或許沒有人相信，但將來統治邊荒集的，會是千千而非任何其他人。除非像苻堅般百萬大軍南來，否則沒有人能以武力征服邊荒集，更非幾個人的力量辦得到。因此我有個預感，千千憑她的美麗、個性和蘭心蕙質，或眞可兵不血刃地完成霸業。」

龐義睜開雙目，點頭道：「我從未見過胡賊對女人這麼客氣有禮，一副唯命是從的恭順態度。千千的魅力確是驚人，肯對她狠心的肯定不是人，男女皆如是。」

劉裕道：「剛才你害怕嗎？」

龐義嘆道：「說不害怕是騙你的。不過當千千開始說話，我就全神顧著看她的一顰一笑，連老爹是誰都忘記了，哪還記得害怕。」

劉裕笑道：「老哥心動了嗎？」

龐義道：「面對如此佳人，誰能不心動？若聽過她唱曲就更不得了了。不過我有自知之明，不會有非分之想。事實上千千有種令人不敢攀折、只可遠觀的高貴氣質，使人不敢生出妄念，那會是一種褻瀆。」

劉裕道：「小詩也不錯吧！」

龐義破天荒的老臉一紅，皺眉道：「你在胡說甚麼？」

劉裕笑嘻嘻道：「沒有甚麼！只是見你老哥對小詩特別細心伺候，隨口說說而已！哈！」

龐義苦笑道：「怎麼說都不行，若你散播謠言，我會和你拚命。」

接著又道：「明天若祝老大肯乖乖的送回木材，我要先爲千千製作一套胡椅胡桌，讓她可坐賞第一樓的重建工程。」

劉裕待要說話，紀千千蓮步輕移，朝他們走來，登時天改地變，廢墟變成充滿生趣和色彩的美好人間仙界。

紀千千活色生香的直抵兩人身前，指著劉裕嗔道：「你在偷懶。」

劉裕打從心底湧起自己也不明白的甜蜜感覺，嗅吸著她健康青春的香氣，攤手道：「我哪有偷懶，有甚麼可以做的？」

紀千千欣然道：「可以做的事多著呢！龐老闆說給我和小詩四座篷帳，兩座是用來睡覺休息，一座用來梳洗沐浴，一座用來招呼客人……」

龐義提醒道：「和彈琴唱曲。」

劉裕立即虎目閃亮。

紀千千沒好氣地橫龐義一眼，弄得後者魂魄齊飛，有如說急口令的匆匆道：「要張羅的東西很多哩！幸好邊荒集有夜市，千千要一個大浴盆、一個大水煲，還有……」接著唸出一大串日常必需的用品，鉅細靡遺。

兩人聽得啞口無言，四座營帳如何可以放進這麼多東西？

劉裕苦笑道：「我如何可以分身？保護你是燕老大派下來的重任。」

紀千千露出狡猾的甜美笑容，柔聲道：「人家和小詩隨你們一道去不就成了嗎？」

劉裕和龐義恍然大悟，紀千千繞了個大圈子，說到底是要去逛夜市，不甘寂寞。

騾蹄踏地和車輪輾地的聲音傳入耳中，三人循聲瞧去，三輛騾車從東大街轉進來，駛上因第一樓已成廢墟致巷不成巷的巷道。

劉裕呆了一呆，三輛騾車分明是衝著他們來的，不過駕車者只是普通荒民，不像是漢幫的殺手刺客，若要以騾車來運載漢幫的戰士，更是多此一舉，荒天下之大謬。

龐義也摸不著頭腦，喝過去道：「你們來幹啥？」

小詩和鄭雄等放下手上的工作，好奇地趕過來看熱鬧。

駕馭第一輛騾車的年輕小夥子道：「有位自稱邊荒公子的俊俏傢伙，搜購了大批日用品……噢！我的娘，原來千千小姐眞的來了邊荒集，他沒有吹牛皮。」

劉裕一呆道：「這批東西難道是那個叫甚麼娘的邊荒公子指定要送給千千的嗎？」

年輕小夥子目不轉睛的狠盯著紀千千，看情況早忘掉爹娘，竟不懂回答劉裕的問題。

三輛騾車緩緩停在眾人旁，龐義喝道：「兄弟們上，看看究竟是一車車的刺客，還是滿車禮物。」

紀千千「噗哧」笑道：「龐老闆的心情肯定甚佳，說得這麼有趣。千千愈來愈喜歡邊荒集哩！每一刻都在變化，眞個好玩有趣。像現在忽然又冒出了一個叫邊荒公子的俊俏傢伙，送來眼前的三車禮物。」

那三個駕車來的小夥子既聽到她甜美的聲音，又得睹她如鮮花盛放的嫣然一笑，更像呆頭鵝般沒法作聲。

鄭雄等早一哄而上，興高采烈地去揭開蓋著貨物的布篷，接著齊聲怪叫，就像在玩新奇遊戲，似乎危險已離得他們很遠了。

紀千千是否能征服邊荒集，尙是言之過早，不過所有曾見過她的，無人不拜倒於她的絕世風華之下。朋友如是！敵人也是。

紀千千踮起腳尖，希望看清楚點，秀眸異采漣漣，一副天眞的嬌俏模樣，嘆道：「這位配稱得是天下間最懂伺候女兒家的男子漢！」

三車載滿各式各樣的女性用品，從梳粧檯、銅鏡、大小浴盆至乎一把梳子，樣樣俱備，鉅細無遺。

劉裕和龐義兩個大男人面面相覷，心忖邊荒公子肯定對女性生活的所有細節瞭如指掌，那種無微不至的細心周到，精采得教人生疑，世間是否眞有如此熟悉女性的人物？

小詩也看得目瞪口呆，咋舌道：「這批東西夠我們用上一、兩年了！眞棒！全是在南方買不到的北方上等貨。」

紀千千喜孜孜朝劉、龐兩人瞧來，以帶點請求的語調問道：「這是千千見過最有心思的禮物，千千若不收下，便是不近人情。千千可以收禮嗎？」

龐義也開始感覺到紀千千帶點狂野的多情性格，苦笑道：「這樣的一份厚禮，包括燕飛小子在內，任我們所有人想破腦袋，也想不出來，想出來也難辦得這麼妥貼。可是千千有沒想過，眼前的大禮等若那甚麼娘的邊荒公子向小姐你示愛，千千接受後，不怕他糾纏才好。」

紀千千抿嘴淺笑，柔聲道：「不見他一面，千千亦不甘心。」

劉裕曉得即使燕飛在，也難改變紀千千已下的決定。微笑道：「邊荒集是天下高手群集之地，講的是高手過招，現在邊荒公子正向千千發招，我們的千千美人怎可不接招還招，弱了我們第一樓的威名？」

紀千千鼓掌道：「劉老大確是英雄了得。好！請各位幫個忙，把貨物卸下來，然後再想想該放在哪裡。」

夜窩子的街頭，熱鬧而混亂，處處是腳步不穩的酒鬼，有些坐下來神志不清的喃喃自語，有些更躺倒街頭，沒人有閒情去理會。聚眾狂歡之徒成群結隊的呼嘯而過，喧譁震天，一派縱情放肆，拋開所有顧慮，盡情燃燒生命的享樂態度。

高彥自己知自己事，避由東大街進入夜窩子，因爲在夜窩子的東大街路段，兩座著名青樓邊荒樓和荒月樓就像秦淮樓和淮月樓般隔江對峙，只不過秦淮河變成了東大街，她們命名的靈感，亦是來自這兩座秦淮河最著名的青樓。

可惜當高彥經過由胡女長駐候教，位於夜窩子鐘樓廣場東南區的青樓盡歡閣，他仍難逃一劫的被站在閣外拉客的胡族姑娘纏上，且殃及燕飛這條池魚，好不容易方從脂粉陣中脫身。

燕飛大有劫後餘生的感覺，駭然道：「青樓的姊兒不是乖乖的留在樓內，等待客人來光顧嗎？怎麼會到街上來要把客人硬架進樓內去似的。」

高彥仍在尷尬，因爲餓鬼般的青樓姊兒沒有人不是高爺前高爺後的叫著，盡顯他是個青樓常客的本色，當然沒有人理會他是否已洗心革面。苦笑道：「競爭大嘛！多一個客人多一筆皮肉錢，所以我還是喜歡秦淮河斯斯文文的一套，有情趣得多。在秦淮河可以聽琴賞曲行酒令甚至清談一番，這裡的姊兒哪有閒情和你來這一套，扯著你登樓入房，立即來個眞刀眞槍，又趕去接下一個客人。唉！不要看門面，事實上和土窰子沒有甚麼分別。」

燕飛心忖紀千千要改革這麼一處地方，眞是談何容易。一旦形成習慣，人們會習以爲常，難以接受其他。

夜窩子內最多的不是青樓妓寨，而是酒館、茶室和食肆。幸好全部只准在入夜後經營，這也是夜窩子得名的來由，而夜窩子便在天亮那一刻消失，否則會搶去只在日間開業的第一樓大量生意。夜窩子是夜遊人的仙界，不論青樓賭場、酒館食肆，每座建築物均高掛彩燈，營造出夜窩子獨有醉生夢死的氣氛。

「砰！」

高彥抬頭往夜窩子中心區鐘樓所在的廣場上空瞧去，一朵燦爛的煙花在夜空爆開，興奮的道：「廣場處不知又有甚麼新玩意，見你老哥初來乍到，讓我這識途老馬帶你去見識見識吧。」

燕飛正好奇地看著對街煙花舖旁一座布置得有點像廟堂的建築物，門內煙霧瀰漫，頗有點宗教殿宇神秘的氣氛，問道：「那是甚麼處所？」

高彥笑道：「你看不到牌匾寫著『尋仙齋』三個字嗎？你想服食甚麼寒石散或靈丹仙藥，內裡有大批供應。如此的丹堂在夜窩子內共有三所，我也曾幫襯過一次半次，買的是壯陽丸而非仙藥。」

燕飛聽得不知好氣還是好笑，難怪南北之人，認為荒人墮落。

倏地豁然開闊，原來已踏足鐘樓廣場，入目的熱鬧擠迫情況，以燕飛對世事的冷淡，也要不能置信的瞪大眼睛。

劉裕挨著箱子坐在地上，看著紀千千主婢在龐義等幫忙下，興高采烈地把邊荒公子送來的東西布置於四座大帳篷內，感受著他們的歡樂。

雖然人人喧譁笑語，不時起鬨，他並不留神，只有當紀千千銀鈴般的笑聲響起，才會像風般送進他耳內去。

他忽然感到襲上心頭的失落，一切像失去動力，再沒有甚麼可令他興奮的目標，統一南北的志向變得遙遠而不切乎現實。

他曉得眼前的美女永遠不會愛上他，這個想法令他生出自卑自憐的痛苦。

她或許會愛上燕飛，又或仍難忘舊愛，甚或被粗野的慕容戰所吸引，乃至為那自稱邊荒公子的人打動芳心，卻絕不會戀上他劉裕。

紀千千會把他視作好兄弟、朋友和並肩作戰的夥伴，但卻不會對他生出男女之情。只看她說心事總是找燕飛，便知自己不是她在這方面的理想對象和知己。

此一想法令他感到沮喪和寂寞。

加入北府兵後，到青樓逢場作戲雖不時有之，但純粹是出於對色慾的追求，一買一賣清楚分明，事後他不但忘掉對方的名字，連樣貌也變得模糊不清。他從沒有對任何女子動情，可是他在這一刻，卻清楚自己對眼前美女動心了。

自家知自家事，他雖身在邊荒集，卻不是屬於這裡的，像他以前每次進入邊荒集般，只是為完成某一派下來的使命任務。他可以享受邊荒集刺激和充滿生氣的獨特生活方式，可是他仍是旅人過客，終有一天離開。不像燕飛、龐義、高彥等人，邊荒集是他們的家，甚或唯一的歸宿。

當紀千千在紛亂的天下間找不到另一處更吸引她的地方，她會留在這裡，燃燒她美麗生命的光和熱。

而他劉裕卻是個軍人，以南方安危存亡為己任，其他一切均須放在次要的地位，男女之情更是牽累和負擔。以前他從不覺得這是個問題，可是在這一刻，他深切感受到錯過紀千千，會是生命中難以彌補的大錯失。

更大的問題在縱然他肯拋開一切，力不從心地全力追求紀千千，一切仍是徒然，只會破壞他們的無敵組合，誤了刺殺竺法慶的頭等正事，辜負謝玄對他的期望。若謝家因而受損，將成錯恨難塡之局。以他實事求是的性格，絕不肯讓事情朝此一方向發展。

香風吹來。

劉裕無力地朝似彩蝶飄來的紀千千瞧去，心中不知是何滋味。

紀千千歡天喜地道：「客帳布置好了！請劉老大參觀賜教。咦！劉老大有甚麼心事呢？」

劉裕知道玲瓏剔透的美女已從他神色看出心內玄虛，勉強擠出點笑容，壓下百結的愁思、矛盾和悵惘，跳起來笑道：「有甚麼好想的，還不是想想如何應付爭逐於千千裙下的狂蜂浪蝶。」

紀千千橫他嬌媚的一眼，直斥道：「說謊！你不是在想這些事。你不如好好動下腦筋，看今晚可以有些甚麼助興的玩意。千千今晚不打算睡哩！明天才睡個夠。」

劉裕愈看她媚態橫生的多情模樣，口角生春的萬種嬌姿美態，愈感失落痛苦，心忖只幾天自己便如此窩囊，再下去的日子該怎麼過。

忽然發覺衣袖給她扯個結實，身不由己地往客帳所在走去。劉裕猛一咬牙，振起精神，心忖若自己連男女之情這關也過不了，如何還能做一個成功的祖逖。

驀地蹄聲轟鳴，劉裕循聲瞧去，七、八騎從東大街轉入第一樓的空地，馬蹄踢著的灰燼碎屑直捲上天，聲勢洶洶地朝他們疾馳而來。

劉裕見狀喝道：「千千和小詩先入帳去。」

紀千千知他怕嚇壞小詩，忙扯著小詩到帳內。

第三十二章　夜窩風情

古鐘場是夜窩子的核心，也是它最熱鬧的地點，以建築物界劃出來環繞鐘樓的廣闊大廣場，是四條通門大道的接合點。邊荒集的前身項城並沒有這麼一個廣場，全賴卓狂生說服各大幫會，把圍繞鐘樓的數十幢樓房拆掉，鋪以大麻石，古鐘場遂於邊荒集的核心誕生，成為天下流浪者和荒人翹首而觀的聖地。

各方以賣藝為生的浪人，若未到過古鐘場賣藝賺錢，便談不上夠資格。

古鐘場綵燈高掛，在上萬個綵燈的閃耀中，沒人有閒再瞥一眼失色的星月。十多座大營帳像一座座小丘般大幅增強廣場的遼闊感，無數地攤一排排地平均分布，展示千奇百怪的貨物，還有各色各樣小規模或獨腳戲式的街頭藝人表演，人潮處處，較受歡迎的攤檔或表演，更是擠得插針難下，像全集的人都擠到這裡來，盛況更勝春節元宵。

燕飛嘆道：「沒有親眼見過，肯定沒有人相信邊荒集會熱鬧得像這個樣子。」

高彥老氣橫秋，以指點後輩的語氣道：「有甚麼好奇怪的？凡有錢賺的地方，必有人跡。更何況荒人是天下最豪爽和肯花費的人，本人便是個好例子。不到這裡來，到哪裡去好呢？」

兩人隨人潮往鐘樓走去，燕飛似已習慣古鐘場的熱鬧，淡淡道：「聽說你沒錢光顧青樓的時候，會到這裡擺地攤賣北方弄來的古籍古玩。」

高彥立即興奮地道：「誰能比我的腦筋更靈活呢？南方人花得起錢，又懷念以往在北方的生活，名門望族的子弟雖被嚴禁到這裡來，可是能發財的事，自然有人搶著幹，大量收購北方的文物後，只要過得邊防那一關，可以在南方賺取十倍以上的暴利。」

忽然扯著燕飛在一個地攤子前停下來，原來是個賣走馬燈的檔口，檔主正苦著臉，皆因鄰攤人山人海，他卻是門堪羅雀，只有高彥和燕飛兩人肯停下來一看。

燕飛愕然道：「你不是要買幾個回去照著你去茅廁的路吧！」

高彥捧腹笑道：「你這小子，原來可以把話說得如此粗俗的，眞是大煞風景。」

接著向攤主道：「元宵已過，中秋尙遠，老闆你賣這麼不合時的東西，當然要賠本。」

攤主是個二十歲左右的年輕漢子，苦笑道：「奈何我只會製作走馬燈，我僅餘的錢，全用來買材料，又花了三天時間餓著肚子製成十八盞燈，今晚是第一次擺地攤，卻賣不出半個，兩位少爺可否幫個忙？」

燕飛仔細欣賞，發覺材料雖粗糙，但手工精美，圖案大膽而有創意，用色古雅，十八個走馬燈轉個不休，彩芒掩映，確是蔚爲奇觀。隨著轉動圖案起伏產生的錯覺，燈內的龍、鳳、馬都似活過來般。

高彥欣然道：「算你走運，遇上老子，我全副家當只剩下四個金錠，就給你其中一錠，買下所有走馬燈，你給老子送到原本第一樓所在的營地處，獻給我的紀千千小姐，可別夾帶私逃。」

攤主立即目瞪口呆，他的走馬燈頂多每個賣五錢銀子，一錠金子足夠買他至少一百八十盞，好一會兒方曉得大喜道謝，恭接高彥恩賜的一錠金子，口顫顫的道：「是否秦淮第一才女紀千千小姐？」

高彥沒好氣道：「還有另一個紀千千嗎？你告訴我可以在哪裡找到？」

攤主仍像沒法相信自己的幸運，神志不清的問道：「小人該說是哪位大爺著小人送燈去的呢？」

高彥長笑道：「當然是邊荒第一名劍燕飛公子著你送去了！」

攤主顯然聽過燕飛的大名，如雷貫耳的渾身劇震。

燕飛失聲道：「甚麼？」

高彥不容他有更正的機會，硬扯他離去，陪笑道：「你沒有膽子，老子便給你壯壯膽子。不要騙我，你根本好不了我多少，還笑我被千千迷得神魂顛倒。」

三個火球升上離地兩丈許處，接著是四球、五球，隨著玩拋火棒大漢的嫻熟手法，依循某一節奏，火輪般運轉，引得人人圍觀，更有人拍掌助興。

兩人給擠到前幾排處，忽然一枝火棒像失手似的墜往地面，於眾人失聲驚呼時，玩火棒的大漢舉腳一踢，便如用手般把火棒擲上半空，重新加入運轉的火輪群中，登時激起震天喝采聲，不少人更把銅錢投向玩火棒漢腳前的大竹筐去。

高彥扯著燕飛繼續行程，笑道：「若你老哥肯下場表演，包管更多人瞧。噢！不！我想到哩！假如千千肯來幫我擺地攤賣古玩，肯定賺個盆滿缽滿。」

燕飛皺眉道：「不要顧左右而言他，我要和你算賬，若千千誤會我向她示愛，豈非尷尬？你放棄追求紀千千了嗎？」

高彥道：「坦白說，我還有點自知之明，千千看你的目光明顯和看我不同，肥水不流別人田，便宜自己兄弟總好過便宜外人；如給那甚麼娘的『妖帥』徐道覆得手，我會吐血身亡。」

燕飛餘氣未消的怨道：「可是你總該先徵求我的同意，這種男女間的事可不是鬧著玩的，千千如曉得根本不是我送的，說不定會拿劍斬你。」

高彥毫無悔意的笑道：「我還未有資格能令千千不殺我不甘心。唉！我的小飛，對娘兒你又怎及得我在行，我是怕你臉嫩，犯了膽不夠大的天條，所以拿著你的手敲響第一輪戰鼓，爲你出招。千千對你已有點情不自禁，你還不好好掌握機會。」

燕飛頹然道：「今次你害慘我了，還要陪你說謊。你難道從沒有考慮過，我對男女之情已有曾經滄海，且敬而遠之的感覺，你現在是陷我於不義。」

高彥失笑道：「你倒懂耍猴戲。自千千不知對你說過幾句甚麼話，就整晚神魂顛倒的樣子。只要不是瞎子，都看穿你愛上紀千千啦！好！討論至此爲止。」

「大哥！大哥！」

有人隔遠大叫，拚命擠過人潮，喘息著往他們靠近。

高彥拍拍燕飛道：「是我的小嘍囉，讓我看看他有沒有新的消息。鐘樓東見！」說罷往喊他「大哥」的小夥子迎去。

燕飛拿高彥沒法，難道拔劍把他斬了嗎？對紀千千，說不喜歡她肯定是騙自己，不過他的自制力並沒崩潰，仍可以忍受欠缺她的生活。他已孤獨慣了，對感情上的任何負擔，均有種莫名的恐懼。自娘親去後，幾乎每天都在渾渾噩噩中度過，可是過去的幾天，時光彷彿以加倍的速度流逝，這是否愛的感覺呢？

最要命是高彥的推波助瀾，唯恐天下之不亂。自己是不是該立即掉頭，趕去截著那十八盞走馬燈，改爲他和高彥共送的禮物。

燕飛倏地轉身，後面跟的人收腳不住，往他撞來，燕飛一閃避過，接著游魚般從人隙中移動，沒有人能沾到他衣角，最妙是沒有人感覺到他正快速地在人堆中穿梭。

他記起在明日寺外廣場上的孫恩，當時他亦是以類似和接近的方法遊走，彷似大海中魚群的游竄動作，永不會碰上同夥。當時他心中生出無比怪異的感覺，現在終於他自己也辦得到，從而更清楚孫恩的高明。

此時他來到一座大篷帳前，內裡傳出女子的歌聲與伴和舞樂聲，把門的兩名漢子不住敲響銅鑼，高呼「柔骨美女表演歌舞」以招徠客人，帳門外還有十多人輪候，等待下一場的表演。

燕飛的心靈進入玲瓏剔透的境界，附近方圓數丈之地每個人的位置變化，全都了然於胸，假設他願意，可以像鬼魅般的迅快，在這片人海裡來去自如。

就在這一刻，他看到一個女子熟悉的背影，立即在腦海裡勾畫出「妖后」任青媞的如花玉容。

他直覺感到任青媞是要刺殺他，卻給他突然掉頭而走，迫得無奈下也遠遁而去。

她離他只有七、八丈的距離，不過以他的身手，而她又保持目前的速度，要追上她只是眨幾眼的工夫。

想到這裡，他已朝任青媞追去，舊恨湧上心頭，然而已變得非常淡薄。

追上她不是要報仇雪恨，而是要弄清楚這狡猾狠毒的妖女到邊荒集來有何目的，順道向她發出警告。

閃電間，他推進兩丈，她在人群中時現時隱的美麗背影也倏地加速，顯然感應到成為燕飛追蹤的對象，更堅定燕飛認為她是針對自己而來的想法。現在奸謀敗露，當然要逃之夭夭。

剎那間，燕飛又把距離拉近一丈。

燕飛靈台一片清明，金丹大法全力展開，令他可以從心所欲的改變方向、位置、速度，阻礙再不成其阻礙，就像在一座不斷轉動變化的密林裡，仍能運動自如。

他甚至有把握在此人山人海、喧鬧震天，充滿各式各樣活動的特殊地方，全力施展蝶戀花，擊殺任青媞，卻又不損旁人半根毫毛。如此信心感覺，是丹劫之前從未夢想過的。

前方力圖遠遁的任青媞嬌軀一顫，終被他氣機鎖緊，致生出反應。

此刻她只有一個選擇，便是回身應戰。

正在這緊張時刻，一個人從旁閃出，離他雖仍有丈許距離，恰好在兩人中間處，偏又剛好攔著他去路，切斷他對任青媞的氣機感應。

燕飛心中一懍，驀然立定，與那「闖入者」面面相對，四目交投。

劉裕卓立帳前，看著七騎不速之客，在身前丈許處勒停戰馬。

這批人一律武士裝束，佩帶各式兵器，年紀都在二十許間，人人神情凶悍，胡漢混雜，一看便知是好勇鬥狠之輩。

七對眼睛電光閃閃，落在劉裕臉上。

龐義昂然移到劉裕旁，喝道：「你們來幹甚麼？」

眾胡漢青年驚異不定地打量在後院豎立的八座營帳，帶頭的漢族青年喝道：「不關你龐義的事，叫高彥滾出來受死！」

劉裕冷哼一聲，他是軍人出身，習慣在戰場上以硬碰硬，怕過誰來。沉聲道：「有甚麼事，找我劉裕也是一樣。」

另一人戟指喝道：「原來你就是謝玄的走狗劉裕，立即給我們邊荒七公子滾離邊荒集，否則要教你死無全屍，邊荒集並不歡迎你。」

劉裕一呆後，哈哈大笑起來，道：「人家建康七公子，你們便來個邊荒七公子，可笑至極。」

暴喝連聲，其中三人已彈離馬背，短戟、馬刀、長劍三種兵器，凌空劈頭照面往劉裕攻來。

劉裕從容搶前，厚背刀出鞘，劃出一道刀芒，敵人無一倖免地給他掃個正著，內勁爆發，震得三人倒飛回馬背去。

邊荒七公子人人面露訝色，想不到劉裕高明至此。

龐義對劉裕信心大增，昂然道：「高彥剛到賭場去，你們要找他晦氣，請移貴步。不過他正和燕飛一道，你們若肯跪地哀求，說不定老燕肯袖手旁觀，不過問你們和高彥間的恩怨。」

「噗哧」嬌笑從帳內傳出來，顯是紀千千因龐義說得過分挖苦，忍俊不住。

邊荒七公子看來只知高彥、劉裕在此，而不曉得紀千千芳駕也在此，頓時爲之一呆。

劉裕笑道：「還不快滾！是否要再陪我過幾招玩玩看？」

領頭者色厲內荏的怒道：「今時不同往日，邊荒集再輪不到燕飛來揚威耀武，就看你們能得意至何時。我們去找高彥。」

說罷領著其他六公子，呼嘯去了。

紀千千揭帳而出，欣然道：「邊荒集原來也有另一批七公子，眞有趣！」

龐義道：「幫會有幫會的成群結黨，幫會外也黨派林立，是邊荒集聚眾則強的特色。苻堅之劫令很多人的心思生出變化，希望在新的秩序中混水摸魚，爭取更大的利益。這群七公子做的也是風媒的生意，與高彥自然有利益上的衝突。」

小詩也從帳內鑽出來，向龐義含羞道：「我還以爲是高公子因爭風吃醋，與這些一言不合便動刀子的人結下仇怨，原來是生意上的爭執。」

龐義神情忽然變得不自然起來，垂首道：「確只是生意的糾紛，高彥把玩樂和做生意分得很清楚，否則難以坐穩風媒的第一把交椅。」

小詩沒有察覺龐義異樣的神態，擔心的道：「他們去找高公子，高公子不會有事吧？」

紀千千收回察視龐義的目光，笑道：「有燕老大作護駕保鏢，高公子怎會有事呢？」接著向劉裕道：「我們是否也逛夜窩子去呢？這裡已沒有甚麼事情可以做了！」

劉裕扯著龐義往一旁走，笑道：「待我和龐老闆商量商量！」與龐義走出營地，來到水井旁，問道：「你是不是在爲高彥說謊？」

龐義苦笑道：「難道我告訴千千和小詩，高彥是因和那批傢伙爭奪荒月樓的紅阿姑小麗而結怨的嗎？高小子既肯洗心革面，我當然不能揭他的舊瘡疤。不過七個傢伙裡確有幹風媒買賣的，至於是何方的眼線，我卻不清楚。」

劉裕皺眉道：「此事非常古怪，他們的功夫雖然不錯，但即使是以前的燕飛，他們也還不夠資格去招惹。現在卻擺明不怕燕飛跑來生事，的確悖乎常理。」

龐義愕然道：「果然是眞的很奇怪。」

劉裕道：「看他們的神態，該不是虛言恫嚇。這麼看，他們應是曉得某方勢力要對付我們，而他們更深信我們會應付不來，所以忍不住搶先來逞威風。」

龐義點頭道：「他們如此清楚你的出身來歷，顯然事不尋常，這不是一般風媒能得到的消息。」

劉裕苦笑道：「我有感覺這股針對我們的勢力，並非邊荒集的某一幫會，而是外來的新勢力。唉！邊荒集的形勢愈來愈混亂了！」

龐義嘆道：「敵在暗我在明，我們的營地更是四面受攻之地，只好兵來將擋，水來土掩。」

劉裕笑道：「我現在反不擔心，最多燒掉幾個營帳，最怕是你重建後的第一樓給燒掉，又要從頭來過，那才糟糕。」

龐義道：「我爲第一樓特別調製防火漆油，你道是那麼容易燒掉嗎？這叫前事不忘，後事之師。嘿！我們是否要陪千千去遊夜市呢？」

劉裕無奈道：「千千有令，誰敢不從，諒燕老大也不敢怪責我們。」

第三十三章　變化橫生

換作任何人攔著去路，燕飛都肯定會出手，至少令對方跌上一跤，好讓他追上任青媞。只可惜眼前此人卻絕對動不得，因爲他正是夜窩子的精神領袖——「邊荒名士」卓狂生。

此君年不過四十，瘦得像根竹竿，過高的身材令他別的特徵不再那麼顯眼，唯一不受此限的是他斜兜出來的長下巴，使他看來有點滑稽，幸好整體予人的感覺，仍是一派名士風範。

卓狂生長手探出，抓著燕飛肩膀，呵呵笑道：「我們的燕飛又回來哩！只要每次經過第一樓，可以看到燕飛臨街而坐，喝著雪澗香，邊荒集仍肯定是個安全的地方。哈！怎可能在這裡見到你老兄呢？」

燕飛雙目射出銳利的神色，不放過他任何一個表情，或某刹那的眼神，希望找到蛛絲馬跡，好作出判斷他究竟是蓄意助任青媞逃走，還是眞的事有湊巧，無意中破壞了他的好事。

卓狂生眨眨眼，愕然道：「爲甚麼這麼的死盯著我？是否不服氣我的身法比你好，可以把你攔個正著？」

燕飛暗嘆一口氣，卓狂生若非心中沒鬼，便是弄虛作假的能者，因他實在找不到任何破綻。沒好氣道：「我沒有時間和你說廢話。」

卓狂生一把搭著他肩頭，拉著他掉頭往鐘樓的方向舉步，陪笑道：「有點耐性行嗎？我有天大的重要事告訴你，我剛召開過鐘樓議會，八隻手有七隻舉起來贊成第一樓的重建，另一隻手棄權，燕飛你又可以繼續喝你的雪澗香哩！」
燕飛一呆道：「放棄贊成或反對的是否祝老大？」
卓狂生道：「不是他還有誰？說出來你或許不相信，慕容戰是第一個舉手贊成的人，其他人則是想挫祝老大的威風，所以若祝老大敢對你動手，將成爲邊荒集的公敵。」
燕飛大奇道：「竟有此事？」
卓狂生欣然道：「當然有此事。因爲慕容戰剛拜會過紀千千，所謂英雄難過美人關，何況是艷絕秦淮的紀千千。我們同時一致決定邀請千千小姐明晚到鐘樓示範她的琴技曲藝，你在這裡待我半晌，我立即去修書一封，由你帶回去讓千千小姐過目。明白嗎？在你和祝老大的事上我已盡了力，現在輪到你去爲我辦妥此事，別讓邊荒集的鄉親父老、叔伯兄弟失望。」
說罷登樓去了。
燕飛朝離地達十丈、在綵燈映照下反映著金黃異芒的大銅鐘望上去，它像嵌進夜空裡般，似已化爲不屬於人世間的仙物。
一切均有夢幻般不眞實的感覺，慕容戰竟會因紀千千而容忍他燕飛？眞個教人難以相信。更有可能是慕容戰看出祝老大不得人心，又怕大江幫透過漢幫入主邊荒集，所以拋開仇恨，留下自己以制衡祝老大。
其他人除夏侯亭外，怕亦沒有多少人對他燕飛有好感。只是明白在現今的形勢下，他有很大的利用價值。
「我不是教你到另一邊等我嗎？爲何在這裡望著銅鐘發呆？」

燕飛向來到身前的高彥苦笑道：「我在等卓狂生那瘋子！」

高彥露出諒解和同情的神色，壓低聲音道：「我有兩個重要的消息，一個比一個精采。」

燕飛見到他，想起送走馬燈之事已成定局，頹然道：「說吧！」

高彥笑道：「不要裝成一副被陷害的淒涼模樣，老子讓愛的情懷難道不令你景仰嗎？有了千千在旁，幹起事來渾身是勁。」

燕飛沒好氣道：「快說！」

鐘樓是夜窩子最不擠迫的地方，因爲其方圓三丈內是不准設檔擺賣，所以亦是碰頭聚首的約會佳地。

高彥道：「原來龐義的木料給祝老大藏到一艘船上去，現在正把木料卸到碼頭，看情況他會履行對千千的承諾，否則不用多此一舉。」

稍頓續道：「還有是有人放風出來，說祝老大是看在千千的面子上，放我們一馬，並非怕了你燕飛。」

燕飛不解道：「眞的令人難解，祝老大怎會虎頭蛇尾的？」

高彥道：「照我看他是給你嚇怕，所以學乖了。只要不是傻瓜，當知在現今的情勢下，他祝老大成爲眾矢之的，若再和我們正面硬撼，鬧個灰頭土臉，他祝老大還用在邊荒集混下去嗎？」

燕飛沉吟不語，半晌後道：「另一個消息是甚麼？」

高彥道：「傳聞慕容垂也對邊荒集生出興趣，現在他在北方站穩陣腳，想來分一杯羹。由於在北方以他的實力最雄厚，故不可小覷。」

燕飛更感頭痛，慕容垂老謀深算，確實不易應付。同時想到拓跋珪以夏侯亭出面主持邊荒集的飛馬會，實是高明的一著，因爲夏侯亭是拓跋族的旁支，拓跋珪可輕易推個一乾二淨，那夏侯亭便不用屈從於慕容垂，而慕容垂亦難以怪到拓跋珪頭上去。

卓狂生又來了，見到高彥，哈哈笑道：「高彥你何時到我的說書館來作客卿，你若說的是淝水之戰，說一台書的酬勞由五十錢增至七十錢。」

接著向燕飛道：「若你燕飛肯開金口，一台可賺百錢。」

燕飛接過他的邀請函，沒好氣道：「我們現在去發大財，不要阻著我們。」

說罷與高彥揚長去了。

龐義和劉裕在紀千千的客帳坐下，喝著小詩奉上的香茗。客帳便如具體而微的雨枰台，一切拜邊荒公子之賜。

帳內鋪上厚軟來自西域的上等羊毛地氈，內裡一角小几上點燃一爐不知名的香料，四周堆著舒服的坐墊軟枕，對比起帳外的廢瓦灰屑，帳內是截然不同的天地。

劉裕懷疑道：「這麼多來自各方的用品家具，即使在邊荒集要搜購齊全，仍非易事，所以這叫邊荒公子的傢伙，不但神通廣大，還該在曉得千千離開建康時立即籌備，這個人眞不簡單。」

龐義苦笑道：「你愈這般說，愈會引起千千對他的好奇心。」

紀千千抿嘴笑道：「兵來將擋嘛！龐老闆哪來這麼多擔憂。何不把各兄弟全請進來喝茶，他們已辛苦整天哩！」

龐義笑道：「千千的家當全在外面，當然須人把守。」

小詩坐到紀千千旁，這是個特大的方帳，比其他營帳大上一倍有餘，坐了四個人仍餘下偌大的空間。

紀千千雀躍道：「我和小詩沐浴更衣後，隨你們去逛夜窩子，想想也教人神往。」

龐義欣然道：「熱水在準備中，希望夜窩子不會令千千和小詩失望。」

紀千千看小詩一眼，嬌笑道：「喜出望外才眞。趁有點時間，奴家想多了解點邊荒集的情況呢。」

劉裕笑道：「當我第一次來邊荒集前，有經驗的前輩告訴我，假設你在邊荒集橫衝直撞，碰跌十多人，其中至少有一個是殺人如麻的大盜、一個是偷雞摸狗的小賊、一個則是被某方政權追緝的逃犯、另一個是江湖騙子、還有一個是某方派來的探子，其他的便是混水摸魚的投機者。」

小詩「啊」的嬌呼，駭然道：「豈非沒有一個是好人？」

紀千千喘笑道：「劉老大在誇大，至少龐老闆和他的七名兄弟都是好人來著！」

龐義嘆道：「眞正好人怎敢到邊荒集來，我是因殺了個地方貪官的惡霸兒子，不得不逃入邊荒來。千千試試去問鄭雄他們，若他們願意說出來，每個人都有段難以啓齒的往事。所以荒人的第一戒律，是不要問別人過去的事。」

小詩囁嚅道：「這麼多惡巴巴的人聚在一起……噢！」

劉裕道：「這方面反不用擔心，邊荒集雖沒有王法，卻有江湖規矩，任何人不照江湖規矩行事，等若成爲邊荒集的公敵，群起攻之，誰也消受不起。所以即使殺人如麻、十惡不赦的強徒，到這裡也要變得馴如羔羊，安分守己的依邊荒集的規矩行事。」

紀千千興致盎然的道：「邊荒集究竟有甚麼規矩呢？難道沒有人陽奉陰違，暗裡恃強行凶，倘能不讓人知道不就行了嗎？」

龐義道：「這一套在別的地方行得通，在邊荒集卻是自尋死路。以建康爲例，明的是司馬氏王朝，暗的卻由地方幫會話事，官商勾結，才有陽奉陰違的情況。民眾敢怒不敢言，備受剝削欺凌。可是在邊荒集明的是各大小幫會勢力，暗的也是大小黑幫在操持，而不論何人，只要踏足邊荒集，便各依其種族依附相關幫會，而各幫會爲保持己身利益，都不容任何自己人擾亂邊荒集的既有秩序，在這樣的情況下，誰敢不依規矩辦事？」

劉裕進一步解釋道：「邊荒集更是財可通神的地方，假若你財力充裕，可以聘請任何人爲你辦事，出得起錢便成，要殺手有殺手，要刺客有刺客。不論任何人，到邊荒集來只有一個目的，就是發大財。當然間有例外，我便是個例子，但只屬極少數。」

鄭雄在帳外叫道：「水滾了！」

紀千千朝小詩瞧去，後者垂首道：「今晚小詩不用洗澡。」

紀千千笑著推她一把，道：「快去！有這麼多壯丁爲你把風，不會出事的，你還要穿上男裝呢！」

小詩無奈地去了。

紀千千笑道：「我的小詩一向膽小。是哩！既然人人都向錢看，和氣生財，爲何鬥爭仇殺，又無日無之呢？」

龐義道：「問題出在分贓不均，像在夜窩子開間青樓或賭場，均須經各大小幫會角力爭逐。其次是四條主大街的管轄權，商舖均須向主持的幫會繳交保護的費用。勿要以爲諸幫幫徒對幫會忠心耿耿，其實是要付費的，否則誰肯替你拚命，所以在邊荒集是無財不行的。」

劉裕接口道：「祝老大的繳地租，是廣及整個東區的所有人，按人頭收租，等若人頭稅，跟以往的做法不同，且是增加已有的負擔，所以觸犯眾怒。每當邊荒集諸勢力的平衡被打破，邊荒集就會陷進血雨腥風，沒有人能置身事外，即使夜窩子也永無寧日。只有到回復平衡對峙的局面，邊荒集才會恢復正常，像沒有發生過任何事，不過肯定已有某些人被淘汰出局。」

紀千千咋舌道：「眞刺激！」

小詩在外面道：「小姐！到你了！」

三人面面相覷，哪有這麼快的？

黃金窩位於夜窩子西北角，是漢幫旗下兩大賭場之一。因南北皆有賭禁，嗜賭者專誠偷入邊荒集，爲的就是不用偷偷摸摸，可以賭個痛快，所以邊荒集賭風之盛，由此便可想見。

夜窩子有七座賭場，分由各大勢力主持，在淝水之戰前，只有一間賭場由漢幫直接經營，現在由一間變作兩間，可見漢幫的勢力正在膨脹，更招其他幫會之忌。

慕容戰和拓跋儀均是新興的勢力，又有野心，當然不願坐視漢幫壯大。即使沒有燕飛回來，一場惡鬥亦在所難免。隨著賭場的興旺，錢莊押店的生意也大行其道，均是賺大錢的生意，人人皆欲染指，至於誰能分得甜頭，須看實力。

除幫會外，大商家的勢力亦不容忽視，有錢使得鬼推磨，有財便有勢，只要肯花錢，組織一支軍隊亦非沒有可能。

燕飛和高彥踏進黃金窩的大門，立即引起注意，負責賭場的漢幫人馬，固是提起警覺，認識燕飛的賭客，卻知會有熱鬧看。

高彥湊近燕飛道：「我只剩下三錠金子，可以換百來個籌碼，你是否眞有把握，若輸掉我的身家，明天我們便要吃西北風。」

燕飛哂道：「輸掉又如何？別忘記我們的紀千千身家豐厚，可以在財力上無限量地支持我們。」

高彥嘆道：「話雖如此，可是若傳出去我們要靠女人養，成何體統？我們豈非全變作小白臉。他奶奶的，沒把握便不要拿我的身家去進貢，我是個從來欠賭運的人。」

燕飛笑道：「我只是順著你的口氣說，快給我去換籌碼！他奶奶的，我若沒有十足把握，鬼才有空到這裡胡混。」

穿上男裝的紀千千眞是乖乖不得了，眉目如畫又英姿凜凜，天下間豈有如此俊秀的郎君。原本令他們眼前一亮的小詩，立即給比下去。

紀千千道：「可以起程了嗎？噢！我要拿錢去買東西。」

劉裕和龐義只好在她的睡帳外等待，前者道：「營地有這麼多千千的貴重東西，你的兄弟看得穩嗎？」

龐義輕鬆道：「他們也非善男信女，一般小賊怎過得他們一關。何況這是邊荒第一劍手的地盤，誰敢明目張膽來撒野，我包管……」

話猶未已，帳內傳出紀千千一聲驚呼。

龐義和劉裕大吃一驚，擁入帳內。

放在紀千千臥榻旁的箱子打了開來，紀千千一臉嬌嗔的坐在箱旁，瞧兩人一眼，又好氣又好笑的道：「金子全不翼而飛啦！」

兩人同時失聲道：「甚麼？」

紀千千道：「千多兩黃金，全放在這個鐵箱內，還鎖得好好的，可是剛才我啓鎖開箱，方發覺沒有半兩留下來，氣死人哩！」

劉裕難以置信的道：「怎麼可能呢？」

龐義氣得雙目殺氣大盛，怒道：「是誰敢來太歲頭上動土，又怎知箱子內藏有黃金？」

劉裕趺坐地氈上，回復冷靜，道：「要知箱內藏金並不難，只要從旁觀察，見我們單只把這箱子藏入帳內，即可推知箱內有貴重東西。」

龐義正在研究鎖頭，聞言點頭道：「這傢伙肯定是第一流的偷竊高手，要打開這個堅固的鎖頭，沒點斤兩肯定辦不到。」

接著往劉裕瞧去，續道：「更叫人吃驚是我們一直沒有離開過營地，對方怎能無聲無息地偷去這麼多金子不被察覺？」

劉裕拍腿嘆道：「他娘的邊荒七公子。」

兩人醒悟過來，邊荒七公子來鬧事是另有目的，他們不但曉得燕飛和高彥不在，更清楚紀千千芳駕在此，爲的是引開他們的注意，方便竊賊下手，這一招不可謂不絕。

紀千千終於動氣，皺眉道：「冤有頭債有主，既知七公子與此事有關，他們豈能置身事外？」

龐義苦笑道：「壞在我們是在邊荒集而非其他地方，要找他們算賬，必須有憑有據，方合乎江湖規矩。」

劉裕笑道：「錢財終是身外物，這方面可從長計議，橫豎燕飛有把握狠贏祝老大一筆，我們暫時應仍未有財政上的困難。對嗎？」

第三十四章　千金散盡

高彥像跑腿跟班般，擰著一袋籌碼，隨燕飛從一張賭檯擠到另一張賭檯，從賭場這一角到另一角去。燕飛在人潮裡似是來去自如，高彥陪他「探訪」了十多張賭檯後已是苦不堪言，終忍不住扯著他道：「你老哥有眼看的，這些賭哥賭姊到賭場來都是拚身家，哪有像你般似是來遊山玩水，你還要等到何時才肯下注？」

燕飛微笑道：「我現在是在練功，練的叫賭功，你的身家財產是我賭功成就的試金石。你這小子，晚晚跑青樓又不見你怨辛苦，還樂之不疲，現在走兩步便像要了你的小命似的。」

高彥反駁道：「怎麼相同？到青樓去叫泡妞兒，活動的範圍只是一榻之上；賭場是七、八座大廳，更慘的是還不曉得自己在幹甚麼？」

燕飛欣然道：「只要你想著白花花的銀子，把在榻上的力量化作跑賭場的動力，儘管要多走一個時辰，包管你仍是生龍活虎的。來吧！看你那個可憐的模樣！我們便賭他娘的一把骰子。」

高彥終展歡顏，挨著他往附近賭骰子的賭檯擠進聚賭的人群中去，笑道：「賭錢的要訣是不怕輸，不怕輸才會贏。這頭注雖關乎到燕老大你在賭界的聲譽，不過卻要輸得起。我變成窮光蛋不算甚麼，我們還有千千龐大的財力作後盾。憑老子賺錢的本事，頂多做十來天小白相，便可以榮休。」

燕飛目光凝視荷官搖盅的動作，淡淡道：「來到賭場，方曉得荒人是多麼富有，失去賭場的收入，漢幫肯定垇台。」

高彥湊到他耳旁道：「賭仙來啦！」

燕飛從容望去，在數名漢幫好手的簇擁下，一位長著五綹長鬚的中年儒生，正步履輕鬆的往賭檯走過來，由於有人開路，他完全不受擠迫的人群影響，即使不認識他的人，也知他是個有身分的重要人物。

燕飛還是第一次碰上這位夜窩子的名人，此君中等身材，頗有點道骨仙風的風采，手足靈活，雙目精靈，是爲祝老大坐鎮賭場的至尊活寶。遇有賭林高手來踢場，一律由他出面應付。直到今天，敢來較量賭術的無不損兵折將棄甲曳兵而逃，想來使奸弄詐者更難逃他法眼。祝老大之有今天，被尊爲「賭仙」的程蒼古居功至偉。

今趟漢幫出動程蒼古來應付燕飛，可見祝老大對燕飛這位賭界新丁不敢怠慢，嚴陣以待。

「砰！」

骰盅落在桌面，在荷官的催促下，賭客紛紛下注。

程蒼古來到荷官身旁，眾漢幫好手扇形般在其身後散開，愈顯情況的異乎尋常，惹得四周的人均圍過來看熱鬧。

揭盅在即，人人依照規矩縮手離桌，氣氛忽然拉緊，眾人大氣也不敢透半口的靜待結果，那種勝負決定於剎那間的刺激，確有其引人入勝的滋味。

燕飛沒有作出指示，高彥當然不敢自作主張。對高彥來說三錠金子說多不多，但已足夠他逛多次青樓，每次也可充作豪客闊少。

程蒼古欣然笑道：「燕兄和彥少不玩這一手嗎？」

燕飛以微笑回報，道：「程兄既開金口，兄弟怎敢不奉陪，我們買十八點那一門。」

高彥提心吊膽的把整袋籌碼孤注一擲的放在十八點的一門去。

程蒼古向荷官頷首示意，後者忙揭開骰盅，現出骰盤上六粒骰子的點數，合起來正好是十八點。

眾人立即譁然起鬨，買點數是一賠二十四，當然教人大為艷羨。

高彥難以置信的看著六粒骰子，他比任何人更清楚燕飛沒有作弊，純憑眞功夫聽出點數來，他還是第一次上賭場，怎可能如此神乎其技。邊荒集的賭場慣用六粒骰而非一般的三粒骰子，正是為防範懂得聽骰的高手，豈知此法對燕飛完全不起作用。

程蒼古仍保持輕鬆的笑容，讚嘆道：「原來燕兄不但懂得喝酒，還是賭林高手，累得老程也手癢起來，我們何不對賭一把，以一局定勝負如何？」

燕飛欣然道：「請程兄指點！」

紀千千盤膝坐在失竊的鐵箱子上，抿嘴不語。

龐義在趺坐的劉裕身旁蹲下，苦笑道：「千千對邊荒集的印象，肯定已變得很壞。」

從劉裕的角度瞧去，這位絕色美人變得高高在上，紗帳的空間感，更強調了她曼妙的體態，一時看得呆了。

紀千千似聽不到龐義說的話，呢喃細語的道：「自乾爹表示會離開建康，千千便不斷變賣手上的珠寶玉石，換成天下通行的金錠子。千千從未擁有過一筆這麼大的財富。」

龐義和劉裕交換個眼神，開始感受到這可惡的卑鄙竊賊不但偷去美人兒的身家，還令她多年來的辛勤工作，為離開建康做的準備工夫，一切的心機努力，盡付東流。何人會如此狠心去傷害她呢？

紀千千目光移往帳頂，秀眸射出如夢如幻的茫然之色，幽幽道：「千千自幼過的是寄人籬下的生活，有一頓沒一頓，直至養父母把千千賣身給恩師，千千方掌握到自己的生命，學會生存之道，明白天下只有強權，並沒有公理。在大亂的時代，有本領的人才可以堅強地活下來。」

龐義痛心道：「千千不必為此傷心，一切可以從頭開始。」

紀千千白他一眼，微嗔道：「千千還未說完呢！」

龐義露出個尷尬和無奈的表情。

紀千千輕輕道：「恩師臨終前，命千千到建康投靠秦淮樓的沈叔叔。恩師大去前的一番吩咐千千不敢忘記，他老人家說千萬不要倚賴別人，不要做權貴的附屬和裝飾品，憑自己的技藝去開創天地，做自己喜歡做的事情，寧死而不悔。」

劉裕直覺她的恩師是女性，由衷的道：「令師是個非常超卓的人。」

紀千千欣然道：「沒有恩師，便沒有今天的紀千千。恩師常教誨千千，必須日夕常新，每一天都像生命的第一天開始，做甚麼事也要像第一次去做般充滿好奇心。若給風雨打倒，要立即站起來，應付下一場的風雨。千金散盡還復來，變成一文不名的窮光蛋又如何？還有機會可以重新開始。」

龐義和劉裕均聽得舒一口氣，紀千千的鬥志，並未因失去財富而崩潰，雖然第一樓的庫房因此而一窮二白，但只要人在志存，便可以在機會處處的邊荒集繼續奮鬥。

紀千千從箱子輕盈地跳下來，滴溜溜的旋身一匝，嬌笑道：「這是千千轉運的方法，轉一個身，轉一個運。不過千千眞的不服氣，若不能把這個偷金子的卑鄙之徒挖出來，老天爺還有眼嗎？」

劉裕長身而起，雙目殺機大盛，道：「我今趟是老貓燒鬚，還不知如何向燕老大交代。千千放心，我會證明給你看，偷金子的小賊定會得到報應懲罰。」

龐義也跳起來，正要說話，小詩在帳外驚喜的嚷道：「小姐快來，又有人送禮來哩！」

「燕兄請下注！」

旁觀者人人鴉雀無聲，目光集中在燕飛臉上，看他如何決定。

高彥更是手心冒汗，他提著的大袋籌碼贏來不易，雖說有紀千千的財力作後盾，感覺上他手上拿的仍是全副身家，一把輸光可就太冤了。他不是對燕飛沒有信心，問題是對方乃賭國縱橫不敗的「賭仙」程蒼古，燕飛又是初來甫到的新手，經驗尚淺，馬失前蹄並不稀奇。

燕飛的目光迎上程蒼古的眼神，此人是他在卓狂生外另一個發現，與卓瘋子同是深藏不露的高手，而程蒼古的武功更絕不在祝老大之下。

賭桌上各門沒有人下注，因曉得此局等若程蒼古和燕飛在交鋒，誰敢插手其間？

骰盅內叮噹作響，六粒骰子像不肯歇下來的頑童，依然頑皮地在盅內激撞跳躍，盡顯程蒼古賭林高手精微的搖盅奇技。

燕飛表面從容，暗裡卻把靈覺提昇至巔峰狀態，生出無所不知，無有遺漏，神通廣大的感覺。

骰子的動力由盛轉衰，迅速放緩，在萬眾期待下，終於停下來。

骰盅內的情況如一個謎，誰能破解點數，立成贏家。

燕飛生出異樣的感覺，隱隱感應到其中一粒骰子有問題，偏又無法硬拖下去，喝道：「二十一點！」

高彥如奉綸旨，一古腦兒將手上籌碼全押到二十一點的一門去，反生出如釋重負的感覺，皆因贏輸已定。

程蒼古高唱道：「揭盅！」

兩手閃電般迅快地往骰盅伸去。

燕飛那種不妥當的感覺更趨強烈，程蒼古右手眞勁暗藏，而那粒有問題的骰子便像受到他盅外的雙手牽引般，翻出側面的點數，將先前的點數改變了。

燕飛心叫不妙時，已來不及改變賭桌上殘酷的現實。

盅開。

眾人齊聲起鬨。

高彥則失聲叫道：「我的娘！」

程蒼古以勝利者的姿態盯著燕飛微笑道：「是二十五點，多謝燕兄相讓。」

燕飛心中一嘆，亦不得不佩服程蒼古高明的手法，他感應到那粒骰子有古怪，皆因其餘力未消，暗藏陰勁，雖是微僅可察，卻受程蒼古右手心的陽勁相吸，正好夠力使骰子側翻，害他輸掉這場競賽。

若再賭一把，他肯定自己可必勝無疑，因爲他可以阻止最後變異的發生，可惜再沒有賭本繼續下去。

燕飛從容笑道：「程兄高明，明晚小弟再來多領教一次。」

程蒼古長笑道：「燕兄原來亦有一副賭徒本色，敝窩自是無限歡迎。」

誰都聽出他是暗諷燕飛死不認輸，肅靜下來，看燕飛如何反應。

燕飛哈哈一笑，領著高彥去了。

紀千千瞪大美目看著營帳空地處圍成一個大圓圈，被逐一點燃，重新漸漸回復動力的十八盞走馬燈。

她在看燈，賣燈的小子卻在看她，走馬燈不住變化的釆光，投影在營帳和眾人身上，如夢幻般動人而不眞實。

小詩興奮地來到紀千千身旁，道：「眞好玩！」

隨紀千千出帳的劉裕和龐義你眼望我眼，想的均是追求紀千千者的手法層出不窮，不知何時方休。

龐義喝道：「不是又是那甚麼邊荒公子叫你送來的吧！」

賣燈小子仍不知龐義在問他，呆瞧著紀千千，後者雖改爲男裝扮相，仍是美得令人不敢直視。

紀千千似是忘記了失竊的事，欣然道：「你沒聽到龐老闆說話嗎？究竟是誰教小哥兒送燈來的呢？」

賣燈小子一震道：「小人查重信，小姐喚我小查便成。這十八盞燈由小人親手精製，是邊荒最了得的好漢燕飛著小人送來的。」

眾人聽得面面相覷，一向似乎看化世情、對人世間所有事物均淡然處之的燕飛，竟也會來這一套。

小詩雀躍道：「原來是燕公子！」

紀千千嬌軀劇顫一下，俏臉露出無法掩飾看得人人心神動盪的驚喜神色，「啊」的一聲輕呼。

劉裕倏地輕鬆起來，若有任何人得到紀千千，他最能接受的只有燕飛，因爲燕飛是他最好的戰友和至交。但又隱隱覺得如此取悅紀千千，不合燕飛性格，不似他一向的作風。

龐義也聞燕飛之名精神大振，燕飛肯來和甚麼邊荒公子、慕容戰之流爭奪紀千千，對他自然是天大喜訊。喝道：「兄弟們，給老子把走馬燈掛遍各大小營帳。」

眾人立時起鬨，依言而行。

紀千千像勉強從夢境裡醒過來般，喜道：「小詩還不打賞小查，噢……」又一把拉著小詩。

龐義和劉裕當然明白紀千千話說出口方記起自己變成窮光蛋，只恨他們也是不名一文，沒法解圍。

幸好查重信搖頭擺手，惶急道：「小姐勿要折殺小人，賣燈的酬勞已非常豐厚，小人告退了！」

查重信去後，紀千千仍呆立帳門外，雙眸亮如深夜明月。

劉裕乾咳一聲，道：「我們現在是否起程去逛夜窩子呢？」

紀千千閉上美目，深吸一口氣道：「今晚不用勞煩你們哩！千千要等燕飛回來，讓他帶奴家到邊荒集最動人的地方去。」

燕飛和高彥離開夜窩子，沿東大街返營地去也。街上冷冷清清，行人疏落，所有店鋪烏燈黑火。這情況是常態而非異象，白天是窩外的，夜晚則屬窩內的，趕趁夜市的人全集中到夜窩子去。

燕飛向一直沒有埋怨他的高彥道：「我輸掉你的身家，爲甚麼不拿我來出氣？」

高彥欣然道：「大家兄弟嘛！何況你不是亂吹大氣，確有神乎其技的聽骰本領，只是因太嫩鬥不過程老怪。哈！有借有還上等人，我須立即向千千借十兩八兩金子，否則我的情報網將告崩潰，做不成首席風媒。」

又道：「你說明天再去和程老怪賭一次，究竟是場面話還是認眞的？」

燕飛淡淡道：「當著這麼多人說出來的話，怎可當是玩兒？千千有多少我便央她拿多少出來，一把便可賭得黃金窩四腳朝天、關門大吉。」

高彥駭然道：「不要嚇我！現在我們人人靠千千吃飯，第一樓重建的經費也全看她，老龐騾車店的騾子是賒數賒回來的，仍未還清債項，若你輸了這把，我們豈非全要喝西北風。」

燕飛微笑道：「放心吧！我剛出師，明天便要程老怪在賭界除名，再沒有第二個可能性。」

高彥苦笑道：「你不是眞的中了程老怪的咒語，變成個整天想翻本的賭徒吧。唉！眞教人擔心。」

燕飛嘆道：「我現在唯一擔心的，是如何向千千解釋走馬燈的事。」

說到這裡，立即頭痛起來。

第三十五章　佳人有約

小詩道：「燕公子和高公子回來哩！」

紀千千像個天眞的小女孩般雀躍道：「果然是他們，兩位凱旋而歸的英雄。」

龐義深悉高彥的性格，頹然道：「我卻怕是屋漏偏逢連夜雨，高彥沒有大叫大嚷向千千邀功，是非常壞的兆頭。」

劉裕同意道：「這下我們眞的是一文不名，明天的三餐都有問題了。」

鄭雄等亦頹然無語。在邊荒集最令人害怕的首先當然是變成公敵，其次便是沒有錢。

紀千千微笑道：「或許高公子是故意裝輸來戲弄我們，然後再給我們一個驚喜。」

燕飛和高彥踏入營地，前者打量著掛遍營地蔚成奇景的走馬燈，後者苦笑道：「我現在大有醜媳婦終須見公婆的感覺，燕飛是我最好的兄弟，我與他榮辱與共，唉！我們輸光啦！咦！爲甚麼你們的臉色這麼難看？」

紀千千瞪大美目瞧他，罕有的正容道：「告訴千千，你是在開玩笑。」

龐義慘笑道：「他不是開玩笑。燕飛這沒用的傢伙失了手，與我們命運相同，分別在他們是輸精光，我們是給偷精光，他奶奶的……明天怎麼做人呢？」

燕飛一震，往劉裕望去，心忖以他的精明老到，怎會有此疏忽？

劉裕踏前一步，臉上露出堅決的神情，沉聲道：「我向各位保證，在天亮前，我會把金子放回千千的箱子裡。」

說罷轉身昂然去了。

紀千千急道：「燕飛你怎麼可以讓他一個人去冒險？」

燕飛微笑道：「若我不讓他單獨完成此事，我便不是他的知己。若劉裕須靠我的保護才能在邊荒集生存，他也不配作玄帥的繼承者。」

紀千千看著劉裕的背影沒入主帳之後，欣然道：「千千明白哩！」接著面向燕飛喜孜孜的道：「還沒謝過你的走馬花燈呢！千千眞想不到你這個人也會討女兒家的歡心，千千感到很意外呢！」又甜甜淺笑，白他一眼道：「人家眞的很感動。」

龐義和高彥一眾人等莫不神迷目眩，此刻的紀千千迷人至極點，若有人感覺不到她對燕飛的愛意，此人必是大笨蛋。

燕飛卻給害得把早想好的一篇婉轉解釋此事來龍去脈的說詞，全硬嚥回肚裡去，說不出半個字來。他怎忍心傷害紀千千，破壞她在邊荒集第一個晚上的美好印象。

何況他根本沒法抗拒紀千千驚人的魔力，天下間還有比她更動人的女子嗎？愛情的浪潮正鋪天蓋地橫捲而來，他是無路可逃，只好面對。

紀千千道：「人家本想央你帶人去夜遊邊荒集，一起欣賞這個美麗的晚上，就當作是對你的回禮，不過劉老大已離開去辦正事，這裡當然須你坐鎮。」

高彥正容道：「如此良辰美景，佳人有約我們的燕老大豈可錯過。千千放心去玩吧，沒有人敢動我們的，且我們又是偷無可偷，有甚麼放心不下的。」

龐義加入道：「絕對同意，我們並不是第一天在邊荒集混。」

紀千千皺眉道：「小詩怎麼辦？」

燕飛道：「她可以隨我們一道去。」

小詩立即霞生玉頰，搖頭道：「小詩留在這裡，有龐大哥和高公子在，小詩不怕。」接著瞄燕飛一眼，抿嘴笑道：「若他們不是怕燕老大，何用幹這些偷雞摸狗的事？」

高彥道：「說得好！仗著燕老大的名號，誰敢不賣點情面？」

紀千千大喜道：「眞的可以去？」

燕飛暗嘆一口氣，看來只好騙她到底。幸好唯一知道眞相的高彥絕不會拆自己的台，揖手道：「千千公子請起行。」

紀千千嫣然一笑，向小詩等揮手，踏著輕盈的步伐，朝東大街走去。

高彥立即發出怪叫，催燕飛追去。

燕飛雖恨不得狠狠踢他兩下屁股，卻苦於奈他莫何，唯有追著紀千千迷人的仙蹤去也。

劉裕絕非空口說白話，而是有把握將金子找回來，因爲他是北府兵中最好的探子，他辦不到的，別人也辦不到。

偷金者或沒想過他們會於這麼短的時間內發現失竊，金子大有可能仍留在集內某處，未及運走或分散收藏。

今夜邊荒集各大小幫會是外弛內張，所有出入集的水陸路均被嚴密監視，不是毫無顧忌運走金子的好時機。

千多兩金子是一筆龐大的財富，足夠像漢幫那種幫會運作至少一年之久，且重達百多斤，不論偷金者是徒手攜帶，又或以工具運送，均會留下蛛絲馬跡，很難瞞過他這位曾受嚴格追蹤跟監訓練的高手的偵察。

他首先從失竊的睡帳外打亮火摺子仔細搜尋，不片刻已發現偷金者的痕跡。對方非常高明，落腳處盡在不會留下明顯印跡的石塊或雜草叢生處，可是由於身負重物，仍是有跡可尋。

劉裕循著痕跡直追出後院外的地方，此區景況荒蕪，道路毀爛，園宅因棄置而野草蔓生。邊荒集前身的項城是中等大城，原本的居民達二十多萬之眾，現在城內諸族邊民總數不過五萬，加上流動人口亦只在六、七萬間，所以人口均集中在四條大街和靠近碼頭的區域，其他地方便靜如鬼域，成爲邊荒集另一特色。

到達院後的破道，劉裕在往右轉數百步外，發現新的印痕，那是車輪和蹄印，尚未被風沙掩蓋，明顯是不久前有馬車從此處開走。

劉裕暗呼狡猾，以偷金者的精明老到，絕沒有可能犯下如此大的錯誤，這分明是掩人耳目的手法。

他立即以其處爲中心遍搜方圓數百步之地，終於再在不遠處一座廢宅的院落發現蹤跡，至此那小偷再沒有掩飾，就那麼從後門離開。

劉裕保持冷靜，沉著氣追去，心忖若找到那小偷，管他是天王老子，也要把他斬成數段，始可洩心頭之恨。

街道烏燈黑火，靜悄無人，遠方夜窩子卻燈火耀天，相映成趣，形成奇特的明暗氣氛。

紀千千步履輕盈的和燕飛並肩而行，還不時有意無意的以香肩輕撞燕飛的肩頭，那種溫馨甜蜜的感覺，即使心如止水如燕飛者，也有點心猿意馬起來。

嗅吸著她醉人的體香，邊荒集再不是以前的邊荒集，而是天下間最迷人的處所，充滿對未來的憬憬、希望和生機。

紀千千柔聲道：「人家很想和你說說心事，你願意聽嗎？」

燕飛最後一絲向她解釋送走馬燈眞相的念頭，在她溫言軟語的威力下，終告冰消瓦解，道：「千千有甚麼心事？」

紀千千欣然瞥他一眼，輕輕道：「千千眞幸運，以前在建康有乾爹作知己，來到人人害怕的邊荒集，又有位燕老大，老天爺待千千眞的不薄。」

燕飛很想問她那位令她鍾情者又如何？卻也曉得這是大煞風景的蠢話。他太久沒有和女性有這般親密的接觸，說眞的仍沒法完全習慣和投入，一時不知如何反應。

紀千千續道：「千千常在想，當我離開人世的一刻，會後悔的事，不是千千曾做過的事，而是我想去做但又沒有付諸實行的事。你明白千千的意思嗎？」

燕飛心神顫蕩，紀千千這幾句話，盡道出她敢作敢爲的性格。像今次到邊荒集來，便是具體的例證。輕嘆道：「看來我該會在臨死前後悔得要命！因爲我是條大懶蟲，甚麼事都不想去做，只希望生活盡量簡單，不想揹著大大小小的包袱度過說長不長、說短不短的剩餘日子。」

紀千千雀躍道：「千千眞的感到很榮幸，一向懶得去做任何事的燕飛，竟會送千千十八盞走馬綵燈，令千千在邊荒集的第一晚充滿動力和色光！人家須怎樣謝你呢？」

燕飛暗中立誓，永遠不讓紀千千曉得眞相，微笑道：「你肯公開與我這個卑微不配的傻瓜約會，已是最大的謝禮。這邊走！」

領著她轉入橫街。

紀千千乖乖的隨他舉步，逐漸遠離夜窩子的照明。

燕飛訝道：「千千不是一心要到夜窩子去嗎？爲何不出言抗議？」

紀千千微聳肩胛，喜孜孜的道：「約會是奴家提出的，到哪裡去當然由你作主。燕飛帶千千去的地方，便是邊荒集最動人的地方。」

燕飛感到自己的心在融化，她的善解人意，令任何人與她相處均有如沐春風的醉人感受。道：「我從來不去夜窩子，怕它的擠迫和熱鬧。別的名城大都，雅人名士都愛冠以甚麼十景八景的美名，我們的邊荒集也有『邊荒四景』，其中之一便是我現在和你去的『萍橋危立』。」

紀千千大喜的道：「這個名稱很別致呢！其中的『危』字分外傳神，最合邊荒集的凶險情況。」

燕飛有感而發的道：「對別人來說，邊荒集眞個是最危險的地方，每天都活在動輒送命的境況中。可是對紀千千卻是另一回事，因爲沒有人肯狠下心腸傷害你。」

紀千千忽然美目一黯，垂下螓首，幽幽道：「人家才剛給人偷去全部財產，還說沒有人來傷害千千？你燕飛又如何呢？你捨得傷害人家嗎？」

一陣酸苦洪水般席捲心頭，紀千千提到失竊的事，只是爲掩飾她難忘舊愛的心事，她現在眼中的淒迷神色，與那天在船上甲板看到的如出一轍。

紀千千到邊荒集來，是要忘記建康曾發生的事，離開令她神斷魂銷的傷心地；現在與他夜遊邊荒集，也是要借助他來忘記傷害她的那個人，並非眞的對他燕飛動情，否則便不會因想起「他」而無法控制情緒。

這個想法令他生出萬念俱灰的感覺，生無可戀的滋味湧上心頭。在男女之事上他早受夠了！再不願也禁不起另一次的打擊。

周圍環境一暗，原來走入一道由兩邊高牆夾成的窄巷，只餘下長形的燦爛星空，感覺奇異，似不該屬凡間可睹的景象。

紀千千把手挽上燕飛的臂彎，柔聲道：「爲甚麼不回答人家呢？這小巷眞美！」

她的纖手有若溫香軟玉，抓著他的臂彎，那種感覺美妙而誘人。可是燕飛卻心知肚明紀千千曉得自己看破她的心事，故以此來補償他、撫慰他。

他生出甩掉她的手的不理性衝動，可是他怎忍心傷害她？苦笑道：「事實上我已用行動來回答你的問題了。」

紀千千再度垂首，默然不語。

穿過窄巷，眼前豁然開朗，一個浮萍飄飄的小湖展現眼前，湖岸四周不是被荒棄的莊園，便是歷經火劫人禍的頹垣敗瓦，野草蔓蔓，一條多處崩塌的殘橋，橫跨湖上，其破爛可令人懷疑它負載的功能。

在這夜窩子的燈火照耀不及的荒城東南角，漫空星斗羅列棋布，鋪天罩地，荒蕪的景象，一片暗喻死亡和毀滅後荒涼的異常美態，湖內盛開的白蓮花，在碧綠浮萍的襯托下，星夜下的小湖閃閃生輝，充盈生機，與比鄰的淒蒼景況成強烈的對比，生和死的界限模糊難分。

殘橋便似從死到生再復死，通往茫不可測的彼岸唯一的過渡。

紀千千「啊」的一聲叫起來，放開燕飛，俏臉放射著聖潔的光輝，秀眸瞪得大大的，不能置信地看著眼前異景。

從窄黑的小巷走出來，驟然見到如此開揚遼闊的星夜美景，格外令人震撼。

當紀千千的玉手離開他的手臂，燕飛不由生出失落的感覺，只好暗罵自己不爭氣，又生出自憐的窩囊情緒，百般滋味在心頭！

不待他領路，紀千千已領頭往殘橋走去，似忘記了剛才發生的所有事般，雀躍道：「我們到橋上坐下來好嗎？肯定有很好的感覺。」

劉裕在邊荒集西北角一座廢宅的屋簷伏下去，審視右鄰另一座荒棄的屋宅，此宅三進組成，夾著兩個大天井，烏燈黑火的，不覺人蹤。

劉裕可以肯定偷金賊是把金子藏於其內，因爲對方入宅後離開的印跡，已變得微不可察，如不是在塵土上露出足尖點過的破綻，他又是心有定見，當會一無所覺。

以劉裕的沉穩，亦大感自豪。他能追蹤到這裡來，看似容易，事實上卻是千錘百鍊而來的成果。

對方並不是單人匹馬，而是有組織的行動，至少除偷金賊外，還另有人駕馬車，更以聲東擊西之法，以導人誤入歧途。

此處或只純用作收藏賊贓之用，又可能是對方的臨時巢穴，不論何種情況，敵人都會隨時回來，所以他必須先一步取回金子，那時要打要逃，悉隨其便。

劉裕騰身而起，投往目標宅院去。

燕飛凝望橋下浮萍，心中一片茫然，對現實世界那種虛幻而不眞實，宛如一個清醒的夢的感覺，又在他的思域中蔓延。因娘親而來的思念、兒時生活的追憶，交織成他不可磨滅的過去！既像遙不可及，又似近在眼前，若即若離，令人生出悵惘無奈的傷情感覺。

紀千千寫意而放任地坐在斷橋邊緣處，雙腳懸空，全情投入到這荒寒而美麗、對比鮮明的特異環境裡，聽著從廢墟傳來野蛙的鳴叫。她也如燕飛的感受般，過去的一切雖是近在眼前，又若在千里之外。

「我不會後悔曾做過的事，只會後悔想做而沒有付諸行動的事。」

紀千千這句話仍縈繞耳邊，此刻他對紀千千已是心灰意冷，可以燎原的星星愛火已潑下冷水，但將來某一天，他會因自己沒有在爭奪她芳心一事上盡過力而後悔嗎？

紀千千甜美的聲音響起道：「不要像呆子般站在那裡好嗎？坐到人家身旁來吧！」

她愈是迷人，燕飛愈感神傷失落，他對男女之情早有杯弓蛇影的恐懼，縱使沒有愛情的天地是如何灰暗和沒有生趣，至少令他擁有平淡和沒有牽累的安全。

紀千千忽然跳起來，纖手抓著他臂彎，硬把他拉得坐下去，嗔道：「小氣鬼！你在生人家的氣。」

燕飛朝她瞧去，感受著被她挽住的動人滋味，迎上她美麗而變化多端的眸神，苦笑道：「千千啊！你對他已是情根深種，難以自拔，你並沒有忘記他。」

紀千千放開他的手，垂下螓首，搖頭道：「不！我沒有忘記他，只因爲我恨他。」

燕飛心中一陣痛楚，他已看到紀千千垂頭前眼泛的淚光，她正因錯種情根，愛之深恨之切，方如此悲苦。

紀千千以微僅耳聞的聲音道：「燕飛！你會像他般傷害千千嗎？」

燕飛心神劇震，天啊！面對如此佳人，他該如何是好呢？只要一句決絕的話，他便可以結束與她剛剛開始的男女關係，但他忍心如此去傷害她嗎？

第三十六章　洞天福地

數息呼吸的工夫，劉裕已走遍三進房舍，內進與中進均給徹底打掃過，與外進的蛛網塵封截然有異，顯示敵人不單利用這作爲落腳的地方，本身還有潔癖，否則只須隨便弄乾淨一點便成。

此時他對這尚算完整的棄宅已得到一個清晰的印象，屋內僅餘的少數家具殘破不堪，依荒人的作風，可用的家具均會被他們搬走據爲己用。

可藏千多兩金子的地方一眼看通，除非密藏地下或牆內的密格，不過那可非臨時可辦得到的。照他的分析，偷金的行動只是靈機一觸下發生的，是因曉得財物藏在搬進睡帳的箱子後倉卒下匆匆安排，致露出破綻，所以早有預謀的可能性幾乎不存在。

劉裕目光投往破窗外的荒園，尚未被燒掉的幾株老樹撐天而立，樹蔭裡雜草野藤纏綿糾結，要收起金子絕非難事，他要把金子搜出來則勢必費一番工夫。

別無選擇下，正要付諸行動，倏地心現警兆，聽到自己剛才伏身處的鄰舍瓦面傳來足尖點地的微響，顯示來人至少在身法方面非常高明，若換了在淝水之戰前的劉裕，肯定難以覺察。

由於對方是從高處來，可鳥瞰全局，使他再沒有時間離開，人急智生下，騰身而起，落到主樑上，入目的情景，令他欣喜如狂，差些兒笑了出來。

燕飛往紀千千瞧去，晶瑩的淚珠排隊列陣般從她一對眼角瀉下嬌嫩的臉蛋兒上，嘆道：「唉！這是何苦來由呢？」

紀千千搖頭道：「你不會明白的，他是第一個令我心動的人，燕飛是第二個。」接著以淚眼迎上他的目光。

燕飛再沒法控制大生的憐意，正要舉袖爲她拭掉掛在原本微泛嫣紅，現在卻蒼白褪色的臉蛋兒上的淚珠，伊人敏捷地從香懷內掏出手帕，送到他的手上，然後似陽光破開烏雲般「噗哧」嬌笑起來，接著有點不好意思，垂首避開他呆瞪著她的眼神。

燕飛拿著香帕發了一陣子呆，方如夢初醒般溫柔地爲她拭掉俏臉的淚漬。

紀千千唇角露出一絲笑意，輕輕道：「知道嗎？你回到邊荒集後，整個人像不同了，有種天下間沒有任何事難得倒你，遇上困難仍可揮灑自如不可一世的氣魄，令千千開始相信劉裕的看法，你不但是邊荒第一高手，更可能是無敵於天下的第一把名劍手。」

燕飛於完成拭淚大任後，拿著她的香帕不知該物歸原主還是該據爲己有？聞言淡淡道：「只因我是屬於這裡的，所以你會對我產生這種感覺。就像高彥，在建康他是處處碰壁、受盡歧視，回到這裡則有如猛虎歸山，在邊荒集他才可以成爲受尊敬重視的人，建康崇尚高門的風氣他是格格不入，在這裡他卻是如魚得水。我的情況相同，若離開邊荒集，我頂多是個出色的劍客和刺客，個人的力量根本微不足道。」

紀千千柔聲道：「收起手帕吧！當是千千和你燕飛交換的定情之物。滿意嗎？」

燕飛拿著染上她淚漬、帶著她傷心往事的香帕，失聲道：「定情之物？」

紀千千似已回復正常，挺起胸膛理所當然的道：「誰叫你送人家十八盞走馬燈呢？千千也恨你呢！一路北上都裝作對人無動於衷的冷淡模樣，忽然又耍出這麼漂亮的一招，教人立時失去女兒家的矜持。走馬燈不是示愛是甚麼呢？現在千千已肯拋開一切接受你的心意了！綵燈若不是定情之物該算作甚麼？」

燕飛立即生出回去狠揍高彥一頓之想，只恨現下只好啞子吃黃連。涉足情場已非他所願，更何況捲入紀千千糾纏不清的男女關係中。

紀千千命令道：「還不收好它？」

燕飛別無選擇，把香帕納入懷內，正要說話。

「鏗！」

蝶戀花鳴聲示警。

一條重甸甸的長布條，安靜地躺在大圓樑上，以兩把匕首固定首尾兩端。劉裕伸手一摸，果然是滿載金子的纏腰囊，可分幾匝纏綁腰間。約略估計下，囊內的金子該不過六百兩，應仍有另一腰囊，極大可能放在中進的橫樑上。如此藏金的方法，確實頗有心思，正因橫樑太顯眼，反會忽略過去。更想到這只是臨時措施，好方便取走。

劉裕剛伏身橫樑藏好，來人已穿窗而入，移到樑下。

香氣傳來，登時生出熟悉的感覺，嚇得他不敢偷看，因爲已認出樑下的美人兒是何方神聖，「逍遙帝后」任青媞是也。

破風之聲響起，有人繞宅疾馳，顯然和任青媞是一道，從另一方向繞過來，這是防備有人埋伏的江湖手法。

只聽其速度，便知此人身手不在任青媞之下，劉裕心中自然浮起「逍遙帝君」的名字。不由心中叫苦，若他們到橫樑來取回金子，自己能突圍逃走已難比登天，更遑論取回金子。

一把男子的聲音在入門處道：「確是這所房子，外面有以石頭擺著的暗記。」

任青媞熟悉的嬌柔聲音響起道：「離約定的時間尚有一刻鐘。唉！我剛見過燕飛，他不單像沒事人一個，還大有精進，我竟瞞不過他，差點給他堵截著。唉！我眞有點害怕他。」

應是任遙的人苦惱道：「眞的令人費解，我的確給了他致命的一擊，他能活下來已是奇蹟，怎可能反變得更厲害呢？」

樑上的劉裕暗鬆一口氣，幸好這對妖男女非是偷金賊，否則自己肯定有難，不過危機仍未過去，若他們約會的正是那偷金賊，他仍大有被發覺的機會。希望偷金賊與任遙兩人說過密話，待兩人離開後才上樑來取金子，那自己便可以乘機送他致命的一刀作爲見面禮，以盡洩憋在心裡的窩囊氣。

任青媞嘆一口氣，沒有答話，劉裕生出奇異的感覺，任青媞的內心似不像她表面一心置燕飛於死地狠辣無情的行爲。此口嘆氣充滿無奈的情緒，聽來頗有點心亂如麻、六神無主之味。

任遙似沒有覺察他后妃的心事，怕是還在心心不忿燕飛仍然活著。沉聲道：「聶天還此人很不簡單，雄才大略，是個可以有一番作爲的人，如非桓家一直撐江海流的腰，他早吞併了大江幫。我們今趟和他合作，須步步爲營，否則吃虧的會是我們。」

任青媞冷哼道：「任聶天還智比天高，仍無法想像我們周詳縝密的統一大計，最終只會爲我們作嫁衣裳。」

任遙道：「我們在利用他，他也在利用我們。郝長亨是個難得的人才，若青媞可以美色籠絡他，收之爲己用，說不定可以把兩湖幫變成我們班底，那時司馬賊的天下，將是我們的天下。」

劉裕聽得心神劇震，想不到任遙和聶天還兩個天南地北向無關係的一方霸主，竟會破天荒合作起來，目標明顯是先要佔得邊荒集。

聶天還固是名震南方、十多年縱橫不倒，沒有人能奈何他的梟雄人物，郝長亨亦是橫行兩湖一帶的不世高手，乃聶天還倚之爲臂膀的左右手，今次遠道而來，當然不是遊山玩水。而他更有可能是盜金者，若非以他那般身手，即使自己被那甚麼娘的邊荒七公子分了心神，仍難避過他耳目。

令他費解的是逍遙教究竟有何顛覆司馬王朝的計畫？不過此時已無暇想及其他，若給這三大高手發現自己的行蹤，縱使高明如燕飛也難逃劫難，何況他自問比不上燕飛。連忙大動腦筋，思量逃走之法。

任遙又道：「郝長亨交給你處理。唉！若非眼前不宜對付燕飛，現在我便去取他狗命。」

任青媞柔聲道：「如要坐收漁人之利，確不應對付他。是了！帝君對《太平洞極經》是否已有眉目呢？」

任遙沉吟道：「眞古怪！縱使有那兩個小子默寫出來的地勢圖，卻似乎沒有半點幫助。若我所料不差，必須三珮合一，始能勘破玄虛，從洞極經找出傳說中的洞天福地。」

劉裕爲之愕然，照任遙的語氣，《太平洞極經》並非甚麼道藏經典，而是尋找某一處地方的地圖。

任遙又道：「我不宜留在這裡，好讓你可向郝長亨施展手段。防人之心不可無，最好確定他是單身赴會，方可現身。」

破風聲起，劉裕探頭一看，樑下空蕩無人，心忖此時不走更待可時，拔起匕首，把金子纏在腰間，此時東南方衣衫拂動的聲音遙傳而至。劉裕暗嘆一口氣，曉得時間再不容他取回另一半金子，心想這筆賬暫寄在郝長亨身上，迅速離去。

這是蝶戀花第二次示警。

第一次是從水路往秦淮河探訪紀千千途中，盧循從水裡躍出來偷襲，其時陰神、陽神尚未合而成爲金丹大法，神通廣大的陽神只好向日常行事的陰神示警，透過蝶戀花作出警告。勉強解說，陰神或可稱爲後天的我；而陽神則爲先天的我，生命的本源和最神秘的部分。

今次蝶戀花再度示警，使燕飛幡然而悟，陰神、陽神只是合作而非結合，不是融渾而不可分，所以會因紀千千而受到影響，陰陽分離，金丹大法也不是無懈可擊。

紀千千雖聽高彥說過燕飛的寶劍會在危險來臨前向主子示警，但因高彥一向愛誇大其辭，所以是姑妄聽之，並不是確信不疑。現在終親耳聽到，一時又不知險從何來，不由瞪大美目瞧著燕飛背上的蝶戀花，亦擔心蝶戀花會忽然變龍化鳳的飛走。

「鏘！」

蝶戀花出鞘。

尖銳的破風聲在遠方某處響起一下彈弦聲後即呼嘯而起，以驚人的高速激射而來，眨眼即至，快得連人腦筋的轉動都及不上，讓人生出只好坐以待斃、無從躲避的頹喪感覺。

燕飛卻知因蝶戀花的鳴響，已使對方心神受擾，氣勢勁道大幅挫減，發揮不出最佳狀態。

換作是以前的燕飛，唯一保命之法或許是翻下湖裡，那時只要對方守在橋上，憑他的功力和箭術，燕飛都難逃一死。

「叮！」

蝶戀花一絲不誤地擊中箭鋒，勁氣爆破，把凌厲的一箭硬碰得橫飛開去，清楚俐落，絕不含糊。在紀千千眼中，燕飛頭也不回，不看一眼的便可反手一劍，命中敵箭，動作如行雲流水，瀟灑好看。

一個故意弄得沙啞低沉的男聲從後方岸上一座廢宅內傳過來道：「領教燕兄高明！閣下值大錢的頭顱，暫且寄在脖子上多留一段時日吧！」

紀千千轉頭瞧去，聲音傳來的方向黑漆一片，沒有人影，沒有異聲。

燕飛淡淡道：「刺客走哩！」

紀千千訝道：「他要殺你，爲甚麼你仍可以如此輕鬆？」

燕飛微笑道：「我燕飛仇家遍地，加上想拿賞金而要來取我項上頭顱者，更是數之不盡，緊張也是白緊張，對嗎？」

紀千千白他一眼，別有所指的道：「你這人哪！事事滿不在乎的。若每一個來刺殺你的人，都像這箭手的高明，我看也夠你煩惱哩！」

燕飛從容道：「能射出如此一箭的，天地雖大，仍是屈指可數。據說慕容垂的箭術非常了得，我的兄弟拓跋珪亦是一絕。不過若既是爲賞金殺人的獵頭者，箭法又高明至此，大有可能是橫行黃河一帶，人稱『小后羿』的宗政良。不信的話可把墜入湖裡的箭尋回來一看，箭上當有三條橫紋爲記。」

紀千千駭然道：「竟然是這個人，千千聽過他的名字，你不擔心嗎？據傳他一旦定下目標，會鍥而不捨，直至完成任務，而他從來沒有失敗過的。」

燕飛油然起立，深吸一口氣道：「上得山多終遇虎，長勝不敗者能有多少人呢？他的造詣深淺已被我摸通摸透，我的寶貝蝶戀花又可令他的偷襲手段無技可施，希望他臨崖勒馬，又或洗心革面改行去賣酒，那我還可以幫幫他，否則他只是自尋死路。」

紀千千聽得「噗哧」嬌笑，又嗔道：「談得好好的，又坐得這般舒服，竟要走了嗎？」

燕飛俯頭看她，雙目閃動著頑皮的目光，柔聲道：「花前月下，又是在有名狂野的邊荒集內，我怕控制不了自己，強要親千千小姐的香嘴兒，那時弄得仍不曉得自己芳心該屬誰的紀千千心神大亂，就非常罪過了。」

紀千千「啊」的一聲，難以相信的垂下頭去，小耳朵都燒紅了，以蚊蚋的聲音微嗔道：「燕飛啊！你竟也會說出這種輕薄話兒？」

燕飛哈哈笑道：「只要是男人便會說這些話。無論如何還要多謝宗政良一箭之賜，把我震醒過來。以前的燕飛已死去，現在我要重新做人，無畏地迎接所有挑戰，包括千千在內。」

紀千千輕輕道：「人家也是挑戰嗎？」

燕飛坦然道：「是感情上的挑戰，更是最難應付的。我的對手不單是先令你鍾情的某君，更可能是任何在邊荒集自以爲夠資格的人，不是挑戰是甚麼？」

紀千千仍不肯起來，瞥他一眼，目光投往湖上的浮蓮，喜孜孜的道：「我喜歡你這樣對人家說話，滿有男兒氣概的，千千這就向你投降好嗎？」

燕飛微笑道：「不是眞心歸降，反成心腹之患。況且兩情相悅，何來甚麼投降？嚴格來說該是我已屈服於千千的魅力之下，到你眞的忘掉那個人，我們再看看能否重新開始。眼前千千愛上的，或許不是我燕飛，而是邊荒集給你的新鮮感覺。」

說出這番話來，燕飛盡洩心中忿鬱不平之氣，整個人輕鬆起來。

紀千千搖頭道：「不是你想的那樣，收到你的走馬燈後，人家心中只想著你一個人，其他的都忘記了！」

燕飛道：「就只是一段時間，對嗎？」

紀千千神色一黯，向他無言地遞出嬌貴的玉手。

燕飛別無選擇，更捨不得拒絕，一把握住，助她站起來。

紀千千在他身前亭亭玉立，秀眸異采大盛，深深望進他眼裡，柔情似水的道：「人家眞的愛聽你說親密話兒，甜言蜜語更是多多益善，更不怕你付諸行動，唉！你這大傻瓜。」

說罷領先下橋去了。

燕飛心忖最後一句不知是否在怪自己沒有立即親她嘴兒。登時魂銷意軟，而在這一刻，他曉得自己確對她生出愛念，宛如久未興波的橋下萍湖，終於泛起一圈又一圈、不斷擴展的漣漪。

第三十七章　公開挑戰

帳內的紀千千傳來驚喜的嬌呼，嚷道：「眞的找回來了！一半也好！我們的劉老大眞本事。」

接著和小詩、龐義吱吱喳喳的說起話來，商量如何把金子藏好。

高彥揭帳而出，來到燕飛旁低聲問道：「親過她的嘴兒嗎？」

燕飛登時百感交集，頗有點體會到紀千千「會爲未做過的事後悔」那句話的意味。而自己知自己事，他對男女之情仍帶著深刻的惶懼，另一邊的劉裕也露出注意的神色。嘆道：「你這死性不改的色鬼，滿腦骯髒的想法，一場兄弟，也不瞞你，我和她尙未開始。」

不知如何，他直覺感到高彥和劉裕都同時鬆了一口氣的樣子，感覺挺古怪的。

高彥狠狠道：「不解溫柔的傢伙！現在我們國庫空虛，你明天的賭約取消也罷！我不會讓你輸掉千千僅餘的財產的。」

說罷又鑽回帳內湊熱鬧去了。

燕飛苦笑搖頭。

劉裕道：「我們到箱陣那邊說話吧。」

燕飛和紀千千剛回營地，紀千千便給小詩扯入睡帳裡，到現在還弄不清楚發生過甚麼事。隨劉裕從箱陣僅可容一人穿過的通道，到達酒窖入口石階坐下。

劉裕坐在他上一級處，道：「偷金子的即使不是兩湖幫的郝長亨，也與他脫不了關係。」

燕飛愕然。

郝長亨乃南方赫赫有名的高手，據傳爲人風流倜儻、多才多藝，是兩湖幫聶天還下第二把交椅的人物。此人頗有交際手腕，在江湖上人緣不錯，很多事交到他手上不須憑武力便可迎刃而解。

劉裕把任遙和任青媞的對話重複一次，分析道：「郝長亨神不知鬼不覺的來到邊荒集，其目的當不止於與江海流換個場所角力較量，而在乎控制邊荒集，至少是想取漢幫而代之，否則不須與任遙攀上關係。而任遙傾覆司馬王朝的陰謀，更是令人擔憂，想不到淝水之戰帶來的勝果，會是如此一番局面。」

燕飛沉吟道：「現在我們只能以不變應萬變，任遙等既欲坐看我們和祝老大拚個兩敗俱傷，我們偏不如他所願。」

劉裕搖頭道：「我們不可以變得過於被動，必須著著領先，牽著整個邊荒集的鼻子走，正如千千說的，我們是要征服邊荒集，而非讓它征服我們。」

稍頓續道：「現在祝老大擺明肯暫作退讓，顯示祝老大亦非有勇無謀之輩。我們定要借千千在邊荒集掀起的熱潮，首先確立你是邊荒第一高手的形象，管他老子的甚麼慕容戰、任遙、任妖女、郝長亨，總言之邊荒集是唯燕劍手獨尊，沒人敢有半句異議。」

燕飛苦笑道：「你可知我的頭顱現在很值錢？剛給那甚麼宗政良射了一記冷箭。」

弄清楚怎麼一回事後，劉裕笑道：「邊荒集已成龍蛇混集之地，各方勢力固在全力爭奪控制權，自認有點本領的更要來碰機會。對我來說還是統一天下的踏腳石，在我們的紀才女則是最好玩的地方。」

燕飛嘆道：「我卻是身不由己，從閒人變作眾矢之的。說到韜謀策略，當然推你老哥，你又有甚麼法寶？」

劉裕道：「邊荒集是無財不行。我們現在手上有五百多兩金子，足夠起五座第一樓。所以只要撥出百兩金子，第一樓重建的經費再不成問題。另外撥百兩予高彥小子，使他有財力建立一個比以前更完善的情報網，監察南北和本地一切動靜，餘下的三百兩，拿一半出來給你去和甚麼賭仙硬拚一把，餘下的作千千的私己錢，她想買下一座妓院又或覓地在夜窩子另建一座，全看她的意旨。」

燕飛皺眉道：「這麼動用千千的金子不大好吧！我原意是狠贏賭場一筆作經費，只是事與願違。」

劉裕道：「千千是女中豪傑，不會介意的。」

燕飛搖頭道：「千千不介意，我卻非常介意。他娘的！只要我們可逼郝長亨把另一半金子吐出來，便可拿這筆錢到賭場豪賭一把，不但可以讓賭場關門大吉，還可以對祝老大來個下馬威。」

劉裕道：「我們怎可能在明晚前從郝長亨那裡取回金子？老郝失去一半贓物，肯定已提高警覺，不會那麼容易讓我們找到他。」

燕飛微笑道：「若你是郝長亨，肯否錯過明晚千千在古鐘場的曲樂表演？」

劉裕皺眉道：「當然不肯錯過，不過若整個邊荒集的人都擠到夜窩子去，你如何在數萬人內找出我們根本不曉得他長相的郝長亨來呢？」

燕飛含笑瞧他好半晌，啞然失笑道：「若我曉得誰偷去金子，仍沒法逼他吐出來，我燕飛還用在邊荒集混嗎？首先邊荒七公子脫不掉關係，只要我們適當地向他們施壓力，不怕他們不屈服。」

劉裕道：「他們也大可推個一乾二淨，除非你不理邊荒集不成文的江湖規矩，向他們動粗，來個大刑伺候。」

燕飛目光投往階壁，微笑道：「事實上荒人比任何邊荒集外的人更守規矩，那老子便規規矩矩的和他們玩一把，向外宣布若不能物歸原主，紀千千明晚會拒絕到夜窩子去。」

劉裕開始感覺到他體內胡人較狂野的血統，令燕飛除來自漢族的溫文爾雅外，還有豪雄放縱的一面。若以這種雙重多變的性格，去追求紀千千，等若漢胡的攜手合作，肯定可迷倒紀千千。劉裕很不明白爲何會聯想到紀千千去，可是他的腦袋確像有點失控。

頹然道：「豈非全集皆知你燕飛對千千保護不力，已陰溝裡翻船？」

燕飛灑然聳肩道：「沒人會知道，因爲我只是藉此恐嚇那七個被人利用的傻小子。夜窩族是由瘋子組成的，一旦收到點風聲是與七個傻瓜有關，害得他們欣賞不到千千絕世無雙的琴音歌聲，我們的邊荒七公子還能做人嗎？放心吧！此事由我單獨處理，你只須守穩大本營，天亮前我該可以尋回另一半金子。」

龐義此時鑽進箱陣內，笑道：「談甚麼談得這麼投契，千千著我來請小飛到帳內共度春宵啊！」

劉裕給逗得笑到差點嗆出淚水，燕飛苦笑道：「你也來耍我。」

龐義在劉裕旁坐下，瞧著下級挨壁屈膝而坐的燕飛悶哼道：「不要騙人哩！酒鬼來到酒窖門口仍不去拿酒喝，只有一個解釋，就是因另有別的更優質的代替品，早醉得把老子釀的雪澗香忘掉了。」

劉裕解圍道：「龐老闆來得正好，我們無敵的征邊軍團有份優差給你，就是當千千的隨身總管，負責爲千千打點一切內外事務，讓千千可盡情發揮她的外交手腕。」

燕飛報復的道：「總管即是甚麼都由你來管，你給老子在四條大街進入夜窩子的邊界處，豎起四幅我向任遙下的戰書。倘若我幹掉他，將可以事實證明給所有人看，誰才是邊荒集第一劍手？」

劉裕拍腿叫絕道：「此著妙極，任遙若不敢應戰，將會成爲邊荒集的笑柄，還用在這裡混嗎？他是不得不應戰的。」

龐義接下去道：「何況他根本不信自己會輸給燕老大，更不曉得燕老大練成金丹大法，連蝶戀花都學會唱歌。燕老大吩咐下來的事，小人龐義當然會辦得妥妥貼貼的。」

三人對視一眼，同時開心大笑，充滿生死與共、並肩作戰的情懷。

燕飛揭帳進入紀千千睡帳內，方發覺劉裕、小詩、龐義和高彥一眾人等，全留在帳外，登時生出哭笑難分的感覺。

紀千千換上全白色的女服，挨著軟墊倚臥鐵箱子旁，佩劍放在箱面，有如金子的守護神。

她烏黑的長髮瀑布般的垂在肩後，襯托得她的冰肌玉膚更攝人心魄，寶石般的眸子閃閃發亮，靜如夜空星辰地凝視著他，好半晌方落到他左手環抱的酒罈處，含笑道：「臨睡前還要喝酒嗎？」

燕飛盤膝在另一角坐下，把酒罈放在身旁，掛在帳頂的油燈映照下，這裡彷彿是另一個天地，溫暖而隔離，且是春色無邊。

紀千千的確是男人夢寐以求的恩寵，擁有她等若擁有天下間最美好的事物。不過她多情和充滿野性的性格，卻令人感到游移不定，難以捉摸。像在此刻，她便似從沒有和燕飛發生過任何事，有若在雨枰台初次相遇。

她芳心內究竟如何看他燕飛呢？

燕飛微笑道：「我來邊荒集的途中整天睡覺，所以決定今晚不睡。不知小姐何事相召？」

紀千千眨眨美麗的大眼睛，饒有興趣的打量他道：「要有事方可以召你來嗎？人家只想見你不成嗎？」

燕飛留心帳外，聽到龐義等已移師客帳的一方，正動手製作他給任遙的「戰書」，他和紀千千的說話不虞被人聽去，心中不由一蕩，柔聲道：「當然可以。可惜我尙有要事去辦，明早回來陪你去北大街吃早點如何？那裡有間叫北方館子的食舖，非常有名，在建康絕喝不到那種巧手調製的羊奶茶。」

紀千千秀眉輕蹙道：「明天你當然要陪人家。但今晚呢？已這麼晚了！你還要到哪裡去呢？」

燕飛油然道：「你當我們到邊荒集來只是玩樂嬉戲嗎？何況受人錢財，自然要替人消災，我幹的是甚麼行業，千千應該清楚。」

紀千千「噗哧」嬌笑，橫他一眼，垂首輕輕道：「你長得很好看，人家尤其愛看你信口開河、胡言亂語的傻瓜樣子。」

燕飛爲之氣結，失聲道：「我句句實話實說，何來信口開河的罪名？」

紀千千坐直嬌軀，兩手環抱屈起的雙膝，頑皮的道：「你想撇下千千出外玩兒？那可不成哩！我要你陪人家。」

燕飛記起龐義的「共度春宵」，心中一蕩，當然只限在腦袋內打個轉，嘆道：「小姐你須好好地休息，否則明天將沒有精神應付整個邊荒集的人。荒人出名狂野放縱，可不像建康高門大族的子弟那麼乖的。」

紀千千思忖片刻，點頭道：「今趟可以放你一馬，下次可沒那麼容易。好吧！你先哄人家睡覺，千千睡著了，你才可以獲釋離開，不過明早醒來時，你要在人家身旁，否則我會和你沒完沒了的。」

「咕嘟！咕嘟！」的連喝數大口酒，燕飛踏出營地，就那麼一手環抱酒罈，朝夜窩子的方向走去，心中仍塡滿看著紀千千酣然入睡的動人感覺。

現在怕已過二更，可是他比任何一刻更精神，雪澗香帶來的些微醉意，令他更感到邊荒集愈夜愈旺盛的血肉和活力。

自刺殺慕容文後，他一直漫無目的地活著，提不起勁去做任何事。然而眼前的形勢，卻徹底把他得過且過的心態天翻地覆地改變過來，答應謝家的事他當然須辦妥，更重要的使命是讓紀千千快樂地在邊荒集享受她生命的片段。

現在最有可能找到邊荒七公子的地方，肯定是夜窩子無疑，他們雖在邊荒集橫行慣了，卻不可能不對他燕飛深存懼意，只有躲在夜窩子才安全。他已從高彥處得悉他們最愛流連的那幾間青樓、食舖和酒館，該可輕易找到他們，進行他的計畫。

想到這裡，在完全沒有防範下，他的心湖又浮現出安玉晴那雙神秘而美麗的大眼睛，心中不由一顫。

自遇上紀千千後，一路乘船北上，他一直埋首於《參同契》，閒時又給紀千千佔據了心神；獨特的美女安玉晴彷彿已到了天之涯海之角，離他遠遠的，似和他再沒有半點關係。不知爲何，偏在此刻想起她來。

自己是否因爲紀千千使早已死去的心再度活躍起來？如此究竟是災劫還是福賜？對未來他再沒有

絲毫把握。

夜窩子輝煌燦爛的彩光照耀長街，他從暗黑的街道步向光明，深深地感覺到生命的變化。在逃離邊荒集時，他從沒有想過當再次踏足邊荒集，自己會在劍術和心情上，均變成另一個燕飛。

自己知自己事，他深心處一直壓抑著的帶點狂野的率性性格，已被紀千千點燃引發，放下所有拘束抑制，縱情而爲，享受老天爺予他一切善意或惡意的安排。

劉裕坐在疊高的箱陣頂上，仰望夜空，雙目一眨不眨，露出深深思考的專注神情。

高彥躍上來坐到他身邊去，笑道：「有你放哨，大家該可以安心睡覺。」

又道：「龐義和其他兄弟已去爲燕飛立戰書。唉！想不到燕飛會變成這個樣子，以前的燕飛終日無所事事，最好就是不去煩他。」

劉裕道：「人是會變的，又或須適應新的形勢而變，像你高少便痛改前非，再不到青樓胡混，我可沒有你這般本事。」

高彥苦笑道：「說說倒可以，沒有青樓之樂日子怎麼過？只要瞞著千千便成。辛辛苦苦賺錢，賺得錢卻沒有地方花，我既不高興姊兒們更不快樂，我怎可以做這種損人不利己的事。」

劉裕失聲道：「原來你口是心非，讓我去向千千告你一狀。」

高彥笑道：「大家兄弟還來耍我。你不覺得嗎？出生入死後再鑽進妞兒馨香火熱的被窩內，是人生最愜意的事。」

劉裕道：「另一個方法是娶得如花美眷，不也可遂你這方面的心願嗎？」

高彥嘆道：「這只是個夢想。我是幹哪一行的，注定我沒法安分守己，更不可以有家室的牽累。你又如何呢？難道你敢娶妻生子嗎？你敢向她保證你明晚可以活著回家？」

劉裕不想談這方面的事，岔開話題道：「那甚麼娘的邊荒七公子究竟是何方神聖？爲何明知你和燕飛一道回來，仍夠膽上門尋你晦氣？」

高彥不屑道：「甚麼七公子？不過是七個自以爲有點本領的惡棍，想在幫派外別樹一幟。他們本來怕燕飛怕得要命，數次和我爭妞兒都不敢硬來。現在只是以爲有便宜可佔，錯估形勢，方敢如此囂張。」

劉裕道：「事情或非如你想像般簡單，不過無論如何，遇上變得積極主動的燕飛，算他們倒運。」

高彥怨道：「若燕小子早點變成現在的樣子，我早發達了！」

劉裕笑道：「你還年輕，很多好日子等著你啊！」

高彥道：「今晚我是睡不著了，你在這裡看緊一些，我要到夜窩子打個轉。」

劉裕皺眉道：「竟是一晚都等不了？」

高彥受屈的道：「去你的娘！我是要去見見我的兒郎們，然後再到押店看看有沒有北方來的新貨色，買入一批來變賣圖利。的確是沒錢便渾身不自在，不過爲的是正事。」

說罷去了。

第三十八章　大地飛鷹

第一樓是邊荒集最佳食肆，正東居便是夜窩子食家的第一勝地，北方諸胡開設的食舖雖各有特色，但比起南人的巧手廚藝、多姿多采，始終要遜一籌。

晉室南渡，大批名廚或隨高門大族南遷，又或混在難民潮逃往南方，於各大城鎮自立門戶。正東居的老闆范承恩原是洛陽的有名巧手廚師，逃入邊荒時看中邊荒集，認爲邊荒集大有可爲，遂於此落地生根，於夜窩子開設正東居。由於他確實廚藝超群，人又八面玲瓏，深悉伺候權貴之道，把同一套手段用於邊荒集，仍是如魚得水，故能在夜窩子佔上席位。

二更後的夜窩子街上行人減半，古鐘場再沒有先前的盛況，卻輪到酒館、食肆、青樓和賭場等興旺起來。

正東居更是座無虛席，這座兩層高木石建成的建築物規模宏大，樓下大堂擺開近三十張大圓桌，上層分中間隔，向古鐘場的一邊是八間廂房，沒點頭面者休想可以在廂房內欣賞古鐘場的夜色，另一半擺開十多桌雅座，只招呼熟客，若邊荒集有階級之分，正東居便是最不含糊的例證。正東居另一特色，下層的夥計是全男班，上層的侍者則全是綺年玉貌的漂亮少女，她們沒有工資，全賴貴客的打賞，可是她們在邊荒集同儕中每月酬金卻是最優厚的，於此可見荒人是如何闊綽和肯花費，她們的服務當然也是冠絕天下。

邊荒集的成就是有創意的人共同努力的成果，一切不守成規。像卓狂生、范承恩、龐義、高彥等這些人，到邊荒集外任何地方都會被視爲離經叛道而飽受排擠，只有在邊荒集這獨一無二的地方，他們的創新精神方能開花結果，綻放異采。

不論你是胡人漢族，不論你是逃犯或殺人如麻的大盜，一旦投入這充滿感染力的奇異處所，早晚會被同化，問題只在時間的長短。

燕飛踏入正東居，看到他的人首先靜下來，不片刻吸引了所有人的目光，本是鬧哄哄的大堂立即變得鴉雀無聲。

燕飛曉得自己已成邊荒集萬眾矚目的人物，一舉一動均會成爲話題，尤其他正與祝老大對著幹，先前又敗走黃金窩，大家對他的動向生出好奇心，是可以理解的。

幸好朝他瞧來的目光大多是友善的，形勢使然下，他完成了劉裕計畫的第一步，成爲邊荒集自由的象徵和中流砥柱。

燕飛環抱酒罈，從容朝各人打個招呼，微笑道：「我們的七公子是否在樓上呢？」

有人點頭，有人手指上層，都是樂意幫忙，顯示燕飛的榮辱已與他們的利益掛鉤，不過由於燕飛與漢幫勝負未分，幫忙亦止於此。

燕飛舉罈拔塞大喝一口，把酒罈封妥後，舉步登樓。

負責把守樓階的兩名大漢哪敢阻攔，恭敬讓路。

燕飛施施然拾級而上，心中感慨叢生，以前他足不踏入夜窩子半步，今晚卻是二度來訪，怎會變得這麼厲害的？

樓上十二桌雅座，全告客滿，邊荒七公子全體在座，據著可俯視古鐘場臨窗的大桌子，正驚疑不定地打量他。

燕飛向停下來的賓客笑道：「大家繼續喝酒，不要因我而擾了雅興。」接著像見到好朋友般，向邊荒七公子笑道：「原來你們在這裡。」舉步往他們走過去。

三位漂亮的女侍忙趕過來，爭著伺候燕飛，即使到此時仍未曉得他是燕飛者，也知道燕飛不但是重要人物，更廣受歡迎。

邊荒七公子的頭頭是匈奴族的左丘亮，論武功在七公子間他是穩居首席，不過才智卻及不上漢族的蔣狐，後者打手勢阻止其他人說話，向正大模大樣地朝著他們一桌來的燕飛沉聲道：「我們是被人利用了，致冒犯了你燕飛，一切依江湖規矩解決，我們可作出金錢上的賠償。」他把聲音盡量壓低，免給別人聽到這麼不光采的話。

左丘亮冷然道：「若你想要我的命，我左丘亮亦樂於奉陪。」

燕飛坐定，把酒罈放到桌上，啞然失笑道：「不要慌張，我今次專誠來找你們，是希望大家開誠布公的閒聊幾句，倘若你們肯當我是朋友，便可以和氣收場。」

他感到對方人人均似鬆了一口氣似的，首次感受到自己在邊荒集的分量，根本沒有人敢和他正面衝突。蔣狐和左丘亮的一軟一硬，只是耍江湖說話的伎倆，不致那麼失面子，事實上已屈服在他燕飛的腳下。

蔣狐苦笑道：「我們眞不曉得紀千千在帳內。事情的經過是這樣的，忽然有位姑娘來找我們，說是荒月樓小麗姊的貼身小婢，說高彥不知如何從建康賺了一大筆，竟要借你燕飛的威勢，逼荒月樓的艷娘答應讓他爲小麗贖身，左丘大哥一時紅了眼，立即去向高彥興問罪之師。到後來我們曉得紀千千是與高彥一道回來，深覺可疑，方知道小麗姊根本沒有這麼一位小婢，我們是給人利用了。」

燕飛心中喚娘，那豈非所有線索，均一刀切斷，還如何去完成取回另一半金子的壯舉，自己這個邊荒第一高手還用當下去嗎？

左丘亮見燕飛默默不語，生出懼意，低聲下氣道：「是我太魯莽，錯怪了高彥。以前我們和高彥也算有說有笑的朋友，有煩燕大哥為我們說幾句好話。」

其他沒說話的，人人噤若寒蟬。

燕飛皺眉道：「你們並不是第一天到江湖上來混，為何竟會相信陌生人的話？」

蔣狐嘆道：「因為那位小姑娘七情上臉，不單令人感到事情的急切性，還無從生出疑心。」

燕飛道：「她長得漂亮嗎？」

左丘亮道：「似乎比小麗姊更多三分風情，皮膚很白，說話時兩眼淚花翻滾，令人無法不生出憐意。」

燕飛微笑道：「她定是聶天還的得意弟子『白雁』尹清雅。」

左丘亮等無不色變，不但因騙他們的人是尹清雅，更因兩湖幫的魔爪已伸進邊荒集來，且深悉邊荒集的情況，否則怎能如此輕易煽動他們去做傻事呢。

蔣狐立知此事非同小可，燕飛一方肯定吃了虧，否則燕飛不會乘夜來尋他們晦氣，忙補救道：「今趟的確是我們不對，我們可否幫上點忙呢？」

燕飛溫和的態度，令他們大生好感。

此時有人來到燕飛身後恭敬地道：「我們老大請燕老大到房內一聚，有要事奉稟。」

「老大」、「老闆」、「英雄」這些稱呼在邊荒集頗爲流行，只要有身分的便可叫老大，不一定須是一幫之主；老闆亦不用開店舖，有銀兩便成。至於英雄，則概指武功高強的好手。

燕飛皺眉瞧去，見是個穿匈奴武士便服的漢人，瞧他長相，該有點匈奴血統，年紀二十餘歲，只屬一般好手。

那人知趣的道：「小人蔡精，老大是大漠幫的車廷。」

大漠幫便是邊荒集的匈奴幫，以前的老大叫查正多行，現在當是換了領袖，由這個車廷作老大。

燕飛搖頭道：「告訴車老大我今晚很忙，明天再找他喝酒。」

那人湊近少許低聲道：「是與『白雁』尹清雅有關。」

包括燕飛在內，八個人均心中一震，尹清雅是剛推論出來的嫌疑人物，如此只有一個可能性，對方應是剛聽到他們的對話。

要知廂房離他們的桌子有十多步之遙，既隔開鄰桌高談闊論的客人，廂房又關上房門，他們更沒有提高聲音，對方仍可以聽個一清二楚，只是這副耳朵已非常不簡單。

燕飛道：「再交代兩句話，便去拜會車老大。」

那人領命去了。

左丘亮欲言又止，顯是怕再被竊聽。

蔣狐把聲音壓至低無可低，道：「車老大該沒有這份本領，否則匈奴人就不用屈處集內西北角，且買賣愈做愈小。」

燕飛點頭表示明白，道：「事實上我和你們是站在同一陣線上，希望邊荒集像往日般自由自在，大家可以發大財。今晚的事就此作罷。」

左丘亮等忙立起來，拱手致謝。

燕飛灑然一笑，逕自去了。

龐義和八名兄弟鬧哄哄的回來，顯是意猶未盡，仍處於興奮的狀態中。

劉裕迎上去責道：「千千和小詩已入帳就寢，你們要吵醒她們嗎？」

龐義等忙壓住笑聲，還躡手躡腳的裝模作樣，瘋癲搞怪，教人發噱。

鄭雄笑道：「燕爺此招精采絕倫，我們豎起第一封戰書，已引來數百人圍觀，如此向人挑戰，在邊荒集是破題兒第一遭。而被挑戰者竟是最可怕和神秘的『逍遙教』教主任遙，更是立即轟傳全集。」

另一夥計兄弟成忠道：「其實這是在邊荒集揚名立萬的最有效方法，只要挑戰的是不會踏足邊荒集的著名人物，又肯定沒有人會爲他出頭，即可一登龍門，聲價十倍。」

鄭雄道：「成名你的娘！沒有本錢而去學人出名，未走完東大街便要給人揍足十多頓哩。」

眾人哄笑起來，旋又醒覺的壓下笑聲。

劉裕心中一片溫暖，大感禍福與共、並肩奮鬥的樂趣。

龐義道：「只有小飛方敢如此逼任遙決戰，現在人盡皆知小飛連任遙都不放在眼裡，祝老大算甚麼東西？」

劉裕待要說話，忽然心生警兆，朝東大街方向瞧去。

一位衣服華麗得異乎尋常的英俊男子，正舉步從容朝營地走來。他一出現，天地似立即被邪惡詭異的氣氛填滿。

龐義等循他目光別頭瞧去，人人心神被懾，不由自主地生出不寒而慄的恐怖感覺。

廂房內坐著八個匈奴人，燕飛步入廂房，八人全體起立，其中一名匈奴中年大漢打個手勢，其他人包括蔡精在內，施禮退出廂房外，只剩下中年大漢和另一魁梧挺拔、氣度不凡的匈奴人，年紀在二十七、八間。

中年漢欣然和燕飛拉手為禮，客氣道：「久聞燕兄之名，現終可親睹燕兄的風采，本人車廷，在邊荒集仍屬新丁，有任何失禮之處，請燕兄多多包涵。」

燕飛的目光從車廷移往那匈奴高手，心中微震，自練就金丹大法以來，他有種可一眼看透任何人的感覺。偏是此技卻在此人身上派不上用場，只可用深不可測來形容此位仁兄。

車廷介紹道：「這位是敝少主赫連勃勃，今次特地到邊荒集來見識一下。」

燕飛為之愕然。

赫連勃勃乃北疆新近冒起的霸主，建都於統萬，與拓跋族為鄰，曾大敗柔然的精兵，一舉成名，人稱「大地鷹」，不但是從未嘗過敗績的無敵統帥，更被譽為匈奴近百年來最天才橫溢的高手，近年聲威猶在有匈奴第一高手之稱的「豪帥」沮渠蒙遜之上。想不到他竟會親到邊荒集來，擺明要在此搶地盤樹立勢力。

由於他也身在此地，更可預見邊荒集風起雲湧，風雨將臨。

嚴格來說他也是拓跋珪的勁敵，兩股不住冒起擴展的勢力，終有一天要分出勝負，以定北疆霸權誰屬。

赫連勃勃露出一絲克制的笑意，令燕飛直覺他城府深沉，不輕易透露內心的情緒。他的眼神凌厲而有種冷冰冰的味道，顯示他狠辣無情的本質，爲求目的，可以不擇手段，不顧情義。

在他濃密的眉毛下，是一雙明亮深邃的眼睛，眼神固執而堅定，充盈著強大的自信。粗大的雙手，即使是初次見面，燕飛已感到他可以翻手爲雲、覆手爲雨，智慧武功，均不在拓跋珪或拓跋儀之下。整體來說他不算英俊好看，卻有一股天生霸主的味道，充滿男性豪雄的氣概。

回到邊荒集後，燕飛覺得以此人最是難纏和可怕。他沒有佩攜武器，他本人便等若殺傷力最龐大的利器。

車廷道：「坐下再說！」

三人分賓主坐好，車廷正要爲他們斟酒，燕飛早拔開雪澗香的木塞子，把酒注進兩人杯內。

赫連勃勃淡淡道：「燕兄勿要怪我們唐突，更勿怪本人無禮旁聽燕兄與別人說話，因此爲本人習慣，一向留意周圍發生的事，亦幸好如此，或可以幫燕兄一個小忙。」

燕飛爲自己斟滿一杯酒後，挨到椅背微笑道：「赫連兄此來，是否要在邊荒集大展拳腳？」

赫連勃勃從容道：「我只是希望取回我們應得的一份，一切依邊荒集的規矩辦事。」

車廷旁聽不語，唯赫連勃勃馬首是瞻。

赫連勃勃愈是謙虛講道理，燕飛愈感到他的難纏，現時邊荒集形勢愈趨複雜，未來變化，難以預測。

赫連勃勃沉聲道：「誰意圖主宰邊荒集，誰便要付出代價，這是邊荒集的規矩。我和燕兄一見如故，即使不能做朋友也不希望變爲敵人。在一些事上還可以合作，如遇上甚麼問題，大家盡可以坐下來解決。我赫連勃勃沒有甚麼奢求，不過誰要壓得我們在邊荒集抬不起頭來做人，得先問過我的『絕地槍』。」

燕飛心叫厲害，赫連勃勃不單武功深不可測，謀略更不在他認識的任何人之下，懂得合縱連橫之術，盡量減少敵人，而自己更成他籠絡之人，等若暫不與拓跋族的飛馬會爲敵。不過燕飛清楚明白拓跋族才是他的死敵，若形勢容許，赫連勃勃第一個要殺的人肯定是他燕飛。

車廷道：「看在燕兄分上，我們和高彥的嫌隙從此一筆勾銷，大家都不要放在心上。」

又湊前少許道：「我們一直留意邊荒集的形勢變化，郝長亨到邊荒集來的事可以瞞過別人卻瞞不過我們。我們曾見他兩度進出夜窩子西大街的洛陽樓，而洛陽樓的老闆『鐵手』紅子春一向與聶天還關係密切，此事邊荒集沒多少人曉得，只要找上紅子春，尹清雅能躲到哪裡去呢？」

燕飛暗嘆一口氣，這個人情實在太沉重了，令他在其他事上不得不作出回報，而對方是明幫忙暗推波助瀾，讓他和郝長亨鬥個焦頭爛額，他們則坐收漁人之利。

燕飛舉杯道：「兩位仗義幫忙，燕飛是不會忘記的，讓燕飛敬兩位一杯。」

心忖除非時間能倒流，這個難領的情只好卻之不恭，明天的事，留待明天再算好了。

第三十九章　靈手卻敵

在電光石火的高速中，劉裕猛下決定，長笑道：「任教主別來無恙！」又打手勢著龐義等往營地方向退走。

來者不善，善者不來。

可能是任遙因看到燕飛的挑戰書，深感其充滿侮辱的意味，動了眞怒，竟立即來尋燕飛決戰，以任遙殺人爲樂的性格，肯定會殺盡此地生人，以作爲對燕飛的回敬。

他劉裕再沒有別的選擇，只好置之死地而後生，全力迎擊。勝敗並不重要，最要緊是奮鬥至流盡最後一滴血，不能有絲毫猶豫，以命搏命，讓自己天生的靈手發揮至極限，若還不能擊退任遙，只好認命。

任遙雙目異芒大盛，強大無比的陰寒之氣往劉裕潮沖而去，此刻在他眼中的劉裕有種一往無前、萬夫莫敵的氣概，對他任遙沒有絲毫怯意。故即使以他之能亦不敢托大，因爲他知道當劉裕舉步往他迎來的一刻，兩人的氣機已鎖個結實，再沒有轉圜的餘地。冷哼道：「劉裕你既要找死，我便先成全你！」

劉裕右手按住刀把，心神提升至萬里晴空的至境，拋開一切顧慮，腳步循著某一奇異的節奏，不住接近任遙，從容道：「誰成全誰，是否言之過早？幸好燕飛不在這裡，否則便輪不到我來收拾你。」

他現在利用的是針對任遙的唯一破綻弱點，因燕飛的挑戰書動了真怒，所以故意提起燕飛來刺激他，又表示出自己對他的輕視，任遙愈受不起，便愈有機會因失去冷靜，動氣出錯。

果然任遙雙目殺氣更盛，「鏘」的一聲掣出御龍劍，在身前爆起三朵反射有如走馬綵燈那五光十色的劍花，教人疑幻疑眞，看得眼花撩亂之時，其中一朵劍花倏地化成金芒，閃電般朝劉裕激射而去。

劉裕過去數月的努力，就在此刻見到成果。謝玄每天清晨練劍，風雨不改，而淝水之戰後，他的主要練劍對手便是劉裕。

謝玄眼力高明，發覺劉裕有一雙異乎尋常的靈手，在「眼、耳、鼻、舌、身、意、識」七大感官裡，以「身」的感覺最靈銳，而練「身」的唯一方法，就是「以戰練戰」之法，故悉心栽培，從實戰中以千奇百怪的手法，啓發劉裕的優點，發揮他的潛能。有劍術大師如謝玄者現身說教，親自訓練，數月時間可比得上別人數年的苦修。

劉裕似對任遙那神乎其技、眩人眼目的可怕劍招視而不見，沒有受其變化所惑，厚背刀隨手揮擊，最令人詫異的是他似乎沒有掌握對手的劍勢，頗有點胡亂出手的情況。

可是任誰都曉得劉裕不該窩囊至此，而任遙更感到他在無招法中隱含某一種法度，其不依常理的出招，反使他沒法子因應變招，只能原式不變直插劉裕胸膛。

此刻劉裕想到的是謝玄的劍，不知如何，更非適當的時刻，他腦海竟浮現出在建康烏衣巷謝家忘官軒內謝鍾秀依傍著謝玄撒嬌的感人情景。

謝玄看愛女的眼神，充滿慈父血肉相連深摯的愛，其中又包含無限傷情，顯是因謝玄認爲自己命不久矣，深憾生離死別。

想到這裡，心中一痛。

在似是最不合時宜的茫然和迷失中，他持刀的手自然而然生出感應，倏地變招，腳步加速，一切全由手去帶動，改向挑往任遙的御龍劍鋒。

「叮！」

在龐義等駭然注視下，劉裕的動作如行雲流水，厚背刀準確無誤的挑向任遙的御龍劍，任遙也是了得，立即變招，豈知劉裕亦隨之變化，一刀劈中改而掃往他小腹的敵劍，發出清脆的交擊聲。

勁氣爆破。

劉裕是精通戰略的人，曉得能稍佔上風皆因任遙動了氣，失去劍手的冷靜，更因對劉裕的輕視，在這一招沒用上全力，若讓他重整陣腳，肯定自己的落敗乃早晚間的事。

眼前的機會，如若錯過，只可以到黃泉下後悔。

果然任遙往後疾退，化攻爲守，挽起繞身疾走的劍芒，守得無懈可擊，再不敢輕忽大意。

劉裕運氣催刀，被震得痠麻的手立即回復感覺，大喝一聲，就那麼人刀合一的往任遙硬撞過去，一副同歸於盡，看是你死還是我亡的捨命打法。

龐義等哪想得到劉裕悍勇至此，齊聲驚呼，不敢再看下去，偏又不能不看。

「叮叮噹噹！」

刀劍交擊聲如珠落玉盤般連串響起。

人影倏分。

劉裕左肩鮮血激濺，往營地方向踉蹌跌退，臉上再沒有半點血色，可是持刀的手依然穩如磐石，遙指對手。

任遙亦挫退三步，表面看沒有任何傷痕，但很快胸口右邊現出血痕，滲出少許鮮血，顯是也給砍傷了，還要立時運功止血。

眾人暗叫可惜，只差兩寸，劉裕即可命中他的心臟。任遙雙目射出近乎狂亂的仇恨火燄，怒叱一聲，竟騰空而起，追擊仍未止得退勢的劉裕。

龐義等大叫不好，人人奮不顧身的衝前，欲阻擋任遙向劉裕痛施殺手，不過均遲了一步。

劉裕仍是眼冒金星，任遙至寒至毒的逍遙氣差點凝住經脈。他之所以能創傷任遙，全賴任遙不肯與他兩敗俱傷，加上以手作爲領導的奇異近身血戰法，方有此戰果，不過仍是功虧一簣，反陷身絕局。只要有數息回氣的工夫，憑他的獨特體質，將可有再戰之力，偏是任遙亦看破此點，拚著內傷加深，也要報一刀之恨。

近十年來，任遙尙是首次受傷，可謂奇恥大辱，不殺劉裕怎消得心頭之恨。

嬌叱聲起。

一道劍光從營地一方橫空而來，在任遙撲殺劉裕前截上任遙。

「嗆！」

兩劍交擊。

猝不及防下，任遙一眼瞧去，立時心中劇震，收起一半力道，任由對方劍勁將自己送開尋丈，落到地面，心中暗嘆。

他可以殺邊荒集的任何人，卻絕不可以殺眼前的美嬌娘，雖不無些許憐香惜玉之心，更重要的是若紀千千香消玉殞於他的御龍劍下，他將立即成爲邊荒集的公敵，以後再難踏足邊荒集半步。除邊荒集外，在建康亦是寸步難行，這麼不智的事，他怎會蠢得去做。

紀千千落在劉裕身前，橫劍而立，俏臉帶煞，嬌嗔道：「枉你是一教之主，不敢找燕飛，只敢找旁人出氣，算甚麼英雄好漢？」

任遙、劉裕、龐義一眾人等，定神一看，無人不看得目瞪口呆，心中大叫乖乖不得了。

原來紀千千一身雪白輕薄的貼身綾羅內襦，「小衫裁裏臂，纏弦緊抱腰」、裙下赤足，秀髮垂肩，襯托起她的天香國色、冰肌玉骨，盡顯其誘人至極的曼妙線條。若看到如此勝景而不想與她上榻子的，肯定不是正常的男人。

面對著她的任遙更是「首當其衝」，以他的鐵石心腸，亦不由暗吞一口涎沫，殺氣全消，更兼劉裕已恢復作戰能力，移到紀千千嬌軀旁，曉得已錯過殺劉裕的機會，而自己更需要覓地療傷，遂樂得大大方方，向紀千千施禮道：「任遙拜見千千小姐，今晚看在千千小姐面上，就此作罷。」

說畢揚長而去，轉瞬消沒在暗黑的大街裡。

燕飛抵達洛陽樓大門處，昂然踏上石階。

他心中想著的是紀千千，他少有這般積極去幹一件事，即使不肯承認，暗裡卻曉得全是爲了紀千千，不想她在邊荒集的第一晚便失去一半積蓄。

明天當然不成，但若由後晚開始，緊接著的一連三夜每晚領紀千千去看邊荒集四景的其他三景，會是怎樣的一番動人滋味？

想到這裡，燕飛心中一顫，明白到自己對紀千千已有點情不自禁，期待見到她，想著她，渴望能與她把臂同遊，共享邊荒集迷人神秘的美景。

紀千千明白他嗎？自己須否向她好好介紹？讓她明白自己飽受創傷的心靈？使她明白自己對愛情的恐懼！

若紀千千能拋開一切，與他共墜愛河，自己是否也可以全情投入呢？

「這位爺兒！」

「噢！原來是燕爺！」

燕飛在大門前立定，把守大門的五名漢子神情古怪的迎上來，有點不知該如何招呼他這位稀客，竟慌了手腳。

燕飛收攝心神，排除腦海中的胡思亂想，微笑道：「煩各位老兄知會你們大老闆紅子春，我燕飛已把洛陽樓買下來，若他在半個時辰內拿不到五百五十兩金子來把樓贖回去，他以後不用在邊荒集再混下去。」

說罷穿過呆在當場的五名大漢，施施然朝迎客大廳舉步。

《邊荒傳說》卷二終

國家圖書館出版品預行編目資料

邊荒傳說／ 黃易著. --初版.--台北市 ：
蓋亞文化，2015.02 –
冊; 公分. --

ISBN 978-986-319-139-1 (卷2 : 平裝)

857.9　　104000521

邊荒傳說

卷 02

新編完整版

作者／黃易
封面題字／錢開文
裝幀設計／克里斯
出版／蓋亞文化有限公司
地址◎台北市103赤峰街41巷7號1樓
電話◎（02）25585438　傳眞◎（02）25585439
部落格◎gaeabooks.pixnet.net/blog
服務信箱◎gaea@gaeabooks.com.tw
投稿信箱◎editor@gaeabooks.com.tw
郵撥帳號◎19769541　戶名：蓋亞文化有限公司
法律顧問／義正國際法律事務所
總經銷／聯合發行股份有限公司
地址◎新北市新店區寶橋路二三五巷六弄六號二樓
電話◎（02）29178022　傳眞◎（02）29156275
初版一刷／2015年02月
定價／新台幣 280元
Printed in Taiwan

GAEA
ISBN／978-986-319-139-1